張愛玲

紅玫瑰與白玫瑰

短篇小說集二

一九四四～四五年

主編的話

在文學的長河裡，張愛玲的文字是璀璨的金沙，歷經歲月的淘洗而越發耀眼，而張愛玲的身影也在無數讀者心中留下無可取代的印記。

為紀念張愛玲百歲誕辰及逝世二十五週年，「張愛玲典藏」特別重新改版，此次以張愛玲親筆手繪插圖及手寫字重新設計封面，期盼能帶給讀者全新的感受，並增加收藏的意義。

「張愛玲典藏」根據文類和作品發表年代編纂而成，包括張愛玲各時期的長篇小說、短篇小說、散文和譯作等，共十八冊，其中散文集《惘然記》、《對照記》本次改版並將增訂收錄近年新發掘出土的文章。

一樣的悸動，一樣的懷想，就讓我們透過全新面貌的「張愛玲典藏」，珍藏心底最永恆的文學傳奇。

目錄

連環套 ·006·
年青的時候 ·075·
花凋 ·092·
鴻鸞禧 ·114·
紅玫瑰與白玫瑰 ·130·
散戲 ·180·
殷寶灩送花樓會 ·183·
桂花蒸 阿小悲秋 ·200·
等 ·223·
留情 ·238·
創世紀 ·262·

連環套

賽姆生太太是中國人。她的第三個丈夫是英國人，名喚湯姆生，但是他不准她使用他的姓氏，另贈了她這個相仿的名字。從生物學家的觀點看來，賽姆生太太曾經結婚多次，可是從律師的觀點看來，她始終未曾出嫁。

我初次見到賽姆生太太的時候，她已經是六十開外的人了。那一天，是傍晚的時候，我到戲院裏買票去，下午的音樂會還沒散場，裏面金鼓齊鳴，冗長繁重的交響樂正到了最後的高潮，只聽得風狂雨驟，一陣緊似一陣，天昏地暗壓將下來。彷彿有百十輛火車，嗚嗚放著氣，開足了馬力，齊齊向這邊衝過來，車上滿載搖旗吶喊的人，空中大放燄火，地上花炮亂飛，也不知慶祝些什麼，歡喜些什麼。歡喜到了極處，又有一種兇獷的悲哀，凡啞林的弦子緊緊絞著，絞著，絞得扭麻花似的，許多凡啞林出力交纏，擠搾，嘩嘩流下千古的哀愁；流入音樂的總匯中，便亂了頭緒——作曲的人編到末了，想是發瘋了，全然沒有曲調可言，只把一個個單獨的小音符叮鈴噹啷傾倒在巨桶裏，下死勁攪動著，只攪得天崩地塌，震耳欲聾。

這一片喧聲，無限制地擴大，終於脹裂了，微罅中另闢一種境界。恍惚是睡夢中，居高臨下，只看見下面一條小弄，疏疏點上兩盞路燈，黑的是兩家門面，黃的又是兩家門面。弄堂裏空無所有，半夜的風沒來由地掃過來又掃過去。屋子背後有人淒淒吹軍號，似乎就在衖堂裏，又似乎是遠著呢。

弦子又急了，鐃鈸又緊了。我買到了夜場的票子，掉轉身來正待走，隔著那黑白大理石地板，在紅黯的燈光裏，遠遠看見天鵝絨門簾一動，走出兩個人來。一個我認得是我的二表嬸，一個看不仔細，只知道她披著皮領子的斗篷。場子裏面，洪大的交響樂依舊洶洶進行，相形之下，外面越顯得寂靜，簾外的兩個人越顯得異常渺小。

我上前打招呼，笑道：「沒想到二嬸也高興來聽這個！」二表嬸笑道：「我自己是決不會想到上這兒來的。今兒賽姆生太太有人送了她兩張票，她邀我陪她走，我橫豎無所謂，就一塊兒來了。」我道：「二嬸不打算聽完它？」二表嬸道：「賽姆生太太要盹著了。我們想著沒意思，還是早走一步罷。」賽姆生太太笑道：「上了臭當，只道是有跳舞呢！早知道是這樣的——」正說著，穿制服的小廝拉開了玻璃門，一個男子大踏步走進來，賽姆生太太咦了一聲道：「那是陸醫生罷？」慌忙迎上前去。二表嬸悄悄向我笑道：「你瞧！偏又撞見了他！就是他給了她那兩張票，這會子我們聽了一半就往外溜，怪不好意思的！」那男子果然問道：「賽姆生太太，你這就要回去了麼？」賽姆生太太雙手握住他兩隻手，連連搖撼著，笑道：「我哪兒捨得走呀！偏我這朋友坐不住——也不怪她，不大懂，就難免有點憋得慌。本來，音樂這玩意兒，有幾個人是真正懂得的？」二表嬸睃了我一眼，微微一笑。

隔了多時我沒有再看見賽姆生太太。後來我到她家裏去過一次。她在人家宅子裏租了一間大房住著，不甚明亮，四下裏放著半新舊的烏漆木几，五斗櫥，碗櫥。碗櫥上，玻璃罩子裏，有泥金的小彌陀佛。正中的圓桌上鋪著白蕾絲桌布，擱著蚌殼式的橙紅鏤花大碗，碗裏放了一撮子揿鈕與拆下的軟緞鈕絆。牆上掛著她盛年時的照片；耶穌升天神像；四馬路美女月份牌商店裏買來的西洋畫，畫的是靜物，蔻利沙酒瓶與蘋果，幾隻在籃內，幾隻在籃外。裸體的胖孩子的照片到處都是——她的兒女，她的孫子與外孫。

她特地開了箱子取出照相簿來，裏面有她的丈夫們的單人相，可是他們從未與她合拍過一張，想是怕她敲詐。我們又看見她的大女兒的結婚照，小女兒的結婚照，大女兒離婚之後再度結婚的照片。照片這東西不過是生命的碎殼；紛紛的歲月已過去，瓜子仁一粒粒嚥了下去，滋味各人自己知道，留給大家看的惟有那滿地狼藉的黑白的瓜子殼。

賽姆生太太自己的照片最多。從十四歲那年初上城的時候拍起，漸漸的她學會了向攝影機做媚眼。中年以後她喜歡和女兒一同拍，因為誰都說她們像姐妹。攝影師只消說這麼一句，她便吩咐他多印一打照片。

晚年的賽姆生太太不那麼上照了，瞧上去也還比她的真實年齡年青二十歲。染了頭髮，低低的梳一個漆黑的雙心髻。體格雖談不上美，卻也夠得上引用老舍誇讚西洋婦女的話：「胳膊是胳膊，腿是腿。」皮膚也保持著往日的光潤，她說那是她小時候吃了珍珠粉之故，然而根據她自己的敘述，她的童年時代是極其艱苦的，似乎自相矛盾。賽姆生太太的話原是靠不住的居多，可是她信口編的謊距離事實太遠了，說不定遠兜遠轉，「話又說回來了」的時候，偶爾也會迎頭撞上了事實。

賽姆生太太將照相簿重新鎖進箱子裏去，嗟嘆道：「自從今年伏天晒了衣裳，到如今還沒把箱子收起來。我一個人哪兒抬得動？年紀大了，兒女又不在跟前，可知苦哩！」我覺得義不容辭，自告奮勇幫她抬。她從床底下大大小小拖出七八隻金漆箱籠，一面搬，一面向我格格笑道：「你明兒可得找個推拿的來給你推推——只怕要害筋骨疼！」

她爬高上低，蹲在櫃頂上接遞物件，我不由得捏著一把汗，然而她委實身手矯捷，又穩又俐落。她的腳踝是紅白皮色，踏著一雙朱紅皮拖鞋。她像一隻大貓似的跳了下來，打開另一隻箱子，彎著腰伸手進去掏摸，囑咐我為她扶住了箱子蓋。她的頭突然鑽到我的腋下，又神出鬼沒地移開了。她的臉龐與脖子發出微微的氣味，並不是油垢，也不是香水，有點肥皂味而不單純的是肥皂味，是一隻洗刷得很乾淨的動物的氣味。人本來都是動物，可是沒有誰像她這樣肯定地是一隻動物。

她忙碌著，嘶嘶地從牙齒縫裏吸氣，彷彿非常寒冷。那不過是秋天，可是她那咻咻的呼吸給人一種凜冽的感覺。……也許她畢竟是老了。

箱子一隻隻疊了上去，她說：「別忙著走呀，我下麵給你吃。」言下，又拖出兩隻大籐籃來。我們將籐籃抬了過去之後，她又道：「沒有什麼款待你，將就下兩碗麵罷！」我道：「謝謝您，我該走了。打攪了這半天！」

次日，在哈同花園外面，我又遇見了她，站住在牆根下說了一會話。她挽著一只網袋，上街去為兒女們買罐頭食物。她的兒女們一律跟她姓了賽姆生，因此都加入了英國籍，初時雖然風光，事變後全都進了集中營，撇下賽姆生太太孤孤零零在外面苦度光陰，按月將一些沙糖罐頭肉類水果分頭寄與他們。她攢眉道：「每月張羅這五個包裹，怎不弄得我傾家蕩產的？不送便罷，要送，便不能少了哪一個的。一來呢，都是我親生的，十個指頭，咬著都疼。二來呢，孩子們也會多心。養兒防老，積穀防饑，我這以後不指望著他們還指望誰？怎能不敷衍著他們？天下做父母的，做到我這步田地，也就慘了！前兒個我把包裹打點好了，又不會寫字，央了兩個洋行裏做事的姑娘來幫我寫。寫了半日，便不能治桌酒給人家澆澆手，也得留他們吃頓便飯。做飯是小事，往日我幾桌酒席也辦得上來，如今可是巧媳婦做不出無米的飯。你別瞧我打扮得頭光面滑的在街上蹓跳，內裏實在是五癆七傷的，累出了一身的病在這裏！天天上普德醫院打針去，藥水又貴又難買。偏又碰見這陸醫生不是個好東西，就愛佔人便宜。正趕著我心事重重——還有這閒心同他打牙嗑嘴哩！我前世裏不知作了什麼孽，一輩子儘撞見這些饞嘴貓兒，到哪兒都不得清靜！」

賽姆生太太還說了許多旁的話，我記不清楚了。哈同花園的籬笆破了，牆塌了一角，缺口處露出一座灰色小瓦房，炊烟濛濛上升，鱗鱗的瓦在烟中淡了，白了，一部份泛了色，像多年前的照片。

賽姆生太太小名霓喜。她不大喜歡提起她幼年的遭際，因此我們只能從她常說的故事裏尋得一點線索。她有一肚子的兇殘的古典，說給孩子們聽，一半是嚇孩子，一半是嚇她自己，從恐怖的回憶中她得到一種奇異的滿足。她說到廣東鄉下的一個婦人，家中養著十幾個女孩。為了點小事，便罰一個女孩站在河裏，水深至腰，站個一兩天，出來的時候，濕氣也爛到腰上。養女初進門，先給一個下馬威，在她的手背上緊緊縛三根毛竹筷，筷子深深嵌在肉裏，旁邊的肉墳起多高。隔了幾天，腫的地方出了膿，筷子生到肉裏去，再讓她自己一根根拔出來。直著嗓子叫喊的聲音，沿河一里上下都聽得見。即使霓喜不是這些女孩中的一個，我們也知道她的原籍是廣東一個偏僻的村鎮。廣東的窮人終年穿黑的，抑鬱的黑土布，黑烤綢。霓喜一輩子恨黑色，對於黑色有一種忌諱，因為它代表貧窮與磨折。霓喜有時候一高興，也把她自己說成珠江的蛋家妹，可是那也許是她的羅曼蒂克的幻想。她的發祥地就在九龍附近也說不定。那兒也有的是小河。

十四歲上，養母把她送到一個印度人的綢緞店裏，賣了一百二十元。霓喜自己先說是一百二十元，隨後又覺得那太便宜了些，自高身價，改口說是三百五十元，又說是三百。

先後曾經領了好幾個姑娘去，那印度人都瞧不中，她是第七個，一見她便把她留下了，這是她生平的一件得意的事。她還有一些傳奇性的穿插，說她和她第一個丈夫早就見過面。那年青的印度人為了生意上的接洽，乘船下鄉。她恰巧在岸上洗菜，雖不曾搭話，兩下裏都有了心。他發了一筆小財，打聽明白了她的來歷，便路遠迢迢託人找霓喜的養母給他送個丫頭來，又不敢指名要她，只怕那婦人居為奇貨，格外的難纏。因此上，看到第七個方才成交。這一層多半是她杜撰的。

霓喜的臉色是光麗的杏子黃。一雙沉甸甸的大黑眼睛，碾碎了太陽光，黑裏面揉了金。鼻子與嘴唇都嫌過於厚重，臉框似圓非圓，沒有格式，然而她哪裏容你看清楚這一切。她的美是流動的美，便是規規矩矩坐著，頸項也要動三動，真是俯仰百變，難畫難描。

初上城時節，還是光緒年間，梳兩個丫髻，戴兩支充銀點翠鳳嘴花，耳上垂著映紅寶石墜子，穿一件烟裏火迴文緞大襖，嬌綠四季花綢袴，跟在那婦人後面，用一塊細緻穗白綾挑線汗巾半掩著臉，從那個綢緞店的後門進去，扭扭捏捏上了樓梯。樓梯底下，夥計們圍著桌子吃飯，也有印度人，也有中國人，交頭接耳，笑個不了。那老實些的，只怕東家見怪，便低著頭扒飯。

那綢緞店主人雅赫雅・倫姆健卻在樓上他自己的臥室裏，紅木架上擱著一盆熱水，桌上支著鏡子，正在剃鬍子呢。他養著西方那時候最時髦的兩撇小鬍子，鬚尖用膠水捻得直挺挺翹起，臨風微顫。他頭上纏著白紗包頭，身上卻是極挺括的西裝。年紀不上三十歲，也是個俊俏人物。聽見腳步聲，便抓起濕毛巾，揩著臉，迎了出來，向那婦人點了點頭，大剌剌走回房去，自顧自坐下了。那黑衣黃臉的婦人先前來過幾趟，早是熟門熟路了，便跟了進來。霓喜一進房便背過身去，低著頭，抄著手站著。

雅赫雅打量了她一眼，淡淡的道：「有砂眼的我不要。」那婦人不便多言，一隻手探過霓喜的衣領，把她旋過身來，那隻手便去翻她的下眼瞼，道：「你看看！你看看！你自己看去！」雅赫雅走上前來，婦人把霓喜的上下眼皮都與他看過了。霓喜疼得緊，眼珠子裏裹著淚光，狠狠的睖了他一眼。

雅赫雅扠著腰笑了，又道：「有濕氣的我不要。」那婦人將霓喜向椅子上一推，彎下腰去，提起她的袴腳管，露出一雙大紅十樣錦平底鞋，鞋尖上扣綉鸚鵡摘桃。婦人待要與她脫鞋，霓喜不肯，略略掙了一掙，婦人反手就給她一個嘴巴。常言道：熟能生巧。婦人這一巴掌打得靈活之至，霓喜的鬢角並不曾弄毛一點。雅赫雅情不自禁，一把拉住婦人的手臂，叫道：「慢來！慢來！是我的人了，要打我自己會打，用不著你！」婦人不由得笑了起來道：「原來是你的人了！老闆，你這才吐了口兒！難得這孩子投了你的緣，你還怕我拿班做勢扣住不給你麼？什麼濕氣不濕氣的，混挑眼兒，像是要殺我的價似的——也不像你老闆素日的為人了！老闆你不知道，人便是你的人了，當初好不虧我管教她哩！這孩子諸般都好，就是性子倔一點。不怕你心疼的話，若不是我三天兩天打著，也調理不出這麼個斯斯文文上畫兒的姑娘。換了個無法無天的，進了你家的門，拋你的米，撒你的麵，怕不磕蹬得你七零八落的！」

雅赫雅笑道：「打自由你打，打出一身的疤來，也不好看相！」婦人復又摟起霓喜的袖子來，把隻胳膊送到雅赫雅眼前去。雅赫雅搖頭道：「想你也不會揀那看得見的所在拷打她！」婦人啐道：「你也太囉唣了！難不成要人家脫光了脊梁看一看？」

霓喜重新下死勁瞅了他一眼。雅赫雅呵呵笑了起來，搭訕著接過霓喜手中的小包袱來，掂了一掂，向婦人道：「這就是你給她的陪送麼？也讓我開開眼。」便要打開包袱，婦人慌忙攔住道：「人家的襯衣鞋腳也要看！老闆你怎麼這樣沒有品？」雅赫雅道：「連一套替換的衣裳也沒有？」婦人道：「嫁到綢緞莊上，還愁沒有綾羅綢緞一年四季冬暖夏涼裹著她？身上這一套，老闆你是識貨的，你來摸摸。」因又彎下腰去拎起霓喜的袴腳道：「是蘇州捎來的尺頭哩！進貢的也不過如此罷了！」又道：「腳便是大腳。我知道你老闆是外國脾氣，腳小了反而不喜歡。若沒有這十分人材，也配不上你老闆。我多也不要你的，你給我兩百塊，再同你討二十塊錢喜錢。好不容易替你做了這個媒，腿也跑折了，這兩個喜錢，也是份內的，老闆可是王媽媽賣了磨，推不得了！」雅赫雅道：「累你多跑了兩趟，車錢船錢我跟你另外算便了。兩百塊錢可太多了，叫我們怎麼往下談去？」婦人道：「你又來了！兩百塊錢賣給你，我是好心替她打算，圖你個一夫一妻，青春年少的，作成她享個後半輩子的福，也是我們母女一場。我若是黑黑良心把她賣到堂子裏去，那身價銀子，少說些打她這麼個銀人兒也夠了！」當下雙方軟硬兼施，磋商至再，方才議定價目。

雅赫雅是一個健壯熱情的男子，從印度到香港來的時候，一個子兒也沒有，白手起家，很不容易，因此將錢看得相當的重，年紀輕輕的，已經偏於慳吝。對於中年的闊太太們，他該是一個最合理想的戀人，可是霓喜這十四歲的女孩子所需要的卻不是熱情而是一點零用錢與自尊心。

她在綢緞店裏沒有什麼地位。夥計們既不便稱她為老闆娘，又不便直呼她的名字，只得含糊的用「樓上」二字來代表她。她十八歲上為雅赫雅生了個兒子，取了個英國名字，叫做吉美。添了孩子之後，行動上比較自由了些，結識了一羣朋友，拜了乾姐妹，內中也有洋人的女傭，也有唱廣東戲的，也有店東的女兒。霓喜排行第二，眾人都改了口喚她二姑。

雅赫雅的綢緞店是兩上兩下的樓房，店面上的一間正房，雅赫雅做了臥室，後面的一間分租了出去。最下層的地窖子卻是兩家共用的，黑壓壓堆著些箱籠，自己熬製的成條的肥皂，南洋捎來的紅紙封著的榴槤糕。丈來長的麻繩上串著風乾的無花果，盤成老粗的一圈一圈，堆在洋油桶上。頭上吊著燻魚，臘肉，半乾的褂袴。影影綽綽的美孚油燈。那是個冬天的黃昏，霓喜在地窖子裏支了架子燙衣裳。三房客家裏的一個小伙子下來開箱子取皮衣，兩個嘲戲做一堆，推推搡搡，熨斗裏的炭火將那人的袖子上燒了個洞，把霓喜笑得前仰後合。

正亂著，上面夥計在樓梯口叫道：「二姑，老闆上樓去了。」霓喜答應了一聲，把熨斗收了，拆了架子，疊起架上的絨毯，趿著木屐踢踢踏踏上去。先到廚房裏去拎了一桶煤，帶到樓上去添在火爐裏，問雅赫雅道：「今兒個直忙到上燈？」雅赫雅道：「還說呢！就是修道院來了兩個葡萄牙尼姑，剪了幾丈天鵝絨做聖台上的帳子，又嫌貴，硬叫夥計把我請出來，跟我攀交情，嘮叨了這半天。」霓喜笑道：「出家人的錢，原不是好賺的。」雅赫雅道：「我還想賺她們的哩！不貼她幾個就好了。滿口子仁義道德，只會白嚼人。那梅臘妮師太還說她認識你呢。」霓喜喲了一聲道：「來的就是梅臘妮師太？她姪子是我大姐夫。」雅赫雅道：「你才來的時候也沒聽說有什麼親戚，這會子就不清不楚弄上這些牽牽絆絆的！底下還有熱水沒有？燒兩壺來，我要洗澡。」

霓喜又到灶下去沏水，添上柴，蹲在灶門前，看著那火漸漸紅旺，把面頰也薰紅了。站起來脫了大襖，裏面只穿一件粉荷色萬字綢緊身棉襖，又從牆上取下一條鏤空襯白挖雲青緞舊圍裙繫上了。先沖了一隻錫製的湯婆子，用大襖裹了它，送了上去，順手將一隻朱漆浴盆帶了上去，然後提了兩壺開水上來，閂上門，伺候雅赫雅脫了衣服，又替他擦背。擦了一會，雅赫雅將兩隻濕淋淋的手臂伸到背後去，勾住了她的脖子，緊緊的摟了一摟。那青緞圍裙的胸前便沾滿了肥皂沫。

霓喜道：「快洗罷，水要冷了。」雅赫雅又洗了起來，忽道：「你入了教了，有這話沒有？」霓喜道：「哪兒呀？我不過在姐夫家見過這梅臘妮師太兩面……」雅赫雅道：「我勸你將就些，信信菩薩也罷了。便是年下節下，往廟裏送油送米，佈施幾個，也還有限。換了這班天主教的姑子，那還了得，她們是大宅門裏串慣了的，獅子大開口，我可招架不了！」霓喜笑道：「你也知道人家是大宅門裏串慣了的，打總督往下數，是個人物，都同她們有來往。除了英國官兒，就是她們為大。你雖是個買賣人，這兩年眼看步步高升，樹高招風，有個拉扯，諸事也方便些。」雅赫雅笑了起來道：「原來你存心要結交官場。我的姐姐，幾時養得你這麼大了？」霓喜瞟了他一眼道：「有道是水漲船高。你混得好了，就不許我妻隨夫貴麼？」

雅赫雅笑道：「只怕你爬得太快了，我跟不上！」霓喜撇了撇嘴，笑道：「還說跟不上呢！你現開著這爿店，連個老媽子都僱不起，什麼粗活兒都是我一把兒抓，把個老婆弄得黑眉烏嘴上灶丫頭似的，也叫人笑話，你枉為場面上的人，這都不省得？憑你這份兒聰明，也只好關起門來在店堂裏做頭腦罷了。」雅赫雅又伸手吊住她的脖子，仰著臉在她腮上啄了一下，昵聲道：「我也不要做頭腦，我只要做你的心肝。」霓喜啐道：「我是沒有心肝的。」雅赫雅道：「沒心肝，腸子也行。中國人對於腸子不是有很多講究麼？一來就鬧腸子斷了。」霓喜在他頸項背後戳了一下道：「可不是！早給你嘔斷了！」

她見雅赫雅今天彷彿是很興頭，便乘機進言，閒閒的道：「你別說外國尼姑，也有個把好的。那梅臘妮師太，好不有道行哩！真是直言談相，半句客套也沒有，說得我一身是汗，心裏老是不受用。」雅赫雅道：「哦？她說你什麼來？」霓喜道：「她說我什麼葷不葷，素不素的，往後日子長著呢，別說上天見怪，凡人也容不得我。」雅赫雅立在浴盆裏，彎腰擰毛巾，笑道：「那便如何是好？」霓喜背著手，垂著頭，輕輕將腳去踢他的浴盆，道：「她勸我結婚。」雅赫雅道：「結婚麼？同誰結婚呢？」霓喜恨得牙癢癢的，一掌將他打了個踉蹌，差一點滑倒在水裏，罵道：「你又來嘔人！」雅赫雅笑得格格的道：「梅臘妮師太沒替你做媒麼？」霓喜別過身去，從袖子裏掏出手帕來抹眼睛。

雅赫雅坐在澡盆邊上，慢條斯理洗一雙腳，熱氣蒸騰，像神龕前檀香的白烟，他便是一尊暗金色的微笑的佛。他笑道：「怪道呢，她這一席話把你聽了個耳滿心滿。你入了教，趕明兒把我一來二去的也勸得入了教，指不定還要到教堂裏頭補行婚禮呢！」霓喜一陣風旋過身來，一手扠腰，一手指著他道：「你的意思我知道。我不配做你的女人，你將來還要另娶女人。我說在頭裏，諒你也聽不進：旋的不圓砍的圓，你明媒正娶，花燭夫妻，未見得一定勝過我。」

雅赫雅道：「水涼了，你再給我對一點。」霓喜忽地提起水壺就把那滾水向他腿上澆，銳聲叫道：「燙死你！燙死你！」

雅赫雅吃了一嚇，縱身跳起，雖沒有塌皮爛骨，皮膚也紅了，微微有些疼痛。他也不及細看，水淋淋的就出了盆，趕著霓喜踢了幾腳。

霓喜坐在地下哭了，雅赫雅一個兜心腳飛去，又把她踢翻在地，叱道：「你敢哭！」霓喜支撐著坐了起來道：「我哭什麼？我眼淚留著洗腳跟，我也犯不著為你哭！」說著，依舊哽咽個不住。

雅赫雅的氣漸漸平了，取過毛巾來揩乾了身上，穿上衣服，在椅上坐下了，把湯婆子拿過來渥著，道：「再哭，我不喜歡了。」因又將椅子挪到霓喜跟前，雙膝夾住霓喜的肩膀，把湯壺擱在她的脖子背後，笑道：「燙死你！燙死你！」霓喜只是騰挪，並不理睬他。

雅赫雅笑道：「怪不得姐兒急著想嫁人了，年歲也到了，私孩子也有了。」霓喜長長的嘆了口氣道：「別提孩子了！抱在手裏，我心裏只是酸酸的，也不知明天他還是我的孩子不是。趕明兒你有了太太，把我打到聱字號裏去了，也不知是留下我還是不留下我。便留下我，也得把我趕到後院子裏去燒火劈柴。我這孩子長大了也不知還認我做娘不認？」

雅赫雅把手插到她衣領裏去，笑道：「你今兒是怎麼了，一肚子的牢騷？」霓喜將他的手一摔，一個鯉魚打挺，竄起身來，恨道：「知道人心裏不自在，儘自搗弄我待怎的？」雅赫雅望著她笑道：「也是我自己不好，把你慣壞了，動不動就浪聲顙氣的。」霓喜跳腳道：「你幾時慣過了我？你替我多製了衣裳，多打了首飾，大捧的銀子給我買零嘴兒吃來著？」雅赫雅沉下臉來道：「我便沒有替你打首飾，我什麼地方虧待了你？少了你的吃還是少了你的穿？」霓喜冷笑道：「我索性都替你說了罷！賊奴才小婦，才來時節，少吃沒穿的，三分像人，七分像鬼，這會子吃不了三天飽飯，就慣得她忘了本了，沒上沒下的！——你就忘不了我的出身，你就忘不了我是你買的！」

雅赫雅吮著下嘴唇，淡淡的道：「你既然怕提這一層，為什麼你逢人就說：『我是他一百二十塊錢買來的。』——惟恐人家不知道？」霓喜頓了一頓，方道：「這也是你逼著我。誰叫你當著人不給我留面子，呼來叱去的。小姐妹們都替我氣不伏，怪我怎的這麼窩囊。人人有臉，樹樹有皮，我不是你買的，我就由著你欺負麼？」說著，又要哭。雅赫雅道：「對你乾姐妹說說也罷了，你不該同男人勾勾搭搭的時候也掛在口上說：『我是他一百二十塊錢買的，你當我是愛親做親麼？』」霓喜兜臉徹腮漲得通紅，道：「賊砍頭的，你幾時見我同男人勾搭過？」

雅赫雅不答。霓喜蹲下身去，就著浴盆裏的水搓洗毛巾，喃喃罵道：「是哪個賊囚根子在你跟前嚼舌頭，血口噴人？我把這條性命同他兌了罷！」雅赫雅側著頭瞅著她道：「你猜是誰？」霓喜道：「你這是詐我是不是？待要叫我不打自招。你就打死了我，我也還不出你一個名字來！」雅赫雅欠伸道：「今兒個累了，不打你，只顧打呵欠。你去把飯端上來罷。」

霓喜將毛巾絞乾了，晾在窗外的繩子上，浴盆也抬了出去，放在樓梯口的角落裏，高聲喚店裏的學徒上來收拾，她自己且去揩抹房中地板上的水漬，一壁忙，一壁喊嚷道：「把人支使得團團轉，還有空去勾搭男人哩！也沒見這昏君，聽見風就是雨……」

學徒將孩子送了上來。那滿了週歲的黃黑色的孩子在粉紅絨布的襁褓中睡著了。霓喜道：「大冷的天，你把他抱到哪兒去了？」學徒道：「哥兒在廚房裏看他們燉豬腳哩！」霓喜向空中嗅了一嗅道：「又沒有誰懷肚子，吃什麼酸豬腳？」將孩子擱在床上，自去做飯。

懸在窗外的毛巾與襯衫袴，哪消一兩個時辰，早結上了一層霜，凍得漿硬，暮色蒼茫中，只看見一方一方淡白的影子。這就是南方的一點雪意了。

是清瑩的藍色的夜，然而這裏的兩個人之間沒有一點同情與了解，雖然他們都是年青美貌的，也貪戀著彼此的美貌與年青，也在一起生過孩子。

梅臘妮師太路過雅赫雅的綢緞店，順腳走進來拜訪。霓喜背上繫著兜，馱著孩子，正在廚下操作。寒天臘月，一雙紅手插在冷水裏洗那銅吊子，銅釘的四周膩著雪白的豬油。兩個說了些心腹話。霓喜只因手上髒，低下頭去，抬起肩膀來，胡亂將眼淚在衣衫上搵了一搵，嗚咽道：「我還有什麼指望哩？如今他沒有別人，尚且不肯要我，等他有了人了，他家還有我站腳的地方麼？鼓不打不響，話不說不明，我這才知道他的心了。」梅臘妮勸道：「凡事都得往寬處想。你這些年怎麼過來？也不急在這一時。你現守著個兒子，把得家定，怕怎的？」霓喜道：「梅師父你不知道，賊強人一輩子不發跡，少不得守著個現成的老婆，將就著點。偏他這兩年做生意順手，不是我的幫夫運就是我這孩子腳硬——可是他哪裏肯認帳？你看他在外頭轟轟烈烈，為人做人的，就不許我出頭露面，惟恐人家知道他有女人。你說他安的是什麼心？若說我天生的是這塊料，不配見人，他又是什麼好出身？提起他那點根基來，笑掉人大牙罷了！」梅臘妮忙道：「我的好奶奶，你有什麼見不得人的地方？場面上的太太小姐，我見過無其數，論相貌，論言談，哪個及得上你一半？想是你人緣太好了，沾著點就黏上了，他只怕你讓人撕了塊肉去。」霓喜也不由得噗嗤一笑。

雅赫雅當初買霓喜進門，無非因為家裏需要這麼個女人，乾脆買一個，既省錢，又省麻煩，對於她的身分問題並沒有加以考慮。後來見她人才出眾，也想把她作正頭妻看待，又因她脾氣不好，只怕越扶越醉，仗著是他太太，上頭上臉的，便不敢透出這層意思。久而久之，看穿了霓喜的為人，更把這心來淡了。

霓喜小時候受了太多的折磨，初來的幾年還覺形容憔悴，個子也瘦小，漸漸的越發出落得長大美麗，臉上的顏色，紅的紅，黃的黃，像攙了寶石粉似的，分外鮮煥。閒時在店門口一站，把裏裏外外的人都招得七顛八倒。惟有雅赫雅並不曾對她刮目相看。她受了雅赫雅的氣，惟一的維持她的自尊心的方法便是隨時隨地的調情——在色情的圈子裏她是個強者，一出了那範圍，她便是人家腳底下的泥。

雅赫雅如何容得她由著性兒鬧，又不便公然為那些事打她，怕她那張嘴，淮洪似的，嚷得盡人皆知；只得有的沒的另找碴兒。雅赫雅在外面和一個姓于的青年寡婦有些不清不楚，被霓喜打聽出來，也不敢點破了他，只因雅赫雅早就說在前：「你管家，管孩子，只不准你管我！」霓喜沒奈何，也借著旁的題目跟他嘔氣。兩人三日一小吵，五日一大吵，只是不得寧靜。

霓喜二十四歲那年又添了個女兒，抱到天主教修道院去領了洗，取名瑟梨塔，連那大些的男孩也一併帶去受了洗禮。這時雅赫雅的營業蒸蒸日上，各方面都有他一手兒，綢緞莊不過是個幌子。梅臘妮師太固然來得更勤了，長川流水上門走動的也不止梅臘妮一個。霓喜懷胎的時候，家裏找了個女傭幫忙，生產後便長期僱下了。霓喜嫌店堂樓上狹窄，要另找房子，雅赫雅不肯，只把三房客攆了，騰出一間房來，叫了工匠來油漆門窗，粉刷牆壁，全宅煥然一新。收拾屋子那兩天，雅赫雅自己避到朋友家去住，霓喜待要住到小姐妹家去，他卻又不放心。霓喜賭氣帶了兩個孩子到修道院去找梅臘妮師太，就在尼僧主辦的育嬰堂裏宿了一晚，雖然冷靜些，也是齊整洋房，海風吹著，比鬧市中的綢緞鋪涼爽百倍。梅臘妮卻沒口子嚷熱，道：「待我稟明了院長，帶兩個師妹上山避暑去。」霓喜道：「山中你們也造了別墅麼？好闊！」梅臘妮笑道：「哪兒呀？就是米耳先生送我的那幢房子。」霓喜咋舌道：「房子也是送得的？」梅臘妮笑道：「我沒告訴過你麼？真是個大笑話，我也是同他鬧著玩，說：『米耳先生，你有這麼些房子，送我一幢罷！』誰知我輕輕一句話，弄假成真，他竟把他住宅隔壁新蓋的那一所施捨與我，說：『不嫌棄，我們做個鄰居！』」霓喜嘖嘖道：「你不說與我聽也罷了。下次再化個緣，叫我們這出手小的，越發拿不出來了。」當下一力攛掇梅臘妮到新房子裏逛去，又道：「務必攜帶我去走走。」梅臘妮正要存心賣弄，便到老尼跟前請了示，次日清早，一行七八個人，霓喜兩個孩子由女傭領著，乘了竹轎，上山遊玩。

轎子經過新築的一段平坦大道，一路上鳳尾森森，香塵細細，只是人烟稀少，林子裏一座棕黑色的小木屋，是警察局分所，窗裏伸出一支竹竿，吊在樹上，晾著印度巡捕的紅色頭巾。那滿坑滿谷的淵淵綠樹，深一叢，淺一叢，太陽底下，鴉雀無聲，偶爾撥刺作響，是採柴的人鑽過了。從轎夫頭上望下去，有那蝦灰色的小小的香港城，有海又有天，青山綠水，觀之不足，看之有餘。霓喜卻把一方素綢手帕搭在臉上，擋住了眼睛，道：「把臉晒得黑炭似的，回去人家不認得我了。」又鬧樹枝子抓亂了頭髮，嗔那轎夫不看著點兒走，又把鬢邊掖著的花摘了下來道：「好烈的日頭，晒了這麼會子，就乾得像茶裏的茉莉。」梅臘妮道：「你急什麼？到了那兒，要一籃也有。」另一個姑子插嘴道：「我們那兒的怕是日本茉莉罷？黃的，沒這個香。」又一個姑子道：「我們便沒有，米耳先生那邊有，也是一樣。」梅臘妮道：「多半他們家沒人在，說是上莫干山避暑去了。」霓喜伸直了兩條腿，偏著頭端詳她自己的腳，道：「一雙新鞋，才上腳，就給踩髒了。育嬰堂裏那些孩子，一個個野馬似的，你們也不管管他！」又道：「下回做鞋，鞋口上不鑲這金辮子了，怪刺刺的！」

米耳先生這座房子，歸了梅臘妮，便成了廟產，因此修道院裏撥了兩個姑子在此看守，聽見梅臘妮一眾人等來到，迎了出來，笑道：「把轎子打發回去罷，今兒個就在這兒住一宿，沒什麼吃的，雞蛋乳酪卻都是現成的。」梅臘妮道：「我們也帶了火腿燻肉，吃雖夠吃了，還是回去的好，明兒一早有神父來做禮拜，聖壇上是我輪值呢，只怕趕不及。」姑子們道：「夜晚下山，恐有不便。」霓喜道：「路上有巡警，還怕什麼？」姑子們笑道：「奶奶你不知道，為了防強盜，駐紮了些印度巡捕，這現在我們又得防著印度巡捕了！」

眾人把一個年紀最大的英國尼姑鐵烈絲往裏攙。鐵烈絲個子小而肥，白包頭底下露出一張燥紅臉，一對實心的藍眼珠子。如果洋娃娃也有老的一天，老了之後便是那模樣。別墅裏養的狗躥到人身上來，鐵烈絲是英國人，卻用法文叱喝道：「走開！走開！」那狗並不理會，鐵烈絲便用法文咒罵起來。有個年青的姑子笑道：「您老是跟牠說法文！」鐵烈絲直著眼望著她道：「牠又不通人性，牠怎麼懂得英國話？」小尼與花匠抿著嘴笑，被梅臘妮瞅了一眼，方才不敢出聲。

那鐵烈絲已是不中用了，梅臘妮正在壯年有為的時候，胖大身材，刀眉笑眼，八面玲瓏，領著霓喜看房子，果然精緻，一色方磚鋪地，綠粉牆，金花雪地磁罩洋燈，竹屏竹榻，也有兩副仿古劈竹對聯匾額；家具雖是雜湊的，卻也齊全。霓喜讚不絕口。

鐵烈絲一到便催開飯，幾個中國姑子上灶去了，外國姑子們便坐在廳堂裏等候。吃過了，鐵烈絲睡午覺去了，梅臘妮取出一副紙牌來，大家鬬牌消遣，霓喜卻鬧著要到園子裏去看看。梅臘妮笑道：「也沒見你——路上怕晒黑，這又不怕了。」霓喜站在通花園的玻璃門口，取出一面銅腳鏡子，斜倚著門框，攏攏頭髮，摘摘眉毛，剔剔牙齒，左照右照，鏡子上反映出的白閃閃的陽光，只在隔壁人家的玻璃窗上霍霍轉。轉得沒意思了，把孩子抱過來刁著嘴和他說話，扮著鬼臉，一聲呼哨，把孩子嚇得哭了，又道：「莫哭，莫哭，唱齣戲你聽！」曼聲唱起廣東戲來。姑子們笑道：「倫家奶奶倒真是難得，吹彈歌唱，當家立計，樣樣都精。」梅臘妮問道：「你有個乾妹妹在九如坊新戲院，是跟她學的罷？聽這聲口，就像個內行。」霓喜帶笑只管唱下去，並不答理。唱完了一節，把那陰涼的鏡子合在孩子嘴上，彎下腰去叫道：「啵啵啵啵啵，」教那孩子向鏡子上吐唾沫，又道：「冷罷？好冷，好冷，凍壞我的乖寶寶了！」說著，渾身大大的哆嗦了一陣。孩子笑了，她也笑了，丟下了孩子，混到人叢裏來玩牌。

玩到日色西斜，鐵烈絲起身，又催著吃點心，吃了整整一個時辰，看看黑上來了，眾人方才到花園裏換一換空氣。一眾尼僧都是黑衣黑裙，頭戴白翅飛鳶帽，在黃昏中像一朵朵巨大的白蝴蝶花，花心露出一點臉來。惟有霓喜一人梳著時式的髮頭，用一把梳子高高捲起頂心的頭髮，下面垂著月牙式的前劉海，連著長長的水鬢；身穿粉紅杭紡衫袴，滾著金辮子；雖不曾纏過腳，一似站不穩，只往人身上靠。勾肩搭背走過一棵蛋黃花樹——那蛋黃花白瓣黃心，酷肖剝了殼的雞子，以此得名——霓喜見一朵採一朵，聚了一大把，順手便向草窠裏一拋。見了木瓜樹，又要吃木瓜。梅臘妮雙手護住那赤地飛霜的癭瘤似的果子，笑道：「還早呢，等熟了，一定請你吃。」

霓喜扯下一片葉子在自己下頷上蘇蘇搔著，斜著眼笑道：「一年四季滿街賣的東西，什麼稀罕？我看它，熟是沒熟，大也不會再大了。」

正說著，牆上一個人探了一探頭，是隔壁的花匠，向這邊的花匠招呼道：「阿金哥，勞駕接一接，我們米耳先生給梅臘妮師太送了一罐子雞湯來。」梅臘妮忙道：「折死我了，又勞米耳先生費心。早知你們老爺在家，早就來拜訪了。」那堵牆是沿著土岡子砌的，綠纍纍滿披著爬藤。那邊的花匠立在高處，授過一隻洋磁罐，阿金搬梯子上去接過來，牆頭築著矮矮的一帶黃粉欄杆，米耳先生背倚著欄杆，正在指揮著小廝們搬花盆子。梅臘妮起先沒看見他，及至看清楚了，連忙招呼。米耳先生掉轉身向這邊遙遙的點了個頭道：「你好呀，梅臘妮師太？」那米耳先生是個官，更兼是個中國地方的外國官，自是氣度不凡。鬍鬚像一隻小黃鳥，張開翅膀托住了鼻子，鼻子便像一座山似的隔開了雙目，惟恐左右兩眼瞪人瞪慣了，對翻白眼，有傷和氣。頭頂已是禿了，然而要知道他是禿頭，必得繞到他後面去方才得知，只因他下頦仰得太高了。

當下梅臘妮笑道：「米耳太太跟兩位小姐都避暑去了？」米耳先生應了一聲。梅臘妮笑道：「米耳先生，真虧你，一個人在家，也不出去逛逛。」米耳先生道：「衙門裏沒放假。」梅臘妮道：「衙門裏沒放假，太太跟前放了假啊！」米耳先生微微一笑道：「梅師父，原來你這麼壞！」霓喜忍不住，大著胆子插嘴道：「你以為尼姑都是好的麼？你去做一年尼姑試試，就知道了。」她這兩句英文，雖是文法比眾不同一點，而且攙雜著廣東話，米耳先生卻聽懂了，便道：「我不是女人，怎麼能做尼姑呢？」霓喜笑道：「做一年和尚，也是一樣。做了神父，就免不了要常常的向修道院裏跑。」米耳先生哈哈大笑起來，架著鼻子的黃鬍子向上一聳一聳，差點兒把鼻子掀到腦後去了。從此也就忘了翻白眼，和顏悅色的向梅臘妮道：「這一位的英文說得真不錯。」梅臘妮道：「她家現開著香港數一數二的綢緞店，專做上等人的生意，怎不說得一口的好英文？」米耳先生道：「哦，怪道呢！」梅臘妮便介紹道：「米耳先生，倫姆健太太。」米耳先生背負著手，略略彎了彎腰。霓喜到了這個時候，卻又扭過身去，不甚理會，只顧摘下一片檸檬葉，揉搓出汁來，窩在手心裏，湊上去深深嗅著。

只聽那米耳先生向梅臘妮說道：「我要央你一件事。」梅臘妮問什麼事。米耳先生道：「我太太不在家，廚子沒了管頭，菜做得一天不如一天。你過來指點指點他，行不行？」梅臘妮一心要逞能，便道：「有什麼不行的？米耳先生，你沒吃過我做的葡萄牙雜燴罷？管教你換換口味。」米耳先生道：「好極了。時候也不早了，就請過來罷。就在我這兒吃晚飯。沒的請你的，你自己款待自己罷。」又道：「還有倫姆健太太，也請過來。你也沒吃過梅臘妮師太做的葡萄牙雜燴罷？不能不嚐嚐。」說著，有僕歐過來回話，米耳先生向這邊點了個頭，背過身去，說話間便走開了。

梅臘妮自是胸中雪亮。若是尋常的老爺太太有點私情事，讓她分担點干係，她倒也不甚介意。霓喜若能與雅赫雅白頭到老，梅臘妮手裏捏著她這把柄，以後告幫起來，不怕她不有求必應，要一奉十。可是看情形，雅赫雅與霓喜是決不會長久的。一旦拆散了，雅赫雅總難免有幾分割捨不下，那時尋根究底，將往事盡情抖露出來，不說霓喜的不是，卻怪到牽線人身上來，也是人之常情。梅臘妮是斷斷不肯得罪雅赫雅的，因此大費躊躇。看霓喜時，只是笑吟吟的，扯扯衣襟，扭過身去看看鞋後跟兒，彷彿是要決定要踐約的樣子。梅臘妮沒奈何，咳嗽了一聲道：「你也高興去走走？」霓喜笑道：「就知道你還燒得一手的好菜！今兒吃到嘴，還是沾了人的光！」

梅臘妮道：「我們要去就得去了。」當下叮嚀眾尼僧一番，便喚花匠點上燈籠相送，三人分花拂柳，繞道向米耳先生家走來。門首早有西崽迎著，在前引導。黑影裏咻咻跑出幾條狼狗，被西崽一頓吆喝，旁邊走出人來將狗拴了去了。米耳先生換了晚餐服在客室裏等候著。一到，便送上三杯雪梨酒來。梅臘妮吃了，自到廚房裏照料去了。這裏米耳先生與霓喜一句生，兩句熟，然而談不上兩句話，梅臘妮卻又走了回來，只說廚子一切全都明白，不消在旁監督。米耳先生知道梅臘妮存心防著他們，一時也不便支開她去。

筵席上吃的是葡萄酒。散了席，回到客室裏來喝咖啡，又換上一杯威士忌。霓喜笑道：「怎麼來了這一會兒，就沒斷過酒？」米耳先生道：「我們英國人吃酒是按著時候的，再沒錯。」霓喜笑道：「那麼，什麼時候你們不吃酒呢？」米耳先生想了一想道：「早飯以前我是立下了規矩，一滴也不入口的。」

他吩咐西崽把鋼琴上古銅燭台上的一排白蠟燭一齊點上了，向梅臘妮笑道：「我們來點音樂罷。好久沒聽見你彈琴，想必比前越發長進了。」梅臘妮少不得謙遜一番。米耳先生道：「別客氣了。我那大女兒就是你一手教出來的。」梅臘妮背向著他們坐在琴凳上彈將起來，米耳先生特地點了一支冗長的三四折樂曲，自己便與霓喜坐在一張沙發上。那牆上嵌著烏木格子的古英國式的廳堂在燭光中像一幅黯淡的銅圖，只有玻璃瓶裏的幾朵朱紅的康乃馨，彷彿是濃濃的著了色，那紅色在昏黃的照片上直凸出來。

霓喜伸手弄著花，米耳先生便伸過手臂去兜住她的腰，又是捏，又是掐。霓喜躲閃不迭。米耳先生便解釋道：「不然我也不知道你是天生的細腰。西洋女人的腰是用鋼條跟鯨魚骨硬束出來的，細雖細，像鐵打的一般。」霓喜並不理睬他，只將兩臂緊緊環抱著自己的腰，米耳先生便去拉她的手，她將手抄在短襖的衣襟下，他的手也跟過來。霓喜忍著笑正在撐拒，忽然低聲叫道：「咦？我的戒指呢？」米耳先生道：「怎麼？戒指丟了？」霓喜道：「吃了水果在玻璃盅裏洗手的時候我褪了下來攥在手心裏的，都是你這麼一攪糊，準是溜到沙發墊子底下去了。」便伸手到那寶藍絲絨沙發裏去掏摸。米耳先生道：「讓我來。」他一隻手揿在她這邊的沙發上，一隻手伸到她那邊沙發縫裏，把她扣在他兩臂之間，雖是皺著眉聚精會神的尋戒指，躬著腰，一張酒氣醺醺的臉只管往她臉上湊。霓喜偏過臉去向後讓著，只對他橫眼睛，又朝梅臘妮努嘴兒。

米耳先生道：「找到了。你拿什麼謝我？」霓喜更不多言，劈手奪了過來，一看不覺啊呀了一聲，輕輕的道：「這算什麼？」她托在手上的戒指，是一隻獨粒的紅寶石，有指甲大。他在她一旁坐下，道：「可別再丟了。再丟了可不給你找了。」霓喜小聲道：「我那隻是翠玉的。」米耳先生道：「你倒不放大方些，說：以後你在椅子縫裏找到了，你自己留下做個紀念罷。」霓喜瞟了他一眼道：「憑什麼我要跟你換一個戴？再說，也談不上換不換呀，我那一個還不定找得到找不到呢。」米耳先生道：「只要有，是不會找不到的。只要有。」說著，笑了。他看準了她是故意的哄他，霓喜心裏也有數，便嘛著嘴把戒指摺了過來道：「不行，我只要我自己的。」米耳先生笑道：「你為什麼不說你的是金剛鑽的呢？」霓喜恨得咬牙切齒，一時也分辯不過來。這時候恰巧梅臘妮接連的回了兩次頭，米耳先生還待要親手替她戴上戒指，霓喜恐被人看見了，更落了個痕迹，想了一想，還是自己套上了，似有如無的，淡淡將手擱在一邊。

梅臘妮奏完了這支曲子便要告辭，道：「明兒還得一早就趕回去當值呢，倫姆健太太家裏也有事，誤不得的。」米耳先生留不住，只得送了出來，差人打燈籠照路，二人帶著幾分酒意，踏月回來。梅臘妮與霓喜做一房歇宿，一夜也沒睡穩，不時起來看視，疑心生暗鬼，只覺得間壁牆頭上似乎有燈籠影子晃動。次日絕早起身，便風急火急的催著眾人收拾下山。

竹轎經過米耳先生門首，米耳先生帶著兩匹狗立在千尋石級上，吹著口哨同她們打了個招呼，一匹狗潑刺刺跑了下來，又被米耳先生喚了上去。尼姑們在那裏大聲道別，霓喜只將眼皮撩了他一下，什麼也沒說。黃粉欄杆上密密排列著無數的烏藍磁花盆，像一隊甲蟲，順著欄杆往上爬，盆裏栽的是西洋種的小紅花。

米耳先生那隻戒指，霓喜不敢戴在手上，用絲縧拴了，吊在頸裏，襯衫底下。轎子一搖晃，那有稜的寶石便在她心窩上一鬆一貼，像個紅指甲，抓得人心癢癢的，不由得要笑出來。她現在知道了，做人做了個女人，就得做個規矩的女人。規矩的女人偶爾放肆一點，便有尋常的壞女人夢想不到的好處可得。

霓喜立志要成為一個有身分的太太。嫁丈夫嫁到雅赫雅，年青漂亮，會做生意，還有甚不足處？雖不是正頭夫妻，她替他養了兩個孩子了。是梅臘妮的話：她「把得家定」，他待要往哪裏跑？他只說她不是好出身，上不得檯盤，他如何知道，連米耳先生那樣會拿架子的一個官，一樣也和她平起平坐，有說有笑的？米耳先生開起玩笑來有些不知輕重，可是當著她丈夫，那是決不至於的。……她既會應酬米耳先生，怎見得她應酬不了雅赫雅結識的那些買賣人？久後他方才知道她也是個膀臂。

霓喜一路尋思，轎子業已下山。梅臘妮吩咐一眾尼僧先回修道院去，自己卻待護送霓喜母子回家。霓喜說了聲不勞相送，梅臘妮道：「送送不打緊。你說你孩子做衣裳多下來一塊天藍軟緞，正好與我們的一個小聖母像裁件披風，今兒便尋出來與我帶去罷。」霓喜點頭答應。

轎子看看走入鬧市，傾斜的青石坂上被魚販子桶裏的水沖得又腥又黏又滑。街兩邊夾峙著影沉沉的石柱，頭上是洋台，底下是人行道，來往的都是些短打的黑衣人。窮人是黑色的；窮人的孩子，窮人的糖果，窮人的紙紮風車與鬢邊的花卻是最鮮亮的紅綠——再紅的紅與他們那粉紅一比也失了色，那粉紅裏彷彿下了毒。

雅赫雅的綢緞店在這嘈雜的地方還數它最嘈雜，大鑼大鼓從早敲到晚，招徠顧客。店堂裏掛著綵球，慶祝它這裏的永久的新年。黑洞洞的櫃台裏閃著一疋一疋堆積如山的印度絲帛的寶光。通內進的小門，門上吊著油污的平金玉色緞大紅裏子的門簾，如同舞台的上場門。門頭上懸著金框鏡子，鏡子上五彩堆花，描出一隻畫眉站在桃花枝上，題著「開張誌喜」幾個水鑽字，還有上下款。

雅赫雅恰巧在櫃台上翻閱新送來的花邊樣本，與梅臘妮寒暄了幾句。霓喜心中未嘗不防著梅臘妮在雅赫雅跟前搬嘴，因有意的在樓下延挨著，無奈兩個孩子一個要溺尿，一個要餵奶，霓喜只得隨同女傭上樓照看，就手給梅臘妮找那塊零頭料子。

霓喜就著洋台上的陰溝，彎腰為孩子把尿，一抬頭看見欄杆上也擱著兩盆枯了的小紅花，花背後襯著遼闊的海，正午的陽光晒著，海的顏色是混沌的鴨蛋青。一樣的一個海，從米耳先生家望出去，就大大的不同。樓下的鑼鼓「親狂親狂」敲個不了，把街上的人聲都壓下去了。晾著的一條烤綢袴子上滴下一搭水在她臉上。她聳起肩膀用衫子來揩，揩了又揩，揩的卻是她自己的兩行眼淚。憑什麼她要把她最熱鬧的幾年糟踐在這爿店裏？一個女人，就活到八十歲，也只有這幾年是真正活著的。

孩子撒完了尿，鬧起來了，她方才知道自己在發楞，摸摸孩子的屁股，已經被風吹得冰涼的。回到房裏，梅臘妮上樓來向她告辭，取了緞子去了。那梅臘妮雖然千叮囑萬叮囑叫雅赫雅不要發作，只需提防著點，不容霓喜與米耳先生繼續來往，雅赫雅如何按捺得下？梅臘妮去了不多時，他便走上樓來，將花邊的樣本向床上一拋，一疊連聲叫找去年加爾各答捎來的樣本，不待人動手尋覓便罵將起來，只說這家裏亂得狗窩似的，要什麼沒什麼。

霓喜見他滿面陰霾，早猜到了來由，蹲在地上翻抽屜，微微側著臉，眼睛也不向他，嘆了口氣道：「你這脾氣呀——我真怕了你了！我正有兩句話說給你聽哩，偏又趕上你不高興的時候。」雅赫雅道：「你又有什麼話？」霓喜道：「我都有點不好意思說的。修道院的那些尼姑，當初你叫我遠著她們點，我不聽，如今我豈不是自己打嘴麼？」雅赫雅道：「尼姑怎麼了？」霓喜道：「你不知道，昨兒晚上，要不是拖著兩個孩子，我一個人摸黑也跑下山來了。」雅赫雅道：「怎麼了？」霓喜嘆道：「其實也沒什麼，就是梅臘妮師太有點叫人看不上眼。死活硬拉我到她一個外國朋友家吃飯。人家太太不在香港，總得避點嫌疑，她一來就走開了，可也不知道她是什麼意思！當時我沒跟她翻臉，可是我心裏不痛快，她也看出來了。」雅赫雅坐在床沿上，雙手按著膝蓋，冷笑道：「原來如此。剛才她在這裏，你怎麼不當面跟她對一對詞兒？」霓喜道：「喲，那成嗎！你要是火上來了，一跳三丈高，真把她得罪了，倒又不好了。她這種人，遠著她點不要緊，可不能得罪。你這霹靂火脾氣……我真怕了你了！」

雅赫雅被她三言兩語堵住了，當場竟發不出話來。過後一想，她的話雖不見得可靠，梅臘妮也不是個好人。再見到梅臘妮的時候，便道：「你們下次有什麼集會，不用招呼我家裏那個了。她糊塗不懂事，外頭壞人又多。」梅臘妮聽出話中有話，情知是霓喜弄的鬼，氣了個掙，從此斷了往來，啣恨於心，不在話下。

這一日，也是合該有事。雅赫雅邀了一個新從印度上香港來的遠房表親來家吃便飯。那人名喚發利斯•佛拉，年紀不上二十一二，個子不高，卻生得肥胖扎實，紫黑面皮，瞪著一雙黑白分明的微微凸出的大眼睛，一頭亂蓬蓬烏油油的鬈髮，身穿印度條紋布襯衫，西裝袴子下面卻赤著一雙腳。霓喜如何肯放過他，在席上百般取笑。這發利斯納著頭只管把那羊脂烙餅蘸了咖哩汁來吃。雅赫雅嫌咖哩汁太辣，命霓喜倒杯涼水來。霓喜給了他一杯涼水，卻倒一杯滾燙的茶奉與發利斯，發利斯喝了一口，舌頭上越發辣得像火燒似的，不覺攢眉吸氣。雅赫雅笑道：「你只是撮弄他！還不另斟上來！」霓喜笑吟吟伸手待要潑去那茶，發利斯按住了茶杯，叫道：「不用了，嫂子別費事！」兩下裏你爭我奪，茶碗一歪，倒翻在桌上，霓喜慌忙取過抹布來揩拭桌布的漬子，道：「這茶漬倒不妨事，咖哩滴在白桌布上，最是難洗。」發利斯盤子的四周淋淋漓漓濺了些咖哩汁，霓喜擦著，擦著，直擦到他身邊來，發利斯侷促不安。雅赫雅笑道：「大不了把桌布換了下來煮一煮，這會子你吃你的飯罷了，忙什麼？別儘自欺負我這兄弟。」霓喜笑道：「誰說他一句半句來著？也不怪他——沒用慣桌布。」說得發利斯越發紫漲了面皮。

雅赫雅笑道：「你別看我這兄弟老實，人家會做生意，眼看著就要得法了。」霓喜忙將一隻手搭在發利斯肩上道：「真的麼？你快快的發財，嫂子給你做媒，說個標緻小媳婦兒。」雅赫雅道：「用不著你張羅，我們大兄弟一心一意只要回家鄉去娶他的表妹。」發利斯聽不得這話，急得抓頭摸耳，央他住口。霓喜笑道：「他定下親了？」雅赫雅拿眼看著發利斯，笑道：「定倒沒有定下。」霓喜道：「兩個人私下裏要好？」雅赫雅噗嗤一笑道：「你不知道我們家鄉的規矩多麼大，哪兒容得你私訂終身？中國女人說是不見人，還不比印度防得緊。你叫發利斯告訴你，他怎樣爬在樹上看他表姐妹們去了面幕在園子裏踢球，叫他表姐妹知道了，告訴舅舅去，害得他挨了一頓打。」霓喜笑不可抑，把發利斯的肩膀捏一捏，然後一推，道：「你太癡心了！萬一你回去的時候，表姐妹一個個都嫁了呢？」雅赫雅笑道：「橫豎還有表嫂——替他做媒。」霓喜瞟了雅赫雅一眼。

吃完了飯，雅赫雅擦了臉，便和發利斯一同出去。霓喜道：「你們上哪兒去？可別把我們大兄弟帶壞了！」雅赫雅笑道：「與其讓嫂子把他教壞了，不如讓哥哥把他教壞了！他學壞了，也就不至於上嫂子的當了！」

霓喜啐了他一口，猜度著雅赫雅一定不是到什麼好地方去，心中不快，在家裏如何坐得穩，看著女傭把飯桌子收拾了，便換了件衣服，耳上戴著米粒大的金耳塞，牽著孩子上街。一路行來，經過新開的一家生藥店，認了認招牌上三個字，似乎有些眼熟，便踩著門檻兒問道：「你們跟堅道的同春堂是一家麼？」裏面的夥計答道：「是的，是分出來的。」霓喜便跨進來，笑道：「我在你們老店裏抓過藥，你們送了這麼一小包杏脯，倒比外頭買的強。給我秤一斤。」那夥計搖手道：「那是隨方贈送，預備吃了藥過口的。單買杏脯，可沒有這個規矩。」霓喜嗔道：「也沒有看見做生意這麼呆的！難道買你的杏脯，就非得買你的藥？買了藥給誰吃？除非是你要死了——只怕醫了你的病，也醫不了你的命！」那夥計連腮帶耳紅了，道：「你這位奶奶，怎麼出口傷人？」霓喜道：「上門買東西，還得衝著你陪小心不成？」

旁邊一個年青的夥計忙湊上來道：「奶奶別計較他，他久慣得罪人。奶奶要杏脯，奶奶還沒嚐過我們製的梅子呢。有些人配藥，就指明了要梅子過口。」說著，開了紅木小抽斗，每樣取了一把，用紙托著，送了過來。霓喜嚐了，讚不絕口，道：「梅子也給我秤半斤。」一頭說著話，拿眼向那夥計上下打量，道：「小孩兒家，嘴頭子甜甘就好。」那店夥年紀不上二十，出落得唇紅齒白，一表人才，只是有點刨牙。頭髮生得低，腦門子上剃光了，還隱隱現出一個花尖。這霓喜是在街頭買一束棉線也要跟挑担的搭訕兩句的人，見了這等人物，如何不喜？因道：「你姓什麼？」那人道：「姓崔。」霓喜道：「崔什麼？」那人笑道：「崔玉銘。」霓喜道：「誰替你取的名字？」崔玉銘笑了起來道：「這位奶奶問話，就彷彿我是個小孩兒似的。」霓喜笑道：「不看你是個小孩兒，我真還不理你呢！」

那時又來了個主顧，藥方子上開了高麗參、當歸等十來味藥，研碎了和蜜搓成小丸。夥計叫他七日後來取。霓喜便道：「原來你們還有蜜。讓我瞧瞧。」崔玉銘走到店堂裏面，揭開一隻大缸的木蓋，道：「真正的蜂蜜，奶奶買半斤試試？」霓喜跟過來笑道：「大包小裹的，拿不了。」崔玉銘找了個小瓦罐子來道：「拿不了我給你送去。」霓喜瞅著他道：「你有七個頭八個胆找到我家來！」這崔玉銘用銅勺抄起一股子蜜，霓喜湊上去嗅了一嗅道：「怎麼不香？也不知是什麼東西混充的！」崔玉銘賭氣將勺子裏的一個頭尾俱全的蜜蜂送到霓喜跟前道：「你瞧這是什麼？」霓喜噯喲了一聲道：「你要作死哩！甩了我一身的蜜！」便抽出腋下的手絹子在衣襟上揩抹，又道：「個把蜜蜂算得了什麼？多捉兩個放在缸裏還不容易？撈出來給老主顧一看，就信了。」玉銘笑道：「奶奶真會嘔人！」當下連忙叫學徒打一盆臉水來，伺候霓喜揩淨衣裳。霓喜索性在他們櫃台裏面一張金漆八仙桌旁邊坐下，慢慢的絞手巾，擦了衣裳又擦手，一面和玉銘攀談，問他家鄉情形，店中待遇，又把自己的事說個不了。

她那八歲的兒子吉美，她抓了一把杏脯給他，由他自己在藥店門首玩耍，卻被修道院的梅臘妮師太看見了。梅臘妮白帽黑裙，挽著黑布手提袋，夾著大號黑洋傘，搖搖擺擺走過。吉美和她一向廝熟，便撲上去抱住膝蓋，摩弄她裙腰上懸掛的烏木念珠，小銀十字架。梅臘妮笑道：「怎麼放你一個人亂跑，野孩子似的？誰帶你出來的？」吉美指著藥店道：「媽在這裏頭。」梅臘妮探了探頭。一眼瞥見霓喜坐在店堂深處，八仙桌上放了一盆臉水，卻又不見她洗臉，只管將熱手巾把子在桌沿上敲打著，斜眼望著旁邊的夥計，餳成一塊。梅臘妮暗暗點頭，自去報信不提。

霓喜在同春堂，正在得趣之際，忽聞一聲咳嗽，裏間踱出一個瘦長老兒，平平的一張黃臉，不曾留鬚，對襟玉色褂子上罩著紅青夾背心，兩層都敞著鈕扣，露出直的一條黃胸脯與橫的一條肚子，腳踏二藍花緞雙臉鞋，背著手轉了一圈。眾夥計一齊鴉雀無聲。霓喜悄悄的問崔玉銘道：「是你們老闆？」玉銘略略點頭，連看也不便朝她看。霓喜自覺掃興，拾掇了所買的各色茶食，拉了孩子便走。到家正是黃昏時候。雅赫雅和發利斯做了一票買賣回來，在綢緞店店堂裏面坐地，叫了兩碗麵來當點心。梅臘妮業已尋到店裏來，如此這般將方才所見告訴了他，又道：「論理，我出家人不該不知進退，再三的在你老闆跟前搬是非，只是你家奶奶年青，做事不免任性些，怕要惹外頭人議論。這些時我雖沒和她見面，往常我們一直是相好的，讓人家疑心是我居心不正，帶累了你們奶奶，我一個出家人，可担不起這一份罪名。再則我們修道院裏也不止我一個人，砍一枝，損百枝，上頭怪罪下來，我還想活著麼？」雅赫雅聽了這話，不問虛實，候霓喜來家，立意要尋非廝鬧，一言不合，便一把采過頭髮來，揪著她兩眼反插上去。發利斯在旁嚇楞住了。霓喜緩過一口氣來之後，自不肯善罷干休，丟盤摔碟，跳了一場，心中只道雅赫雅在外面相與了下流女人，故此一來家便烏眼雞似的。

次日早晨，雅赫雅在樓上貯藏室裏查點貨色，夥計們隨侍在旁，一個學徒在灶下燃火，一個打掃店面，女傭上街買菜去了。崔玉銘手提兩包蜜餞果子，兩罐子蜜，尋上門來，只說要尋樓上的三房客姓周的。學徒說已經搬了多時了，他問搬到哪裏去了，那學徒卻不知道。他便一路揚聲問上樓來。霓喜亂挽烏雲無精打采走出房來，見是他，吃了一嚇，將手摀住了嘴，一時出不了聲。雅赫雅從對房裏走出來，別的沒看見，先看見崔玉銘手裏拎著的小瓦鉢子，口上粘著桃紅招牌紙，和霓喜昨日在藥店買來的是一般，情知事出有因，不覺怒從心上起，惡向胆邊生，兜臉一拳頭，崔玉銘從半樓梯上直滾下去，一跤還沒跌成，來不及地爬起來便往外跑。雅赫雅三級併一級追下樓去，踏在罐子滑膩的碎片上，嗤嗤一溜溜了幾尺遠，人到了店堂裏，卻是坐在地下，復又掙起身來，趕了出去。

霓喜在樓上觀看，一個身子像擱在大海裏似的，亂了主意。側耳聽外面，卻沒有嚷鬧的聲音，正自納罕，再聽時，彷彿雅赫雅和誰在那裏說笑，越發大疑，撐著樓梯扶手，一步一步走下來，生怕那汪著的蜜糖髒了鞋。掩到門簾背後張了一張，卻原來是于寡婦，和雅赫雅有些首尾的，來到店中剪衣料，雅赫雅氣也消了，斜倚在櫃台上，將一疋青蓮色的印度綢打開了一半，披在身上，比給她看。

霓喜挫了挫牙，想道：「他便如此明公張胆，我和那崔玉銘不合多說了兩句話，便鬧得一天星斗。昨兒那一齣，想必就是為了崔玉銘——有人到他跟前搗了鬼。今天看情形也跑不了一頓打。為了芝蔴大一點事，接連羞辱了我兩回！」思想起來，滿腔冤憤，一時撈不到得用器具，豁朗朗一扯，將門頭上懸掛的「開張誌喜」描花鏡子綽在手中，掀開簾子，往外使勁一摔，鏡子從他們頭上飛過，萬道霞光，落在街沿上，嘩啦碎了，亮晶晶像潑了一地的水。

隨著鏡子，霓喜早躥了出去，拳足交加，把于寡婦打得千瘡百孔，打成了飛灰，打成了一蓬烟，一股子氣，再從她那邊打回來。雅赫雅定了定神，正待伸手去抓霓喜，霓喜雙手舉起櫃台上攤開的那一疋青蓮色印度綢，憑空橫掃過去，那疋綢子，剪去了一大半，單剩下薄薄幾層裹住了木板，好不厲害，唿嚓一聲，于寡婦往後便倒，雅赫雅沾著點兒，也震得滿臂痠痲。霓喜越發得了意，向櫃台上堆著的三尺來高一疊綢緞攔腰掃去，整疊的疋頭推金山倒玉柱塌將下來，千紅萬紫百玄色，閃花，暗花，印花，綉花，堆花，洒花，洒線，彈墨，椒鹽點子，飛了一地上，霓喜跳在上面一陣踐踏。雅赫雅也顧不得心疼衣料，認明霓喜的衣領，一把揪住，啪啪幾巴掌，她的頭歪到這邊，又歪到那邊。霓喜又是踢，又是抓，又是咬，他兩個扭做一團，于寡婦坐在地下只是喘氣，于家跟來的老媽子彎腰撿起于寡婦星散的釵環簪珥，順手將霓喜的耳墜子和跌碎了的玉鐲頭也揣在袖子裏。

旁邊的夥計們圍上來勸解，好不容易拉開了雅赫雅兩口子。于寡婦一隻手挽著頭髮，早已溜了。霓喜渾身青紫，扶牆摸壁往裏走，櫃台上有一把大剪刀，她悄悄的拿了，閃身在簾子裏頭，倒退兩步，騰出地位，的溜溜把剪刀丟出去。丟了出去，自己也心驚胆戰，在樓梯腳上坐下了，拍手拍腳大哭起來，把外面的喧嘩反倒壓了下去。

須臾，只見雅赫雅手握著剪刀口，立在她跟前道：「你給我走！你這就走！你不走我錐瞎你眼睛！」霓喜哭道：「你要我走到哪兒去？」雅赫雅道：「我管你走到哪兒去？我不要你了。」霓喜道：「有這麼容易的事，說不要就不要了？我跟了你十來年，生兒養女，吃辛吃苦的，所為何來？你今日之下，說不要我就不要我了？」一頭哭，一頭叫起撞天屈來，雅赫雅發狠，將剪刀柄去砸她的頭，道：「你真不走？」霓喜順勢滾在地上撒起潑來，道：「你好狠心！你殺了我罷！殺了我罷——不信你的心就這樣狠！」

眾人恐雅赫雅又要用強，上前勸解，雅赫雅冷冷的道：「用不著勸我，倒是勸勸她，她是知趣的，把隨身的東西收拾起來，多也不許帶，孩子不許帶，馬上離了我的眼前，萬事全休。不然的話，我有本事把當初領她的人牙子再叫了來把她賣了。看她強得過我！」說著，滿臉烏黑，出去坐在櫃台上。

霓喜聽他口氣，斬釘截鐵，想必今番是動真氣了，不犯著吃眼前虧，不如暫且出去避一避，等他明白過來了再說。趁眾人勸著，便一路哭上樓去，撿衣服，雅赫雅貴重些的物件都沒有交給她掌管，更兼他過日子委實精明，霓喜也落不下多少體己來。她將箱子兜底一掀，嘩啦把東西倒了一地，箱底墊著的卻是她當日從鄉下上城來隨身帶著的藍地小白花土布包袱，她把手插到那粗糙的布裏，一歪身坐在地下，從前種種彷彿潮水似的滾滾而來，她竟不知道身子在什麼地方了。

水鄉的河岸上，野火花長到四五丈高，在烏藍的天上密密點著硃砂點子。終年是初夏。初夏的黃昏，家家戶戶站在白粉牆外捧著碗吃飯乘涼，蝦醬炒蓊菜拌飯吃。豐腴的土地，然而霓喜過的是挨餓的日子，採朵草花吸去花房裏的蜜也要回頭看看，防著腦後的爆栗。睡也睡不夠，夢裏還是挨打，挨餓，間或也吃著許多意想不到的食物。醒來的時候，黑房子裏有潮濕的腳趾的氣味，橫七豎八睡的都是苦人。這些年來她竭力地想忘記這一切。因為這一部份的回憶從未經過掀騰，所以更為新鮮，更為親切。霓喜忽然疑心她還是從前的她，中間的十二年等於沒有過。

她索索抖著，在地板上爬過去，摟住她八歲的兒子吉美與兩歲的女兒瑟梨塔，一手摟住一個，緊緊貼在身上。她要孩子來證明這中間已經隔了十二年了。她要孩子來擋住她的恐怖。在這一剎那，她是真心愛著孩子的。再苦些也得帶著孩子走。少了孩子，她就是赤條條無牽掛的一個人，還是從前的她。……雅赫雅要把孩子留下，似乎他對子女還有相當的感情。那麼，如果她堅持著要孩子，表示她是一個好母親，他受了感動，竟許回心轉意，也說不定。霓喜的手臂仍然緊緊箍在兒女身上，心裏卻換了一番較合實際的打算了。

她抱著瑟梨塔牽著吉美挽著個包裹下樓來，雅赫雅道：「你把孩子帶走，我也不攔你。我也不預備為了這個跟你上公堂去打官司。只是一件：孩子跟你呢，我每月貼你三十塊錢，直到你嫁人為止。孩子跟我呢，每月貼你一百三。」霓喜聽了，知道不是十分決撤，他也不會把數目也籌劃好了，可見是很少轉圜的餘地了，便冷笑道：「你這賬是怎麼算的？三個人過日子倒比一個人省。」雅赫雅道：「你有什麼不懂的？我不要兩個孩子歸你。你自己酌量著辦罷。」霓喜道：「我窮死了也還不至於賣孩子。你看錯了人了。」雅赫雅聳了聳肩道：「都隨你。」因將三十塊港幣擱了過來道：「以後我不經手了，按月有夥計給你送去。你也不必上門來找我——你這個月來，下個月的津貼就停了。」霓喜將洋錢擲在地上，復又扯散了頭髮大鬧起來，這一次，畢竟是強弩之末，累很了，饒是個生龍活虎的人，也覺體力不支，被眾人從中做好做歹，依舊把洋錢揣在她身上，把她送上了一輛洋車。霓喜心中到底還希冀破鏡重圓，若是到小姐妹家去借宿，人頭混雜，那班人雅赫雅素來是不放心的，倒不如住到修道院裏去，雖與梅臘妮生了嫌隙，究竟那裏是清門淨戶，再多疑些的丈夫也沒的編派。

她在薄扶倫修道院一住十天，尼姑們全都彷彿得了個拙病，一個個變成了寡骨臉，尖嘴縮腮，氣色一天比一天難看。霓喜只得不時拿出錢來添菜，打點底下人，又獻著勤兒，幫著做點細活，不拿強拿，不動強動。閒時又到乾姐妹家走了幾遭，遇見的無非是些浮頭浪子，沒有一個像個終身之靠。在修道院裏有一次撞見了當初贈她戒指的米耳先生，他觸動前情，放出風流債主的手段，過後聞知她已經從倫姆健家出來了，現拖著兩個孩子，沒著沒落的，又知她脾氣好生難纏，他是個有身家的人，生怕被她訛上了，就撂開手了。尼姑們看準了霓喜氣數已盡，幾次三番示意叫她找房子搬家。霓喜沒奈何，在英皇道看了一間房，地段既荒涼，兼又是與人合住，極是狹隘腌臢的去處，落到那裏去，頓時低了身分，終年也見不著一個整齊上流人，再想個翻身的日子，可就難了。因此上，她雖付了定錢，只管俄延著不搬進去。正在替修道院聖台上縫一條細麻布挑花桌圍，打算把角上的一朵百合花做得了再動身。

這一天，她坐在會客室裏伴著兩個小尼姑做活，玻璃門大敞著，望出去是綠草地，太陽霧沌沌的，像草裏生出的烟——是香港所特有的潮濕的晴天。霓喜頭髮根子裏癢梭梭的，將手裏的針刮了刮頭皮，忽見園子裏有個女尼陪著個印度人走過，那人穿一身緊小的白色西裝，手提金頭手杖，不住的把那金頭去叩著他的門牙，門牙彷彿也鑲了一粒金的，遠看看不仔細。霓喜失驚道：「那是發利斯麼？」小尼道：「你認識他？是個珠寶客人，新近賺了大錢。愛蘭師太帶了他來參觀我們的孤兒院，想要他捐一筆款子。」只見愛蘭師太口講指劃，發利斯•佛拉讓她一個人在煤屑路上行走，自己卻退避到草地上。修道院的草皮地須不是輕易容人踐踏的，可見發利斯是真有兩個錢了。霓喜手裏拿著活計就往外跑，到門口，又煞住了腳，向小尼拜了兩拜道：「多謝你，想法子把愛蘭師太請進來，我要跟那人說兩句話哩。我們原是極熟的朋友。」

霓喜一路喚著「發利斯，發利斯！」飛跑到他跟前。及至面對面站住了，卻又開口不得，低下頭又用指甲剔弄桌圍上挑綉的小紅十字架，又緩緩的隨著線腳尋到了戳在布上的針，取下針來別在衣襟上。發利斯也彷彿是很窘，背過手去，把金頭手杖磕著後腿。霓喜小拇指頂著挑花布，在眼凹裏輕輕拭淚，嗚咽道：「發利斯……」發利斯道：「我都知道了，嫂子。我也聽說過。」

雖然他全知道了，霓喜依舊重新訴說一遍，道：「雅赫雅聽了娼婦的鬼話，把我休了，撇下我母子三個，沒個倚傍。可憐我舉目無親的……發利斯，見了你就像見了親人似的，怎叫我不傷心！」說著，越發痛哭起來。發利斯又不便批雅赫雅的不是，無法安慰她，只得從袴袋裏取出一疊子鈔票，待要遞過去，又嫌冒昧，自己先把臉漲紅了，撈了撈頂心的頭髮，還是送了過來。霓喜不去接他的錢，卻雙手捧住他的手，往懷裏拉，欲待把他的手擱在她心口上，道：「發利斯，我就知道你是個厚道人。好心有好報……」發利斯掙脫了手，在空中頓了一頓，似乎遲疑了一下，方才縮回手去；縮回去又伸了出來，把錢放在她手裏的活計上，霓喜瞪了他一眼，眼鋒未斂，緊跟著又從眼尾微微一瞟，低聲道：「誰要你的錢？只要你是真心顧憐我，倒不在乎錢。」

發利斯著了慌，一眼看見愛蘭師太遠遠立在會客室玻璃門外，便向她招手高叫道：「我走了，打攪打攪。」三腳兩步往園子外面跑，愛蘭師太趕上來相送，發利斯見有人來了，胆子一壯，覺得在霓喜面上略有點欠周到，因回頭找補了一句道：「嫂子你別著急，別著急。錢你先用著。」說著，人早已去遠了。霓喜將錢點了一點，心中想道：「他如此的怕我，卻是為何？必定是動了情，只是礙在雅赫雅份上，不好意思的。」第二天，她訪出了他寓所的地址，特地去看他，恰巧他出去了，霓喜留下了口信兒，叫他務必到修道院來一趟，有緊要的事與他商量。盼了幾日，只不見他到來。

這一天傍晚，小尼傳進話來說有人來找她，霓喜抱著瑟梨塔匆匆走將出來，燈光之下，看得親切，卻是崔玉銘。霓喜此番並沒有哭的意思，卻止不住紛紛拋下淚來，孩子面朝後爬在她肩上，她便扭過頭去偎著孩子，借小孩的袍衿遮住了臉。崔玉銘青袍黑褂，頭上紅帽結，笑嘻嘻的問奶奶好。霓喜心中煩惱，抱著孩子走到窗戶跟前，背倚窗台，仰臉看窗外，玻璃的一角隱隱的從青天裏泛出白來，想必是月亮出來了。靠牆地上擱著一盆綉球花，那綉球花白裏透藍，透紫，便在白晝也帶三分月色；此時屋子裏並沒有月亮，似乎就有個月亮照著。霓喜對於崔玉銘，正是未免有情，只是在目前，安全第一，只得把情愛暫打靠後了。因顫聲道：「你還來做什麼？你害得我還不夠！」

崔玉銘道：「那天都是我冒失的不是，求奶奶鑒諒。我也是不得已。」他咳嗽了一聲，望望門外，見有人穿梭往來，便道：「我有兩句話大胆要和奶奶說。」霓喜看看肩上的孩子已是盹著了，便放輕了腳步把玉銘引到玻璃門外的台階上。台階上沒有點燈，也不見有月光。一陣風來，很有些寒意。玉銘道：「我自己知道闖下了禍，原不敢再見奶奶的面，無奈我們老闆一定要我來。」霓喜詫異道：「什麼？」玉銘不語。霓喜怔了一會，問道：「那天呢？也是你們老闆差你來的麼？」玉銘道：「那倒不是。」說話之間，不想下起雨來了，酣風吹著飽飽的雨點，啪噠啪噠打在牆上，一打就是一個青錢大的烏漬子，疎疎落落，個個分明。

玉銘道：「我們老闆自從那一次看見了你。」按照文法，這不能為獨立的一句話，可是聽他的語氣，卻是到此就完了。他接下去道：「他聞說你現在出來了，他把家眷送下鄉去了。問你，你要是肯的話，可以搬進來住，你的兩個孩子他當自己的一般看待。他今年五十七，堅道的同春堂是省城搬來的兩百年老店，中環新近又開了支店。他姓竇，竇家在番禺是個大族，鄉下還有田地。將來他決不會虧待了你的。」

玉銘這下半截話是退到玻璃門裏面，立在霓喜背後說的，一面說，一面將手去拂撣肩膀上的水珠子。說罷，只不見霓喜答理。他呵喲了一聲道：「你怎麼不進來？你瞧，孩子身上都潮了。」霓喜摸摸孩子衣服，解開自己的背心，把孩子沒頭沒臉包住了。玉銘道：「你怎麼不進來？」隨著他這一聲呼喚，霓喜恍恍惚惚的進來了，身上頭上淋得稀濕，懷裏的孩子醒過來了，還有些迷糊，在華絲葛背心裏面舒手探腳，乍看不知道裏面藏著個孩子，但見她胸膛起伏不定，彷彿呼吸很急促。

瑟梨塔伸出一隻小手來揪扯母親的頸項。霓喜兩眼筆直向前看著，人已是癡了，待要扳開瑟梨塔的手，在空中撈來撈去，只是撈不到。瑟梨塔的微黃的小手摸到霓喜的臉上，又摸到她耳根上。

霓喜跟了同春堂的老闆竇堯芳。從綢緞店的店堂樓上她搬到了藥材店的店堂樓上。

霓喜自從跟了竇堯芳，陡然覺得天地一寬。一樣是店堂樓，這藥材店便與雅赫雅的綢緞店大不相同，屋宇敞亮，自不待言，那竇堯芳業已把他妻女人等送回原籍去了，店裏除卻夥計，另使喚著一房人口，家下便是霓喜為大。竇堯芳有個兒子名喚銀官。年方九歲，單把他留在身邊，聘了先生教他讀書記賬。霓喜估量著竇堯芳已是風中之燭，要作個天長地久的打算，蓄意要把她女兒瑟梨塔配與銀官。初時不過是一句戲言，漸漸認真起來，無日無夜口中嘈嘈著，竇堯芳只得含糊應承了。當時兩人雖是露水夫妻，各帶著各的孩子，卻也一心一意過起日子來。

霓喜黃烘烘戴一頭金首飾。她兩個孩子，吉美與瑟梨塔，霓喜忌諱說是雜種人，與銀官一般袍兒套兒打扮起來。修道院的尼僧，霓喜嫌她們勢利，賭氣不睬她們了。舊時的小姐妹，又覺出身忒低，來往起來，被店裏的夥計瞧在眼裏，連帶的把老闆娘也看扁了。竇家一班親戚，怕惹是非，又躲得遠遠的，不去兜攬她，以此也覺寂寞。

霓喜日長無事，操作慣了的，如今呼奴使婢，茶來伸手，飯來張口，閒得不耐煩了，心裏自有一宗不足處，此時反倒想起雅赫雅的好處來，幸得眼前有個崔玉銘，兩個打得火一般熱。霓喜暗地裏貼他錢，初時偷偷的貼，出手且是爽快，落後見竇堯芳不恁的計較這些事，她倒又心疼錢起來。玉銘眼皮子淺，見什麼要什麼，要十回只與他一回，在霓喜已是慷慨萬分了。她一輩子與人廝混，只有拿的，沒有給的份兒；難得給一下，給得不漂亮，受之者心裏也不舒服，霓喜卻見不到這些。

玉銘手頭有幾個閒錢，裏裏外外連小衫袴都換了綢的，尖鞋淨襪，紮括得自與眾人不同，三天兩天買了花生瓜子龍蛋甜薑請客，哄得吉美瑟梨塔趕著他只叫大哥。

霓喜對於自己的孩子們雖不避忌，有時不免嫌那銀官礙眼。一日，竇堯芳在洋台上放張籐榻打中覺，霓喜手撐著玻璃門，看小丫頭在風爐上煨菉豆湯，玉銘躡手躡腳走上樓來，向裏屋一鑽，霓喜便跟了進去。恰巧銀官三不知撞了來問菉豆湯煮好了不曾，先生吃了點心要出去看朋友哩。丫頭喝叫他禁聲，道：「你爹娘都在睡覺。」銀官向屋裏探了探頭道：「爹在洋台上，還有點風絲兒，娘在屋裏，還放著帳子，不悶死了！」丫頭攔他不及，霓喜聽見他說話，只做解手模樣，從帳子背後掀簾子出來，問他要什麼。銀官說了。霓喜道：「看你五心煩躁的，恨不得早早的把先生打發走了完事。你這樣念書，念一百年也不中用。把你妹妹許配給你，將來你不成器，辱沒煞人！不長進的東西，叫我哪一個眼睛看得上你？」數落了一頓，又恐驚醒了堯芳，不敢揚聲，暫且捺下一口氣，候到天色已晚，銀官下了學，得便又把他拘了來道：「不是我愛管閒事，你不用功，人家說你不學好，倒要怪我那兩個孩子帶著你把心頑野了，我在你爹面上須過不去。我倒要考考你的書！」逼著他把書拿了出來，背與她聽。她閒常看看唱本，頗識得幾個字，當下認真做起先生來，背不出便打，背得出便打岔，把書劈面拋去，罰他跪在樓板上。堯芳心疼兒子，當面未和霓喜頂撞，只說這孩子天分差些，不叫他念書了，把他送到一個內姪的店鋪裏去學生意。霓喜此時卻又捨不得丟開手，只怕銀官跳出了她的掌握，日後她操縱不了竇家的產業，因又轉過臉來，百般護惜，口口聲聲說他年紀太小了，不放心他出去。堯芳無奈，找了他那內姪來親自與她說項。霓喜見是他老婆的姪子，存心要耍弄他，孩子便讓他領去了，她拎著水菓籃子替換衣裳，只做看孩子，一禮拜也要到他店裏去走個五七遭。

喜得那兩天崔玉銘下鄉探母去了，不在跟前。玉銘回來的時候，如何容得下旁人。第一天到香港，夥計們沽了酒與他接風，他借酒蓋住了臉，便在樓下拍桌子大罵起來，一腳踏在板凳上，說道：「我們老闆好欺負，我們穿青衣，抱黑柱，不是那吃糧不管事的人，拼著白刀子進去，紅刀子出來，替我們老闆出這口氣！」堯芳那天不在家，他內姪在樓上聽見此話，好生不安，霓喜忙替他穿衣戴帽，把他撮哄了出去，道：「不知哪個夥計在外頭喝醉了，回來發酒瘋，等你姑丈回來了，看我不告訴他！」那內姪去了，玉銘歪歪斜斜走了上來，霓喜趕著他打，道：「不要臉的東西，輪得著你吃醋！」心裏卻是喜歡的。

這霓喜在同春堂一住五年，又添了兩個兒女。有話即長，無話即短，外間雖有些閒話，堯芳只是不作聲，旁人也說不進話去。霓喜的境遇日漸寬綽，心地卻一日窄似一日。每逢堯芳和鄉下他家裏有書信來往，或是趁便帶些鹹魚臘肉，霓喜必定和他不依，惟恐他寄錢回家，每每把書信截了下來，自己看不完全，央人解與她聽，又信不過人家。

這一日，鄉下來了個人，霓喜疑心是堯芳的老婆差了來要錢的，心中不悅，只因堯芳身子有些不適，才吃了藥躺下了，一時不便和他發作，走到廚房裏來找碴兒罵人。碗櫥上有個玻璃罐，插著幾把毛竹筷子，霓喜抽出幾支來看看道：「叫你們別把筷子搠到油鍋裏去，把筷子頭上都炙糊了，炙焦了又得換新的。想盡方法作踐東西，你老闆不說你們不會過日子，還當我開花賬，昧下了私房錢哩！」其實這幾雙筷子，雖有些是黑了半截，卻也有幾支簇新的。霓喜詫異道：「這新的是哪兒來的？我新買了一把收在那裏，也不同我說一聲，就混拖著用了？」那老媽子也厲害，當時並不作聲，霓喜急忙拉開抽屜看時，新置的那一束毛竹筷依然原封未動。老媽子這才慢條斯理說道：「是我把筷子燒焦了，怕奶奶生氣，賠了你兩雙。」霓喜不得下台，頓時腮邊一點紅起，紫漲了面皮，指著她罵道：「你賠，你賠，你拿錢來訛著我！你一個幫人家的，哪兒來的這麼些錢？不是我管家，由得你們踢天弄井；既撞到我手裏，道不得輕輕放過了你們！你們在竇家待了這些年，把他家的錢賺得肥肥的，今日之下倒拿錢來堵我的嘴！」那老媽子冷笑了一聲道：「原是呢，錢賺飽了，也該走了，再不走，在舊奶奶手裏賺的錢，都要在新奶奶手裏貼光了！」霓喜便叫她滾，她道：「辭工我是要辭的，我到老闆跟前辭去。」霓喜跳腳道：「你別抬出老闆來嚇唬我，雖說一日為夫，終身是主，他哪，我要他坐著死，他不敢睡著死！你們一個個的別自以為你們來在我先，你看我叫你們都滾蛋。」

跳了一陣，逼那老媽子立時三刻捲舖蓋。老媽子到下房去了半晌，霓喜待要去催，走到門首，聽見這老媽子央一個同事的幫她打舖蓋，兩人一遞一聲說道：「八輩子沒用過傭人，也沒見這樣的施排！狂得通沒個褶兒！可憐我們老闆被迷得失魂落魄的，也是一把年紀，半世為人了，男人的事，真是難講。你別說，他自己心裏也明白，親戚朋友，哪一個不勸？家鄉的信一封一封的寄來，這邊的事敢情那邊比咱們還清楚。他看了信，把自己氣病了，還抵死瞞著她，怕她生氣。你說男人傻起來有多傻！」霓喜聽了此話，倒是一楞，三腳兩步走開了，靠在樓梯欄杆上，樓梯上橫搭著竹竿，上面掛一隻鳥籠，她把鳥籠格子裏塞著的一片青菜葉拈在手中，逗那鳥兒，又聽屋裏說道：「撐大了眼睛往後瞧罷，有本事在這門子裏待一輩子！有一天惡貫滿盈，大家動了公憤，也由不得老的做主了，少不得一條棒攆得她離門離戶的！竇家的人還不曾死絕了。」

霓喜撥轉身來往上房走，也忘了手裏還拿著那青菜葉，葉子上有水，冰涼的貼在手心上，她心上也有巴掌大的冰涼的一塊。走到房裏，竇堯芳歪在床上，她向床上一倒，枕著他的腿哭了起來。堯芳推推她，她哭道：「我都知道了，誰都恨我，恨不得拿長鍋煮吃了我。我都知道了。」她一面哭，一面搖撼著，將手伸到懷裏去，他襯衫口袋裏有一疊硬硬的像個對摺的信封。她把手按在那口袋上，他把手按在她手上，兩人半晌都不言語。堯芳低低的道：「你放心。我在世一日，不會委屈了你。」霓喜哭道：「我的親人，有一天你要有個山高水低……」堯芳道：「我死了，也不會委屈了你。當初你跟我的時候，我怎麼說來？你安心便了，我自有處置。」霓喜嗚咽道：「我的親人……」自此恩愛越深。

堯芳的病卻是日重一日，看看不起，霓喜衣不解帶服侍他，和崔玉銘難得在黑樓梯上捏一捏手親個嘴。這天晚上，堯芳半夜裏醒來，喚了霓喜一聲。霓喜把小茶壺裏對了熱水送過來，他搖搖頭，執住她的手，未曾開言，先淚流滿面。霓喜在他床沿上坐下了，只聽見壁上的掛鐘「滴答玳答，滴答玳答」走著，鳥籠上蒙著黑布罩子，電燈上蒙著黑布罩子，小黃燈也像在黑罩子裏睡著了。玻璃窗外的月亮，暗昏昏的，也像是蒙上了黑布罩子。

堯芳道：「我要去了，你自己凡事當心，我家裏人多口雜，不是好相與的。銀官同你女兒的親事，只怕他們不依，你也就撂開手算了罷。就連我同你生的兩個孩子，也還是跟著你的好，歸他們撫養，就怕養不大。你的私房東西，保得住便罷，倘若保不住，我自有別的打算。我的兒，你做事須要三思，你年紀輕輕，拖著四個孩子，千斤重担都是你一個人挑。你的性子，我是知道的；憑你這份脾氣，這份相貌，你若嫁個人，房裏還有別的人的，人也容不得你，你也容不得人。我看你還是一夫一妻，揀個稱心的跟了他。你不是不會過日子的，只要夫妻倆一心一計，不怕他不發達。」

一席話直說到霓喜心裏去，不由得紛紛落淚，雖未放聲，卻哭得肝腸崩裂。堯芳歇過一口氣來，又道：「我把英皇道的支店給了玉銘。去年冬天在那邊弄了個分店，就是這個打算。地段不大好，可是英皇道的地皮這兩年也漸漸值錢了，都說還要漲。我立了張字據，算是盤給他了，我家裏人決不能說什麼話。」霓喜心頭怦怦亂跳，一時沒聽懂他的意思，及至會過意來，又不知如何對答。她一隻手撐在裏床，俯下身去察看他的神色，他卻別過臉去，嘆口氣，更無一語。

鐘停了，也不知是什麼時候了，霓喜在時間的荒野裏迷了路。天還沒有亮，遠遠聽見雞啼，歇半天，咯咯叫一聲，然而城中還是黑夜，海上還是黑夜。床上這將死的人，還沒死已經成了神，什麼都明白，什麼都原恕。

霓喜爬在他身上嗚嗚哭著，一直哭到天明。

第二天，堯芳許是因為把心頭的話痛痛快快吐了出來了，反倒好了些。霓喜一夜不曾合眼，依舊強打精神，延醫燉藥。尋崔玉銘不見，店裏人回說老闆差他上銅鑼灣支店去有事，霓喜猜他是去接收查賬去了，心裏只是不定，恨不得一把將他撾到跟前，問個清楚。午飯後，堯芳那內姪領了銀官來探病，勸霓喜看兩副壽木，沖沖喜。陸續又來了兩個本家，霓喜見了他家的人，心裏就有些嘀咕，偷空將幾件值錢的首飾打了個小包裹，托故出去了一趟，只說到銅鑼灣修道院去找外國大夫來與堯芳打針，逕奔她那唱廣東戲的小姐妹家，把東西寄在她那裏。心中又放不下玉銘，趁便趕到支店裏去找他。

黃包車拖到英皇道，果然是個僻靜去處，新開的馬路，沿街憑空起一帶三層樓的房屋，孤零零的市房，後頭也是土墩子，對街也是土墩子，乾黃的土墩子上偶爾生一棵青綠多刺的瘦仙人掌。乾黃的太陽照在土墩子上，仙人掌的影子漸漸歪了。

霓喜坐在黃包車上尋那同春堂的招牌，尋到末一幢房子，認明字號，跳下車來付錢，這荒涼地段，難得見到這麼個妖嬈女子，頗有幾個人走出來觀看。崔玉銘慌慌張張鑽出來，一把將她扯到屋子背後，亂山叢裏，埋怨道：「我的娘，你怎麼冒冒失失衝了來？竇家一個個摩拳擦掌要與你作對，你須不是不知道，何苦落個把柄在他們手裏？」霓喜白了他一眼道：「惦記著你嘛！記罣你，倒記罣錯了？」兩人就靠在牆上，黏做一處，難解難分。霓喜細語道：「老的都告訴了我了。究竟是怎麼回事，我還是不懂。」玉銘道：「我也是不懂。」霓喜道：「當真寫了字據？」玉銘點頭。霓喜道：「鑰匙賬簿都交給你了？」玉銘點頭。霓喜道：「他對你怎麼說的？」玉銘道：「他沒說什麼，就說他眼看著我成人的，把我當自家子姪看待，叫我以後好好的做生意。」霓喜點頭道：「別說了，說得我心裏酸酸的。我對不起他。」不由得滴下淚來。

玉銘道：「你今兒怎麼得空溜了出來？」霓喜道：「我只說我到修道院裏去請大夫。我看他那神氣，一時還不見得死哩，總還有幾天耽擱。我急著要見你一面，和你說兩句話。」兩人又膩了一會，霓喜心裏似火燒一般，拉著他道：「我到店裏看看去，也不知這地方住得住不得——

太破爛了也不行。」玉銘道：「今兒個你不能露面，店裏的人，都是舊人，夥計們還不妨事，有個賬房先生，他跟竇家姪兒們有來往的，讓他看見你，不大方便。好在我們也不在乎這一時。」霓喜道：「我看你趁早打發了他，免得生是非。」玉銘道：「我何嘗不這麼想，一時抹不下面子來。」霓喜道：「多給他兩個月的錢，不就結了？」玉銘道：「這兩天亂糟糟的，手頭竟拿不出這筆錢。」霓喜道：「這個容易，明兒我拿根金簪子去換了錢給你。我正嫌它式樣拙了些，換了它，將來重新打。」

當下匆匆別過了玉銘，趕到修道院的附屬醫院去，恰巧她那熟識的醫生出診去了，她不耐久候，乘機又到她那唱戲的乾妹子家跑了一趟，意欲將那根金簪子拿了來。誰知她那小姐妹，一口賴得乾乾淨淨，咬準了說並不曾有甚物事寄在她那裏。正是：莫信直中直，需防仁不仁。霓喜待要與她拼命，又不敢十分嚷出去，氣得簌簌抖，走出門來，一時不得主意，正覺得滿心委屈，萬萬不能回家去服侍那沒斷氣的人，只有一個迫切的想頭：她要把這原委告訴玉銘，即使不能問他討主意，讓他陪著她生氣也好。

一念之下，立即叫了東洋車，拖到英皇道同春堂。此時天色已晚，土山與市房都成了黑影子，土墩子背後的天是柔潤的青色，生出許多刺惱的小金星。這一排店鋪，全都上了門板，惟有同春堂在門板上挖了個小方洞，洞上糊了張紅紙，上寫著「夜半配方，請走後門」。紙背後點著一碗燈，那點紅色的燈光，卻紅得有個意思。

霓喜待要繞到後面去，聽那荒地裏的風吹狗叫，心裏未免胆寒，因舉手拍那門板，拍了兩下，有人問找誰，霓喜道：「找姓崔的。」隔了一會，玉銘的聲音問是誰，霓喜道：「是我。」玉銘楞了一楞道：「就來了。」他從後門兜到前面來，頓腳道：「你怎麼還不回去？」霓喜道：「我有要緊話同你說。」玉銘咳了一聲道：「你——你這是什麼打算？非要在這兒過夜！又不爭這一天。」霓喜一把攬住他的脖子，在紅燈影裏，雙眼直看到他眼睛裏去，道：「我非要在這兒過夜。」

玉銘沒奈何，說道：「我去看看那管賬的走了沒有，你等一等。」他從後門進去，耽擱了一會，開了一扇板門，把霓喜放進去，說那人已是走了。他神色有異，霓喜不覺起了疑心，決定不告訴他丟了首飾的事，將錯就錯，只當是專誠來和他敘敘的。住了一晚上，男女間的事，有時候是假不來的，霓喜的疑心越發深了。

玉銘在枕上說道：「我再三攔你，你不要怪我，我都是為你的好呀！老頭子一死，竇家的人少不了總要和你鬧一通，你讓他們抓住了錯處，不免要吃虧。別的不怕他，你總還有東西丟在家裏，無論如何拿不出來了。」霓喜微笑道：「要緊東西我全都存在乾妹子家。」玉銘道：「其實何必多費一道事，拿到這兒來也是一樣。」霓喜將指頭戳了他一下道：「你這人，說你細心，原來也是個草包。這倒又不怕他們跑到這兒來混鬧了！」玉銘順勢捏住她的手，她手腕上紮著一條手帕子，手帕子上拴著一串鑰匙。玉銘摸索著道：「硬綳綳的，手上槓出印子來了。」霓喜一翻身，把手塞到枕頭底下去，道：「煩死了！我要睡了。」

次日早起，玉銘下樓去催他們備稀飯，霓喜開著房門高聲喚道：「飯倒罷了，叫他們打洗臉水來。」玉銘在灶上問道：「咦？剛才那一弔子開水呢？」一句話問出來，彷彿是自悔失言，學徒沒有回答，他也沒有追問，霓喜都聽在肚裏。須臾，玉銘張羅了一壺水來，霓喜彎腰洗臉，房門關著，門底下有一條縫，一眼看見縫裏漏出一線白光，徐徐長了，又短了，沒有了，想是有人輕輕推開了隔壁的房門，又輕輕掩上了。她不假思索，滿臉掛著水，就衝了出去，玉銘不及攔阻，她早撞到隔壁房中，只見房裏有個鄉下打扮的年幼婦人，雖是黃黑皮色，卻有幾分容貌，纏得一雙小腳，正自漱口哩。霓喜叱道：「這誰？」玉銘答不出話來，這婦人卻深深萬福，叫了聲姐姐，道：「我是他媽給娶的，娶了有兩年了。」霓喜向玉銘道：「你媽哪兒有錢給你娶親？」玉銘道：「是老闆幫忙，貼了我兩百塊錢。」

霓喜周身癱軟，玉銘央告道：「都是我的不是，只因我知道你的脾氣，怕你聽見了生氣，氣傷了身子。你若不願意她，明兒還叫她下鄉服侍我母親去。你千萬別生氣。」因叫那婦人快與姐姐見禮。那婦人插燭也似磕下頭去。霓喜並不理會，朝崔玉銘一巴掌打過去，她手腕上沉甸甸拴著一大嘟嚕鑰匙，來勢非輕，玉銘眼也打腫了，黑了半邊臉。霓喜罵道：「我跟你做大，我還嫌委屈了，我跟你做小？」更不多言，一陣風走了出去，逕自僱車回家。

昏昏沉沉到得家中，只見店裏憑空多了一批面生的人，將夥計們呼來叱去，支使得底下人個個慌張失措。更有一羣黑衣大腳婦人，穿梭般來往，沒有一個理睬她的。霓喜道：「卻又作怪！難道我做了鬼了，誰都看不見我？」她揪住一個夥計，厲聲問道：「哪兒來的這些野人？」夥計道：「老闆不好了，家裏奶奶姑奶奶二爺二奶奶他們全都上城來了，給預備後事。」

不叫巡警！捆起來，捆起來叫巡警！」將霓喜從床沿上拉了起來，她兩條胳膊給扭到背後去，緊緊縛住了，麻繩咬嚙著手腕的傷口。她低頭看著自己突出的胸膛，覺得她整個的女性都被屈辱了，老頭子騙了她，年青的騙了她，她沒有錢，也沒有愛，從脹痛的空虛裏她發出大喉嚨來，高聲叫喊道：「清平世界，是哪兒來的強人，平白裏霸佔我的東西，還打我，還捆我？我是你打得的，捆得的？」眾人七手八腳拆下了白綾帳子，與竇堯芳周身洗擦，穿上壽衣，並不理會霓喜。這邊男人們抬過一張舖板，搭在凳上，停了屍，女人將一塊紅布掩了死者的臉，這才放聲舉起哀來。霓喜豈肯讓人，她哭得比誰都響，把她們一個個都壓了下去，哭的是：「親人哪，你屍骨未寒，你看你知心著意的人兒受的是什麼罪！你等著，你等著，我這就趕上來了，我也不要這條命了，拼著一身剮，還把皇帝拉下了馬——你瞧著罷！這是外國地界，須不比他們鄉下，儘著他們為非作歹的！到了巡捕房裏，我懂得外國話，我認得外國人，只有我說的，沒他們開口的份兒！我是老香港！看他們走得出香港去！天哪，我丈夫昨兒個還好好的，你問丫頭們，你問醫生，昨兒個心裏還清清楚楚，還說得話，還吃了稀飯，我這一轉背，生生的讓你們把他給藥死了！知道你們從哪兒來的，打狼似的一批野人！生生把我丈夫擺佈了，還打我，還捆我，還有臉送我上巡捕房！你不上巡捕房，我還要上巡捕房呢！」那內姪走了過來道：「你鬧些什麼？」那班女人裏面，也估不出誰是堯芳的妻，一班都是烟熏火烤的赭黃臉，戴著淡綠玉耳環，內中有一個便道：「再鬧，給她兩個嘴巴子！」霓喜大喝道：「你打！你打！有本事打死了我，但凡留我一條命，終究是個禍害！你看我不告你去！叫你們吃不了兜著走！」婦人們互相告勉道：「做什麼便怕了她？左不過是個再婚的老婆，私姘上的，也見不得官！」霓喜道：「我便是趁了來的二婚頭，秋胡戲，我替姓竇的添了兩個孩子了，除非你把孩子一個個宰了，有孩子為證！」她喚孩子們過來，幾個大些的孩子在房門外縮做一團，拿眼瞟著他娘，只是不敢近身。婦人們把小孩子一頓趕了開去道：「什麼狗雜種，知道是誰生的？」霓喜道：「這話只有死鬼說得，你們須說不得！死鬼認了帳，你有本事替他賴！你們把我糟蹋得還不夠！還要放屁辣臊糟蹋你家死鬼！你看我放你們走出香港去！便走出了香港，我跟到番禺也要拖你們上公堂！」那內姪故作好人，悄悄勸道：「番禺的地方官上上下下都是我們的通家至好，你去告我們，那是自討苦吃。」霓喜冷笑道：「哪個魚兒不吃腥，做官的知道你家有錢，巴不得你們出事，平時再要好些也是白搭！你有哪個時候孝敬他的，趁現在對我拿出點良心來，好多著哩！」

竇家婦女們忙著取白布裁製孝衣孝帶，只做不聽見。還是那內姪，暗忖霓喜此話有理，和眾人竊竊私議了一會，向他姑媽道：「這婆娘說得到，做得到，卻不能不防她這一著。據我看，不給她幾個錢是決不肯善罷干休的。」他姑媽執意不肯。這內姪又來和霓喜說：「你鬧也是白鬧。錢是沒有的。這一份家，讓你霸佔了這些年，你錢也摟飽了，不問你要回來，已經是省事的打算了。」他過來說話，竇家幾個男人一捉堆站著，交叉著胳膊，全都斜著眼朝她看來。霓喜見了，心中不由得一動。在這個破裂的，痛楚的清晨，一切都是生疏異樣的，惟有男人眼裏這種神情是熟悉的，倉皇中她就抓住了這一點，固執地抓住了。她垂著眼，望著自己突出的胸膛，低聲道：「錢我是不要的。」內姪道：「那你鬧些什麼？」霓喜道：「我要替死鬼守節，只怕人家容不得我。」內姪大大的詫異起來道：「難不成你要跟我們下鄉？」霓喜道：「我就是要扶著靈櫬下鄉，我辛辛苦苦服侍你姑爹一場，犯了什麼法，要趕我出門？」等她在鄉下站住了腳，先把那幾個男的收伏了，再收拾那些女人。她可以想像她自己，渾身重孝，她那紅噴噴的臉上可戴不了孝……

那內姪沉吟半晌，與家人商議，她姑媽只是不開口。靈床佈置既畢，放下拜墊，眾人一個個上前磕頭。銀官磕過了，內姪做好做歹，把霓喜後添的兩個孩子也抱了來磕頭，又叫老媽子替霓喜鬆了綁，也讓她磕個頭。霓喜登時撲上前去，半中腰被眾人緊緊拉住了，她只是往前掙。真讓她撲到靈床上，她究竟打算摟住屍首放聲大哭呢，還是把竇堯芳撕成一片一片的，她自己也不甚明白。被人扯住了，她只是啞著嗓子蹬腳叫喚著：「我的人，我的人，你陰靈不遠……」

哭了半日，把頭髮也顛散了，披了一臉。那內姪一頭勸，一頭說：「你且定下心來想一想。你要跟著下鄉，你怎生安頓你那兩個拖油瓶的孩子？我們竇家規矩大，卻不便收留他們。」霓喜恨道：「沒的扯淡！等我上了公堂，再多出十個拖油瓶，你們也收留了！」內姪忙道：「你別發急。鄉下的日子只怕你過不慣。」霓喜道：「我本是鄉下出來的，還回到鄉下去，什麼過不慣？」兩句話才說出口，她自己陡然吃了一驚。鄉下出來的，還回到鄉下去！……那無情的地方，一村都是一姓的；她不屬於哪一家，哪一姓；落了單，在那無情的地方；野火花高高開在樹上，大毒日頭照下來，光波裏像是有咚咚的鼓聲，咚咚椿搗著太陽裏的行人，人身上黏著汗酸的黑衣服；走幾里路見不到可說話的人，悶臭了嘴；荒涼的歲月……非回去不可麼？霓喜對自己生出一種廣大的哀憫。

內姪被他姑媽喚了去，叫他去買紙錢。霓喜看看自己的手腕，血還沒乾，肉裏又戳進去了麻繩的毛刺。她將髮髻胡亂挽了一挽，上樓去在床頂上的小籐籃裏找出一瓶兒安氏藥水來敷上了。整個的房裏就只床頂上這隻小籐籃沒給翻動過。孩子們爬在地上爭奪一條青羅汗巾子，一撒手，一個最小的跌了一跤，磕疼了後腦殼，哇哇哭起來，霓喜抱了他走到後洋台上。這一早上發生了太多的事，洋台上往下看，藥材店的後門，螺旋形的石階通下去，高下不齊立著竇家一門老小，圍了一圈子，在馬路上燒紙錢。錫箔的紅火在午前的陽光裏靜靜燒著，竇家的人靜靜低頭望著，方才那是一幫打劫的土匪，現在則是原始性的宗族，霓喜突然有一種淒涼的「外頭人」的感覺。她在人堆裏打了個滾，可是一點人氣也沒沾。

她抬頭看看肩上坐著的小孩，小孩不懂得她的心，她根本也沒有心。小孩穿著橙黃花布襖，虎頭鞋，虎頭帽，伸手伸腳，淡白臉，張著小薄片嘴，一雙凸出的大眼睛，發出玻璃樣的光，如同深海底的怪魚，沉甸甸坐在她肩頭，是一塊不通人情的肉，小肉兒……緊接著小孩，她自己也是單純的肉，女肉，沒多少人氣。

她帶著四個小孩走出同春堂，揹一個，抱一個，一手牽一個，疲乏地向他的家人說道：「我走了。跟你們下鄉的話，只當我沒說。可別賴我捲逃，我就走了個光身子。事到如今，我就圖個爽快了。」

她典了一隻鐲子，賃下一間小房，權且和孩子們住下了。她今年三十一，略有點顯老了，然而就因為長相變粗糙了些，反而增加了刺戟性。身上臉上添了些肉，流爍的精神極力的想擺脫那點多餘的肉，因而眼睛分外的活，嘴唇分外的紅。家裏兒啼女哭，烏糟糟亂成一片，身上依舊穿紮光鮮，逐日串門子。從前結拜的姐妹中有個在英國人家幫工的，住在山巔，霓喜揀了個晴天上山去看她，喬素梳妝，身穿玉色地白柳條夾襖，襟上扣一個茉莉花球，斯斯文文坐在外國人家廚房裏吃茶說話。她那乾姐姐是立志不嫁人的，腦後垂一條大辮子，手裏結著絨繩。兩個把別後情形細敘一番，說到熱鬧之際，主人回來了，在上房揿鈴，竟沒有聽見。隔了一會，湯姆生先生推門進來叫阿媽，阿媽方才跳起身來答應不迭。這工程師湯姆生年紀不過三十上下，高個子，臉面俊秀像個古典風的石像，只是皮色紅刺刺的，是個吃牛肉的石像。霓喜把他睃在眼裏，他也看了霓喜一眼，向阿媽道：「晚上預備兩個人吃的飯，一湯兩菜，不要甜菜。」說罷，又看了霓喜一眼，方始出去。阿媽便告訴霓喜，想必待會兒他有女朋友到此過夜，就是常來的那個葡萄牙人。霓喜詫異道：「你如何知道是哪一個？」阿媽笑向她解釋，原來她主人向來有這規矩，第一次上門的女朋友，款待起來，是一道湯，三道菜，一樣甜菜。第二三次來時，依例遞減。今天這一個必定是常來的，因此享不到這初夜權。霓喜嘖嘖道：「年青青的，看不出他這麼嗇刻！」阿媽道：「他倒也不是嗇刻，他就是這個脾氣，什麼事都喜歡歸得清清楚楚，整整齊齊。」霓喜道：「有了太太沒有？」阿媽道：「還沒呢。人才差一點的我看他也犯不上，自由自在的，有多好！弄個太太，連我也過不慣——外國女人頂疙瘩，我伺候不了。」

正說著，湯姆生又進來了，手執一杯威士忌，親自開冰箱取冰塊。阿媽慌忙上前伺候，他道：「你坐下坐下，你有客在這兒，陪著客人說話罷。」阿媽笑道：「倒的確是個稀客。您還沒見過我這位乾妹子哪。」湯姆生呵了呵腰道：「貴姓？」阿媽代答道：「這是竇太太，她家老闆有錢著呢，新近故世了，家私都讓人霸佔了去，撇得我這妹子有上梢來沒下梢。」湯姆生連聲嘆咤，霓喜斂手低聲笑向阿媽道：「你少說幾句行不行？人家急等著會女朋友呢，有這工夫跟你聊天！」阿媽又道：「她說的一口頂好聽的英文。」湯姆生道：「可是她這雙眼睛說的是頂好聽的中國話，就可惜太難懂。」霓喜不由得微微一笑，溜了他一眼，搭訕著取過阿媽織的大紅絨線緊身來代她做了幾針。頭上的擱板，邊沿釘著銅鈎，掛著白鐵漏斗，漏斗的影子正落在霓喜臉上，像細孔的淡墨障紗。紗裏的眼睛暫時沉默下來了。

湯姆生延挨了一會，端著酒杯出去了。不一會，又走進來，叫阿媽替他預備洗澡水去，又看看霓喜手中的絨線，道：「好鮮和的活計。竇太太打得真好。」阿媽忍笑道：「這是我的，我做了這些時了。」湯姆生道：「我倒沒留心。」他把一隻手托著頭，胳膊肘子撐著擱板，立定身看看霓喜，向阿媽道：「我早就想煩你打一件絨線背心，又怕你忙不過來。」阿媽笑道：「喲，您跟我這麼客氣！」她頓了一頓，又道：「再不，請我們二妹給打一件罷？人家手巧，要不了兩天的工夫。」霓喜把一根毛竹針豎起來抵住嘴唇，扭了扭頭道：「我哪成哪？白糟蹋了好絨線！」湯姆生忙道：「竇太太，多多費神了，我就要這麼一件，外頭買的沒這個好。阿媽你把絨繩拿來。」阿媽到後洋台上去轉了一轉，把拆洗的一捲舊絨繩收了進來。霓喜道：「也得有個尺寸。」湯姆生道：「阿媽你把我的背心拿件來做樣子。」阿媽拍手道：「也得我忙得過來呀！晚飯也得預備起來了，還得燒洗澡水。我看這樣罷，二妹你打上一圈絨線，讓他套上身去試一試大小。」她忙著燒水，霓喜低頭只顧結絨線，一任湯姆生將言語來打動，她並不甚答理。結上了五六排，她含笑幫他從頭上套下去，匆忙間，不知怎的，霓喜捽開手笑道：「湯姆生先生，我只當你是個好人！」湯姆生把手扶著腰間圍繞的四根針，笑道：「怎麼？我不懂這些話。」霓喜啐道：「你不懂！你要我教你英文麼？」她捏住毛竹針的一頭，扎了他一下。他還要往下說，霓喜有意帶著三分矜持，收拾了絨線，約好三天後交貨，便告辭起身。

雖然約的是三天之後，她也自性急，當天做了一夜，次日便替他趕好了。正把那件絨線衫綳在膝上看視，一隻腳晃著搖籃，誰知湯姆生和她一般性急，竟找到她家裏去。他和樓下的房東房客言語不通，問不出一個究竟來，只因他是個洋人，大家見了他有三分懼怕，竟讓他闖上樓來。東廂房隔成兩間，外間住個走梳頭的，板壁上挖了一扇小門，掛著花布門簾，他一掀簾子，把霓喜嚇了一跳。她坐在床上，一張高柱木床，並沒掛帳子，舖一領草蓆，床欄杆上晾著尿布手帕。桌上一隻破熱水瓶，瓶口罩著湖色洋磁漱盂。霓喜家常穿著藍竹布襖，敞著領子，一面扣鈕扣一面道歉道：「湯姆生先生，虧你怎麼找了來了？這地方也不是你來得的。真，我也沒想到會落到這麼個地方！」說著，眼圈兒便紅起來。湯姆生也是相當的窘，兩手抄在袴袋裏，立在屋子正中央，連連安慰道：「竇太太，竇太太……你再跟我這麼見外，更叫我於心不安了。」霓喜頂大的女孩瑟梨塔牽著弟弟的手，攀著門簾向裏張望。板桌底下有個小風爐，上面燉著一瓦缽子麥芽糖，糖裏豎著一把毛竹筷。霓喜抽出一支筷子來，絞上一股子糖，送到瑟梨塔嘴裏去，讓她吮去一半，剩下的交與她弟弟，說道：「乖乖出去玩去。」孩子們走了，霓喜低著頭，把手伸到那件絨線衫裏面去，拉住一隻袖管，將它翻過來筒過去。

湯姆生笑道：「哎呀，已經打好了，真快！讓我試試。」她送了過來，立在他跟前，他套了一半，頭悶在絨線衫裏面，來不及褪出來，便伸手來抱她，隔著絨線衫，他的呼吸熱烘烘噴在她腮上，她頸子上。霓喜使勁洒開他，急道：「你真是個壞人，壞人！」湯姆生褪出頭來看時，她業已奔到搖籃那邊去，凜然立著，頗像個受欺侮的年青的母親。然而禁不起他一看再看，她卻又忍笑偏過頭去，搖擺著身子，曲著一條腿，把膝蓋在搖籃上襯來襯去。

湯姆生道：「你知道麼？有種中國點心，一咬一口湯的，你就是那樣。」霓喜啐道：「胡說！」她低頭看看自己身上，沾了許多絨線的毛衣子，便道：「你從哪兒來的這絨線，淨掉毛！」湯姆生笑道：「是阿媽的，順手給撈了來。」霓喜指著他道：「你哪裏要打什麼背心？誠心的……」說著，又一笑，垂著頭她把她衣服上的絨毛，一點一點揀乾淨了，撲了撲灰，又道：「瞧你，也弄了一身！」便走過來替他揀。湯姆生這一次再擁抱她，她就依了他。

她家裏既不乾淨，又是耳目眾多，他二人來往，總是霓喜到他家去。旅館裏是不便去的，只因香港是個小地方，英國人統共只有這幾個，就等於一個大俱樂部，撞來撞去都是熟人。

霓喜自竇家出來的時候便帶著一個月的身孕，漸漸害起喜來，臥床不起。湯姆生只得遮遮掩掩到她家來看她。這回事，他思想起來也覺得羞慚，如果她是個女戲子，足尖舞明星，或是馳名的蕩婦，那就不丟臉，公開也無妨，然而霓喜只是一個貧困的中國寡婦，拖著四個孩子，肚裏又懷著胎。她咬準這孩子是他的，要求他給她找房子搬家。把他們的關係固定化，是危險的拖累，而且也不見得比零嫖上算，可是不知道為什麼，他還是天天來看她。有一天他來，她蒙頭睡著，他探手摸她的額角，問道：「發燒麼？」她不作聲，輕輕咬他的手指頭。湯姆生伏在她床沿上，臉偎著棉被，聽她在被窩裏窸窸窣窣哭了起來。問她，問了又問，方道：「我知道我這一回一定要死了。一定要死的。你給我看了房子，搬進去和你住一天，便死了我也甘心，死了也是你的人，為你的孩子死的。」

霓喜的世界一下子豐富了起來，跌跌絆絆滿是東西，紅木柚木的西式圓檯，桌腿上生著爪子，爪子踏在圓球上；大餐檯，整套的十二隻椅子，彫有洋式雲頭，玫瑰花和爬藤的捲鬚，椅背的紅皮心子上嵌著小銅釘；絲絨沙發，暗色絲絨上現出迷糊的玫瑰花和洋式雲頭；沙發扶手上搭著白蕾絲的小托子；織花窗簾裏再掛一層白蕾絲紗幕；梳妝台上滿是挖花的小托子不算，還繫著一條綢褶粉紅裙，連檯燈與電話也穿著荷葉邊的紅紗裙子。五斗櫥上有銀盤，盤裏是純粹擺樣的大號銀漱盂，銀粉缸，銀把鏡，大小三隻銀水罐。地下是為外國人織造的北京地毯。家裏甚至連古董也有——專賣給外國人的小古董。屋犄角豎著芬芳馥郁的彫花檀木箱子。後院子裏空酒瓶堆積如山，由著傭人成打地賣給收舊貨的。東西是多得連霓喜自己也覺得詫異，連湯姆生也覺詫異。他當真為這粗俗的廣東女人租下了一所洋房，置了這許多物件。她年紀已經過了三十，漸漸發胖了，在黑紗衫裏閃爍著老粗的金鍊條，嘴唇紅得悍然，渾身熟極而流的扭捏挑撥也帶點悍然之氣。湯姆生十分驚訝地發現了，他自己的愛好竟與普通的水手沒有什麼兩樣。

霓喜的新屋裏什麼都齊全，甚至還有書，皮面燙金的旅行雜誌彙刊，西洋食譜，五彩精印的兒童課本，神仙故事。霓喜的孩子一律送入幼稚園，最大的女孩瑟梨塔被送入修道院附屬女學校，白制服，披散著一頭長髮，烏黑鬈曲的頭髮，垂到股際，淡黑的臉與手，那小小的，結實的人，像白蘆葦裏吹出的一陣黑旋風。這半印度種的女孩子跟著她媽很吃過一些苦，便在順心的時候也是被霓喜責打慣了的。瑟梨塔很少說話，微笑起來嘴抿得緊緊的。她冷眼看著她母親和男人在一起。因為鄙薄那一套，她傾向天主教，背熟了祈禱文，出入不離一本小聖經，裝在黑布套子裏，套上綉了小白十字。有時她還向她母親傳教。她說話清晰而肯定，漸漸能說含文法的英文了。

霓喜初結識湯姆生時，肚裏原有個孩子，跟了湯姆生不久便小產了。湯姆生差不多天天在霓喜處過宿，惟有每年夏季，他自己到青島歇著，卻把霓喜母子送到日本去。在長崎，霓喜是神秘的賽姆生太太，避暑的西方人全都很注意她，猜她是大人物的下堂妾，冒險小說中的不可思議的中國女人，夜禮服上滿釘水鑽，像個細腰肥肚的玻璃瓶，裝了一瓶的螢火蟲。

有時霓喜也穿中裝，因為沒裹過腳，穿的是滿洲式的高底緞鞋。平金的，織金的，另有最新的款式，挖空花樣，下襯淺色緞子，托出一行蟹行文，「早安」，或是「毋忘我」。在香港，上街坐竹轎，把一雙腳擱得高高的，招搖過市。清朝換了民國，霓喜著了慌，只怕旗裝闖禍，把十幾雙鞋子亂紛紛四下裏送人，送了個乾淨。民國成立是哪年，霓喜記得極其清楚，便因為有過這番驚恐。

民國也還是她的世界。暢意的日子一個連著一個，錫化在一起像五顏六色的水菓糖。

湯姆生問她可要把她那乾姐姐調到新屋裏去服侍她，她非但不要，而且怕那阿媽在她跟前居功，因而唆使湯姆生將那人辭歇了。老屋裏，雖然她不是正式的女主人，輕易不露面的，她也還替那邊另換了一批僕人，買通了做她的心腹，專門刺探湯姆生的隱私，宴客的時候可有未結婚的英國女賓在座。她鬧著入了英國籍，護照上的名字是賽姆生太太，可是她與湯姆生的關係並不十分瞞人。修道院的尼姑又和她周旋起來。她也曾冷言冷語損了梅臘妮師太幾句，然而要報復，要在她們跟前擺闊，就得與她們繼續往來。霓喜把往事從頭記起，樁樁件件，都要個恩怨分明。她乘馬車到雅赫雅的綢緞店去挑選最新到的衣料，借故和夥計爭吵起來，一定要請老闆出來說話，湯姆生是政府裏供職的工程師，沾著點官氣，雅赫雅再強些也是個有色人種的商人，當下躲過了，只不敢露面，霓喜吵鬧了一場，並無結果。

雅赫雅那表親發利斯，此時也成了個頗有地位的珠寶商人。這一天，他經過一家花店，從玻璃窗裏望進去，隔著重重疊疊的花山，看見霓喜在裏面買花。她脖子上垂下粉藍薄紗圍巾，她那十二歲的女兒瑟梨塔偎在她身後，將那圍巾牽過來兜在自己的頭上。是炎夏，花店把門大開著，瑟梨塔正立在過堂風裏，熱風裏的紗飄飄蒙住她的臉。她生著印度人的臉，雖是年青，雖是天真，那尖尖的鼻子與濃澤的大眼睛裏有一種過分刻劃的殘忍。也許因為她頭上的紗，也許因為花店裏吹出來的芳香的大風，發利斯一下子想起他的表姐妹們，在印度，日光的庭院裏，滿開著花。他在牆外走過，牆頭樹頭跳出一只球來。他撿了球，爬上樹，拋它進去，踢球的表姐妹們紛紛往裏飛跑，紅的藍的淡色披紗趕不上她們的人。跑到裏面，方才放聲笑起來，笑著，然而去告訴他舅父，使他舅父轉告他父親，使他挨打了。因為發利斯永遠記得這回事，他對於女人的愛總帶有甘心為她挨打的感覺。

發利斯今年三十一了，還未曾娶親。家鄉的表姐妹早嫁得一個都不剩，這裏的女人他不喜歡，臉色儘多白的白，紅的紅，頭髮粘成一團像黑膏藥，而且隨地吐痰。香港的女人，如同香港的一切，全都不愉快，因為他自從十八歲背鄉離井到這裏來，於穢惡欺壓之中打出一條活路，也不知吃了多少苦。現在他過得很好，其實在中國也住慣了，放他回去他也不想回去了，然而他常常記起小時的印度。他本來就胖，錢一多，更胖了，滿臉黑油，銳利的眼睛與鼻子埋在臃腫的油肉裏，單露出一點尖，露出一點憂鬱的芽。

他沒同霓喜打招呼，霓喜倒先看見了他，含笑點頭，從花店裏迎了出來，大聲問好，邀他到她家去坐坐。霓喜對於發利斯本來有點恨，因為當初他沒讓她牢籠住。現在又遇見了他，她倒願意叫他看看，她的日子過得多麼舒服，好讓他傳話與雅赫雅知聞。他到她家去了幾次。發利斯是個老實人，始終不過陪她聊天而已。湯姆生知他是個殷實商人，也頗看得起他。發利斯從來沒有空手上過門，總給孩子們帶來一些吃食玩具。瑟梨塔小時候在綢緞店裏叫他叔叔，如今已是不認得了，見了他只是淡淡的一笑，嘴角向一邊歪著點。

霓喜過了五六年安定的生活，體重增加，人漸漸的呆了，常時眼睛裏毫無表情像玻璃窗上塗上一層白漆。惟有和發利斯談起她過去的磨難辛苦的時候，她的眼睛又活了過來。每每當著湯姆生的面她就興高采烈說起她前夫雅赫雅，他怎樣虐待她，她怎樣忍耐著，為了瑟梨塔和吉美，後來怎樣為了瑟梨塔和吉美她又跟了個中國人；為了瑟梨塔和吉美和那中國人的兩個孩子她又跟了湯姆生。湯姆生侷促不安坐在一邊，左腳蹺在右腳上，又換過來，右腳蹺在左腳上；左肘撐在籐椅扶手上，又換了個右肘。籐椅吱吱響了，分外使他發煩。然而只有這時候，霓喜的眼睛裏有著舊日的光輝，還有吵架的時候。霓喜自己也知道這個，因此越發的喜歡吵架。

她新添了個女孩，叫做屏妮，栗色的頭髮，膚色白淨，像純粹的英國人，湯姆生以此百般疼愛。霓喜自覺地位鞏固，對他防範略疏。政府照例每隔三年有個例假，英國人可以回國去看看。湯姆生上次因故未去，這一次，霓喜阻擋不住，只得由他去了。

去了兩個月，霓喜要賣弄他們的轎式自備汽車，邀請眾尼姑過海到九龍去兜風，元朗鎮有個廟會，特去趕熱鬧。小火輪把汽車載到九龍，不料天氣說變就變，下起牛毛雨來。霓喜抱著屏妮，帶領孩子們和眾尼僧冒雨看廟會，泥漿濺到白絲襪白緞高跟鞋上，口裏連聲顧惜，心裏卻有一種奢侈的快感。大樹上高高開著野火花，猩紅的點子密密點在魚肚白的天上。地下擺滿了攤子，油紙傘底下，賣的是扁魚，直徑一尺的滾圓的大魚；切成段，白裏泛紅；涼帽，篾籃，小罐的油漆，麵筋，豆腐渣的白山，堆成山的淡紫的蝦醬，山上戳著筷子。霓喜一羣人兜了個圈子，在市場外面一棵樹下揀了塊乾燥的地方坐下歇腳，取出食物來野餐。四周立即圍上了一圈鄉下人，眼睜睜看著。霓喜用小錐子在一聽鳳尾魚的罐頭上錐眼兒，儘著他們在旁觀看，她喜歡這種衣錦還鄉的感覺。

尼姑中只有年高的鐵烈絲師太，怕淋雨，又怕動彈，沒有跟到市場裏來，獨自坐在汽車裏讀報紙。南華日報的社會新聞欄是鐵烈絲與人間惟一的接觸，裏面記載著本地上等人的生，死，婚，嫁，一個淺灰色的世界，於淡薄扁平之中有一種俐落的愉悅。她今天弄錯了，讀的是昨天的報，然而也還一路讀到九龍，時時興奮地說：「你看見了沒有，梅臘妮師太，瑪利・愛石克勞甫德倒已經訂婚了。你記得，她母親從前跟我學琴的，我不許她留指甲。……古柏太太的腦充血，我說她過不了今年的！你看！……脾氣大。古柏先生倒真是個數一數二的好人。每年的時花展覽會裏他們家的玫瑰總得獎，逢時遇節請我們去玩，把我們做蛋糕的方子抄了去……」

梅臘妮師太在樹蔭下向兩個小尼姑道：「你們做兩塊三明治給鐵烈絲師太送去吧。不能少了她的。」小尼做了三明治，從舊報紙裏抽出一張來包上，突然詫異道：「咦？這不是今天的報麼？」另一個小尼忙道：「該死了，鐵烈絲師太還沒看過呢。報就是她的命。」這小尼把新報換了下來，拿在手中看了一看，那一個便道：「快給她送去罷，她頂恨人家看報看在她之前。」這一個已是將新聞逐條念了出來，念到「桃樂賽，伯明罕的約翰・寶德先生與太太的令媛，和本地的威廉・湯姆生先生，」住了嘴，抬頭掠了霓喜一眼，兩個小尼彼此對看著，於惶恐之外，另帶著發現了什麼的歡喜。梅臘妮師太丁丁敲著罐頭水菓，並沒有聽見，霓喜耳朵裏先是嗡的一聲，發了昏，隨即心裏一靜，聽得清清楚楚，她自己一下一下在鐵罐上鑿小洞，有本事齊齊整整一路鑿過去，鑿出半圓形的一列。

然而這時候鐵烈絲師太從汽車裏走過來了，大約發覺她讀著的報是昨天的，老遠的發起急來，一手揮著洋傘，一手揮著報紙，細雨霏霏，她輪流的把報紙與洋傘擋在頭上。在她的社會新聞欄前面，霓喜自己覺得是欄杆外的鄉下人，扎煞著兩隻手，眼看著湯姆生與他的英國新娘，打不到他身上。她把她自己歸到四周看他們吃東西的鄉下人堆裏去。整個的雨天的鄉下蹦跳著撲上身來如同一羣拖泥帶水的野狗，大，重，腥氣，鼻息咻咻，親熱得可怕，可憎。

霓喜一陣顫麻，抱著屏妮立將起來，在屏妮袴子上摸了一摸，假意要換尿布，自言自語道：「尿布還在車上。」一逕向汽車走去，喚齊了幾個大些的孩子，帶他們上車，吩咐車夫速開車，竟把幾個尼姑丟在元朗鎮，不管了。

回到香港，買了一份南華日報，央人替她看明白了，果然湯姆生業於本月六日在英國結了婚。

又過了些時，湯姆生方才帶著太太到中國來。中間隔的兩個多月，霓喜也不知是怎麼過的。家裏還是充滿了東西，但是一切都成了過去。就像站得遠遠的望見一座高樓，樓窗裏有間房間堆滿了老式的家具，代表某一個時代，繁麗，嚕囌，擁擠；窗戶緊對著後頭另一個窗戶，筆直的看穿過去，隔著床帳櫥櫃，看見屋子背後紅通通的天，太陽落下去了。

湯姆生回香港之前先打了電報給發利斯，叫他轉告霓喜，千萬不可以到碼頭上去迎接他，否則他就永遠不見她的面。霓喜聽了此話，哭了一場，無計可施。等他到了香港，她到他辦公處去找他，隔著寫字檯，她探身到他跟前，柔聲痛哭道：「比爾！」湯姆生兩手按著桌子站立著，茫然看著她，就像是不記得她是誰。霓喜忽然覺得她自己的大腿肥唧唧地抵著寫字檯，覺得她自己一身肥肉，覺得她自己衣服穿得過於花俏，再打扮些也是個下等女人；湯姆生的世界是淺灰石的浮彫，在清平的圖案上她是突兀地凸出的一大塊，浮彫變了石像，高高突出雙乳與下身。她嫌她自己整個地太大，太觸目。湯姆生即刻意會到她這種感覺，她在他面前驀地萎縮下去，失去了從前吸引過他的那種悍然的美。

他感到安全，簽了一張五千元的支票，說道：「這是你的，只要你答應從今以後不再看見我。」霓喜對於這數目感到不滿，待要哭泣糾纏，湯姆生高聲叫道：「費德司東小姐！」湯姆生在這一點上染有中國人的習氣，叫女書記的時候從不揿鈴，單只哇啦一喊。女書記進來了，霓喜不願當著人和他破臉爭吵，要留個餘地，只得就此走了。錢花光了，又去找他。幾次三番有這麼一個戴著梅花楞黑面網的女人在傳達處，在大門口守著他，也哭過，也恐嚇，也廝打過，也撒過賴，抱著屏妮給他看，當他的面掐得屏妮鬼哭神嚎，故意使湯姆生心疼。湯姆生給了幾回的錢，不給了。霓喜又磨著發利斯去傳話，發利斯於心不忍，常時自己掏腰包周濟她，也不加以說明。霓喜只當湯姆生給的，還道他舊情未斷，又去和他苦苦糾纏，湯姆生急得沒法，托病請假，帶了太太到青島休養去了。

發利斯三天兩天到她家去，忽然絕跡了一星期。霓喜向來認識的有個印度老婦人，上門來看她，婉轉地說起發利斯，說他托她來做媒。霓喜蹲在地下整鞋帶，一歪身坐下了，撲倒在沙發椅上，笑了起來道：「發利斯這孩子真孩子氣！」她伸直了兩條胳膊，無限制地伸下去，兩條肉黃色的滿溢的河，湯湯流進未來的年月裏。她還是美麗的，男人靠不住，錢也靠不住，還是自己可靠。窗子大開著，聽見海上輪船放氣，湯姆生離開香港了。走就走罷，去了一個又來一個。清冷的汽笛聲沿著她的胳膊筆直流下去。

她笑道：「發利斯比我小呢！年紀上頭也不對。」那印度婦人頓了一頓，微笑道：「年紀上是差得太遠一點，他的意思是……瑟梨塔……瑟梨塔今年纔十三，他已經三十一了，可是他情願等著，等她長大。你要是肯呢，就讓他們訂了婚，一來好叫他放心，二來他可以出錢送她進學校，念得好好的不念下去，怪可惜的。當然弟弟妹妹也都得進學堂。你們結了這頭親，遇到什麼事要他幫忙的，也有個名目，賽姆生太太你說是不是？」霓喜舉起頭來，正看見隔壁房裏，瑟梨塔坐在籐椅上乘涼，想是打了個哈欠，伸懶腰，房門半掩著，只看見白漆門邊憑空現出一隻蒼黑的小手，骨節是較深的黑色——彷彿是蒼白的未來裏伸出一隻小手，在她心上摸了一摸。霓喜知道她是老了。她扶著沙發站起身來，僵硬的膝蓋骨唼啦一響，她裏面彷彿有點什麼東西，就這樣破碎了。

——一九四四年

•初載於一九四四年一月～六月上海《萬象》第三年第七～十二期。

年青的時候

潘汝良讀書，有個壞脾氣，手裏握著鉛筆，不肯閒著，老是在書頭上畫小人。他對於圖畫沒有研究過，也不甚感到興趣，可是鉛筆一著紙，一彎一彎的，不由自主就勾出一個人臉的側影，永遠是那一個臉，而且永遠是向左。從小畫慣了，熟極而流，閉著眼能畫，左手也能畫，惟一的區別是，右手畫得圓溜些，左手畫得比較生澀，凸凹的角度較大，顯得瘦，是同一個人生了場大病之後的側影。

沒有頭髮，沒有眉毛眼睛，從額角到下巴，極簡單的一條線，但是看得出不是中國人——鼻子太出來了一點。汝良是個愛國的好孩子，可是他對於中國人沒有多少好感。他所認識的外國人是電影明星與香烟廣告肥皂廣告俊俏大方的模特兒，他所認識的中國人是他父母兄弟姐妹。他父親不是壞人，而且整天在外做生意，很少見到，其實也還不至於討厭。可是他父親晚餐後每每獨坐在客堂裏喝酒，吃油炸花生，把臉喝得紅紅的，油光膩亮，就像任何小店的老闆。他父親開著醬園，其實也是個店老闆，然而……既做了他的父親，就應當是個例外。

汝良並不反對喝酒，一個人，受了極大的打擊，不拘是愛情上的還是事業上的，踉踉蹌蹌扶牆摸壁走進酒排間，爬上高櫈子，沙嗄地叫一聲：「威士忌，不擱蘇打，」然後用手托住頭發起怔來，頭髮頹然垂下一綹子，掃在眼睛裏，然而眼睛一瞬也不瞬，直瞪瞪，空洞洞——那是理所當然的，可同情的。雖然喝得太多也不好，究竟不失為一種高尚的下流。

像他父親，卻是猥瑣地從錫壺裏倒點暖酒在打掉了柄的茶杯中，一面喝一面與坐在旁邊算賬的母親聊天，他說他的，她說她的，各不相犯。看見孩子們露出饞相了，有時還分兩顆花生米給他們吃。

至於母親，母親自然是一個沒有受過教育，在舊禮教壓迫下犧牲了一生幸福的可憐人，充滿了愛子之心，可是不能夠了解他，只懂得為他弄點吃的，逼著他吃下去，然後泫然送他出門，風吹著她的飄蕭的白頭髮。可惡的就是：汝良的母親頭髮還沒白，偶然有一兩根白的，她也喜歡拔去。有了不遂心的事，並不見她哭。只見她尋孩子的不是，把他們嘔哭了。閒下來她聽紹興戲，叉麻將。

汝良上面的兩個姐姐和他一般地在大學裏讀書，塗脂抹粉，長得不怎麼美而不肯安分。汝良不要他姐姐那樣的女人。

他最看不上眼的還是底下那一大羣弟妹，髒、憊賴、不懂事，非常孩子氣的孩子。都是因為他們的存在，父母和姐姐每每忘了汝良已經大了，一來便把他們混作一談，這是第一件使他痛心疾首的事。

他在家裏向來不開口說話。他是一個孤零零的旁觀者。他冷眼看著他們，過度的鄙夷與淡漠使他的眼睛變為淡藍色的了，石子的青色，晨霜上的人影的青色。

然而誰都不覺得。從來沒有誰因為他的批評的態度而感到不安。他不是什麼要緊的人。

汝良一天到晚很少在家。下課後他進語言專修學校念德文，一半因為他讀的是醫科，德文於他很有幫助，一半卻是因為他有心要避免同家裏人一桌吃飯——夜校的上課時間是七點到八點半。像現在，還不到六點半，他已經坐在學生休息室裏，烤著火，溫習功課。

休息室的長檯上散置著幾份報紙與雜誌，對過坐著個人，報紙擋住了臉，不會是學生——即使是程度高的學生也不見得看得懂德文報紙。報紙上的手指甲，紅蔻丹裂痕斑駁。汝良知道那一定是校長室裏的女打字員。她放下報紙，翻到另一頁上，將報紙摺疊了一下，伏在檯上看。頭上吊下一嘟嚕黃色的鬈髮，細格子呢外衣。口袋裏的綠手絹與襯衫的綠押韻。

上半身的影子恰巧落在報紙上。她皺皺眉毛，扭過身去湊那燈光。她的臉這一偏過去，汝良突然吃了一驚，她的側面就是他從小東塗西抹畫到現在的惟一的側面，錯不了，從額角到下巴那條線。怪不得他報名的時候看見這俄國女人就覺得有點眼熟。他再沒想到過，他畫的原來是個女人的側影，而且是個美麗的女人。口鼻間的距離太短了，據說那是短命的象徵。汝良從未考慮過短命的女人可愛之點，他不過直覺地感到，人中短了，有一種稚嫩之美。她的頭髮黃得沒有勁道，大約要借點太陽光才是純正的、聖母像裏的金黃。惟其因為這似有如無的眼眉鬢髮，分外顯出側面那條線。他從心裏生出一種奇異的喜悅，彷彿這個人整個是他手裏創造出來的。她是他的，他對於她，說不上喜歡不喜歡，因為她是他的一部份。彷彿他只消走過去說一聲：「原來是你！你是我的，你不知道麼？」便可以輕輕掐下她的頭來夾在書裏。

他朝她發怔，她似乎有點覺得了。汝良連忙垂下眼去看書。書頭上左一個右一個畫的全是側面，可不能讓她看見了，她還以為畫的是她呢！汝良性急慌忙抓起鉛筆來一陣塗，那沙沙的聲音倒引起了她的注意。她探過身來向他書上望了一望，笑道：「很像，像極了。」汝良囁嚅著不知說了點什麼，手裏的筆疾如風雨地只管塗下去，塗黑了半張書。她伸手將書往那邊拉，笑道：「讓我瞧瞧。本來我也不認識自己的側面——新近拍了照，有一張是半邊臉的，所以一看見就知道是我。畫得真不錯，為什麼不把眼睛嘴給補上去呢？」

汝良沒法子解釋說他不會畫眼睛同嘴，除了這側面他什麼都不會畫。她看了他一眼，見他滿臉為難的樣子，以為他說不慣英文，對答不上來，便搭訕道：「今天真冷。你是騎自行車來的麼？」汝良點頭道：「是的。晚上回去還要冷。」她道：「可不是，真不方便。你們是哪個先生教？」汝良道：「施密德。」她道：「教得還好麼？」汝良又點點頭，道：「就是太慢，叫人不耐煩。」她道：「那他也是沒法子。學生程度不齊，有些人趕不上。」汝良道：「隨班上課，就是這點不好，不比私人教授。」她將手支著頭，隨意翻著書，問道：「你們念到哪兒了？」掀到第一頁，她讀出他的名字道：「潘汝良。……我叫沁西亞・勞甫沙維支。」她提起筆來待要寫在空白上，可是一點空白也沒有剩下了，全書畫滿了側面，她的側面。汝良眼睜睜看著，又不能把書給搶過來，自己兜臉徹腮漲得通紅。沁西亞的臉也紅了，像電燈罩上歇了個粉紅翅的飛蛾，反映到她臉上一點最輕微的飄忽的紅色，她很快地合上了書，做出隨便的神氣，另在封面上找了塊空地將她的名字寫給他看。

汝良問道：「你一直住在上海？」沁西亞道：「小時候在哈爾濱。從前我說得一口的中國話呢，全給忘了。」汝良道：「那多可惜！」沁西亞道：「我還想從頭再學起來呢。你要是願意教我的話，我們倒可以交換一下，我教你德文。」汝良笑道：「那敢情好！」正說著，上課鈴朗朗響起來了，汝良站起身來拿書，沁西亞將手按在書上，朝他這面推過來，笑道：「這樣：明天晌午你要是有空，我們就可以上一課試試。你到蘇生大廈九樓怡通洋行來找我。我白天在那兒做事。吃中飯的時候那兒沒人。」汝良點頭道：「蘇生大廈，怡通洋行。我一定來。」

當下兩人別過了。汝良那天晚上到很晚方才入睡。這沁西亞……她誤會了，以為他悄悄地愛上了她，背地裏畫來畫去只是她的臉龐。她以為他愛她，而她這麼明顯地給了他一個機會與她接近，為什麼呢？難道她……

她是個幹練的女孩子，白天在洋行裏工作，夜校裏還有兼職——至多也不過他姐姐的年紀罷？人家可不像他姐姐。

照說，一個規矩的女人，知道有人喜歡她，除非她打算嫁給那個人，就得遠著他。在中國是如此，在外國也是如此。可是……誰不喜歡同喜歡自己的人來往呢？難道她非得同不喜歡她的人來往麼？沁西亞也許並沒有旁的意思。他別誤會了，像她一樣地誤會了。不能一誤再誤……

果真是誤會麼？

也許他愛著她而自己沒有疑心到此。她先就知道了——女人據說是比較敏感。這事可真有點奇怪——他從來不信緣分這些話，可是這事的確有點奇怪……

次日，汝良穿上了他最好的一套西裝，又覺得這麼煥然一新地去赴約有些傻氣，特意要顯得潦草，不在乎，臨時加上了一條泛了色的舊圍巾。

清早上學去，冬天的小樹，葉子像一粒粒膠質的金珠子。他面迎太陽騎著自行車，車頭上吊著書包，車尾的夾板上拴著一根藥水煉製過的丁字式的枯骨。從前有過一個時候，這是一個人的腿，會騎腳踏車也說不定。汝良迎著太陽騎著車，寒風吹著熱身子，活人的太陽照不到死者的身上。

汝良把手按在疾馳的電車上，跟著電車颼颼跑。車窗裏望進去，裏頭坐著兩個女人，臉對臉嘁嘁喳喳說話，說兩句，點一點頭，黑眼睫毛在陽光裏晒成了白色。臉對臉不知說些什麼有趣的故事，在太陽裏煽著白眼睫毛。活人的太陽照不到死者的身上。

汝良肚子裏裝滿了滾燙的早飯，心裏充滿了快樂，這樣無端端的快樂，在他也是常有的事，可是今天他想，一定是為了沁西亞。

野地裏的狗汪汪吠叫。學校裏搖起鈴來了。晴天上憑空掛下小小一串金色的鈴聲。沁西亞那一嘟嚕黃頭髮，一個鬈就是一隻鈴。可愛的沁西亞。

午前最後一課也沒有去上，趕回家去換圍巾，因為想來想去到底是那條簇新的白羊毛圍巾比較得體。

路上經過落荒地帶新建的一座華美的洋房，想不到這裏的無線電裏也唱著紹興戲。從妃紅蕾絲窗簾裏透出來，寬亮的無表情的嗓子唱著「十八隻抽斗」。……文化的末日！這麼優美的環境裏的女主人也和他母親一般無二。汝良不要他母親那樣的女人。沁西亞至少是屬於另一個世界裏的。汝良把她和潔淨可愛的一切歸在一起，像獎學金、像足球賽、像德國牌子的腳踏車、像新文學。

汝良雖然讀的是醫科，對於文藝是極度愛好的。他相信，如果不那麼忙，如果多喝點咖啡，他一定能夠寫出動人的文章。他對於咖啡的信仰，倒不是因為咖啡的香味，而是因為那構造複雜的，科學化的銀色的壺，那晶亮的玻璃蓋。同樣地，他獻身於醫學，一半也是因為醫生的器械一概都是嶄新燦亮，一件一件從皮包裏拿出來，冰涼的金屬品，小巧的，全能的。最偉大的是那架電療器，精緻的齒輪孜孜輾動，飛出火星亂迸的爵士樂，輕快、明朗、健康。現代科學是這十不全的世界上惟一的無可訾議的好東西。做醫生的穿上了那件潔無纖塵的白外套，油炸花生下酒的父親，聽紹興戲的母親，庸脂俗粉的姐姐，全都無法近身了。

這是汝良期待著的未來。現在這未來裏添了個沁西亞。汝良未嘗不知道，要實現他的理想，非經過一番奮鬥不可。醫科要讀七年才畢業，時候還長著呢，半路上先同個俄國女孩子拉扯上了，怎麼看著也不大合適。

自行車又經過一家開唱紹興戲的公館，無線電悠悠唱下去，在那寬而平的嗓門裏沒有白天與黑夜，彷彿在白晝的房間點上了電燈，眩暈、熱鬧、不真實。

紹興姑娘唱的是：「越思越想越啦懊啊悔啊啊！」穩妥的拍子。汝良突然省悟了：紹興戲聽眾的世界是一個穩妥的世界——不穩的是他自己。

汝良心裏很亂。來到外灘蘇生大廈的時候，還有點惴惴不寧，愁的卻是另一類的事了。來得太早，她辦公室裏的人如果還沒有走光豈不是窘得慌？人走了，一樣也窘慌。他延挨了好一會，方才乘電梯上樓。一推門，就看見沁西亞單獨坐在靠窗的一張寫字檯前面。他怔了一怔——她彷彿和他記憶中的人有點兩樣，其實，統共昨天才認識她，也談不上回憶的話。時間短，可是相思是長的——他想得太多了，就失了真。現在他所看見的是一個有幾分姿色的平凡的少女，頭髮是黃的，可是深一層，淺一層，近頭皮的一部份是油膩的栗色。大約她剛吃完了簡便的午餐，看見他來，便將一個紙口袋團成一團，向字紙簍裏一拋。她一面和他說話，一面老是不放心嘴唇膏上有沒有黏麵包屑，不住的用手帕在嘴角揩抹。小心翼翼，又怕把嘴唇膏擦到界線之外去。她藏在寫字檯底下的一雙腳只穿著肉色絲襪，高跟鞋褪了下來，因為圖舒服。汝良坐在她對面，不是踢著她的鞋就是踢著了她的腳，彷彿她一個人長著幾雙腳似的。

他覺得煩惱，但是立刻就責備自己：為什麼對她感到不滿呢？因為她當著人脫鞋？一天到晚坐在打字機跟前，腳也該坐麻了，不怪她要蘇散蘇散。她是個血肉之軀的人，不是他所做的虛無縹緲的夢，她身上的玫瑰紫絨線衫是心跳的絨線衫——他看見她的心跳，他覺得他的心跳。

他決定從今以後不用英文同她談話。他的發音不夠好的！——不能給她一個惡劣的印象。等他學會了德文，她學會了中文，那時候再暢談罷。目前只能借重教科書上的對白：「馬是比牛貴麼？羊比狗有用，新的比舊的好看。老鼠是比較小的。蒼蠅還要小。鳥和蒼蠅是飛的。鳥比人快。光線比什麼都快。比光線再快的東西是沒有的了。太陽比什麼都熱。比太陽再熱的東西是沒有的了。十二月是最冷的一月。」都是顛撲不破的至理名言，就可惜不能曲曲達出他的意思。

「明天會晴嗎？——也許會晴的。」

「今天晚上會下雨嗎？——也許會下雨的。」

會話書的作者沒有一個不是上了年紀的人，鄭重而嚕囌。

「您抽烟嗎？——不大抽。」

「您喝酒嗎？——不天天喝。」

「您不愛打牌嗎？——不愛。我最不愛賭錢。」

「您愛打獵嗎？——喜歡，我最喜歡運動。」

「念。念書。小說是不念。」

「看。看報。戲是不看。」

「聽。聽話。壞話是不聽。」

汝良整日價把這些話顛來倒去，東拼西湊，只是無法造成一點柔情的暗示。沁西亞卻不像他一般地為教科書圈住了。她的中文雖然不行，抱定宗旨，不怕難為情，只管信著嘴說去。缺乏談話的資料，她便告訴他關於她家裏的情形。她母親是再醮的寡婦，勞甫沙維支是她繼父的姓。她還有個妹妹，叫麗蒂亞。她繼父也在洋行裏做事，薪水不夠養活一家人，所以境況很窘。她的辭彙有限，造句直拙，因此她的話往往是最生硬的，不加潤色的現實。有一天，她提起她妹妹來：「麗蒂亞是很發愁。」汝良問道：「為什麼呢？」沁西亞道：「因為結婚。」汝良愕然道：「麗蒂亞已經結婚了？」沁西亞道：「不，因為她還沒有。在上海，有很少的好俄國人。英國人，美國人也少。現在沒有了。德國人只能結婚德國人。」汝良默然，半晌方道：「可是麗蒂亞還小呢。她用不著發愁。」沁西亞微微聳了聳肩道：「是的。她還小。」

汝良現在比較懂得沁西亞了。他並不願意懂得她，因為懂得她之後，他的夢做不成了。

有時候，他們上完了課還有多餘的時間，他邀她出去吃午飯。和她一同進餐是很平淡的事，最緊張的一剎那還是付賬的時候，因為他不大確實知道該給多少小賬。有時候他買一盒點心帶來，她把書攤開了當碟子，碎糖與胡桃屑撒在書上，她毫不介意地就那樣合上了書。他不喜歡她這種邋遢脾氣，可是他竭力地使自己視若無睹。他單揀她身上較詩意的部份去注意，去回味。他知道他愛的不是沁西亞。他是為戀愛而戀愛。

他在德文字典查到了「愛」與「結婚」，他背地裏學會了說：「沁西亞，我愛你。你願意嫁給我麼？」他沒有說出口來，可是那兩句話永遠在他舌頭尖上。一個不留神，難保不吐露那致命的話——致命，致的是他自己的命，這個他也明白。冒失的婚姻很可以毀了他的一生。然而……僅僅想著也是夠興奮的。她聽到了這話，無論她是答應還是不答應，一樣的也要感到興奮。若是她答應了，他家裏必定要掀起驚天動地的大風潮，雖然他一向是無足重輕的一個人。

春天來了。就連教科書上也說：「春天是一年中最美麗的季節。」

有一天傍晚，因為微雨，他沒有騎自行車，搭電車從學校裏回家。在車上他又翻閱那本成日不離身的德文教科書。書上說：

「我每天早上五點鐘起來。

然後穿衣洗臉。

洗完了臉之後散一會兒步。

散步回來就吃飯。

然後看報。

然後工作。

午後四點鐘停止工作，去運動。

每天大概六點鐘洗澡，七點鐘吃晚飯。

晚上去看朋友。

頂晚是十點鐘睡覺。好好的休息，第二天好好的工作。」

最標準的一天。穿衣服洗臉是為了個人的體面。看報，吸收政府的宣傳，是為國家盡責任。工作，是為家庭盡責任。看朋友是「課外活動」，也是算分數的。吃飯、散步、運動、睡覺，是為了要維持工作效率。洗澡似乎是多餘的——有太太的人，大約是看在太太的面上罷？這張時間表，看似理想化，其實呢，大多數成家立業的人，雖不能照辦，也都還不離譜兒。汝良知道，他對於他父親的譴責，就也是因為他老人家對於體面方面不甚注意。兒子就有權利干涉他，上頭自然還有太太，還有社會。教科書上就有這樣的話：「怎麼這樣慢呢？怎麼這樣急促呢？叫你去，為什麼不去？叫你來，為什麼不就來？你為什麼打人家？你為什麼罵人家？為什麼不聽我的話？為什麼不照我們的樣子做？為了什麼緣故，這麼不規矩？為了什麼緣故，這麼不正當？」於是教科書上又有微弱的申請：「我想現在出去兩個鐘頭兒，成嗎？我想今天早回去一會兒，成嗎？」於是教科書又愴然告誡自己：「不論什麼事，總不可以大意。不論什麼事，總不能稱自己的心意的。」汝良將手按在書上，一抬頭，正看見細雨的車窗外，電影廣告牌上偌大的三個字：「自由魂」。

以後汝良就一直發著楞。電車搖聳噹答從馬霍路駛到愛文義路。愛文義路有兩棵楊柳正抽著膠質的金絲葉。灰色粉牆濕著半截子。雨停了。黃昏的天淹潤寥廓，年青人的天是沒有邊的，年青人的心飛到遠處去。可是人的胆子到底小。世界這麼大，他們必得找點網羅牽絆。

只有年青人是自由的。年紀大了，便一寸一寸陷入習慣的泥沼裏。不結婚，不生孩子，避免固定的生活，也不中用。孤獨的人有他們自己的泥沼。

只有年青人是自由的。知識一開，初發現他們的自由是件稀罕的東西，便守不住它了。就因為自由是可珍貴的，它彷彿燙手似的——自由的人到處磕頭禮拜求人家收下他的自由。……

汝良第一次見到這一層。他立刻把向沁西亞求婚的念頭來斷了。他願意再年青幾年。他不能再跟她學德文了，那太危險。他預備了一席話向她解釋。那天中午，他照例到她辦公室裏去，門一開，她恰巧戴著帽子夾著皮包走出來，險些與他撞個滿懷。沁西亞喔了一聲，將手按在嘴上道：「你瞧我這記性！要打電話告訴你別來的，心裏亂亂的，就給忘了！今兒我打算趁吃中飯的時候出去買點東西，我們休息一天罷。」

汝良陪她走了出來，她到附近服裝店看了幾件睡衣、晨衣、拖鞋，打聽打聽價格。咖啡館櫥窗裏陳設著一隻三層結婚蛋糕，標價一千五。她停住腳看看，咬了一會指甲，又往前走去。走了一段路，向汝良笑道：「你知道，我要結婚了。」汝良只是望著她，說不出話來。沁西亞笑道：「說『恭喜你。』」汝良只是望著她，心裏也不知道是如釋重負還是單純的惶駭。

沁西亞笑道：「『恭喜』。書上明明有的，忘了麼？」汝良微笑道：「恭喜恭喜。」沁西亞道：「洋行裏的事，夜校裏的事，我都辭掉了。我們的書，也只好擱一擱，以後——」汝良忙道：「那當然。以後再說罷。」沁西亞道：「反正你知道我的電話號碼。」汝良道：「那是你母親家裏。你們結婚之後住在什麼地方？」沁西亞很迅速地道：「他搬到我們家裏來住。暫時的，現在房子真不容易找。」汝良點頭道是。他們走過一家商店，櫥窗上塗了大半截綠漆。沁西亞筆直向前看著，他所熟悉的側影反襯在那強調的戲劇化的綠色背景上，異常明晰，彷彿臉上有點紅，可是沒有喜色。

汝良道：「告訴我，他是怎麼樣的一個人。」沁西亞的清淺的大眼睛裏藏不住一點心事。她帶著自衛的、戒備的神氣，答道：「他在工部局警察所裏做事。我們從小就在一起的。」汝良道：「他是俄國人？」沁西亞點點頭。汝良笑道：「他一定很漂亮？」沁西亞微笑道：「很漂亮。結婚那天你可以看見他。你一定要來的。」

彷彿那是世界上最自然的事──一個年青漂亮的俄國下級巡官，從小和她在一起的。可是汝良知道：如果她有較好的機會的話，她決不會嫁給他。汝良自己已經是夠傻的，為戀愛而戀愛。難道他所愛的女人竟做下了更為不可挽回的事麼──為結婚而結婚？

他久久沒有收到請帖，以為她準是忘了給他寄來。然而畢竟是寄來了──在六月底。為什麼耽擱了這些時？是經濟上的困難還是她拿不定主意？

他決定去吃她的喜酒，吃得酩酊大醉。他沒有想到沒有酒吃。

俄國禮拜堂的尖頭圓頂，在似霧非霧的毛毛雨中，像玻璃缸裏醋浸著的淡青的蒜頭。禮拜堂裏人不多，可是充滿了雨天的皮鞋臭。神甫身上披著平金緞子台毯一樣的氅衣，長髮齊肩，飄飄然和金黃的鬍鬚連在一起，汗不停地淌，鬚髮兜底一層層濕出來。他是個高大俊美的俄國人，但是因為貪杯的緣故，臉上發紅而浮腫。是個酒徒，而且是被女人寵壞了的。他瞌睡得睜不開眼來。

站在神甫身邊的唱詩班領袖，長相與打扮都跟神甫相彷彿，只是身材矮小，喉嚨卻大，激烈地連唱帶叫，腦門子掙得長汗直流，熱得頭髮都脫光了。

聖壇後面悄悄走出一個香伙來，手持托盤，是麻而黑的中國人，僧侶的黑袍下露出白竹布袴子，赤腳趿著鞋。也留著一頭烏油油的長髮，人字式披在兩頰上，像個鬼，不是《聊齋》上的鬼，是義塚裏的，白螞蟻鑽出鑽進的鬼。

他先送了兩杯酒出來，又送出兩隻皇冕。親友中預先選定了兩個長大的男子高高擎住了皇冕，與新郎新娘的頭維持著寸許的距離。在那陰暗，有氣味的禮拜堂裏，神甫繼續誦經，唱詩班繼續唱歌。新郎似乎侷促不安。他是個浮躁的黃頭髮的小伙子，雖然有個古典型的直鼻子，看上去沒有多大出息。他草草地只穿了一套家常半舊白色西裝，新娘卻穿著隆重的白緞子禮服。汝良身旁的兩個老太太，一個說新娘的禮服是租來的，一個堅持說是借來的，交頭接耳辯了半日。

汝良不能不欽佩沁西亞，因而欽佩一切的女人。整個的結婚典禮中，只有沁西亞一個人是美麗的。她彷彿是下了決心，要為她自己製造一點美麗的回憶。她捧著白蠟燭，虔誠地低著頭，臉的上半部在障紗的影子裏，臉的下半部在燭火的影子裏，搖搖的光與影中現出她那微茫蒼白的笑。她自己為自己製造了新嫁娘應有的神秘與尊嚴的空氣，雖然神甫無精打采，雖然香伙出奇地骯髒，雖然新郎不耐煩，雖然她的禮服是租來的借來的。她一輩子就只這麼一天，總得有點值得一記的，留到老年時去追想。汝良一陣心酸，眼睛潮了。

禮儀完畢之後，男女老少一擁上前，挨次和新郎新娘接吻，然後就散了。只有少數的親族被邀到他們家裏去參加茶會。汝良遠遠站著，怔了一會。他不能夠吻她，握手也不行——他怕他會掉下淚來。他就這樣溜走了。

兩個月以後，沁西亞打電話給他，托他替她找個小事，教英文、德文、俄文、或是打字，因為家裏待著悶得慌。他知道她是錢不夠用。

再隔了些時，他有個同學要補習英文，他打電話通知沁西亞，可是她病了，病得很厲害。他躊躇了一天一夜，還是決定冒昧地上門去看她一次，明知道他們不會讓一個生人進她的臥房去的，不過盡他這點心罷了。湊巧那天只有她妹妹麗蒂亞在家，一個浪漫隨便的姑娘，長得像跟她一個模子裏印出來的，就是發酵粉放多了，發得東倒西歪，不及她齊整。麗蒂亞領他到她房裏去，道：「是傷寒症。醫生昨天說難關已經過去了，險是險的。」

她床頭的小櫥上放著她和她丈夫的雙人照。因為拍的是正面，看不出她丈夫那古典美的直鼻子。屋子裏有俄國人的氣味。沁西亞在枕上兩眼似睜非睜濛濛地看過來。對於世上一切的漠視使她的淡藍的眼睛變為沒有顏色的。她閉上眼，偏過頭去。她的下巴與頸項瘦到極點，像蜜棗吮得光剩下核，核上只沾著一點毛毛的肉衣子。可是她的側影還在，沒大改——汝良畫得熟極而流的，從額角到下頷那條線。

汝良從此不在書頭上畫小人了。他的書現在總是很乾淨。

——一九四四年一月

•初載於一九四四年二月上海《雜誌》第十二卷第五期。

沁西亞

沁西亞

花凋

她父母小小地發了點財，將她墳上加工修葺了一下，墳前添了個白大理石的天使，垂著頭，合著手，胸底下環繞著一羣小天使。上上下下十來雙白色的石頭眼睛。在石頭的風裏，翻飛著白石的頭髮，白石的裙褶子，露出一身健壯的肉，乳白的肉凍子，冰涼的。是像電影裏看見的美滿的墳墓，芳草斜陽中獻花的人應當感到最美滿的悲哀。天使背後藏著小小的碑，題著「愛女鄭川嫦之墓」。碑陰還有託人撰製的新式的行述：

「……川嫦是一個稀有的美麗的女孩子……十九歲畢業於宏濟女中，二十一歲死於肺病。……愛音樂、愛靜、愛父母……無限的愛，無限的依依，無限的惋惜……回憶上的一朵花，永生的玫瑰……安息罷，在愛你的人的心底下。知道你的人沒有一個不愛你的。」

全然不是這回事。的確，她是美麗的，她喜歡靜，她是生肺病死的，她的死是大家同聲惋惜的，可是……全然不是那回事。

川嫦從前有過極其豐美的肉體，尤其美的是那一雙華澤的白肩膀。然而，出人意料之外地，身體上的臉龐卻偏於瘦削；峻整的，小小的鼻峯，薄薄的紅嘴唇，清炯炯的大眼睛，長睫毛，滿臉的「顫抖的靈魂」，充滿了深邃洋溢的熱情與智慧，像《魂歸離恨天》的作者愛米麗·勃朗蒂。實際上川嫦並不聰明，毫無出眾之點。她是沒點燈的燈塔。

在姐妹中也輪不著她算美，因為上面還有幾個絕色的姐姐。鄭家一家都是出奇地相貌好。從她父親起。鄭先生長得像廣告畫上喝樂口福抽香烟的標準上海青年紳士，圓臉，眉目開展，嘴角向上兜兜著；穿上短袴子就變了吃嬰兒藥片的小男孩；加上兩撇八字鬚就代表了即時進補的老太爺；鬍子一白就可以權充聖誕老人。

鄭先生是個遺少，因為不承認民國，自從民國紀元起他就沒長過歲數。雖然也知道醇酒婦人和鴉片，心還是孩子的心。他是酒精缸裏泡著的孩屍。

鄭夫人自以為比他看上去還要年青，時常得意地向人說：「我真怕跟他一塊兒出去——人家瞧著我比他小得多，都拿我當他的姨太太！」俊俏的鄭夫人領著俊俏的女兒們在喜慶集會裏總是最出風頭的一羣。雖然不懂英文，鄭夫人也會遙遙地隔著一間偌大的禮堂向那邊叫喊：「你們過來，蘭西！露西！莎麗！寶麗！」在家裏她們變成了大毛頭、二毛頭、三毛頭、四毛頭。底下還有三個是兒子，最小的兒子是一個下堂妾所生。

孩子多，負担重，鄭先生常弄得一屁股的債，他夫人一肚子的心事。可是鄭先生究竟是個帶點名士派的人，看得開，有錢的時候在外面生孩子，沒錢的時候在家裏生孩子。沒錢的時候居多，因此家裏的兒女生之不已，生下來也還是一樣的疼。逢著手頭活便，不能說鄭先生不慷慨，要什麼給買什麼。在鴉片炕上躺著，孩子們一面給搥腿，一面就去掏摸他口袋裏的錢；要是不叫拿，她們就捏起拳頭一陣亂搥，搥得父親又是笑，又是叫喚：「噯喲，噯喲，打死了，這下子真打死了！」過年的時候他領著頭要錢，做莊推牌九，不把兩百元換來的銅子兒輸光了不讓他歇手。然而玩笑歸玩笑，發起脾氣來他也是翻臉不認人的。

鄭先生是連演四十年的一齣鬧劇，他夫人則是一齣冗長單調的悲劇。她恨他不負責任，她恨他要生那麼些孩子；她恨他不講衛生，床前放著痰盂而他偏要將痰吐到拖鞋裏。她總是仰著臉搖搖擺擺在屋裏走過來，走過去，淒冷地嗑著瓜子——一個美麗蒼白的，絕望的婦人。

難怪鄭夫人灰心，她初嫁過來，家裏還富裕些的時候，她也曾積下一點私房，可是鄭家的財政系統是最使人捉摸不定的東西，不知怎麼一捲就把她那點積蓄給捲得蕩然無存。鄭夫人畢竟不脫婦人習性，明知是留不住的，也還要繼續的積，家事雖然亂麻一般，乘亂裏她也撈了點錢，這點錢就給了她無窮的煩惱，因為她丈夫是哄錢用的一等好手。

說不上來鄭家是窮還是闊。呼奴使婢的一大家子人，住了一幢洋房，床只有兩隻，小姐們每晚抱了鋪蓋到客室裏打地鋪。客室裏稀稀朗朗幾件家具也是借來的，只有一架無線電是自己置的，留聲機屜子裏有最新的流行唱片。他們不斷地吃零食，全家坐了汽車看電影去，孩子蛀了牙齒沒錢補，在學校裏買不起鋼筆頭。傭人們因為積欠工資過多，不得不做下去，下人在廚房裏開一桌飯，全弄堂的底下人都來分享，八仙桌四周的長板凳上擠滿了人。廚子的遠房本家上城來的時候，向來是耽擱在鄭公館裏。

小姐們穿不起絲質線質的新式襯衫，布褂子又嫌累贅，索性穿一件空心的棉袍夾袍，幾個月之後，脫下來塞在箱子裏，第二年生了霉，另做新的。絲襪還沒上腳已經被別人拖去穿了，重新發現的時候，襪子上的洞比襪子大。不停地嘀嘀咕咕，明爭暗鬥。在這弱肉強食的情形下，幾位姑娘雖然是在錦綉叢中長大的，其實跟撿煤核的孩子一般潑辣有為。

這都是背地裏。當著人，沒有比她們更為溫柔知禮的女兒，勾肩搭背友愛的姐妹。她們不是不會敷衍。從小的劇烈的生活競爭把她們造成了能幹人。川嫦是姐妹中最老實的一個，言語遲慢，又有點脾氣。她是最小的一個女兒，天生要被大的欺負，下面又有弟弟，佔去了爹娘的疼愛，因此她在家裏不免受委屈。可是她的家對於她實在是再好沒有的嚴格的訓練。為門第所限，鄭家的女兒不能當女店員、女打字員，做「女結婚員」是她們惟一的出路。在家裏雖學不到什麼專門技術，能夠有個立腳地，卻非得有點本領不可。鄭川嫦可以說一下地就進了「新娘學校」。

可是在修飾方面她很少發展的餘地，她姐姐們對於美容學研究有素，她們異口同聲地斷定：「小妹適於學生派的打扮。小妹這一路的臉，頭髮還是不燙好看。小妹穿衣服越素淨越好。難得有人配穿藍布褂子，小妹倒是穿藍布長衫頂俏皮。」於是川嫦終年穿著藍布長衫，夏天淺藍，冬天深藍，從來不和姐姐們為了同時看中一件衣料而爭吵。姐姐們又說：「現在時行的這種紅黃色的絲襪，小妹穿了，一雙腿更顯胖，像德國香腸。還是穿短襪子登樣，或是赤腳。」又道：「小妹不能穿皮子，顯老。」可是三姐不要了的那件呢大衣，領口上雖綴著一些腐舊的青種羊，小妹穿著倒不難看，因為大衣袖子太短了，露出兩三寸手腕，穿著像個正在長高的小孩，天真可愛。

好容易熬到了這一天，姐姐們一個個都出嫁了，川嫦這才突然地漂亮起來了。可是她不忙著找對象。她癡心想等爹有了錢，送她進大學，好好地玩兩年，從容地找個合適的人。等爹有錢……非得有很多的錢，多得滿了出來，才肯花在女兒的學費上——女兒的大學文憑原是最狂妄的奢侈品。

鄭先生也不忙著替川嫦定親。他道：「實在禁不起這樣年年嫁女兒。說省，說省，也把我們這點家私搗光了。再嫁出一個，我們老兩口子只好跟過去做陪房了。」

然而鄭夫人的話也有理（鄭家沒有一個人說話沒有理的，就連小弟弟在褲子上溺了尿，也還得出一篇道理來），她道：「現在的事，你不給她介紹朋友，她來個自我介紹。碰上個好人呢，是她自己找來的，她不承你的情。碰上個壞人，你再反對，已經晚了，以後大家總是親戚，徒然傷了感情。」

鄭夫人對於選擇女婿很感興趣。那是她死灰的生命中的一星微紅的炭火。雖然她為她丈夫生了許多孩子，而且還在繼續生著，她缺乏羅曼蒂克的愛。同時她又是一個好婦人，既沒有這胆子，又沒有機會在他方面取得滿足。於是，她一樣地找男人，可是找了來做女婿。她知道這美麗而憂傷的岳母在女婿們的感情上是佔點地位的。

二小姐三小姐結婚之後都跟了姑爺上內地去了，鄭夫人把川嫦的事託了大小姐。嫁女兒，向來是第一個最磨菇，以後，一個拉扯一個，就容易了。大姑爺有個同學新從維也納回來。乍回國的留學生，據說是嘴饞眼花，最易捕捉。這人習醫，名喚章雲藩，家裏也很過得去。

川嫦見了章雲藩，起初覺得他不夠高，不夠黑，她的理想的第一先決條件是體育化的身量。他說話也不夠爽利的，一個字一個字謹慎地吐出來，像在隆重的宴會裏吃洋棗，把核子徐徐吐在小銀匙裏，然後偷偷傾在盤子的一邊，一個不小心，核子從嘴角裏直接滑到盤子裏，叮噹一聲，就失儀了。措詞也過分留神些，「好」是「好」，「壞」是「不怎麼太好」。「恨」是「不怎麼太喜歡」。川嫦對於他的最初印象是純粹消極的，「不夠」這個，「不夠」那個，然而幾次一見面，她卻為了同樣的理由愛上他了。

他不但家裏有點底子，人也是個有點底子的人。而且他整齊乾淨，和她家裏的人大不相同。她喜歡他頭髮上的花尖，他的微微伸出的下嘴唇；有時候他戴著深色邊的眼鏡。也許為來為去不過是因為他是她眼前的第一個有可能性的男人。可是她沒有比較的機會，她始終沒來得及接近第二個人。

最開頭是她大姐請客跳舞。第二次是章雲藩還請，接著是鄭夫人請客，也是在館子裏。各方面已經有了「人事定矣」的感覺。鄭夫人道：「等他們訂了婚，我要到雲藩的醫院裏去照照愛克司光——老疑心我的肺不大結實。若不是心疼這筆檢驗費，早去照了，也不至於這些年來心上留著個疑影兒。還有我這胃氣疼毛病，問他可有什麼現成的藥水打兩針。以後幾個小的吹了風，鬧肚子，也用不著求教外人了，現放著個姐夫。」鄭先生笑道：「你要買藥廠的股票，有人做顧問了，倒可以放手大做一下。」他夫人變色道：「你幾時見我買股票來？我哪兒來的錢？是你左手交給我的，還是右手交給我的？」

過中秋節，章雲藩單身在上海，因此鄭夫人邀他來家吃晚飯。不湊巧，鄭先生先一日把鄭夫人一隻戒指押掉了，鄭夫人和他爭吵之下，第二天過節，氣得臉色黃黃的，推胃氣疼不起床，上燈時分方才坐在枕頭上吃稀飯，床上架著紅木炕几，放了幾色鹹菜。樓下磕頭祭祖，來客入席，傭人幾次三番催請，鄭夫人只是不肯下去。鄭先生笑嘻嘻的舉起筷子來讓章雲藩，道：「我們先吃罷，別等她了。」雲藩只得在冷盆裏夾了些菜吃著。川嫦笑道：「我上去瞧瞧就來。」她走下席來，先到廚房裏囑咐他們且慢上魚翅，然後上樓。鄭夫人坐在床上，綳著臉，搭拉著眼皮子，一隻手扶著筷子，一隻手在枕頭邊摸著了滿墊著草紙的香烟筒，一口氣吊上一大串痰來，吐在裏面。吐完了，又去吃粥。川嫦連忙將手按住了碗口，勸道：「娘，下去大家一塊兒吃罷。一年一次的事，我們也團團圓圓的。況且今天還來了人。人家客客氣氣的，又不知道這裏頭的底細。爹有不是的地方，咱們過了今天再跟他說話！」左勸右勸，硬行替她梳頭淨臉，換了衣裳，鄭夫人方才委委屈屈下樓來了，和雲藩點頭寒暄既畢，把兒子從桌子那面喚過來，坐在身邊，摸索他道：「叫了章大哥沒有？瞧你弄得這麼黑眉烏眼，虧你怎麼見人來著？上哪兒玩過了，新鞋上糊了這些泥？還不到門口的棕墊子上塌掉它！」那孩子只顧把酒席上的杏仁抓來吃，不肯走開，只吹了一聲口哨，把家裏養的大狗喚了來，將鞋在狗背上塌來塌去，刷去了泥污，鄭家這樣的大黃狗有兩三隻，老而疏懶，身上生癬處皮毛脫落，攔門躺著，乍看就彷彿是一塊舊的棕毛毯。

這裏端上了魚翅。鄭先生舉目一看，闔家大小，到齊了，單單缺了姨太太所生的幼子。便問道：「小少爺呢？」趙媽舉眼看著太太，道：「奶媽抱到街堂裏玩去了。」鄭先生一拍桌子道：「混帳！家裏開飯了，怎不叫他們一聲？平時不上桌子也罷了，過節吃團圓飯，總不能不上桌。去給我把奶媽叫回來！」鄭夫人皺眉道：「今兒的菜油得厲害，叫我怎麼下筷子？趙媽你去剝兩隻皮蛋來給我下酒。」趙媽答應了一聲，卻有些意意思思的，沒動身。鄭夫人叱道：「你聾是不是？叫你剝皮蛋！」趙媽慌忙去了。鄭先生將小銀杯重重在桌上一磕，洒了一手的酒，把後襟一撩，站起來往外走，親自到街堂裏去找孩子。他從後門才出去，奶媽卻抱著孩子從前門進來了。川嫦便道：「奶媽你端個凳子放在我背後，添一副碗筷來，隨便餵他兩口，應個景兒。不過是這麼回事。」

送上碗筷來，鄭夫人把飯碗接過來，夾了點菜放在上面，道：「拿到廚房裏吃去罷，我見了就生氣。下流胚子——你再捧著他，脫不了還是個下流胚子。」

奶媽把孩子抱到廚下，恰巧遇著鄭先生從後門進來，見這情形，不由得沖沖大怒，劈手搶過碗，嘩浪浪摔得粉碎。那孩子眼見才要到嘴的食又飛了，哇哇大哭起來。鄭先生便一疊連聲叫買餅乾去。

打雜的問道：「還是照從前，買一塊錢散裝的？」鄭先生點頭。打雜的道：「錢我先墊著？」鄭先生點頭道：「快去快去。儘嘮叨！」打雜的道：「可要多買幾塊錢的，免得急著要的時候抓不著？」鄭先生道：「多買了，我們家裏哪兒擱得住東西，下次要吃，照樣還得現買。」鄭夫人在裏面聽見了，便鬧了起來道：「你這是說誰？我的孩子犯了賤，吃了婊子養的吃剩下的東西，叫他們上吐下瀉，登時給我死了！」鄭先生在樓梯上冷笑道：「你這種咒，賭它則甚？上吐下瀉……知道你現在有人給他治了！」

章雲藩聽了這話，並不曾會過意思來，川嫦臉上卻有些訕訕的。

一時撤下魚翅，換上一味神仙鴨子。鄭夫人替章雲藩揀菜，一面心中煩惱，眼中落淚，說道：「章先生，今天你見著我們家庭裏這種情形，覺得很奇怪罷？我是不拿你當外人看待的，我倒也很願意讓你知道知道，我這些年來過的是一種什麼生活。川嫦給章先生揀點炒蝦仁。你問川嫦，你問她，她知道她父親是怎樣的一個人。這哪一天不對她姐妹們說——我說：『蘭西，露西，莎麗，寶麗，你們要仔細啊！不要像你母親，遇人不淑，再叫你母親傷心，你母親禁不起了啊！』從小我就對她們說：『好好念書啊，一個女人，要能自立，遇著了不講理的男人，還可以一走。』唉，不過章先生，這是普通的女人哪。我就不行，我這人情感太重，情感太重。我雖然沒進過學堂，烹飪、縫紉這點自立的本領是有的。我一個人過，再苦些，總也能解決我自己的生活。」雖然鄭夫人沒進過學堂，她說得一口流利的新名詞。她道：「我就壞在情感豐富，我不能眼睜睜看著我的孩子們給她爹作踐死了。我想著，等兩年，等孩子大些了，不怕叫人擺佈死了，我再走，誰知道她們大了，底下又有了小的了。可憐做母親的一輩子就這樣犧牲掉了！」

她偏過身子讓趙媽在背後上菜，道：「章先生趁熱吃些蹄子。這些年的夫妻，你看他還是這樣的待我。現在我可不怕他了！我對他說：『不錯，我是個可憐的女人，我身上有病，我是個沒有能力的女人，儘著你壓迫，可是我有我的女兒保護我！噯，我女兒愛我，我女婿愛我！』」

川嫦心中本就不自在，又覺胸頭飽悶，便揉著胸脯子道：「不知怎麼的，心口絞得慌。」鄭夫人道：「別吃了，喝口熱茶罷。」川嫦道：「我到沙發上靠靠，舒服些。」便走到穹門那邊的客廳裏坐上。這邊鄭夫人悲悲切切傾心吐胆訴說個不完。雲藩道：「伯母別儘自傷心了，身體禁不住。也要勉強吃點什麼才好。」鄭夫人揀了一匙子奶油菜花，嚐了一嚐，蹙著眉道：「太膩了，還是替我下碗麵來罷。有蹄子，就是蹄子麵罷。」一桌子人都吃完了，方才端上麵來，鄭夫人一頭吃，一頭說，麵冷了，又叫拿去熱，又嗔不替章先生倒茶。雲藩忙道：「我有茶在客廳裏，只要對點開水就行了。」趁勢走到客廳裏。

客廳裏電燈上的磁罩子讓小孩子拿刀弄杖搠碎了一角，因此川嫦能夠不開燈的時候總避免開燈。屋裏暗沉沉地，但見川嫦扭著身子伏在沙發扶手上。蓬鬆的長髮，背著燈光，邊緣上飛著一重輕暖的金毛衣子，定著一雙大眼睛，像雲霧裏似的，微微發亮。雲藩笑道：「還有點不舒服嗎？」川嫦坐正了笑道：「好多了。」雲藩見她並不捻亮燈，心中納罕。兩人暗中相對，畢竟不便，只得抱著胳膊立在門洞子裏射進的燈光裏。川嫦正迎著光，他看清楚她穿著一件蔥白素綢長袍，白手臂與白衣服之間沒有界限；戴著她大姐夫從巴黎帶來的一副別致的項圈，是一雙泥金的小手，尖而長的紅指甲，緊緊扣在脖子上，像是要扼死人。

她笑道：「章先生，你很少說話。」雲藩笑道：「剛才我問你好了沒有，再問下去，就像個醫生了。我就怕人家三句不離本行。」川嫦笑了。趙媽提著烏黑的水壺進來沖水，川嫦便在高腳玻璃盆裏抓了一把糖，放在雲藩面前道：「吃糖。」鄭家的房門向來是四通八達開著的，奶媽抱著孩子從前面踱了進來，就在沙發四周繞了兩圈。鄭夫人在隔壁房裏吃麵，便回過頭來釘眼望著，向川嫦道：「別給他糖，引得他越發沒規沒矩，來了客就串來串去的討人嫌！」

奶媽站不住腳，只得把孩子抱到後面去，走過餐室，鄭夫人見那孩子一隻手捏著滿滿一把小餅乾，嘴裏卻啃著梨，便叫了起來道：「是誰給他的梨？樓上那一籃子梨是姑太太家裏的節禮，我還要拿它送人呢！動不得的。誰給他拿的？」下人們不敢答應。鄭夫人放下筷子，一路問上樓去。

這裏川嫦搭訕著站起來，雲藩以為她去開電燈，她卻去開了無線電。因為沒有適當的茶几，無線電機是擱在地板上的。川嫦蹲在地上扭動收音機的撲落，雲藩便跟了過去，坐在近邊的一張沙發上，笑道：「我頂喜歡無線電的光。這點兒光總是跟音樂在一起的。」川嫦把無線電轉得輕輕的，輕輕的道：「我別的沒有什麼理想，就希望有一天能夠開著無線電睡覺。」雲藩笑道：「那彷彿是很容易。」川嫦笑道：「在我們家裏就辦不到。誰都不用想一個人享點清福。」雲藩道：「那也許。家裏的人，免不了總要亂一點。」川嫦很快的溜了他一眼，低下頭去，嘆了一口氣道：「我爹其實不過是小孩子脾氣。我娘也有她為難的地方。其實我們家也還真虧了我娘，就是她身體不行，照應不過來。」雲藩聽她無緣無故替她父母辯護著，就彷彿他對他們表示不滿似的；自己回味方才的話，並沒有這層意思。兩人一時都沉默起來。

忽然聽見後門口有人喊叫：「大小姐大姑爺回來了！」川嫦似乎也覺得客堂裏沒有點燈，有點不合適，站起來開燈。那電燈開關恰巧在雲藩的椅子背後，她立在他緊跟前，不過一剎那的工夫，她長袍的下襬罩在他腳背上，隨即就移開了。她這件旗袍製得特別的長，早已不入時了，都是因為雲藩向她姐姐說過：他喜歡女人的旗袍長過腳踝，出國的時候正時行著，今年回國來，卻看不見了。他到現在方才注意到她的衣服，心裏也說不出來是什麼感想，腳背上彷彿老是蠕蠕囉囉飄著她的旗袍角。

她這件衣服，想必是舊的，既長，又不合身，可是太大的衣服另有一種特殊的誘惑性，走起路來，一波未平，一波又起，有人的地方是人在顫抖，無人的地方是衣服在顫抖，虛虛實實，實實虛虛，極其神秘。

川嫦迎了出去，她姐姐姐夫抱著三歲的女兒走進來，和雲藩招呼過了。那一年秋暑，陰曆八月了，她姐夫還穿著花綢香港衫。川嫦笑道：「大姐夫越來越漂亮了。」她姐姐笑道：「可不是，我說他瞧著年青了二十五歲！」她姐夫笑著牽了孩子的手去打她。

她姐姐泉娟說話說個不斷，像挑著銅匠担子，担子上掛著喋嗒喋嗒的鐵片，走到哪兒都帶著她自己單調的熱鬧。雲藩自己用不著開口，不至於担心說錯了話，可同時又願意多聽川嫦說兩句話，沒機會聽到，很有點失望。川嫦也有類似的感覺。

她弟弟走來與大姐拜節。泉娟笑道：「你們今兒吃了什麼好東西？替我留下了沒有？」她弟弟道：「你放心，並沒有瞞著你吃什麼好的，蝦仁裏吃出一粒釘來。」泉娟忙叫他禁聲道：「別讓章先生聽見了，人家講究衛生，回頭疑神疑鬼的，該肚子疼了。」她弟弟笑道：「不要緊，大姐夫不也是講究衛生嗎？從前他也不嫌我們廚子不好，天天來吃飯，把大姐騙了去了，這才不來了，請他也請不到了。」泉娟笑道：「他這張嘴！都是娘慣的他！」

川嫦因這話太露骨了，早紅了臉，又不便當著人向弟弟發作。雲藩忙打岔道：「今兒去跳舞不去？」泉娟道：「太晚了罷？」雲藩道：「大節下的，晚一點也沒關係。」川嫦笑道：「章先生今天這麼高興。」

她幾番拿話試探，覺得他雖非特別高興，卻也沒有半點不高興。可見他對於她的家庭，一切都可以容忍。知道了這一點，心裏就踏實了。

當天姐姐姐夫陪著他們出去跳舞，夜深回來，臨上床的時候，川嫦回想到方才，從舞場裏出來，走了一截子路去叫汽車，四個人挨得緊緊的挽著手並排走，他的胳膊恰巧抵在她胸脯子上。他們雖然一起跳過舞，沒有比這樣再接近了。想到這裏就紅了臉，決定下次出去的時候穿雙高的高跟鞋，並肩走的時候可以和他高度相仿。可是那樣也不對……怎麼著也不對，而且，這一點接觸算什麼？下次他們單獨地出去，如果他要吻她呢？太早了罷，統共認識了沒多久，以後要讓他看輕的。可是到底，家裏已經默認了……

她臉上發燒，久久沒有退燒。第二天約好了一同出去的，她病倒了，就沒去成。

病了一個多月，鄭先生鄭夫人顧不得避嫌疑了，請章雲藩給診斷了一下。川嫦自幼身體健壯，從來不生病，沒有在醫生面前脫衣服的習慣。對於她，脫衣服就是體格檢查。她瘦得脅骨胯高高突了起來。他該怎麼想？他未來的妻太使他失望了罷？

當然他臉上毫無表情，只有耶教徒式的愉悅——一般醫生的典型臨床態度——笑嘻嘻說：「耐心保養著，要緊是不要緊的……今天覺得怎麼樣？過兩天可以吃橘子水了。」她討厭他這一套，彷彿她不是個女人，就光是個病人。

病人也有幾等幾樣的。在奢麗的臥室裏，下著簾子，蓬著鬈髮，輕綃睡衣上加著白兔皮沿邊的，床上披披的錦緞睡襖，現在林黛玉也有她獨特的風韻。川嫦可連一件像樣的睡衣都沒有，穿著她母親的白布褂子，許久沒洗澡，褥單也沒換過。那病人的氣……

她不大樂意章醫生。她覺得他彷彿是乘她沒打扮的時候冷不防來看她似的。穿得比平時破爛的人們，見了客，總比平時無禮些。

川嫦病得不耐煩了，幾次想爬起來，撐撐不也就撐過去了？鄭夫人阻擋不住，只得告訴了她：章醫生說她生的是肺病。

章雲藩天天來看她，免費為她打空氣針。每逢他的手輕輕的按到她胸脅上，微涼的科學的手指，她便側過頭去凝視窗外的藍天。從前一直憧憬著的接觸……是的，總有一天，……總有一天……可是想不到是這樣。想不到是這樣。

她眼睛上蒙著水的殼。她睜大了眼睛，一眨也不眨，怕它破，對著他哭，成什麼樣子？他很體諒，打完了針總問一聲：「痛得很？」她點點頭，借此，眼淚就撲地落下來了。

她的肉體在他手指底下溜走了。她一天天瘦下去了，她的臉像骨格子上繃著白緞子，眼睛就是緞子上落了燈花，燒成了兩隻炎炎的大洞。越急越好不了。川嫦知道雲藩比她大七八歲，他家裏父母屢次督促他及早娶親。

她的不安，他也看出來了。有一次，打完了針，屋裏靜悄悄的沒有人，她以為他已經走了，卻聽見桌上叮噹作響，是他把藥瓶與玻璃杯挪了一挪。靜了半晌，他牽牽她頸項後面絨毯，塞得緊些，低低的道：「我總是等著你的。」這是半年之後的事。

她沒作聲。她把手伸到枕頭套裏面去，枕頭套與被窩之間露出一截子手腕。她知道他會干涉的，她希望他會握著她的手送進被裏，果然，他說：「快別把手露在外面。要凍著了。」她不動。因為她躺在床上，他分外的要避嫌疑，只得像哄孩子的笑道：「快，快把手收進去，聽話些，好得快些。」她自動地縮進了手。

有一程子她精神好了些，落後又壞了。病了兩年，成了骨癆。她影影綽綽地彷彿知道雲藩另有了人。鄭先生鄭夫人和泉娟商議道：「索性告訴她，讓她死了這條心也罷了。這樣疑疑惑惑，反而添了病。」便老實和她說：「雲藩有了個女朋友，叫余美增，是個看護。」川嫦道：「你們看見過她沒有？」泉娟道：「跟她一桌打過了兩次麻將。」川嫦道：「怎麼也沒聽見你提起呢？」泉娟道：「當時又不知道她是誰，所以也沒想起來告訴你。」川嫦自覺熱氣上升，手心燒得難受，塞在枕頭套裏冰著它。他說過：「我總是等著你的。」言猶在耳，可是也怨不得人家，等了她快兩年了，現在大約斷定了她這病是無望了。

無望了。以後預期著還有十年的美，十年的風頭，二十年的榮華富貴，難道就此完了麼？

鄭夫人道：「幹嗎把手搠在枕頭套裏？」川嫦道：「找我的一條手絹子。」說了她又懊悔，別讓人家以為她找了手絹子來擦眼淚。鄭夫人倒是體貼，並不追問，只彎下腰去拍了拍她，柔聲道：「怎麼枕頭套上的鈕子也沒有扣好？」川嫦笑道：「睡著沒事做，就歡喜把它一個個剝開來又扣上。」說著，便去扣那些揿鈕。扣了一半，緊緊揿住枕衣，把揿鈕的小尖頭子狠命往手掌心裏揿，要把手心釘穿了，才洩她心頭之恨。

川嫦屢次表示，想見見那位余美增小姐。鄭夫人對女兒這頭親事，惋惜之餘，也有同樣的好奇心，因教泉娟邀了章醫生余小姐來打牌。這余美增是個小圓臉，窄眉細眼，五短身材，穿一件薄薄的黑呢大衣，襟上扣著小鐵船的別針，顯得寒素。入局之前她伴了章醫生一同上樓探病。川嫦見這人容貌平常，第一個不可理喻的感覺便是放心。第二個感覺便是嗔怪她的情人如此沒有眼光，曾經滄海難為水，怎麼選了這麼一個次等角色，對於前頭的人是一種侮辱。第三個也是最強的感覺是憤懣不平，因為她愛他，她認為惟有一個風華絕代的女人方才配得上他。余美增既不夠資格，又還不知足，當著人故意撇著嘴和他鬧彆扭，得空便橫他一眼。美增的口頭禪是：「雲藩這人就是這樣！」彷彿他有許多可挑剔之處。川嫦聽在耳中，又驚又氣。她心裏的雲藩是一個最合理想的人。

是的，她單知道雲藩的好處，雲藩的缺點要等旁的女人和他結婚之後慢慢的去發現了，可是，不能是這麼一個女人……

然而這余美增究竟也有她的可取之點。她脫了大衣，隆冬天氣，她裏面只穿了一件光赂膊的綢夾袍，紅黃紫綠，周身都是爛醉的顏色。川嫦雖然許久沒出門，也猜著一定是最流行的衣料。穿得那麼單薄，余美增沒有一點寒縮的神氣。她很胖，可是胖得曲折緊張。

相形之下，川嫦更覺自慚形穢。余美增見了她又有什麼感想呢？章醫生和這肺病患者的關係，想必美增也有所風聞。她也要怪她的情人太沒有眼光罷？

川嫦早慮到了這一點，把她前年拍的一張照片預先叫人找了出來壓在方桌的玻璃下。美增果然彎下腰去打量了半日。她並沒有問：「這是誰？」她看了又看。如果是有名的照相館拍的，一定有英文字凸印在圖的下端，可是沒有。她含笑問道：「在哪兒照的？」川嫦道：「就在附近的一家。」美增道：「小照相館拍照，一來就把人照得像個囚犯。就是這點不好。」川嫦一時對答不上來。美增又道：「可是鄭小姐，你真上照。」意思是說：照片雖難看，比本人還勝三分。

美增雲藩去後，大家都覺得有安慰川嫦的必要。連鄭先生，為了怕傳染，從來不大到他女兒屋裏來的，也上樓來了。他濃濃噴著雪茄烟，製造了一層防身的烟幕。川嫦有心做出不介意的神氣，反倒把話題引到余美增身上。眾人評頭品足，泉娟說：「長得也不見得好。」鄭夫人道：「我就不贊成她那副派頭。」鄭先生認為她們這是過於露骨的妬忌，便故意的笑道：「我說人家相當的漂亮。」川嫦笑道：「對了，爹喜歡那一路的身個子。」泉娟道：「爹喜歡人胖。」鄭先生笑道：「不怪章雲藩要看中一個胖些的，他看病人實在看膩了！」川嫦笑道：

「爹就是輕嘴薄舌的！」

鄭夫人後來回到自己屋裏，嘆道：「可憐她還撐著不露出來——這孩子要強！」鄭先生道：「不是我說喪氣話，四毛頭這病我看過不了明年春天。」說著，不禁淚流滿面。

泉娟將一張藥方遞過來道：「剛才雲藩開了個方子，這種藥他診所裏沒有，叫派人到各大藥房去買買試試。」鄭夫人向鄭先生道：「先把錢交給打雜的，明兒一早叫他買去。」鄭先生睜眼詫異道：「現在西藥是什麼價錢，你是喜歡買藥廠股票的，你該有數呀。明兒她死了，我們還過日子不過？」鄭夫人聽不得股票這句話，早把臉急白了，道：「你胡說些什麼？」鄭先生道：「你的錢你愛怎麼使就怎麼使。我花錢可得花個高興，苦著臉子花在醫藥上，夠多冤！這孩子一病兩年，不但你，你是愛犧牲，找著犧牲的，就連我也帶累著犧牲了不少。不算對不起她了，肥雞大鴨子吃膩了，一天兩隻蘋果——現在是什麼時世，做老子的一個姨太太都養活不起，她吃蘋果！我看我們也就只能這樣了。再要變著法兒興出新花樣來，你有錢你給她買去。」

鄭夫人忖度著，若是自己拿錢給她買，那是證實了自己有私房錢存著。左思右想，惟有託雲藩設法。當晚趁著川嫦半夜裏服藥的時候便將這話源源本本告訴了川嫦，又道：「雲藩幫了我們不少的忙，自從你得了病，哪一樣不是他一手包辦，現在他有了朋友，若是就此不管了，豈不教人說閒話，倒好像他從前全是一片私心。單看在這份上，他也不能不敷衍我們一次。」

川嫦聽了此話，如同萬箭鑽心，想到今天余美增曾經說過：「鄭小姐悶得很罷？以後我每天下了班來陪你談談，搭章醫生的車一塊兒來，好不好？」那分明是存心監督的意思。多了個余美增在旁邊虎視眈眈的，還要不識相，死活糾纏著雲藩，要這個，要那個，叫他為難。太丟了人。一定要她父母拿出錢來呢，她這病已是治不好的了，難怪他們不願把錢扔在水裏。這兩年來，種種地方已經難為了他們。

總之，她是個拖累。對於整個的世界，她是個拖累。

這花花世界充滿了各種愉快的東西——櫥窗裏的東西，大菜單上的，時裝樣本上的；最藝術化的房間，裏面空無所有，只有高齊天花板的大玻璃窗，地毯與五顏六色的軟墊；還有小孩——呵，當然，小孩她是要的，包在毛絨衣，兔子耳朵小帽裏面的西式小孩，像耶誕卡上印的，哭的時候可以叫奶媽抱出去。

川嫦自己也是這許多可愛的東西之一；人家要她，她便得到她所要的東西。這一切她久已視作她名下的遺產。然而現在，她自己一寸一寸地死去了，這可愛的世界也一寸一寸地死去了。凡是她目光所及，手指所觸的，立即死去。她不存在，這些也就不存在。

川嫦本來覺得自己是個無關緊要的普通的女孩子，但是自從生了病，終日鬱鬱地自思自想，她的自我觀念逐漸膨脹。碩大無朋的自身和這腐爛而美麗的世界，兩個屍首背對背拴在一起，你墜著我，我墜著你，往下沉。

她受不了這痛苦。她想早一點結果了她自己。

早上趁著爹娘沒起床，趙媽上廟燒香去了，廚子在買菜，家下只有一個新來的李媽，什麼都不懂，她叫李媽揹她下樓去，給她僱一部黃包車。她爬在李媽背上像一個冷而白的大白蜘蛛。

她身邊帶著五十塊錢，打算買一瓶安眠藥，再到旅館裏開個房間住一宿。多時沒出來過，她沒想到生活程度漲到這樣。五十塊錢買不了安眠藥，況且她又沒有醫生的證書。她茫然坐著黃包車兜了個圈子，在西菜館吃了一頓飯，在電影院裏坐了兩個鐘頭。她要重新看看上海。

從前川嫦出去，因為太忙著被注意，從來不大有機會注意到身外的一切。沒想到今日之下這不礙事的習慣給了她這麼多的痛苦。

到處有人用駭異的眼光望著她，彷彿她是個怪物。她所要的死是詩意的，動人的死，可是人們的眼睛裏沒有悲憫。她記起了同學的紀念冊上時常發現的兩句詩：「笑，全世界便與你同聲笑；哭，你便獨自哭。」世界對於他人的悲哀並不是缺乏同情；秦雪梅弔孝，小和尚哭靈，小寡婦上墳，都不難使人同聲一哭。只要是戲劇化的，虛假的悲哀，他們都能接受。可是真遇著上了一身病痛的人，他們只睜大了眼睛說：「這女人瘦來！怕來！」

鄭家走失了病人，分頭尋覓，打電話到輪渡公司、外灘公園、各大旅館、各大公司，亂了一天。傍晚時分，川嫦回來了，在闔家電氣的寂靜中上了樓。她一下黃包車便有家裏兩個女傭上前攙著，可是兩個傭人都有點身不由主似的，彷彿她是「科學靈乩」裏的「碟仙」，自己會嗤嗤移動的。鄭夫人立在樓梯口倒發了一會楞，方才跟進房來，待要盤詰責罵，川嫦靠在枕頭上，面帶著心虛的慘白的微笑，梳理她的直了的鬈髮，將汗濕的頭髮編成兩根小辮。鄭夫人忍不住道：「累成這個樣子，還不歇歇？上哪兒去了一天？」川嫦把手一鬆，兩股辮髮蠕蠕扭動著，緩緩的自己分開了。她在枕上別過臉去，合上眼睛，面白如紙，但是可以看見她的眼皮在那裏跳動，彷彿紙窗裏面漏進風去吹顫的燭火。鄭夫人慌問：「怎麼了？」趕過去坐在床頭，先挪開了被窩上擱著的一把鏡子，想必是川嫦先照著鏡子梳頭，後來又拿不動，放下了。現在川嫦卻又伸過手來握住鄭夫人捏著鏡子的手，連手連鏡子都拖過來壓在她自己身上，鏡面朝下。鄭夫人湊近些又問：「怎麼了？」川嫦突然摟住她母親，嗚嗚哭起來道：「娘，我怎麼會……會變得這麼難看了呢？我……我怎麼會……」她母親也哭了。

可是有時候川嫦也很樂觀，逢到天氣好的時候，枕衣新在太陽裏晒過，枕頭上留有太陽的氣味，窗外的天，永遠從同一角度看著，永遠是那樣磁青的一塊，非常平靜，彷彿這一天早已過去了。那淡青的窗戶成了病榻旁的古玩擺設。衖堂裏叮叮的腳踏車鈴響，學童彼此連名帶姓呼喚著，在水門汀上金雞獨立一跳一跳「造房子」；看不見的許多小孩的喧笑之聲，便像磁盆裏種的蘭花的種子，深深在泥底下。川嫦心裏靜靜的充滿了希望。

鄭夫人在衖堂口發現了一家小鞋店，比眾特別便宜，因替闔家大小每人買了兩雙鞋。川嫦雖然整年不下床，也為她買了兩雙綉花鞋，一雙皮鞋，現在穿著嫌大，補養補養，胖起來的時候，那就「正好一腳」。但是川嫦說：「等這次再胖起來，可再也不想減輕體重了！要它瘦容易，要想加個一磅兩磅原來有這麼難的喲！想起從前那時候怕胖。怕胖，扣著吃，吃點胡蘿蔔同花旗橘子——什麼都不敢吃——真是呵……」她從被窩裏伸出一隻腳來踏在皮鞋裏試了一試，道：「這種皮看上去倒很牢，總可以穿兩三年呢。」

她死在三星期後。

——一九四四年二月

•初載於一九四四年三月上海《雜誌》第十二卷第六期。

鄭先生與鄭夫人

鄭川嫦（病中）

鴻鸞禧

婁家姐妹倆，一個叫二喬，一個叫四美，到祥雲時裝公司去試衣服。後天她們大哥結婚，就是她們倆做儐相。二喬問夥計：「新娘子來了沒有？」夥計答道：「來了，在裏面小房間裏。」四美拉著二喬道：「二姐你看掛在那邊的那塊黃的，斜條的。」二喬道：「黃的你已經有了一件了。」四美笑道：「還不趁這個機會多做兩件，這兩天爸爸總不好意思跟人家發脾氣。」兩人走過去把那件衣料搓搓捏捏，問了價錢，又問可掉色。

二喬看了一看自己腳上的鞋，道：「不該穿這雙鞋來的，待會兒試衣裳，高矮不對。」四美道：「後天你穿哪雙鞋？」二喬道：「哪，就是同你一樣的那雙，玉清要穿平跟的，她比哥哥高，不能把他顯得太矮了。」四美悄悄的道：「玉清那身個子……大哥沒看見她脫了衣服是什麼樣子……」

兩人一齊噗嗤笑出聲來。二喬一面笑，一面說：「噓！噓！」回頭張望著。四美又道：「她一個人簡直硬得……簡直『擲地作金石聲』！」二喬笑道：「這是你從哪裏看來的？這樣文謅謅。——真的，要不是一塊兒試衣服，真還不曉得。可憐的哥哥，以後這一輩子……」四美笑彎了腰道：「碰一碰，骨頭克察克察響。跟她跳舞的時候大約聽不見，讓音樂蓋住了，也奇怪，說瘦也不瘦，怎麼一身的骨頭？」二喬道：「骨頭架子大。」四美道：「白倒挺白，就可惜是白骨。」二喬笑著打了她一下道：「何至於？……咳，可憐的哥哥，告訴他也沒用，事到如今……」

四美道：「我看她總有三十歲。」二喬道：「哥哥二十六，她也說是二十六。」四美道：「要打聽也容易。她底下還有那麼些弟弟妹妹，她瞞了歲數，底下一個一個跟著瞞下來，年紀小的，推扳幾歲就看得出來。」二喬做了個手勢道：「一個一個跟著減，倒像把骨牌一個搭著一個，一推，潑塌潑塌一路往後倒。」兩人笑作一團。二喬又道：「頂小的，才出生來的，總沒辦法讓他縮回肚裏去。」四美笑著，說道：「明兒我去問問我們學校裏的棠倩，棠倩是玉清的表妹。」二喬道：「你跟棠倩梨倩很熟麼？」四美道：「近來她們常常找著我說話。」二喬指著她道：「你要小心。大哥娶了玉清，我們家還有老三呢，怕是讓她們看上了！也難怪她們眼熱。不是我說，玉清哪一點配得上我們大哥？玉清那些親戚，更惹不得，一個比一個窮！」

邱玉清背著鏡子站立，回過頭去看後影。玉清並不像兩個小姑子說的那麼不堪，至少穿著長裙長袖的銀白的嫁衣，這樣嚴裝起來，是很看得過去的，報紙上廣告裏的所謂「高尚仕女」。把二喬四美相形之下，顯得像暴發戶的小姐了。二喬四美的父親雖是讀書種子，是近年來方才「發跡」的，女兒們的身邊上留有一種新鮮的粗俗的喜悅。她們和玉清打了個招呼，把夥計轟了出去，就開始脫衣服，掙扎著把旗袍從頭上褪下來，襯裙裏看得出她們的賭氣似的，鼓著嘴的乳。

玉清牽了牽裙子，問道：「你們看有什麼要改的地方麼？」二喬盡責任地看了一看，道：「很好嘛！」玉清還是不放心後面是否太長了，然而四美叫了起來，發現她自己那套禮服，上部的蕾絲紗和下面的喬琪紗裙是兩種不同的粉紅色。各人都覺得後天的婚禮中自己是最吃重的腳色。對於二喬四美，玉清是銀幕上最後映出的雪白耀眼的「完」字，而她們則是精彩的下期佳片預告。

夥計進來了，二喬四美抱怨起來，夥計撫慰地這裡牽高一點，那裡抹平下去，說：「沒有錯。尺寸都有在這裏；腰圍一尺九，抬肩一尺二寸半，那一位是一尺二，沒有錯。顏色不對要換，可以可以！就這樣罷，把上頭的洗一洗，我們有種藥水。顏色褪得不夠呢，再把下面的染一染。可以！可以！」夥計是個十五六歲的孩子，灰色愛國布長袍，小白臉上永遠是滑笏的微笑，非常之耐煩，聽他的口氣絕不會知道這裏的禮服不過是臨時租給這兩個女人的。一個直條條的水仙花一般通靈的孩子，長大之後是怎樣的一個人才，委實難於想像。

祥雲公司的房屋是所謂宮殿式的，赤泥牆上凸出小金龍。小房間壁上嵌著長條穿衣鏡，四下裏掛滿了新娘的照片，不同的頭臉笑嘻嘻由同一件出租的禮服裏伸出來。朱紅的小屋裏有一種一視同仁的，無人性的喜氣。

玉清移開了湖綠石鼓上亂堆著的旗袍，坐在石鼓上，身子向前傾，一手托著腮，抑鬱地看著她的兩個女儐相。玉清非常小心不使她自己露出高興的神氣——為了出嫁而歡欣鼓舞，彷彿坐實了她是個老處女似的。玉清的臉光整坦蕩，像一張新舖好的床；加上了憂愁的重壓，就像有人一屁股在床上坐下了。

二喬問玉清：「東西買得差不多了麼？」玉清皺眉道：「哪裏！跑了一早上，現在買東西就是這樣：稍微看得上眼的，價錢就可觀得很。不買又不行，以後還得漲呢！」二喬伸手道：「我看你買的衣料，」玉清遞給她道：「這是摻絲的麻布。」二喬在紙包上挖了個小孔，把臉湊在上面，彷彿從孔裏一吸便把裏面的東西統統吸光，又像蚊子在雞蛋上叮一口，立即散了黃；口中說道：「唔，花頭不錯。」四美道：「去年時行過一陣。」二喬道：「不過要褪色的，我有過一件，洗得不成樣子了。」玉清紅了臉，奪過紙包，道：「貨色兩樣的。一樣的花頭，便宜的也有。我這人就是這樣，那種不禁穿的，寧可不買！」

玉清還買了軟緞綉花的睡衣，相配的綉花浴衣，織錦的絲棉浴衣，金織錦拖鞋，金琺瑯粉鏡，有拉鍊的雞皮小粉鏡；她認為一個女人一生就只有這一個任性的時候，不能不儘量使用她的權利，因此看見什麼買什麼，來不及地買，心裏有一種決絕的，悲涼的感覺，所以她的辦嫁妝的悲哀並不完全是裝出來的。

然而婆家的人看著她實在太浪費了。雖然她花的是自己的錢，兩個小姑子仍然覺得氣憤。玉清家裏是個凋落的大戶，她父母給她湊了五萬元的陪嫁，她現在把這筆款子統統花在自己身上了。二喬四美，還有三多（那是個小叔子），背地裏都在議論，他們打聽明白了，照中國的古禮，新房裏一切的陳設，除掉一張床，應當全部由女方置辦；外國風俗不同，但是女人除了帶一筆錢過來之外，還得供給新屋裏使用的一切毛巾桌布飯單床單。反正無論是新法、老法，玉清的不負責總是不對的，公婆吃了虧不說話，間接吃了虧的小姑小叔可不那麼有涵養。

二喬四美把玉清新買的東西檢點一過，非但感到一種切身的損害，即使純粹以局外人的立場，看到這樣愚蠢的女人，這樣會花錢而又不會用錢，也覺得無限的傷痛惋惜。

微笑還是微笑著的。二喬笑著問：「行過禮之後你穿那件玫瑰紅旗袍，有鞋子配麼？」玉清道：「我沒告訴你麼？真煩死了，那顏色好難配，跑了多少家鞋店，綉花鞋只有大紅粉紅棗紅。」四美道：「不用買了，我媽正在給你做呢，聽說你買不到。」玉清道：「喲！那真是……而且，怎樣來得及呢？」四美道：「媽就是這個脾氣！放著多少要緊事急等著沒人管，她卻去做鞋！這兩天家裏的事來得個多！」二喬覺得難為情——她母親一來就使人難為情，在外人前面又還不能不替她辯護著，因道：「其實家裏現放著個針線娘姨，叫她趕一雙，也沒有什麼不行。媽就是這個脾氣——哪怕做不好呢，她覺得也是她這一片心。」玉清覺得她也許應當被感動了，因而有點窘，再三地說：「那真是……那真是……」隨即匆匆換了衣服，一個人先走，拖著疲倦的頭髮到理髮店去了。鬈髮裏感到雨天的疲倦——後天不要下雨才好。

婁太太一團高興為媳婦做花鞋，還是因為眼前那些事她全都不在行——雖然經過二三十年的練習——至於貼鞋面，描花樣，那是沒出閣的時候的日常功課。有機會躲到童年的回憶裏去，是愉快的。其實連做鞋她也做得不甚好，可是現在的人不講究那些了，也不會注意到，即使是粗針大線，尖口微向一邊歪著，從前的姐妹們看了要笑掉牙的。

雖然做鞋的時候一樣是緊皺著眉毛，滿臉的不得已，似乎一家子人都看出了破綻，知道她在這裏得到某種愉快，就都熬不得她。

她丈夫婁囂伯照例從銀行裏回來得很晚，回來了，急等著娘姨替他放水洗澡，先換了拖鞋，靠在沙發上休息，翻翻舊的《老爺》雜誌。美國人真會做廣告，汽車頂上永遠浮著那樣輕巧的一片窩心的小白雲。「四玫瑰」牌的威士忌，晶瑩的黃酒，晶瑩的玻璃杯擱在棕黃晶亮的桌上，旁邊散置著幾朵紅玫瑰——一杯酒也弄得它那麼典雅堂皇。囂伯伸手到沙發邊的圓桌上去拿他的茶，一眼看見桌面上的玻璃下壓著一隻玫瑰拖鞋面，平金的花朵在燈光下閃爍著，覺得他的書和他的財富突然打成一片了，有一種清華氣象，是讀書人的得志。囂伯在美國得過學位，是最道地的讀書人，雖然他後來的得志與他的十年窗下並不相干。

另一隻玫瑰紅的鞋面還在婁太太手裏。囂伯看見了就忍不住說：「百忙裏還有工夫去弄那個！不要去做它好不好？」看見他太太就可以一連串地這樣說下去：「頭髮不要剪成鴨屁股式好不好？圖省事不如把頭髮剃了！不要穿雪青的襪子好不好？不要把襪子捲到膝蓋底下好不好？旗袍衩裏不要露出一截黑華絲葛袴子好不好？」焦躁的，但仍然是商量的口吻，因為囂伯是出名的好丈夫。除了他，沒有誰能夠憑媒娶到婁太太那樣的女人，出洋回國之後還跟她生了四個孩子，三十年如一日。婁太太戴眼鏡，八字眉皺成人字，團白臉，像小孩學大人的樣揑成的湯糰，搓來搓去，搓得不成模樣，手掌心的灰揉進麵粉裏去，成為較複雜的白了。

婁囂伯也是戴眼鏡，團白臉，和他太太恰恰相反，是個極能幹的人，最會敷衍應酬。他個子很高，雖然穿的是西裝，卻使人聯想到「長袖善舞」，他的應酬實際上就是一種舞蹈，使觀眾眩暈嘔吐的一種團團轉的，踮著腳尖的舞蹈。

婁先生婁太太這樣錯配了夫妻，多少人都替婁先生不平。這，婁太太也知道，因為生氣的緣故，背地裏儘管有容讓，當著人故意要欺凌婁先生，表示婁先生對於她是又愛又怕的，並不如外人所說的那樣。這時候，因為房間裏有兩個娘姨在那裏包喜封，婁太太受不了老爺的一句話，立即放下臉來道：「我做我的鞋，又礙著你什麼？真是好管閒事！」

囂伯沒往下說了，當著人，他向來是讓她三分。她平白地要把一個潑悍的名聲傳揚出去，也自由她；他反正已經犧牲了這許多了，索性好丈夫做到底。然而今天他有點不耐煩，雜誌上光滑華美的廣告和眼前面的財富截然分為兩起了，書上歸書上，家歸家。他心裏對他太太說：「不要這樣蠢相好不好？」仍然像是焦躁的商量。娘姨請他去洗澡，他站起身來，身上的雜誌撲托滾下地去，他也不去拾它就走了。

婁太太也覺得囂伯是生了氣。都是因為旁邊有人，她要面子，這才得罪了她丈夫。她向來多嫌著旁邊的人的存在的，心裏也未嘗不明白，若是旁邊關心的人都死絕了，左鄰右舍空空的單剩下她和她丈夫，她丈夫也不會再理她了；做一個盡責的丈夫給誰看呢？她知道她應當感謝旁邊的人，因而更恨他們了。

鐘敲了九點。二喬四美騎著自行車回來了。她們先到哥嫂的新屋裏去幫著佈置房間，把親友的賀禮帶了去，有兩隻手帕花籃依舊帶了回來，玉清嫌那格子花洋紗手帕不大方，手帕花籃毛巾花籃這樣東西根本就俗氣，新屋上地方又小，放在那兒沒法子不讓人看見。正說著，又有人送了兩隻手帕花籃來，婁太太和兩個女兒亂著打發賞錢。婁太太那隻平金鞋面還捨不得撒手，弔著根線，一根針別在大襟上。四美見了，忽然想起來告訴她：「媽，鞋不用做了，玉清已經買到了。」婁太太也聽不出來，女兒很隨便的兩句話裏有一種愉快的報復性質。婁太太也做出毫不介意的樣子，說了一聲：「哦，買到了？」就把針上穿的線給褪了下來，把那隻鞋口沒滾完的鞋面也壓在桌面的玻璃下。

又發現有個生疎的朋友送了禮來而沒給他請帖，還得補一份帖子去。婁太太叫娘姨去看看大少爺回來了沒有，娘姨說回來了，婁太太喚了他來寫帖子。大陸比他爸爸矮一個頭，一張甜淨的小臉，招風耳朵，生得像《白雪公主》裏的啞子！可是話倒是很多，來了就報賬。他自己也很詫異，組織一個小家庭要那麼些錢。在朋友家裏分租下兩間房，地板上要打蠟，澡盆裏要去垢粉，朝西的窗戶要竹簾子，窗簾之外還要防空幕，顏色不能和地毯椅套子犯沖；燈要燈罩燈泡，打牌要另外的桌子、桌布、燈泡——玉清這些事她全懂——兩間房加上廚房，一間房裏就得備下一隻鐘，如果要過清白認真的生活。大陸花他父母幾個錢也覺得於心無愧，因為他娶的不是一個來歷不明的女人。玉清的長處在給人一種高貴的感覺。她把每一個人裏面最上等的成分吸引了出來。像他爸爸，一看見玉清就不由得要暢論時局最近的動向，接連說上一兩個鐘頭，然後背過臉來向大家誇讚玉清，說難得看見她這樣有學問有見識的女人。

小夫婦兩個都是有見識的，買東西先揀瑣碎的買，要緊的放在最後，錢用完了再去要——

譬如說，床總不能不買的。婁太太叫了起來道：「瞧你這孩子這麼沒算計！」心痛兒子，又痛錢，心裏一陣溫柔的牽痛，就說：「把我那張床給了你罷。我用你那張小床行了。」二喬三多四美齊聲反對道：「那不好。媽屋裏本來並排放著兩張雙人床，忽然之間去了一張，換上隻小床，這兩天來的客又多，讓人看著說娶個媳婦把一份家都拆得七零八落，算什麼呢！爸爸第一個要面子。」

正說著，囂伯披著浴衣走了出來，手裏拿著霧氣騰騰的眼鏡，眼鏡腳指著婁太太道：「你們就是這樣！總要弄得臨時急了亂抓！去年我看見拍賣行裏有全堂的柚木家具，我說買了給大陸娶親的時候用——那時候不聽我的話！」大陸笑了起來道：「那時候我還沒認識玉清呢。」囂伯瞪了他一眼，自己覺得眼神不足，戴上了眼鏡再去瞪他。婁太太深恐他父子鬧意見，連忙說道：「真的，當初懊悔沒置下。其實大陸遲早要結婚的，置下總沒錯。」

囂伯把下巴往前一伸，道：「這些事全要我管！你是幹什麼的？家裏小孩寫個請假條子也得我動手！」這兩句話本身並沒多大關係，可是婁太太知道囂伯在親戚面前，不止一次了，已經說過同樣的抱怨的話，婁太太自己也覺得她委屈了丈夫，自己心裏那一份委屈，卻是沒處說的。這時候一口氣衝了上來，待要堵他兩句：「家裏待虧了你，你就別回來！還不是你在外頭有了別的女人了，回來了，這個不對，那個不對，濫找岔子！」再一想，眼看著就要做婆婆了……話到口邊又嚥了下去。挺胸凸肚，咚咚咚大步走到浴室裏，大聲漱口，呱呱漱著，把水在喉嚨裏汩汩盤來盤去，呸地吐了出來，婁太太每逢生氣要哭的時候，就逃避到粗豪裏去，一下子把什麼都甩開了。

浴室外面父子倆在那裏繼續說話。囂伯還帶著挑戰的口吻，問大陸：「剛才送禮來的是個什麼人？我不認識的麼？」大陸道：「也是我們行裏的職員。」囂伯詫異道：「行裏的職員大家湊了公份兒，偏他又出頭露面的送起禮來，還得給他請帖！是你的酒肉朋友罷？」大陸解釋道：「他是會計股裏的，是馮先生的私人。」囂伯方才換了一副聲口，和大陸順勢談到馮先生，小報上怎樣和馮先生開了個玩笑。

他們父子總是父子。婁太太覺得孤悽，婁家一家大小，漂亮、要強的，她心愛的人，她丈夫、她孩子，聯了幫時時刻刻想盡方法試驗她，一次一次重新發現她的不夠，她丈夫一直從窮的時候就愛面子，好應酬，把她放在各種為難的情形下，一次又一次發現她的不夠。後來家道興隆，照說應當過兩天順心的日子了，沒想到場面一大，她更發現她的不夠。

然而，叫她去過另一種日子，沒有機會穿戴齊整，拜客、回拜，她又會不快樂，若有所失。繁榮、氣惱、為難，這是生命。婁太太又感到一陣溫柔的牽痛。站在臉盆前面，對著鏡子，她覺得癢癢地有點小東西落到眼鏡的邊緣，以為是珠淚，把手帕裹在指尖，伸進去揩抹，卻原來是個撲燈的小青蟲。婁太太除下眼鏡，看了又看，眼皮翻過來檢視，疑惑小蟲子可曾鑽了進去；湊到鏡子跟前，幾乎把臉貼在鏡子上，一片無垠的團白的腮頰；自己看著自己，沒有表情——她的傷悲是對自己也說不清楚的。兩道眉毛緊緊皺著，永遠皺著，表示的只是「麻煩！麻煩！」而不是傷悲。

夫妻倆雖然小小地嘔了點氣，第二天發生了意外的事，太太還是打電話到囂伯辦公室裏問他討主意。原先請的證婚人是退職的交通部長，雖然不做官了，還是神出鬼沒，像一切的官，也沒打個招呼，悄然離開上海了。婁囂伯一時想不出別的相當的人，叫他太太去找一位姓李的，一個醫院院長，也是個小名流。婁太太冒雨坐車前去，一到李家，先把洋傘撐開了放在客廳裏的地毯上，脫下天藍起花玻璃紙一口鐘，提著領子一抖，然後掏出手帕來擦乾皮大衣上濺的水。皮大衣沒扣鈕子，豪爽地一路敞下去，下面拍開八字腳，她手拿雨衣，四下裏看了一看，依然把雨衣濕溜溜的放在沙發上，自己也坐下來。李醫生沒在家，李太太出來招呼。婁太太送過去一張「婁囂伯」的名片，說道：「囂伯同李醫生是很熟的朋友。」李太太是廣東人，只能說不多的幾句生硬的國語，對於一切似乎都不大清楚。幸而婁太太對於囂伯的聲名地位有絕對的自信，因之依舊態度自若，說明來意，李太太道：「待會兒我告訴他，讓他打電話來給你回信。」婁太太又遞了兩筒茶葉過來，李太太極力推讓，婁太太一定要她收下，末了李太太收下了，態度卻變得冷淡起來。婁太太覺得這一次她又做錯了事，然而，被三十年間無數的失敗支持著，她什麼也不怕，屹然坐在那裏。坐到該走的時候，站起來穿雨衣告別，到門口方才發覺一把雨傘丟在裏面，再轉來拿，又向李太太點一點頭，像「石點頭」似的有份量，有保留，像是知道人們決受不了她的鞠躬的。

可是婁太太心裏到底有點發慌，沒走到門口先把洋傘撐了起來，出房門的時候，過不去，又合上了傘，重新洒了一地的雨。

李院長後來打電話來，答應做證婚人。

結婚那天還下雨，妻家先是發愁，怕客人來得太少，但那是過慮，因為現在這年頭，送了禮的人決不肯不來吃他們一頓。下午三時行禮，二時半，禮堂裏已經有好些人在，自然而然地分做兩起，男家的客在一邊，女家又在一邊，大家微笑，嘁喳，輕手輕腳走動著，也有拉開椅子坐下的。廣大的廳堂裏立著朱紅大柱，盤著青綠的龍；黑玻璃的牆，黑玻璃壁龕裏坐著小金佛，外國老太太的東方，全部在這裏了。其間更有無邊無際的暗花北京地毯，腳踩上去，虛飄飄地踩不到花，像隔了一層什麼。整個的花團錦簇的大房間是一個玻璃球，球心有五彩的碎花圖案。客人們都是小心翼翼順著球面爬行的蒼蠅，無法爬進去。

也有兩個不甘心這麼悄悄地在玻璃球外面搓手搓腳逗留一回便算數的，要設法進入那豪華的中心。玉清有五個表妹，都由她們母親率領著來了。大的二的，都是好姑娘，但是歲數大了，自己著急，勢不能安分了。二小姐梨倩，新做了一件得意的單旗袍，沒想到下了兩天雨，天氣暴冷，飯店裏又還沒到燒水汀的季節，使她沒法脫下她的舊大衣，並不是受不了冷，是受不了人們的關切的詢問：「不冷麼？」梨倩天生是一個不幸的人，雖然來得很早，不知怎麼沒找到座位。她倚著柱子站立——她喜歡這樣；她的蒼白倦怠的臉是一種挑戰，彷彿在說：「我是厭世的，所以連你我也討厭——你討厭我麼？」末了出其不意那一轉，特別富於挑撥性。

她姐姐棠倩沒有她高，而且臉比她圓，因此粗看倒比她年青，棠倩是活潑的，活潑了這些年還沒嫁出，使她喪失了自尊心。她的圓圓的小靈魂破裂了，補上了白磁，眼白是白磁，白牙也是白磁，微微凸出、硬冷、雪白、無情，但仍然笑著，而且更活潑了。老遠看見一個表嫂，她便站起來招呼，叫她過來坐，把位子讓給她，自己坐在扶手上，指指點點，說說笑笑，悄悄的問，門口立著的那招待員可是新郎的弟弟。後來聽出是婁囂伯銀行裏的下屬，便失去了興趣。後來來了更多的親戚，她一個一個寒暄，親熱地拉著手。棠倩的帶笑的聲音裏彷彿也生著牙齒，一起頭的時候像是開玩笑地輕輕咬著你，咬到後來就疼痛難熬。

樂隊奏起結婚進行曲，新郎新娘男女儐相的輝煌的行列徐徐進來了。在那一剎那的屏息的期待中有一種善意的、詩意的感覺；粉紅的、淡黃的女儐相像破曉的雲，黑色禮服的男子們像雲霞裏慢慢飛著的燕的黑影，半閉著眼睛的白色的新娘像復活的清晨還沒有醒過來的屍首，有一種收斂的光。這一切都跟著高升發揚的音樂一齊來了。

然而新郎新娘立定之後，證婚人致詞了：「兄弟。今天。非常。榮幸。」空氣立刻兩樣了。證婚人說到新道德、新思潮、國民的責任，希望賢伉儷以後努力製造小國民。大家哈哈笑起來。接著是介紹人致詞。介紹人不必像證婚人那樣的維持他的尊嚴，更可以自由發揮。中心思想是：這裏的一男一女待會兒要在一起睡覺了，趁現在儘量看看他們罷，待會兒是不許人看的。演說的人苦於不能直接表現他的中心思想，幸而聽眾是懂得的，因此也知道笑。可是演說畢竟太長了，聽到後來就很少有人發笑。

樂隊又奏起進行曲。新娘出去的時候，白禮服似乎破舊了些，臉色也舊了。

賓客吶喊著，把紅綠紙屑向他們擲去，後面的人拋了前面的人一身一頭的紙屑。行禮的時候，棠倩一眼不眨看著做男儐相的婁三多，新郎的弟弟，此刻便發出一聲快樂的，撒野的叫聲，把整個紙袋的紅綠紙屑脫手向他丟去。

新郎新娘男女儐相去拍照，賀客到隔壁房裏用茶點，棠倩非常活潑地，梨倩則是冷漠地，吃著蛋糕。

吃了一半，新郎新娘回來了，樂隊重新奏樂，新郎新娘第一個領頭下池子跳舞，這時候是年青人的世界了，不跳舞的也圍攏來看，上年紀的太太們悄悄站到後面去，帶著慎重的微笑，彷彿雖然被擠到注意力的圈子外，她們還是有一種消極的重要性，像畫卷上端端正正的圖章，少了它就不上品。

沒有人請棠倩跳舞。棠倩仍舊一直笑著，嘴裏彷彿嵌了一大塊白磁，閉不上。

棠倩梨倩考慮著應當不應當早一點走，趁著人還沒散，留下一個驚鴻一瞥的印象，好讓人打聽那穿藍的姑娘是誰。正要走，她們那張桌子上來了個熟識的女太太，向她們母親抱怨道：「這兒也不知是誰管事！我們那邊桌上簡直什麼都沒有——照理每張桌上應當派個人負責看著一點才好！」母親連忙讓她喝茶，她就坐下了，不是活潑地，也不是冷漠地，而是毫無感情地大吃起來。棠倩梨倩無法表示她們的鄙夷，惟有催促母親快走。

看準了三多站在婁太太身邊的時候，她們上前向婁太太告辭。婁太太的困惑，就像是新換了一副眼鏡，認不清楚她們是誰，及至認清楚了，也只皺著眉頭說了一句：「怎麼不多坐一會兒？」婁太太今天忙來忙去，覺得她更可以在人叢裏理直氣壯地皺著眉了。

因為婁家總是絕對的新派，晚上吃酒只有幾個至親在座，也沒有鬧房。次日新夫婦回家來與公婆一同吃午飯，新娘的父母弟妹也來了。拍的照片已經拿了樣子來，玉清單獨拍的一張，她立在那裏，白禮服平扁漿硬，身子向前傾而不跌倒，像背後撐著紙板的紙洋娃娃。和大陸一同拍的那張，她把障紗拉下來罩在臉上，面目模糊，照片上彷彿無意中拍進去一個冤鬼的影子。玉清很不滿意，決定以後再租了禮服重拍。

飯後，囂伯和他自己討論國際問題，說到風雲變色之際，站起來打手勢，拍桌子。婁太太和親家太太和媳婦並坐在沙發上，平靜地伸出兩腿，看著自己的雪青襪子，捲到膝蓋底下。後來她注意到大家都不在那裏聽，卻把結婚照片傳觀不已，偶爾還偏過頭去打個呵欠。婁太太突然感到一陣厭惡，也不知道是對她丈夫的厭惡，還是對於在旁看他們做夫妻的人們的厭惡。

親家太太抽香烟，婁太太伸手去拿洋火，正午的太陽照在玻璃桌面上，玻璃底下壓著的玫瑰紅平金鞋面亮得耀眼。婁太太的心與手在那片光上停留了一下。忽然想起她小時候，站在大門口看人家迎親、花轎前嗚哩嗚哩，迴環的、蠻性的吹打，把新娘的哭聲壓了下去，鑼敲得震心；烈日下，花轎的彩穗一排湖綠、一排粉紅、一排大紅、一排排自歸自波動著，使人頭昏而又有正午的清醒，像端午節的雄黃酒。轎夫在繡花襖底下露出打補釘的藍布短袴，上面伸出黃而細的脖子，汗水晶瑩，如同墻子裏探出頭來的肉蟲。轎夫與吹鼓手成行走過，一路是華美的搖擺。看熱鬧的人和他們合為一體了，大家都被在他們之外的一種廣大的喜悅所震懾，心裏搖搖無主起來。

隔了這些年婁太太還記得，雖然她自己已經結了婚，而且大兒子也結婚了——她很應知道結婚並不是那回事。那天她所看見的結婚有一種一貫的感覺，而她兒子的喜事是小片小片的，不知為什麼。

她丈夫忽然停止時事的檢討，一隻手肘抵在爐台上，斜著眼看他的媳婦，用最瀟洒，最科學的新派爸爸的口吻問道：「結了婚覺得怎麼樣？還喜歡麼？」

玉清略略躊躇了一下，也放出極其大方的神氣，答道：「很好。」說過之後臉上方才微微泛紅起來。

一屋子人全笑了，可是笑得有點心不定，不知道應當不應當笑。婁太太只知道丈夫說了笑話，而沒聽清楚，因此笑得最響。

——一九四四年五月

・初載於一九四四年六月上海《新東方》第九卷第六期。

紅玫瑰與白玫瑰

振保的生命裏有兩個女人，他說的一個是他的白玫瑰，一個是他的紅玫瑰。一個是聖潔的妻，一個是熱烈的情婦——普通人向來是這樣把節烈兩個字分開來講的。

也許每一個男子全都有過這樣的兩個女人，至少兩個。娶了紅玫瑰，久而久之，紅的變了牆上的一抹蚊子血，白的還是「床前明月光」；娶了白玫瑰，白的便是衣服上沾的一粒飯黏子，紅的卻是心口上一顆硃砂痣。在振保可不是這樣的，他是有始有終的，有條有理的。他整個地是這樣一個最合理想的中國現代人物，縱然他遇到的事不是盡合理想的，給他自己心問口，口問心，幾下子一調理，也就變得彷彿理想化了，萬物各得其所。

他是正途出身，出洋得了學位，並在工廠實習過，非但是真才實學，而且是半工半讀赤手空拳打下來的天下。他在一家老牌子的外商染織公司做到很高的位置。他太太是大學畢業的，身家清白、面目姣好、性情溫和、從不出來交際。一個女兒才九歲，大學的教育費已經給籌備下了。事奉母親，誰都沒有他那麼周到；提拔兄弟，誰都沒有他那麼經心；辦公，誰都沒有他那麼火爆認真；待朋友，誰都沒有他那麼熱心，那麼義氣、克己。他做人做得十分興頭；他是不相信有來生的，不然他化了名也要重新來一趟。——一般富貴閒人與文藝青年前進青年雖然笑他俗，卻都不嫌他，因為他的俗氣是外國式的俗氣。他個子不高，但是身手矯捷。晦暗的醬黃臉，戴著黑邊眼鏡，眉眼五官的詳情也看不出所以然來。但那模樣是屹然；說話，如果不是笑話的時候，也是斷然。爽快到極點，彷彿他這人完全可以一目了然的，即使沒有看準他的眼睛是誠懇的，就連他的眼鏡也可以作為信物。

振保出身寒微，如果不是他自己爭取自由，怕就要去學生意、做店夥，一輩子死在一個愚昧無知的小圈子裏。照現在，他從外國回來做事的時候，是站在世界之窗的窗口，實在是很難得的一個自由的人，不論在環境上、思想上。普通人的一生，再好些也是「桃花扇」，撞破了頭，血濺到扇子上。就這上面略加點染成為一枝桃花。振保的扇子卻還是空白，而且筆酣墨飽，窗明几淨，只等他落筆。

那空白上也有淡淡的人影子打了底子的，像有一種精緻的仿古信箋，白紙上印出微凸的粉紫古裝人像——在妻子與情婦之前還有兩個不要緊的女人。

第一個是巴黎的一個妓女。

振保學的是紡織工程，在愛丁堡進學校。苦學生在外國是看不到什麼的，振保回憶中的英國只限於地底電車、白煮捲心菜、空白的霧、餓、饞。像歌劇那樣的東西，他還是回國之後才見識了上海的俄國歌劇團。只有某一年的暑假裏，他多下了幾個錢，匀出點時間來到歐洲大陸旅行了一次。道經巴黎，他未嘗不想看看巴黎的人有多壞，可是沒有熟悉內幕的朋友領導——

這樣的朋友他結交不起，他不願意結交——自己闖了去呢，又怕被欺負，花錢超過預算之外。

在巴黎這一天的傍晚，他沒事可做，提早吃了晚飯，他的寓所在一條僻靜的街上，他步行回寓，心裏想著：「人家都當我到過巴黎了，」未免有些悵然。街燈已經亮了，可是太陽還在頭上，一點一點往下掉，掉到那方形的水門汀建築的房頂下，再往下掉，往下掉！房頂上彷彿雪白地蝕去了一塊。振保一路行來，只覺得荒涼。不知誰家宅第裏有人用一隻手指在那裏彈鋼琴，一個字一個字撳下去，遲慢地，彈出耶誕節讚美詩的調子，彈了一支又一支。耶誕夜的耶誕詩自有它的歡愉的氣氛，可是在這暑天的下午，在靜靜晒滿了太陽的長街上，太不是時候了，就像是亂夢顛倒，無聊得可笑。振保不知道為什麼，竟不能忍耐這一曲指頭彈出的琴聲。

他加緊了步伐往前走，袴袋裏的一隻手，手心在出汗。他走得快了，前面的一個黑衣婦人倒把腳步放慢了，略略偏過頭來瞟了他一眼。她在黑蕾絲紗底下穿著紅襯裙。他喜歡紅色的內衣。沒想到這地方也有這等女人，也有小旅館。

多年後，振保向朋友們追述到這一樁往事，總是帶著點愉快的哀感打趣著自己，說：「到巴黎之前還是個童男子呢！該去憑弔一番。」回想起來應當是很浪漫的事了，可是不知道為什麼，浪漫的一部份他倒記不清了，單揀那惱人的部份來記得。外國人身上往往比中國人多著點氣味，這女人自己老是不放心，他看見她有意無意抬起手臂來，偏過頭去聞了一聞。衣服上，胳肢窩裏噴了香水，賤價的香水與狐臭與汗酸氣混和了，是使人不能忘記的異味。然而他最討厭的還是她的不放心。脫了衣服，單穿件襯裙從浴室裏出來的時候，她把一隻手高高撐在門上，歪著頭向他笑，他知道她又下意識地聞了聞自己。

這樣的一個女人，就連這樣的一個女人，他在她身上花了錢，也還做不了她的主人。和她在一起的三十分鐘是最羞恥的經驗。

還有一點細節是他不能忘記的。她重新穿上衣服的時候，從頭上套下去，套了一半，衣裳散亂地堆在兩肩，彷彿想起了什麼似的，她稍微停了一停。這一剎那之間他在鏡子裏看見她，她有很多的蓬鬆的黃頭髮，頭髮緊緊繃在衣裳裏面，單露出一張瘦長的臉，眼睛是藍的罷，但那點藍都藍到眼下的青暈裏去了，眼珠子本身變了透明的玻璃球。那是個森冷的，男人的臉，古代的兵士的臉。振保的神經上受了很大的震動。

出來的時候，街上還有太陽，樹影子斜斜臥在太陽影子裏。這也不對，不對到恐怖的程度。

嫖，不怕嫖得下流、隨便、骯髒黯敗。越是下等的地方越有點鄉土氣息，可是不像這樣。振保後來每次覺得自己嫖得精刮上算的時候便想起當年在巴黎，第一次，有多麼傻。現在他是他的世界裏的主人。

從那天起振保就下了決心要創造一個「對」的世界，隨身帶著。在那袖珍世界裏，他是絕對的主人。

振保在英國住久了，課餘東奔西跑找了些小事做著，在工廠實習又可以拿津貼，用度寬裕了些，因也結識了幾個女朋友。他是正經人，將正經女人與娼妓分得很清楚。可是他同時又是個忙人，談戀愛的時間有限，因此自然而然的喜歡比較爽快的對象。愛丁堡的中國女人本就寥寥可數，內地來的兩個女同學，他嫌過於矜持做作，教會派的又太教會派了。現在的教會畢竟是較近人情了，很有些漂亮人物點綴其間，可是前十年的教會裏，那些有愛心的信徒們往往是不怎麼可愛的。活潑的還是幾個華僑。若是雜種人，那比華僑更大方了。

振保認識了一個名叫玫瑰的姑娘，因為這初戀，所以他把以後的兩個女人都比作玫瑰。這玫瑰的父親是體面的英國商人，在南中國多年，因為一時的感情作用，娶了個廣東女子為妻，帶了她回國。現在那太太大約還在那裏，可是似有如無，等閒不出來應酬。玫瑰進的是英國學校，就為了她是不完全的英國人，她比任何英國人還要英國化。英國的學生派是一種瀟洒的漠然。對於最要緊的事尤為瀟洒，尤為漠然。玫瑰是不是愛上了他，振保看不大出來，他自己是有點著迷了。兩人都是喜歡快的人，禮拜六晚上，一晚跑幾個舞場。不跳舞的時候，坐著說話，她總像是心不在焉，用幾根火柴棒設法頂起一隻玻璃杯，要他幫忙支持著。玫瑰就是這樣，頑皮的時候，臉上有一種端凝的表情。她家裏養著一隻芙蓉鳥，鳥一叫她總算牠是叫她，疾忙答應一聲：「啊，鳥兒？」踮著腳背著手，仰臉望著鳥籠。她那棕黃色的臉，因為是長圓形的，很像大人樣，可是這時候顯得很稚氣。大眼睛望著籠中鳥，眼睜睜的，眼白發藍，彷彿是望到極深的藍天裏去。

也許她不過是個極平常的女孩子，不過因為年青的緣故，有點什麼地方使人不能懂得。也像那隻鳥，叫這麼一聲，也不是叫那個人，也沒叫出什麼來。

她的短裙子在膝蓋上面就完了，露出一雙輕巧的腿，精緻得像櫥窗裏的木腿，皮色也像刨光油過的木頭，頭髮剪得極短。腦後剃出一個小小的尖子。沒有頭髮護著脖子，沒有袖子護著手臂，她是個口沒遮攔的人，誰都可以在她身上撈一把。她和振保隨隨便便，振保認為她是天真。她和誰都隨便，振保就覺得她有點瘋瘋傻傻的，這樣的女人之在外國或是很普通，到中國來就行不通了。把她娶來移植在家鄉的社會裏，那是勞神傷財，不上算的事。

有天晚上他開著車送她回家去。他常常這樣送她回家，可是這次似乎有些不同，因為他就快離開英國了，如果他有什麼話要說，早就該說了，可是他沒有。她家住在城外很遠的地方。深夜的汽車道上，微黑白色，輕輕拍在臉上像個毛毛的粉撲子。車裏的談話也是輕飄飄的，標準英國式的，有一下沒一下。玫瑰知道她已經失去他了。由於一種絕望的執拗，她從心裏熱出來。快到家的時候，她說：「就在這裏停下罷。我不願意讓家裏人看見我們說再會。」振保笑道：「當著他們的面，我一樣的會吻你。」一面說，一面就伸過手臂去兜住她的肩膀，她把臉磕在他身上，車子一路開過去，開過她家門口幾十碼，方才停下了。振保把手伸到她的絲絨大衣底下去摟著她，隔著酸涼的水鑽，銀脆的絹花，許許多多玲瓏累贅的東西，她的年青的身子彷彿從衣服裏蹦了出來。振保吻她，她眼淚流了一臉，是他哭了還是她哭了，兩人都不明白。車窗外還是那不著邊際的輕風濕霧，虛飄飄叫人渾身氣力沒處用，只有用在擁抱上。玫瑰緊緊吊在他頸項上，老是覺得不對勁，換一個姿勢，又換一個姿勢，不知道怎樣貼得更緊一點才好，恨不得生在他身上，嵌在他身上。振保心裏也亂了主意。他做夢也沒想到玫瑰愛他到這程度，他要怎樣就怎樣。可是……這是絕對不行的。玫瑰到底是個正經人。這種事不是他做的。

玫瑰的身子從衣服裏蹦出來，蹦到他身上，但是他是他自己的主人。

他的自制力，他過後也覺得驚訝。他竟硬著心腸把玫瑰送回家去了。臨別的時候，他捧著她的濕濡的臉，捧著呼呼的鼻息，眼淚水與閃動的睫毛，睫毛在他手掌心裏撲動像個小飛蟲。以後他常常拿這件事來激勵自己：「在那種情形下都管得住自己，現在就管不住了嗎？」

他對他自己那晚上的操行充滿了驚奇讚嘆，但是他心裏是懊悔。背著他自己，他未嘗不懊悔。

這件事他不大告訴人，但是朋友中沒有一個不知道他是個坐懷不亂的柳下惠，他這名聲是出去了。

因為成績優越，畢業之前他已經接了英商鴻益染織廠的聘書，一回上海便去就職。他家住在江灣，離事務所太遠了，起初他借住在熟人家裏，後來他弟弟佟篤保讀完了初中，振保設法把他帶出來，給他補書，要考鴻益染織廠附設的專門學校，兩人一同耽擱在朋友家，似有不便。恰巧振保有個老同學名喚王士洪的，早兩年回國，住在福開森路一家公寓裏，有一間多餘的房子，振保和他商量著，連家具一同租了下來。搬進去這天，振保下了班，已經黃昏時候，忙忙碌碌和弟弟押著苦力們將箱籠抬了進去。王士洪立在門首扠腰看著，內室走出一個女人來，正在洗頭髮，堆著一頭的肥皂沫子，高高砌出雲石塑像似的雪白的波鬈。她雙手托住了頭髮，向士洪說道：「趁挑夫在這裏，叫他們把東西一樣樣佈置好了罷。要我們大司務幫忙，可是千難萬難，全得趁他的高興。」王士洪道：「我替你們介紹，這是振保，這是篤保，這是我的太太。還沒見過面罷？」這女人把右手從頭髮裏抽出來，待要與客人握手，看看手上有肥皂，不便伸過來，單只笑著點了個頭，把手指在浴衣上揩了一揩。濺了點肥皂沫子到振保手背上。他不肯擦掉它，由它自已乾了，那一塊皮膚上便有一種緊縮的感覺，像有張嘴輕輕吸著它似的。

王太太一閃身又回到裏間去了，振保指揮工人移挪床櫃，心中只有不安，老覺得有個小嘴吮著他的手。他搭訕著走到浴室裏去洗手，想到王士洪這太太，聽說是新加坡的華僑，在倫敦讀書的時候也是個交際花。當時和王士洪在倫敦結婚，振保因為忙，沒有趕去觀禮。聞名不如見面，她那肥皂塑就的白頭髮底下的臉是金棕色的，皮肉緊緻，繃得油光水滑，把眼睛像伶人似的吊了起來。一件紋布浴衣，不曾繫帶，鬆鬆合在身上，從那淡墨條子上可以約略猜出身體的輪廓，一條一條，一寸一寸都是活的。世人只說寬袍大袖的古裝不宜於曲線美，振保現在方才知道這話是然而不然。他開著自來水龍頭，水不甚熱，可是樓底下的鍋爐一定在燒著，微溫的水裏就像有一根熱的芯子。龍頭裏掛下一股水一扭一扭流下來，一寸寸都是活的。振保也不知想到哪裏去了。

王士洪聽見他在浴室裏放水放個不停，走過來說道：「你要洗澡麼？這邊的水再放也放不出熱的來，熱水管子安得不對，這公寓就是這點不好。你要洗還是到我們那邊洗去。」振保連聲道：「不用，不用。你太太不是在洗頭髮麼？」士洪道：「這會子也該洗完了，我去看看。」振保道：「不必了，不必了。」士洪走去向他太太說了，他太太道：「我這就好了。你叫阿媽來給他放水。」少頃，王士洪招呼振保帶了浴巾、肥皂、替換的衣裳來到這邊的浴室裏，王太太還在那裏對著鏡子理頭髮，頭髮燙得極其鬈曲梳起來很費勁，大把大把撕將下來。屋子裏水氣蒸騰，因把窗子大開著，夜風吹進來，地下的頭髮成團飄逐如同鬼影子。

振保抱著毛巾立在門外，看著浴室裏強烈的燈光照耀下，滿地滾的亂頭髮，心裏煩惱著。他喜歡的是熱的女人，放浪一點的，娶不得的女人。這裏的一個已經做了太太，而且是朋友的太太，至少沒有危險了，然而……看她的頭髮！到處都是——到處都是她，牽牽絆絆的。

士洪夫妻兩個在浴室裏說話，浴缸裏嘩嘩放著水，聽不清楚。水放滿了一盆，兩人出來了。讓振保進去洗澡。振保洗完了澡，蹲下地去，把磁磚上的亂頭髮一團團撿了起來，集成一股兒。燙過的頭髮，梢子上發黃，相當的硬，像傳電的細鋼絲。他把它塞進袴袋裏去，他的手停留在口袋裏，只覺渾身熱燥。這樣的舉動畢竟是太可笑了，他又把頭髮取了出來，輕輕拋入痰盂。

他攜著肥皂毛巾回到自己屋裏去，他弟弟篤保正在開箱子理東西，向他說道：「這裏從前的房客不知是什麼樣的人——你看，椅套子下，地毯下，燒的淨是香烟洞！你看桌下的迹子，擦不掉的。將來王先生不會怪我們的罷？」振保道：「那當然不會，他們自己心裏有數。而且我們多年的老同學了，誰像你這麼小氣？」因笑了起來。篤保沉吟片刻，又道：「從前那個房客，你認識麼？」振保道：「好像姓孫，也是從英國回來的，在大學裏教書。你問他做什麼？」篤保未開口，先笑了一笑，說道：「剛才你不在這兒，他們的大司務同阿媽進來替我們掛窗簾，我聽見他們，嘰咕著說什麼『不知道待得長待不長』，又說從前那個，王先生一定要攆他走。本來王先生要到新加坡去做生意，早就該走了，就為了這樁事，不放心，非得待他走他才走，兩人迸了兩個月。」振保慌忙喝止道：「你信他們胡說！住在人家家裏，第一不能同他們傭人議論東家，這是非就大了！」篤保不言語了。

須臾，阿媽進來請吃飯，振保兄弟一同出來。王家的飯菜是帶點南洋風味的，中菜西吃，主要的是一味咖哩羊肉。王太太自己面前卻只有薄薄的一片烘麵包，一片火腿，還把肥的部份切下了分給她丈夫。振保笑道：「怎麼王太太飯量這麼小？」士洪道：「她怕胖。」振保露出詫異的神氣，道：「王太太這樣正好呀，一點兒也不胖。」王太太笑道：「新近減少了五磅，瘦多了。」士洪笑著伸過手擰了擰她的面頰：「瘦多了？這是什麼？」他太太瞅了他一眼道：「這是我去年吃的羊肉。」這一說，大家全都哈哈笑了起來。

振保兄弟和她初次見面，她做主人的並不曾換件衣服下桌子吃飯，依然穿著方才那件浴衣，頭上頭髮沒有乾透，胡亂纏了一條白毛巾，毛巾底下間或滴下水來，亮晶晶綴在眉心。她這不拘束的程度，非但一向在鄉間的篤保深以為異，便是振保也覺稀罕。席上她問長問短，十分周到，雖然看得出來她是個不善於治家的人，應酬功夫是好的。

士洪向振保道：「前些時沒來得及同你說，明兒我就要出門了，有點事要到新加坡去一趟。好在現在你們搬了進來了，凡事也有個照應。」振保笑道：「王太太這麼個能幹人，她照應我們，還差不多，哪兒輪得到我們來照應她？」士洪笑道：「你別看她嘰哩喳啦的——什麼事都不懂，到中國來了三年了，還是過不慣，話都說不上來。」王太太微笑著，並不和他辯駁，自顧自喚阿媽取過碗櫥上那瓶藥來，倒出一匙子吃了。振保看見匙子裏那白漆似的厚重的液汁，不覺皺眉道：「這是鈣乳麼？我也吃過的，好難吃。」王太太灌下一匙子，半晌說不出話來，吞了口水，方道：「就像喝牆似的！」振保又笑了起來道：「王太太說話，一句是一句，真有勁道！」

王太太道：「佟先生，別儘自叫我王太太。」說著，立起身來，走到靠窗一張書桌跟前去。振保想了一想道：「的確王太太這三個字，似乎太缺乏個性了。」王太太坐在書桌跟前，彷彿在那裏寫些什麼東西，士洪跟了過去，手撐在肩上，彎腰問道：「好好的又吃什麼藥？」王太太只顧寫，並不回頭，答道：「火氣上來了，臉上生了個疙瘩。」士洪把臉湊下去道：「在哪裏？」王太太輕輕的往旁邊讓，又是皺眉，又是笑，警告地說道：「嗳，嗳，嗳。」篤保是舊家庭裏長大的，從來沒見過這樣的夫妻，坐不住，只做觀看風景，推開玻璃門，走到洋台上去了。振保相當鎮定地削他的蘋果，王太太卻又走了過來，把一張紙條子送到他跟前，笑道：「哪，我也有個名字。」士洪笑道：「你那一手中國字，不拿出來也罷，叫人家見笑。」振保一看，紙上歪歪斜斜寫著「王嬌蕊」三個字，越寫越大，一個「蕊」字零零落落，索性成了三個字，不覺噗嗤一笑。士洪拍手道：「我說人家要笑，你瞧，你瞧！」振保忍住笑道：「不，不，真是漂亮的名字！」士洪道：「他們那些華僑，取出名字來，實在是欠大方。」

嬌蕊鼓著嘴，一手抓起那張紙，團成一團，翻身便走，像是賭氣的樣子。然而她出去不到半分鐘，又進來了，手裏捧著個開了蓋的玻璃瓶，裏面是糖核桃，她一路走著，已是吃了起來，又讓振保篤保吃。士洪笑道：「這又不怕胖了！」振保笑道：「這倒是真的，吃多了糖，最容易發胖。」士洪笑道：「你不知道他們華僑——」才說了一半，被嬌蕊打了一下道：「又是『他們華僑』！不許你叫我『他們』！」士洪繼續說下去道：「他們華僑，中國人的壞處也有，外國人的壞處也有。跟外國人學會了怕胖，這個不吃，那個不吃，動不動就吃瀉藥，糖還是捨不得不吃的。你問她！你問她為什麼吃這個，她一定是說，這兩天有點小咳嗽，冰糖核桃，治咳嗽最靈。」振保笑道：「的確這是中國人的老脾氣，愛吃什麼，就是什麼最靈。」嬌蕊拈一顆核桃仁放在上下牙之間，把小指點住了他，說道：「你別說——這話也有點道理的。」

振保當著她醉了，總好像吃酒怕要失儀似的，搭訕著便也踱到洋台上來。冷風一吹，越發疑心剛才是不是有點紅頭漲臉的，他心裏著實煩惱。才同玫瑰永訣了，她又借尸還魂，而且做了人家的妻。而且這女人比玫瑰更有程度了，她在那間房裏，就彷彿滿房都是朱粉壁畫，左一個右一個畫著半裸的她。怎麼會淨碰見這一類的女人呢？難道要怪他自己，到處一觸即發？不罷？純粹中國人裏面這一路的人究竟少。他是因為剛回國，所以一混又混在半中半西的社交圈裏。在外國的時候，但凡遇見一個中國人便是「他鄉遇故知」。在家鄉再遇見他鄉的故知，一回熟、兩回生，漸漸的也就疏遠了。——可是這王嬌蕊，士洪娶了她不也弄得很好麼？當然王士洪，人家老子有錢，不像他全靠自己往前闖，這樣的女人是個拖累。況且他不像王士洪那麼好性兒，由著女人不規矩。若是成天同她吵吵鬧鬧呢，也不是個事，把男人的志氣都磨盡了。當然……也是因為王士洪制不住她的緣故，不然她也不致這樣。……振保抱著胳膊伏在闌干上，樓下一輛煌煌點著燈的電車停在門首，許多人上去下來，一車的燈，又開走了。街上靜蕩蕩只剩下公寓下層牛肉莊的燈光。風吹著的兩片落葉踏啦踏啦彷彿沒人穿的破鞋，自己走上一程子。……這世界上有那麼許多人，可是他們不能陪著你回家。到了夜深人靜，還有無論何時，只要生死關頭，深的暗的所在，那時候只能有一個真心愛的妻，或者就是寂寞的。振保並沒有分明地這樣想著，只覺得一陣悽惶。

士洪夫婦一路說著話，也走到洋台上來。士洪向他太太道：「你頭髮乾了麼？吹了風，更要咳嗽了。」嬌蕊解下頭上的毛巾，把頭髮抖了一抖道：「沒關係。」振保猜他們夫妻離別在即，想必有些體己話要說，故意握住嘴打了個呵欠道：「我們先去睡了。篤保明天還得起個大早到學校裏拿章程去。」士洪說：「我明天下午走，大約見不到你了。」兩人握手說了再會，振保篤保自回房去。

次日振保下班回來，一揿鈴，嬌蕊一隻手握著電話聽筒替他開門。穿堂裏光線很暗，看不清楚，但見衣架子上少了士洪的帽子與大衣，衣架底下擱著的一隻皮箱也沒有了，想是業已動身。振保脫了大衣掛在架上，耳聽得那廂嬌蕊撥了電話號碼，說道：「請孫先生聽電話。」振保便留了個心。又聽嬌蕊問道：「是悌米麼？……不，我今天不出去，在家裏等一個男朋友。」說著，格格笑將起來，又道：「他是誰？不告訴你。憑什麼要告訴你？……哦，你不感興趣麼？你對你自己不感興趣麼……反正我五點鐘等他吃茶，專等他，你可別闖了來。」

振保不待她說完，早走到屋裏去，他弟弟不在屋裏，浴室裏也沒有人。他找到洋台上來，嬌蕊卻從客室裏迎了出來道：「篤保丟下了話，叫我告訴你，他出去看看有些書可能在舊書攤上買到。」振保謝了她，看了她一眼。她穿著的一件曳地的長袍，是最鮮辣的潮濕的綠色，沾著什麼就染綠了。她略略移動一步，彷彿她剛才所佔有的空氣上便留著個綠迹子。衣服似乎做得太小了，兩邊迸開一寸半的裂縫，用綠緞帶十字交叉一路絡了起來，露出裏面深粉紅的襯裙。那過分刺眼的色調是使人看久了要患色盲症的。也只有她能夠若無其事地穿著這樣的衣服。她道：「進來吃杯茶麼？」一面說，一面回身走到客室裏去，在桌子旁邊坐下，執著茶壺倒茶，桌上齊齊整整放著兩份杯盤。碟子裏盛著酥油餅乾與烘麵包，振保立在玻璃門口笑道：「待會兒有客人來罷？」嬌蕊道：「咱們不等他了，先吃起來罷。」振保躊躇了一會，始終揣摩不出她是什麼意思，姑且陪她坐下來了。

嬌蕊問道：「要牛奶麼？」振保道：「我都隨便。」嬌蕊道：「哦，對了，你喜歡喝清茶，在外國這些年，老是想吃沒得吃，昨兒個你說的。」振保笑道：「你的記性真好。」嬌蕊起身撳鈴，微微瞟了他一眼道：「不，你不知道，平常我的記性最壞。」振保心裏怦的一跳，不由得有些恍恍惚惚的。阿媽進來了，嬌蕊吩咐道：「泡兩杯清茶來。」振保笑道：「順便叫她帶一份茶杯同盤子來罷，待會兒客人來了又得添上。」嬌蕊睞了他一下，笑道：「什麼客人，你這樣記罣他？阿媽，你給我拿支筆來，還要張紙。」她颼颼的寫了個便條，推過去讓振保看，上面是很簡潔的兩句話：「親愛的悌米，今天對不起得很，我有點事，出去了。嬌蕊。」她把那張紙雙摺了一下，交給阿媽道：「一會兒孫先生來了，你把這個給他，就說我不在家。」

阿媽出去了，振保吃著餅乾，笑道：「我真不懂你了，何苦來呢？約了人家來，又讓人白跑一趟。」嬌蕊身子往前探著，聚精會神考慮著盤裏的什錦餅乾，挑來挑去沒有一塊中意的，答道：「約的時候，並沒打算讓他白跑。」振保道：「哦？臨時決定的嗎？」嬌蕊笑道：「你沒聽見過這句話麼？女人有改變主張的權利。」

阿媽送了綠茶進來，茶葉滿滿的浮在水面上，振保雙手捧著玻璃杯，只是喝不進嘴去。他兩眼望著茶，心裏卻研究出一個緣故來了。嬌蕊背著她丈夫和那姓孫的藕斷絲連，分明是嫌他在旁礙眼，所以今天有意的向他特別表示好感，把他吊上了手，便堵住了他的嘴；其實振保絕對沒那心腸去管他們的閒事。莫說他和王士洪夠不上交情，再是割頭換頸的朋友，在人家夫婦之間挑撥是非，也犯不著，可是無論如何，這女人是不好惹的，他又添了幾分戒心。

嬌蕊放下茶杯，立起身，從碗櫥裏取出一罐子花生醬來，笑道：「我是個粗人，喜歡吃粗東西。」振保笑道：「哎呀！這東西最富於滋養料，最使人發胖的！」嬌蕊開了蓋子道：「我頂喜歡犯法。你不贊成犯法麼？」振保把手按住玻璃罐，道：「不。」嬌蕊躊躇半日，笑道：「這樣罷，你給我麵包上塌一點。你不會給我太多的。」振保見她做出那楚楚可憐的樣子，不禁笑了起來，果真為她的麵包上敷了花生醬。嬌蕊從茶杯口上凝視著他，抿著嘴一笑道：「你知道我為什麼支使你？要是我自己，也許一下子意志堅強起來，塌得極薄極薄。可是你，我知道你不好意思給我塌得太少的！」兩人同聲大笑。禁不起她這樣的稚氣的嬌媚，振保漸漸軟化了。

正喝著茶，外面門鈴響，振保有點坐立不安，再三的道：「是你請的客罷？你不覺得不過意麼？」嬌蕊只聳了聳肩。振保捧著玻璃杯走到洋台上去道：「等他出來的時候，我願意看看他是怎樣的一個人。」嬌蕊隨後跟了出來道：「他麼？很漂亮，太漂亮了。」振保倚著闌干笑道：「你不喜歡美男子？」嬌蕊道：「男子美不得。男人比女人還要禁不起慣。」振保半闔著眼睛看看她微笑道：「你別說人家，你自己也是被慣壞了的。」嬌蕊道：「也許，你倒是剛剛相反，你處處剋扣你自己，其實你同我一樣的是一個貪玩好吃的人。」振保笑了起來道：「哦？真的嗎？你倒曉得了！」嬌蕊低著頭，輕輕去揀杯中的茶葉，揀半天，喝一口。振保也無聲地吃著茶。不大的工夫，公寓裏走出一個穿西裝的，從三層樓上望下去，看不分明，但見他急急的轉了個彎，彷彿是憋了一肚子氣似的。振保忍不住又道：「可憐，白跑一趟！」嬌蕊道：「橫豎他成天沒事做。我自己也是個沒事做的人，偏偏瞧不起沒事做的人。我就喜歡在忙人手中裏如狼似虎地搶下一點時間來——你說這是不是犯賤？」

振保靠在闌干上，先把一隻腳去踢那闌干，漸漸有意無意的踢起她那籐椅來，椅子一震動，她手臂上的肉就微微一哆，她的肉並不多，只因骨架子生得小，略微顯胖一點。振保笑道：「你喜歡忙人？」嬌蕊把一隻手按在眼睛上，笑道：「其實也無所謂，我的心是一所公寓房子。」振保笑道：「那，可有空的房間招租呢？」嬌蕊卻不答應了。振保道：「可是我住不慣公寓房子。我要住單幢的。」嬌蕊哼了一聲道：「看你有本事拆了重蓋！」振保又重重的踢了她椅子一下道：「瞧我的罷！」嬌蕊拿開臉上的手，睜大了眼睛看著他道：「你倒也會說兩句俏皮話！」振保笑道：「看見了你，不俏皮也俏皮了。」

嬌蕊道：「說真的，你把你從前的事講點我聽聽。」振保道：「什麼事？」嬌蕊把一條腿橫掃過去，踢得他差一點潑翻了手中的茶，她笑道：「裝羊！我都知道了。」振保道：「知道了還問？倒是你把你的事說點給我聽罷。」嬌蕊道：「我麼？」她偏著頭，把下頦在肩膀上挨來挨去，好一會，低低的道：「我的一生，三言兩語就可以說完了。」半晌，振保催道：「那麼，你說呀。」嬌蕊卻又不作聲，定睛思索著。振保道：「你跟士洪是怎樣認識的？」嬌蕊道：「也很平常。學生會在倫敦開會，我是代表，他也是代表。」振保道：「你是在倫敦大學？」嬌蕊道：「我家裏送我到英國讀書，無非是為了嫁人，好挑個好的。去的時候年紀小著呢，根本也不想結婚，不過借著找人的名義在外面玩。玩了幾年，名聲漸漸不大好了，這才手忙腳亂的抓了個士洪。」振保踢了她椅子一下道：「你還沒玩夠？」嬌蕊道：「並不是夠不夠的問題。一個人，學會了一樣本事，總捨不得放著不用。」振保笑道：「別忘了你是在中國。」嬌蕊將殘茶一飲而盡，立起身來，把嘴裏的茶葉吐到闌干外面去，笑道：「中國也有中國的自由，可以隨意的往街上吐東西。」

門鈴又響了，振保猜是他弟弟回來了，果然是篤保。篤保一回來，自然就兩樣了。振保過後細想方才的情形，在那黃昏的洋台上，看不仔細她，只聽見了那低小的聲音，秘密地，就像在耳根子底下，癢梭梭吹著氣。在黑暗裏，暫時可以忘記她那動人心的身體的存在，因此有機會知道她另外還有點別的，她彷彿是個聰明直爽的人，雖然是為人妻了，精神上還是發育未完全的，這是振保認為最可愛的一點。就在這上面他感到了一種新的威脅，和這新的威脅比較起來，單純的肉的誘惑簡直不算什麼了。他絕對不能認真哪！那是自找麻煩。也許……也許還是她的身子在作怪。男人憧憬著一個女人的身體的時候，就關心到她的靈魂，自己騙自己說是愛上了她的靈魂。唯有佔領了她的身體之後，他才能夠忘記她的靈魂。也許這是惟一的解脫的方法。為什麼不呢？她有許多情夫，多一個少一個，她也不在乎。王士洪雖不能說是不在乎，也並不受到更大的委屈。

振保突然提醒他自己，他正在這裏挖空心思想出各種的理由，證明他為什麼應當同這女人睡覺。他覺得羞慚，決定以後設法躲著她，同時著手找房子。有了適當的地方就立刻搬家。他托人從中張羅，把他弟弟安插到專門學校的寄宿舍裏去，剩下他一個人，總好辦，午飯原是在辦公室附近的館子裏吃的，現在他晚飯也在外面吃，混到很晚方才回家，一回去便上床了。

有一天晚上聽見電話鈴響，許久沒有人來接。他剛跑出來，彷彿聽見嬌蕊房門一開，他怕萬一在黑暗的甬道裏撞在一起，便打算退回去了。可是嬌蕊彷彿匆促間摸不到電話機，他便就近將電燈一捻。燈光之下一見王嬌蕊，卻把他看呆了。她不知可是才洗了澡，換上一套睡衣，是南洋華僑家常穿的沙籠布製的褲袴，那沙籠布上印的花，黑壓壓的也不知是龍蛇還是草木，牽絲攀藤，烏金裏面綻出橘綠。襯得屋子裏的夜色也深了。這穿堂在暗黃的燈照裏很像一截火車，從異鄉開到異鄉。火車上的女人是萍水相逢的，但是個可親的女人。

她一隻手拿起聽筒，一隻手伸到脅下去扣那小金桃核鈕子，扣了一會，也並沒扣上。其實裏面什麼也看不見，振保免不了心懸懸的，總覺關情。她扭身站著，頭髮亂蓬蓬的斜掠下來。面色黃黃的彷彿泥金的偶像，眼睫毛低著，那睫毛的影子重得像個小手合在頰上。剛才走得匆忙，把一隻皮拖鞋也踢掉了，沒有鞋的一隻腳便踩在另一隻的腳背上。振保只來得及看見她足踝下有痱子粉的痕迹，她那邊已經掛上了電話——是打錯了的。嬌蕊站立不穩，一歪身便在椅子上坐下了，手還按著電話機。振保這方面把手擱在門鈕上，表示不多談，向她點頭笑道：「怎麼這些時都沒有看見你？我以為你像糖似的化了去了！」他分明知道是他躲著她而不是她躲著他，不等她開口，先搶著說了，也是一種自衛。無聊得很，他知道，可是見了她就不由得要說玩話——是有那種女人的。嬌蕊笑道：「我有那麼甜麼？」她隨隨便便對答著，一隻腳伸出去盲目地尋找拖鞋。振保放了胆子答說：「不知道——沒嘗過。」嬌蕊噗嗤一笑。她那隻鞋還是沒找到，振保看不過去，走來待要彎腰拿給她，她恰是已經踏了進去了。

他倒又不好意思起來，無緣無故略有點悻悻地問道：「今天你們的傭人都到哪裏去了？」嬌蕊道：「大司務同阿媽來了同鄉，陪著同鄉玩大世界去了。」振保道：「噢。」卻又笑道：「一個人在家不怕麼？」嬌蕊站起來，踏啦踏啦往房裏走，笑道：「怕什麼？」振保笑道：

「不怕我？」嬌蕊頭也不回，笑道：「什麼？……我不怕同一個紳士單獨在一起的！」振保這時卻又把背心倚在門鈕上的一隻手上，往後一靠，不想走了的樣子。他道：「我並不假裝我是個紳士。」嬌蕊笑道：「真的紳士是用不著裝的。」她早已開門進去了，又探身過來將甬道裏電燈拍的一關。振保在黑暗中十分震動，然而徒然興奮著，她已經不在了。

振保一晚上翻來覆去的告訴自己這是不妨事的，嬌蕊與玫瑰不同，一個任性的有夫之婦是最自由的婦人，他用不著對她負任何責任。可是，他不能不對自己負責。想到玫瑰，就想到那天晚上，在野地的汽車裏，他的舉止多麼光明磊落，他不能對不住當初的自己。

這樣又過了兩個禮拜，天氣驟然暖了，他沒穿大衣出去，後來略下了兩點雨，又覺寒颼颼的，他在午飯的時候趕回來拿大衣，大衣原是掛在穿堂裏的衣架上的，卻不看見。他尋了半日，著急起來，見起坐間的房門虛掩著，便推門進去，一眼看見他的大衣勾在牆上一張油畫的畫框上，嬌蕊便坐在圖畫下的沙發上，靜靜的點著支香烟吸。振保吃了一驚，連忙退出門去，閃身在一邊，忍不住又朝裏看了一眼。原來嬌蕊並不在抽烟，沙發的扶手上放著隻烟灰盤子，她擦亮了火柴，點上一段吸殘的烟，看著它燒，緩緩燒到她手指上，燙著了手，她抛掉了，把手送到嘴跟前吹一吹，彷彿很滿意似的。他認得那景泰藍的烟灰盤子就是他屋裏那隻。

振保像做賊似的溜了出去，心裏只是慌張。起初是大惑不解，及至想通了之後也還是迷惑。嬌蕊這樣的人，如此癡心地坐在他大衣之旁，讓衣服上的香烟味來籠罩著她，還不夠，索性點起他吸剩的香烟……真是個孩子，被慣壞了，一向要什麼有什麼，因此，遇見了一個略具抵抗力的，便覺得他是值得思念的。嬰孩的頭腦與成熟的婦人的美是最具誘惑性的聯合。這下子振保完全被征服了。

他還是在外面吃了晚飯，約了幾個朋友上館子，可是座上眾人越來越變得言語無味，面目可憎。振保不耐煩了，好容易熬到席終，身不由主地立即跳上公共汽車回寓所來，嬌蕊在那裏彈琴，彈的是那時候最流行的〈影子華爾滋〉。振保兩隻手抄在口袋裏，在洋台上來回走著。她彷彿沒聽見，只管彈下去，換了支別的。他沒有胆量跟著唱了。他立在玻璃門口，久久看著琴上安著一盞燈，照亮了她的臉，他從來沒看見她的臉那麼肅靜。振保跟著琴哼起那支歌來，她，他眼睛裏生出淚珠來，因為他和她到底是在一處了，兩個人，也有身體，也有心。他有點希望她看見他的眼淚，可是她只顧彈她的琴，振保煩惱起來，走近些，幫她掀琴譜，有意的打攪她，可是她並不理會，她根本沒照著譜，調子是她背熟了的，自管自從手底悠悠流出來。振保突然又是氣，又是怕，彷彿他和她完全沒有什麼相干。他挨緊她坐在琴櫈上，伸手擁抱她，把她扳過來。琴聲戛然停止，她嫻熟地把臉偏了一偏——過於嫻熟地。他們接吻了。振保發狠把她壓到琴鍵上去，砰訇一串混亂的響雷，這至少和別人給她的吻有點兩樣罷？

嬌蕊的床太講究了，振保睡不慣那樣厚的褥子，早起還有點暈床的感覺，梳頭髮的時候他在頭髮裏發現一彎剪下來的指甲，小紅月牙。因為她養著長指甲，把他劃傷了，昨天他朦朧睡去的時候看見她坐在床頭剪指甲。昨天晚上忘了看看有月亮沒有，應當是紅色的月牙。

以後，他每天辦完了公回來，坐在雙層公共汽車的樓上，車頭迎著落日，玻璃上一片光，車子轟轟然朝太陽馳去，朝他的快樂馳去，他的無恥的快樂——怎麼不是無恥的？他這女人，吃著旁人的飯，住著旁人的房子，姓著旁人的姓。可是振保的快樂更為快樂，因為覺得不應該。

他自己認為是墮落了。從高處跌落的物件，比它本身的重量要重上許多倍，那驚人的重量跟嬌蕊撞上了，把她碰得昏了頭。

她說：「我真愛上了你了。」說這話的時候，她還帶著點嘲笑的口氣，「你知道麼？每天我坐在這裏等你回來，聽著電梯工東工東慢慢開上來，開過我們這層樓，一直開上去了，我就像把一顆心提了上去，放不下來。有時候，還沒開到這層樓就停住了，我又像是半中間斷了氣。」振保笑道：「你心裏還有電梯，可見你的心還是一所公寓房子。」嬌蕊淡淡的一笑，背著手走到窗前，望外看著。隔了一會，方道：「你要的那所房子，已經造好了。」振保當初沒有懂，懂得了之後，不覺呆了一呆。他從來不是舞文弄墨的人，這一次破了例，在書桌上拿起筆來，竟寫了一行字：「心居落成誌喜。」其實也說不上喜歡，許多唧唧喳喳的肉的喜悅突然靜了下來，只剩下一種蒼涼的安寧，幾乎沒有感情的一種滿足。

再擁抱的時候，嬌蕊極力緊箍著他，自己又覺羞慚，說：「沒有愛的時候，不也是這樣的麼？若是沒有愛，也能夠這樣，你一定會看不起我。」她把兩隻手臂勒得更緊些，問道：「你覺得有點兩樣麼？有一點兩樣麼？」振保道：「當然兩樣。」可是他實在分不出。從前的嬌蕊是太好的愛匠。

現在這樣的愛，在嬌蕊還是生平第一次。她自己也不知道為什麼單單愛上了振保。常常她向他凝視，眼色裏有柔情，又有輕微的嘲笑，也嘲笑他，也嘲笑她自己。

當然，他是個有作為的人，一等一的紡織工程師。他在事務所裏有一種特殊的氣派，就像老是忙得不抬頭。外國上司一疊連聲叫喊：「佟！佟！佟在哪兒呢？」他把額前披下的一綹子頭髮往後一推，眼鏡後的眼睛熠熠有光，連鏡片的邊緣上也閃著一抹流光。他喜歡夏天，就不是夏天他也能忙得汗流浹背，西裝上一身的縐紋，肘彎、腿彎，縐得像笑紋。中國同事裏很多罵他窮形極相的。

他告訴嬌蕊他如何如何能幹，嬌蕊也誇獎他，把手搓弄他的頭髮，說：「哦？嗯，我這孩子很會做事呢。可這也是你份該知道的。這個再不知道，那還了得？別的上頭你是不大聰明的。我愛你——知道了麼？我愛你。」

他在她跟前逞能，她也在他跟前逞能。她的一技之長是玩弄男人。如同那善翻觔斗的小丑，在聖母的台前翻觔斗，她也以同樣的虔誠把這一點獻給她的愛。她的挑戰引起了男子們適當的反應的時候，她便向振保看看，微笑裏有謙遜，像是在說：「這也是我份該知道的。這個再不知道，那還了得？」她從前那個悌米孫，自從那天賭氣不來了。她卻又去逗他。她這些心思，振保都很明白，雖然覺得無聊，也都容忍了，因為是孩子氣。同嬌蕊在一起，好像和一羣正在長大的大孩子們同住，真是催人老的。

也有時候說到她丈夫幾時回來。提到這個，振保臉上就現出黯敗的微笑，眉梢眼梢往下掛，整個的臉拉雜下垂像拖把上的破布條。這次的戀愛，整個地就是不應該，他屢次拿這犯罪性來刺激他自己，愛得更兇些。嬌蕊沒懂得他這層心理，看見他痛苦，心裏倒高興，因為從前雖然也有人揚言要為她自殺，她在英國讀書的時候，大清早起來沒來得及洗臉便草草塗紅了嘴唇跑出去看男朋友，他們也曾經說：「我一夜都沒睡，在你窗子底下走來走去，走了一夜。」那到底不算數。當真使一個男人為她受罪，還是難得的事。

有一天她說：「我正在想著，等他回來了，怎麼樣告訴他——」就好像是已經決定了的，要把一切都告訴士洪，跟他離了婚來嫁振保。振保沒敢接口，過後，覺得光把那黯敗的微笑維持下去，太嫌不夠了，只得說道：「我看這事莽撞不得。我先去找個做律師的朋友去問問清楚。你知道，弄得不好，可能很吃虧。」以生意人的直覺，他感到，光只提到律師二字，已經將自己牽涉進去，到很深的地步。他的遲疑，嬌蕊毫未注意。她是十分自信的，以為只要她這方面的問題解決了，別人總是絕無問題的。

嬌蕊常常打電話到他辦公室裏來，毫無顧忌，也是使他煩心的事。這一天她又打了來說：「待會兒我們一塊到哪兒玩去。」振保問為什麼這麼高興，嬌蕊道：「你不是歡喜我穿規規矩矩的中國衣服麼？今天做了來了。我想穿了出去。」振保道：「要不要去看電影？」這時候他和幾個同事合買了部小汽車自己開著，嬌蕊總是搭他們車子，還打算跟他學著開，揚言「等我學會了我也買一部。」——叫士洪買嗎？這句話振保聽了卻是停在心口不大消化，此刻他提議看電影，嬌蕊似乎覺得不是充分的玩。她先說：「好喲。」又道：「有車子就去。」振保笑笑道：「你要腳做什麼用的？」嬌蕊笑道：「追你的！」接著，辦公室裏一陣忙碌，電話只得草草掛斷了。

這天恰巧有個同事也需要汽車，振保向來最有犧牲精神，尤其在娛樂上。車子將他在路角丟了下來，嬌蕊在樓窗口看見他站定了買一份夜報，不知是不是看電影廣告，她趕出來在門口街上迎著他，說：「五點一刻的一場，沒車子就來不及了，不要去了。」振保望著她笑道：「那要不要到別處去呢？——打扮得這麼漂亮。」嬌蕊把他的手臂一勾，笑道：「就在馬路上走走不也很好麼？」一路上他耿耿於心地問可要到這裏到那裏。路過一家有音樂的西洋茶食店，她拒絕進去之後，他才說：「這兩天倒是窮得厲害！」嬌蕊笑道：「哎喲——先曉得你窮，不跟你好了！」

正說著，遇見振保素識一個外國老太太，振保留學的時候，家裏給他匯錢帶東西，常常托她的。艾許太太是英國人，她嫁了個雜種人，因此處處留心，英國得格外道地。她是高高的，駝駝的，穿的也是相當考究的花洋紗，卻剪裁得拖一片掛一片，有點像個老叫花子。小雞蛋殼藏青呢帽上插著飛燕翅，珠頭帽針，帽子底下鑲著一圈灰色的鬈髮，非常的像假髮，眼珠也像是淡藍磁的假眼珠。她吹氣如蘭似地，絮絮地輕聲說著英語。振保與她握手，問：「還住在那裏嗎？」艾許太太道：「本來我們今年夏天要回家去一趟的——我丈夫實在走不開！」到英國去是「回家」，雖然她丈夫是生在中國的，已經是在中國的第三代；而她在英國的最後一個親屬也已亡故了。

振保將嬌蕊介紹給她道：「這是王士洪太太。王從前也是在愛丁堡的。王太太也在倫敦多年。現在我住在他們一起。」艾許太太身邊還站著她的女兒。振保對於雜種姑娘本來比較最有研究。這艾許小姐抿著紅嘴唇，不大作聲，在那尖尖的白桃子臉上，一雙深黃的眼睛窺視著一切。女人還沒得到自己的一份家業，自己的一份憂愁負担與喜樂，是常常有那種注意守候的神情的。艾許小姐年紀雖不大，不像有些女人求歸宿的「歸心似箭」，但是都市的職業女性，經常地緊張著，她眼眶底下腫起了兩大塊，也很憔悴了。不論中外的「禮教之大防」，本來也是為女人打算的，使美貌的女人更難到手，更值錢，對於不好看的女人也是一種保護，不至於到處面對著這些失敗。現在的女人沒有這種保護了，尤其是地位全然沒有準繩的雜種姑娘。艾許小姐臉上露出的疲倦窺伺，因此特別尖銳化了些。

嬌蕊一眼便看出來，這母女二人如果「回家」去了也不過是英國的中下階級。因為是振保的朋友，她特意要給她們一個好的印象，同時，她在婦女面前不知怎麼也覺得自己是「從了良」的，現在是太太身分，應當顯得端凝富泰。振保從來不大看見她這樣矜持地微笑著，如同有一種的電影明星，一動也不動像一顆藍寶石，只讓變幻的燈光在寶石深處引起波動的光與影。她穿著暗紫藍喬琪紗旗袍，隱隱露出胸口掛的一顆冷艷的金雞心——彷彿除此外她也沒有別的心。振保看著她，一方面得意非凡，一方面又有點懷疑：只要有個男人在這裏，她一定就會兩樣些。

艾許太太問候佟老太太，振保道：「我母親身體很好，現在還是一家人都由她照應著。」

他轉向嬌蕊笑道：「我母親常常燒菜呢，燒得非常好。我總是說像我們這樣的母親真難得的！」因為裏面經過這許多年的辛酸刻苦，他每次讚揚他的寡母總不免有點咬牙切齒的，雖然微笑著，心裏變成一塊大石頭，硬硬地「秤胸襟」。艾許太太又問起他弟妹，振保道：「篤保這孩子倒還好的，現在進了專門學校，將來可以由我們廠裏送到英國去留學。」連兩個妹妹也讚到了，一個個金童玉女似的，艾許太太笑道：「你也好呀！一直從前我就說：你母親有你真是值得驕傲的！」振保謙虛了一會，因也還問艾許先生一家的職業狀況。

艾許太太見他手裏捲著一份報，便問今天晚上可有什麼新聞。振保遞給她看，她是老花眼，拿得遠遠的看，儘著手臂的長度，還看不清楚，叫艾許小姐拿著給她看。振保道：「我本來預備請王太太去看電影。沒有好電影。」他當著人對嬌蕊的態度原有點僵僵的，表示他不過是她家庭的朋友，但是艾許小姐靜靜窺伺著的眼睛，使他覺得他這樣反而欲蓋彌彰了，因又狎熟地緊湊到嬌蕊跟前問道：「下次補請——嗯？」兩眼光光地瞅著她，然後笑。隨後又懊悔，彷彿說話起勁把唾沫濺到人臉上去了。他老是覺得這艾許小姐在旁觀看。她是一無所有的年青人，甚至於連個性都沒有，竟也等待著一個整個的世界的來臨，而且那大的陰影已經落在她臉上，此外她也別無表情。

像嬌蕊呢，年紀雖輕，已經擁有許多東西，可是有了也不算數的，她彷彿有點糊裏糊塗，像小孩一朵一朵去採上許多紫羅蘭，紮成一把，然後隨手一丟。至於振保，他所有的一點安全：他的前途，都是他自己一手造成的，叫他怎麼捨得輕易由它風流雲散呢？闊少爺小姐的安全，因為是承襲來的，可以不拿它當回事，他卻是好不容易的呀！……一樣的四個人在街上緩緩走著，艾許太太等於在一個花紙糊牆的房間裏安居樂業，那三個年青人的大世界卻是危機四伏，在地底訇訇跳著舂著。

天還沒黑，霓虹燈都已經亮了，在天光裏看著非常假，像戲子戴的珠寶。經過賣燈的店，霓虹燈底下還有無數的燈，亮做一片。吃食店的洋鐵格子裏，女店員俯身夾取甜麵包，胭脂烘黃了的臉頰也像是可以吃的。——在老年人的眼中也是這樣的麼？振保走在老婦人身邊，不由得覺得青春的不久長。指示行人在此過街，汽車道上攔腰釘了一排釘，一顆顆爍亮的圓釘，四周微微凹進去，使柏油道看上去烏暗柔軟，踩在腳下有彈性。振保走得揮洒自如，也不知是馬路有彈性還是自己的步伐有彈性。

艾許太太看見嬌蕊身上的衣料說好，又道：「上次我在惠羅公司也看見像這樣一塊的，桃麗嫌太深了沒買。我自己都想買了的，後來又想，近來也很少穿這樣的衣服的機會……」她自己並不覺得這話有什麼淒慘，其餘的幾個人卻都沉默了一會接不上話去，然後振保問道：「艾許先生可還是忙得很？」艾許太太道：「是呀，不然今年夏天要回家去一趟了，他實在走不開！」振保道：「哪一個禮拜天我有車子，我來接你們幾位到江灣去，吃我母親做的中國點心。」艾許太太笑道：「那好極了，我丈夫簡直『溺愛』中國東西呢！」聽她那遠方闊客的口吻，決想不到她丈夫是有一半中國血統的。

和艾許太太母女分了手，振保彷彿解釋似的告訴嬌蕊：「這老太太人實在非常好。」嬌蕊望望他，笑道：「我看你這人非常好。」振保笑道：「嗯？怎麼？——我怎麼非常好？」一直問到她臉上來了。嬌蕊笑道：「你別生氣，你這樣的好人，女人一見了你就想替你做媒，可並不想把你留給自己。」振保笑道：「唔，哦。你不喜歡好人。」嬌蕊道：「平常女人喜歡好人，無非是覺得他這樣的人可以給當給他上的。」振保道：「噯呀，那你是存心要給我上當呀？」嬌蕊頓了一頓，瞟了他一眼，待笑不笑的道：「這一次，是那壞女人上了當了！」振保當時簡直受不了這一瞟和那輕輕的一句話。然而那天晚上，睡在她床上，他想起路上碰見的艾許太太，想起他在愛丁堡讀書，他家裏怎樣為他寄錢，寄包裹，現在正是報答他母親的時候。他要一貫的向前，向上，第一先把職業上的地位提高。有了地位之後他要做一點有益社會的事，譬如說，辦一個貧寒子弟的工科專門學校，或是在故鄉的江灣弄個模範布廠，究竟怎樣，還有點渺茫，但已經渺茫地感到外界的溫情的反應，不止有一個母親，一個世界到處都是他的老母，眼淚汪汪，睜眼只看見他一個人。

嬌蕊熟睡中偎依著他，在他耳根底下放大了她的呼吸的鼻息，忽然之間成為身外物了。他欠起身來，坐在床沿，摸黑點了一支烟抽著。他以為她不知道，其實她已經醒了過來。良久良久，她伸手摸索他的手，輕輕說道：「你放心，我一定會好好的。」她把他的手牽到她臂膊上。

她的話使他下淚，然而眼淚也還是身外物。

振保不答話，只把手摸到它去熟了的地方。已經快天明了，滿城喑嗄的雞啼。

第二天，再談到她丈夫的歸期，她肯定地說：「總就在這兩天，他就要回來了。」振保問她如何知道，她這才說出來，她寫了航空信去，把一切都告訴了士洪，要他給她自由。振保在喉嚨裏「嗄」地叫了一聲，立即往外跑，跑到街上，回頭看那峨巍的公寓，灰赭色流線型的大屋，像大得不可想像的火車，正衝著他轟隆轟隆開過來，遮得日月無光。事情已經發展到不可救藥的階段。他一向以為自己是有分寸的，知道適可而止，然而事情自管自往前進行了，跟她辯論也無益。麻煩的就是：和她在一起的時候，根本就覺得沒有辯論的需要，一切都是極其明白清楚，他們彼此相愛，而且應當愛下去。沒有她在跟前，他才有機會想出諸般反對的理由。像現在，他就疑心自己做了傻瓜，入了圈套。她愛的是悌米孫，卻故意的把濕布衫套在他頭上，只說為了他和她丈夫鬧離婚，如果社會不答應，毀的是他的前途。

他在馬路上亂走，走了許多路，到一家小酒店去喝酒，要了兩樣菜，出來就覺肚子痛。叫了部黃包車，打算到篤保的寄宿舍裏去轉一轉，然而在車上，肚子彷彿更疼得要緊，振保的自制力一渙散，就連身體上一點點小痛苦也禁受不起了。發了慌，只怕是霍亂，吩咐車夫把他拉到附近的醫院裏去，住院之後，通知他母親，他母親當天趕來看他，次日又為他買了藕粉和葡萄汁來。嬌蕊也來了。他母親略有點疑心嬌蕊和他有些首尾，故意當著嬌蕊的面勸他：「吃壞了肚子事小，這麼大的人了，還不知道當心自己，害我一夜都沒睡好惦記著你。我哪兒照顧得了這許多？隨你去罷，又不放心。要是你娶了媳婦，我就不管了。王太太你幫著我勸勸他，朋友的話他聽得進去，就不聽我的話。唉！巴你念書上進好容易巴到今天，別以為有了今天了，就可以胡來一氣了。人家越是看得起你，越得好好兒的往下做。王太太你勸勸他。」嬌蕊裝做聽不懂中文，只是微笑。振保聽他母親的話，其實也和他自己心中的話相彷彿，可是到了他母親嘴裏，不知怎麼，就像是沾辱了他的邏輯。他覺得羞愧，想法子把他母親送走了。

剩下他同嬌蕊，嬌蕊走到床前，扶著白鐵闌干，全身的姿勢是痛苦的詢問。振保煩躁地翻過身去，他一時不能解釋，擺脫不了他母親的邏輯。太陽晒到他枕邊，隨即一陣陰涼，嬌蕊去把窗簾拉上了。她不走，留在那裏做看護婦的工作，遞茶遞水，遞溺盆。洋磁盆碰在身上冰冷的，她的手也一樣的冷。有時他偶然朝這邊看一眼，她就乘機說話，說：「你別怕……」說他怕，他最怕聽，頓時變了臉色，她便停住了。隔了些時，她又說：「我都改了……」他又轉側不安，使她說不下去了。她又道：「我決不會連累你的，」又道：「你離了我是不行的，振保……」幾次未說完的話，掛在半空像許多鐘擺，以不同的速度滴答滴答搖，各有各的理路，推論下去，各自到達高潮，於不同的時候噹噹打起鐘來，振保覺得一房間都是她的聲音，雖然她久久沉默著。

等天黑了，她趁著房裏還沒點上燈，近前伏在他身上大哭起來。即使在屈辱之中她也有力量。隔著絨毯和被單他感到她的手臂的堅實。可是他不要力量，力量他自己有。

她抱著他的腰腿號啕大哭，她燙得極其蓬鬆的頭髮像一盤火似的冒熱氣。如同一個含冤的小孩，哭著，不得下台，不知道怎樣停止，聲嘶力竭，也得繼續哭下去，漸漸忘了起初是為什麼哭的。振保他也是，吃力的說著：「不，不，不要這樣……不行的……」只顧聚精會神克服層層湧起的慾望，一個勁兒的說：「不，不，」全然忘了起初是為什麼要拒絕的。

最後他到底找到了相當的話，他用力拱起膝蓋，想使她抬起身來，說道：「嬌蕊，你要是愛我的，就不能不替我著想。我不能叫我母親傷心。她的看法同我們不同，但是我們不能不顧到她，她就只依靠我一個人。社會上是決不肯原諒我的——士洪到底是我的朋友。我們愛的只能是朋友的愛。以前是我的錯，我對不起你。可是現在，不告訴我就寫信告訴他，都是你的錯了。……嬌蕊，你看怎樣，等他來了，你就說是同他鬧著玩的，不過是哄他早點回來，他肯相信的，如果他願意相信。」

嬌蕊抬起紅腫的臉來，定睛看著他，飛快地一下，她已經站直了身子，好像很詫異剛才怎麼會弄到這步田地。她找到她的皮包，取出小鏡子來，側著頭左右一照，草草把頭髮往後掠兩下，用手帕擦眼睛，擤鼻子，正眼都不朝他看，就此走了。

振保一晚上都沒睡好，清晨補了一覺，朦朧中似乎又有人爬在他身上哭泣，先還當是夢魘，後來知道是嬌蕊，她又來了，大約已經哭了不少時。這女人的心身的溫暖覆在他上面像一床軟緞面上的鴨絨被，他悠然地出了汗，覺得一種情感上的奢侈。

等他完全清醒了，嬌蕊就走了，一句話沒說，他也沒有話。以後他聽說她同王士洪協議離婚，彷彿是離他很遠很遠的事。他母親幾次向他流淚，要他娶親，他延挨了些時，終於答應說好。於是他母親托人給他介紹。看到孟烟鸝小姐的時候，振保就向自己說：「就是她罷。」

初見面，在人家的客廳裏，她立在玻璃門邊，穿著灰地橙紅條子的綢衫，可是給人的第一個印象是籠統的白。她是細高身量，一直線下去，僅在有無間的一點波折是在那幼小的乳的尖端，和那突出的胯骨上。風迎面吹來，衣裳朝後飛著，越顯得人的單薄。臉生得寬柔秀麗。可是，還是單只覺得白。她父親過世，家道中落之前，也是個殷實的商家，和佟家正是門當戶對。小姐今年二十二歲，就快大學畢業了。因為程度差，不能不揀一個比較馬虎的學校去讀書，可是烟鸝是壞學校裏的好學生，兢兢業業，和同學不甚來往。她的白把她和周圍的惡劣的東西隔開來了，像病院裏的白屏風，可同時，書本上的東西也給隔開了。烟鸝進學校十年來，勤懇地查生字，背表格，黑板上有字必抄，然而中間總像是隔了一層白的膜。在中學的時候就有同學的哥哥之類寫信來，她家裏的人看了信總是說這種人少惹他的好，因此她從來沒回過信。

振保預備再過兩個月，等她畢了業之後就結婚。在這期間，他陪她看了幾次電影。烟鸝很少說話，連頭都很少抬起來，走路總是走在靠後。她很知道，按照近代的規矩她應當走在他前面，應當讓他替她加大衣，種種地方伺候著她，可是她不能夠自然地接受這些分內的權利，因為躊躇，因而更為遲鈍了。振保呢，他自己也不是生成的紳士派，也是很吃力地學來的，所以極其重視這一切，認為她這種地方是個大缺點，好在年青的女孩子，羞縮一點也還不討厭。

訂婚與結婚之間相隔的日子太短了，烟鸝私下裏是覺得惋惜的，據她所知，那應當是一生最好的一段。然而真到了結婚那天，她還是高興的，那天早上她還沒有十分醒過來，迷迷糊糊的已經彷彿在那裏梳頭，抬起胳膊，對著鏡子，有一種奇異的努力的感覺，像是裝在玻璃試驗管裏，試著往上頂，頂掉管子上的蓋，等不及地一下子要從現在跳到未來。現在是好的，將來還要好——她把雙臂伸到未來的窗子外，那邊的浩浩的風，通過她的頭髮。

在一品香結婚，喜筵設在東興樓——振保愛面子，同時也講究經濟，只要過得去就行了。他在公事房附近租下了新屋，把母親從江灣接來同住。他掙的錢大部份花在應酬聯絡上，家裏開銷上是很刻苦的。母親和烟鸝頗合得來，可是振保對於烟鸝有許多不可告人的不滿的地方，烟鸝因為不喜歡運動，連「最好的戶內運動」也不喜歡。振保忠實地盡了丈夫的責任使她喜歡的，但是他對她的身體並不怎樣感到興趣。起初間或也覺得可愛，她的不發達的乳，握在手裏像睡熟的鳥，像有它自己的微微跳動的心臟，尖的喙，啄著他的手，硬的，卻又是酥軟的，酥軟的是他自己的手心。後來她連這一點少女美也失去了。對於一切漸漸習慣了之後，她變成一個很乏味的婦人。

振保這時候開始宿娼。每三個禮拜一次——他的生活各方面都很規律化的。和幾個朋友一起，到旅館裏開房間，叫女人，對家裏只說是為了公事到蘇杭去一趟。他對於妓女的面貌不甚挑剔，比較喜歡黑一點胖一點的，他所要的是豐肥的辱屈。這對於從前的玫瑰與王嬌蕊是一種報復，但是他自己並不肯這樣想。如果這樣想，他立即譴責自己，認為是褻瀆了過去的回憶。他心中留下了神聖而感傷的一角，放著這兩個愛人。他記憶中的王嬌蕊變得和玫瑰一而二二而一了，是一個癡心愛著他的天真熱情的女孩子，沒有頭腦，沒有一點使他不安的地方，而他，為了崇高的理智的制裁，以超人的鐵一般的決定，捨棄了她。

他在外面嫖，烟鸝絕對不疑心到。她愛他，不為別的，就因為在許多人之中指定了這一個男人是她的。她時常把這樣的話掛在口邊：「等我問問振保看，」「頂好帶把傘，振保說待會兒要下雨的。」他就是天。振保也居之不疑。她做錯了事，當著人他便呵責糾正，便是他偶然疏忽沒看見，他母親必定看見了。烟鸝每每覺得，當著女傭丟臉丟慣了，她怎麼能夠再發號施令？號令不行，又得怪她。她怕看見僕人眼中的輕蔑，為了自衛，和僕人接觸的時候，沒開口先就鎖著眉，嘟著嘴，一臉的稚氣的怨憤。她發起脾氣來，總像是一時性起的頂撞，出於丫頭姨太太，做小伏低慣了的。

只有在新來的僕人前面，她可以做幾天當家少奶奶，因此她寧願三天兩天換僕人。振保的母親到處宣揚媳婦不中用：「可憐振保，在外面辛苦奔波，養家活口，回來了還得為家裏的小事煩心，想安靜一刻都不行。」這些話吹到烟鸝耳中，氣惱一點點積在心頭。到那年，她添了個孩子，生產的時候很吃了些苦，自己覺得有權利發一回脾氣，而婆婆又因為她生的不過是個女兒，也不甘心讓著她，兩人便嘔起氣來。幸而振保從中調停得法，沒有到破臉大鬧，然而母親還是負氣搬回江灣了。振保對他太太極為失望，娶她原為她的柔順，他覺得被欺騙了，對於他母親他也恨，如此任性地搬走，叫人說他不是好兒子。他還是興興頭頭忙著，然而漸漸顯出疲乏了，連西裝上的含笑的縐紋，也笑得有點疲乏。

篤保畢業之後，由他汲引，也在廠內做事。篤保被他哥哥的成就籠罩住了，不成材，學著做個小浪子，此外也沒有別的志願，還沒結婚，在寄舍裏住著，也很安心。這一天一早他去找振保商量一件事，廠裏副經理要回國了，大家出份子送禮，派他去買點紀念品。振保教他到公司裏去看看銀器。兩人一同出來，搭公共汽車。振保在一個婦人身邊坐下，原有個孩子坐在他的位子上，婦人不經意地抱過孩子去，振保倒沒留心她，卻是篤保，坐在那邊，呀了一聲，欠身向這裏勾了勾頭，振保這才認得是嬌蕊，比前胖了，但也沒有如當初担憂的，胖到癡肥的程度；很憔悴，還打扮著，塗著脂粉，耳上戴著金色的緬甸佛頂珠環，因為是中年的女人，那艷麗便顯得是俗艷。篤保笑道：「朱太太，真是好久不見了。」振保記起了，是聽說她再嫁了，現在姓朱，嬌蕊也微笑，道：「真是好久不見了。」振保向她點頭，問道：「這一向都好麼？」嬌蕊道：「好，謝謝你。」篤保道：「您一直在上海麼？」嬌蕊點頭。篤保又道：「難得這麼一大早出門罷？」嬌蕊笑道：「可不是？」她把手放在孩子肩上道：「帶他去看牙醫生。昨兒鬧牙疼，鬧得我一晚上也沒睡覺，一早就得帶他去。」篤保道：「您在哪兒下車？」嬌蕊道：「牙醫生在外灘。你們是上公事房去麼？」篤保道：「他上公事房，我先到別處兜一兜，買點東西。」嬌蕊道：「你們廠裏還是那些人罷？沒大改？」篤保道：「赫頓要回國去了，他這一走，振保就是副經理了。」嬌蕊笑道：「呦！那多好！」篤保當著哥哥說那麼多的話，卻是從來沒有過，振保也看出來了，彷彿他覺得在這種局面之下，他應當負全部的談話責任，可見嬌蕊和振保的事，他全部知道。

再過了一站，他便下車。振保沉默了一會，並不朝她看，向空中問道：「怎麼樣？你好麼？」嬌蕊也沉默了一會，方道：「很好。」還是剛才那兩句話，可是意思全兩樣了。振保道：「那姓朱的，你愛他麼？」嬌蕊點點頭，回答他的時候，卻是每隔兩個字就頓一頓，道：「是從你起，我才學會了，怎樣，愛，認真的……愛到底是好的，雖然吃了苦，以後還是要愛的，所以……」振保把手捲著她兒子的海軍裝背後垂下的方形翻領，低聲道：「你很快樂。」嬌蕊笑了一聲道：「我不過是往前闖，碰到什麼就是什麼。」振保冷笑道：「你碰到的無非是男人。」嬌蕊並不生氣，側過頭去想了一想，道：「是的，年紀輕，長得好看的時候，大約無論到社會上去做什麼事，碰到的總是男人。可是到後來，除了男人之外總還有別的，總還有別的……」

振保看著她，自己當時並不知道他心頭的感覺是難堪的妒忌。嬌蕊道：「你呢？你好麼？」振保想把他的完滿幸福的生活歸納在兩句簡單的話裏，正在斟酌字句，抬起頭，在公共汽車司機人座右突出的小鏡子裏看見他自己的臉，很平靜，但是因為車身的搖動，鏡子裏的臉也跟著顫抖不定，非常奇異的一種心平氣和的顫抖，像有人在他臉上輕輕推拿似的。忽然，他的臉真的抖了起來，在鏡子裏，他看見他的眼淚滔滔流下來，為什麼，他也不知道。在這一類的會晤裏，如果必須有人哭泣，那應當是她。這完全不對，然而他竟不能止住自己。應當是她哭，由他來安慰她的。她也並不安慰他，只是沉默著，半晌，說：「你是這裏下車罷？」

他下了車，到廠裏照常辦事。那天是禮拜六，下午放假。十二點半他回家去，他家是小小的洋式石庫門衖堂房子，可是臨街，一長排都是一樣，淺灰水門汀的牆，棺材板一般的滑澤的長方塊，牆頭露出夾竹桃，正開著花。裏面的天井雖小，也可以算得是個花園，應當有的他家全有。藍天上飄著小白雲，街上賣笛子的人在那裏吹笛子，尖柔扭捏的東方的歌，一扭一扭出來了，像綉像小說插圖裏畫的夢，一縷白氣，從帳子裏出來，脹大了，內中有種種幻境，像懶蛇一般地舒展開來，後來因為太瞌睡，終於連夢也睡著了。

振保回家去，家裏靜悄悄的，七歲的女兒慧英還沒放學，女僕到幼稚園接她去了。振保等不及，叫烟鸝先把飯開上桌來，他吃得很多，彷彿要拿飯來結結實實填滿他心裏的空虛。

吃完飯，他打電話給篤保，問他禮物辦好了沒有。篤保說看了幾件銀器，沒有合適的。振保道：「我這裏有一對銀瓶，還是人家送我們的結婚禮。你拿到店裏把上頭的字改一改，我看就行了。他們出的份子你去還給他們，就算是我捐的。」篤保說好，振保道：「那你現在就來拿罷。」他急於看見篤保，探聽他今天早上見著嬌蕊之後的感想，因為這件事略有點不近情理，他自己的反應尤為荒唐，也幾乎疑心根本是個幻象。篤保來了，振保閒閒地把話題引到嬌蕊身上，篤保磕了磕香烟，做出有經驗的男子的口吻，道：「老了，老得多了。」彷彿這就結束了女人。

振保追想恰才那一幕，的確，是很見老了。連她的老，他也妒忌她。他看看他的妻，結了婚八年，還是像什麼事都沒經過似的，空洞白淨，永遠如此。

他叫她把爐台的一對銀瓶包紮起來給篤保帶去，她手忙腳亂掇過一張椅子，取下椅墊，立在上面，從櫥頂上拿報紙，又到抽屜裏找繩子，有了繩子，又不夠長，包來包去，包得不成模樣，把報紙也掤破了。振保恨恨地看著，一陣風走過去奪了過來，唉了一聲道：「人笨凡事難！」烟鸝臉上掠過她的婢妾的怨憤，隨即又微笑，自己笑著，又看看篤保可笑了沒有，怕他沒聽懂她丈夫說的笑話。她抱著胳膊站在一邊看振保包紮銀瓶，她臉上像拉上了一層白的膜，很奇怪地，面目模糊了。

篤保有點坐不住——到他們家來的親戚朋友很少坐得住的——要走。烟鸝極力想補救方才的過失，振作精神，親熱地挽留他：「沒事就多坐一會兒。」她瞇細了眼睛笑著，微微皺著鼻梁，頗有點媚態。她常常給人這麼一陣突如其來的親熱。若是篤保是個女的，她就要拉住他的手了，潮濕的手心，絕望地拉住不放，使人不快的一種親熱。

篤保還是要走，走到門口，恰巧遇見老媽子領著慧英回來，篤保從袴袋裏摸出口香糖來給慧英，烟鸝笑道：「謝謝二叔，說謝謝！」慧英扭過身子去，篤保笑道：「喲！難為情呢！」慧英扯起洋裝的綢裙蒙住了臉，露出裏面的短袴，烟鸝忙道：「噯，噯，這真難為情了！」慧英接了糖，仍舊用裙子蒙了頭，一路笑著跑了出去。

振保遠遠坐著看他那女兒，那舞動的黃瘦的小手小腿。本來沒有這樣的一個孩子，是他把她由虛空之中喚了出來。

振保上樓去擦臉，烟鸝在樓底下開無線電聽新聞報告，振保認為這是有益的，也是現代主婦教育的一種，學兩句普通話也好，他不知道烟鸝聽無線電，不過是願意聽見人的聲音。

振保由窗子裏往外看，藍天白雲，天井裏開著夾竹桃，街上的笛子還在吹，尖銳扭捏的下等女人的嗓子。笛子不好，聲音有點破，微覺刺耳。

是和美的春天的下午，振保看著他手造的世界，他沒有法子毀了它。

寂靜的樓房裏晒滿了太陽。樓下無線電有個男子侃侃發言，一直說下去，沒有完。

振保自從結婚以來，老覺得外界的一切人，從他母親起，都應當拍拍他的肩膀獎勵有加。像他母親是知道他的犧牲的詳情的，即是那些不知底細的人，他也覺得人家欠著他一點敬意，一點溫情的補償。

人家也常常為了這個說他好，可是他總嫌不夠，因此特別努力去做份外的好事，而這一類的好事向來是不待人兜攬就黏上身來的。他替他弟弟篤保還了幾次債，替他娶親，替他安家養家。另外他有個成問題的妹妹，為了她的緣故，他對於獨身或是喪偶的朋友格外熱心照顧，替他們謀事、籌錢，無所不至。後來他費了許多周折，把他妹妹介紹到內地一個學校裏去教書，因為聽說那邊的男教員都是大學新畢業，還沒結婚的。可是他妹子受不了苦，半年的合同沒滿，就鬧脾氣回上海來了。事後他母親心痛女兒，也怪振保太冒失。

烟鸝在旁看著，著實氣不過，逢人便叫屈，然而烟鸝很少機會遇見人，振保因為家裏沒有一個活潑大方的主婦，應酬起來寧可多花兩個錢，在外面請客，從來不把朋友往家裏帶。難得有朋友來找他，恰巧振保不在，烟鸝總是小心招待，把人家當體己人，和人家談起振保：「振保就吃虧在這一點——實心眼兒待人，自己吃虧！唉，張先生你說是不是？現在這世界上是行不通的呀！連他自己弟弟妹妹也這麼忘恩負義，不要說朋友了，有事找你的時候來找你——沒有一個不是這樣！我眼裏看得多了，振保一趟一趟吃虧還是死心眼兒。現在這時世，好人做不得呀！張先生你說是不是？」朋友覺得自己不久也要被歸入忘恩負義的一羣，心裏先冷了起來。振保的朋友全都不喜歡烟鸝，雖然她是美麗嫻靜的，最合理想的朋友的太太，可以做男人們高談闊論的背景。

烟鸝自己也沒有女朋友，因為不和人家比著，她還不覺得自己在家庭中地位的低落。振保也不鼓勵她和一般太太們來往，他是體諒她不會那一套，把她放在較生疎的形勢中，徒然暴露她的短處，徒然引起許多是非。她對人說他如何如何吃虧，他是原宥她的，女人總是心眼兒窄，而且她不過是護衛他，不肯讓他受一點委屈。可是後來她對老媽子也說這樣的話了，他不由得要發脾氣干涉。又有一次，他聽見她向八歲的慧英訴冤，他沒作聲，不久就把慧英送到學校裏去住讀。於是家裏更加靜悄悄起來。

烟鸝得了便秘症，每天在浴室裏一坐坐上幾個鐘頭——只有那個時候可以名正言順的不做事，不說話，不思想，其餘的時候她也不說話，不思想，但是心裏總有點不安，到處走走，沒著沒落的，只有在白天的浴室裏她是定了心，生了根。她低頭看著自己雪白的肚子，白皚皚的一片，時而鼓起來些，時而癟進去，肚臍的式樣也改變，有時候是甜淨無表情的希臘石像的眼睛，有時候是突出的怒目，有時候是邪教神佛的眼睛，眼裏有一種險惡的微笑，然而很可愛，眼角彎彎地，撇出魚尾紋。

振保帶烟鸝去看醫生，按照報紙上的廣告買藥給她吃，後來覺得她不甚熱心，彷彿是情願留著這點病，挾以自重。他也就不管了。

某次他代表廠方請客吃中飯，是黃梅天，還沒離開辦公室已經下起雨來。他僱車兜到家裏去拿雨衣，晚上不由得回想到從前，住在嬌蕊家，那天因為下了兩點雨，天氣變了，趕回去拿大衣，那可紀念的一天。下車走進大門，一直包圍在回憶的淡淡的哀愁裏，進去一看，雨衣不在衣架上。他心裏怦的一跳，彷彿十年前的事又重新活了過來。他向客室裏走，心裏繼續怦怦跳，有一種奇異的命裏注定的感覺。手按在客室的門鈕上，開了門，烟鸝在客室裏，還有個裁縫，立在沙發那一頭。一切都是熟悉的，振保把心放下了，不知怎的驀地又提上來，他感到緊張，沒有別的緣故，一定是因為屋裏其他的兩個人感到緊張。

烟鸝問道：「在家吃飯麼？」振保道：「不，我就是回來拿件雨衣。」他看看椅子上擱著的裁縫的包袱，沒有一點潮濕的迹子，這雨已經下了不止一個鐘頭了。裁縫腳上也沒穿套鞋。裁縫給他一看，像是昏了頭，走過去從包袱裏抽出一管尺來替烟鸝量尺寸。烟鸝向振保微弱地做了個手勢道：「雨衣掛在廚房過道裏陰乾著。」她那樣子像是要推開了裁縫去拿雨衣，然而畢竟沒動，立在那裏被他測量。

振保很知道，和一個女人發生過關係以後，當著人再碰到她的身體，那神情完全是兩樣的，極其明顯。振保冷眼看著他們倆。雨的大白嘴唇緊緊貼在玻璃窗上，噴著氣，外頭是一片冷與糊塗，裏面關得嚴嚴地，分外親切地可以覺得房間裏有這樣的三個人。

振保自己是高高在上的，瞭望著這一對沒有經驗的姦夫淫婦。他再也不懂：「怎麼能夠同這樣的一個人？」這裁縫年紀雖輕，已經有點傴僂著，臉色蒼黃，腦後略有幾個癩痢疤，看上去也就是一個裁縫。

振保走去拿他的雨衣穿上了，一路扣鈕子，回到客廳裏來，裁縫已經不在了。振保向烟鸝道：「待會兒我不定什麼時候回來，晚飯不用等我。」烟鸝迎上前來答應著，似乎還有點心慌，一雙手沒處安排，急於要做點事，順手捻開了無線電。又是國語新聞報告的時間，屋子裏充滿了另一個男子的聲音。振保覺得他沒有說話的必要，轉身出去，一路扣鈕子。不知怎麼有那麼多的鈕子。

客室裏大敞著門，聽得見無線電裏那正直明朗的男子侃侃發言，都是他有理。振保想道：「我待她不錯呀！我不愛她，可是我沒有什麼對不起她的地方。我待她不算壞了。下賤東西，大約她知道自己太不行，必須找個比她再下賤的，來安慰她自己。可是我待她這麼好，這麼好——」

屋裏的烟鸝大概還是心緒不寧，啪地一聲，把無線電關上了，振保站在門洞子裏，一下子像是噎住了氣；如果聽眾關上無線電，電台上滔滔演說的人能夠知道的話，就有那種感覺——突然的堵塞，脹悶的空虛。他立在階沿上，面對著雨天的街，立了一會，黃包車過來兜生意，他沒講價就坐上拉走了。

晚上回來的時候，階沿上淹了一尺水，暗中水中的家彷彿大為改變了，他看了覺得很合適。但是進得門來，嗅到那嚴緊暖熱的氣味，黃色的電燈一路照上樓梯，家還是家，沒有什麼兩樣。

他在大門口脫下濕透的鞋襪，交給女傭，自己赤了腳上樓走到臥室裏，探手去摸電燈的開關，浴室裏點著燈，從那半開的門裏望進去，淡黃白的浴間像個狹長的立軸。燈下的烟鸝也是本色的淡黃色。當然歷代的美女畫從來沒有採取這樣尷尬的題材——她提著褲子，彎著腰，正要站起身，頭髮從臉上直披下來，已經換了白地小花的睡衣，短衫摟得高高地，一半壓在頷下，睡袴臃腫地堆在腳面上，中間露出長長一截白蠶似的身軀。若是在美國，也許可以做很好的草紙廣告，可是振保匆匆一瞥，只覺得在家常中有一種污穢，像下雨天頭髮窠裏的感覺，稀濕的，發出翁郁的人氣。

他開了臥室的燈，烟鸝見他回來了，連忙問：「腳上弄潮了沒有？」振保應了一聲道：「馬上得洗腳。」烟鸝道：「我就出來了。我叫余媽燒水去。」振保道：「她在燒。」烟鸝洗了手出來，余媽也把水壺提了來了。振保打了個噴嚏。余媽道：「著涼了罷！可要把門關起來？」振保關了門獨自在浴室裏，雨還下得很大，忒啦啦打在玻璃窗上。

浴缸裏放著一盤不知什麼花，開足了，是嬌嫩的黃，雖沒淋到雨，也像是感到了雨氣。腳盆就放在花盤隔壁，振保坐在浴缸的邊緣，彎腰洗腳，小心不把熱水濺到花朵上，低下頭的時候也聞到一點有意無意的清香。他把一條腿擱在膝蓋上，用毛巾揩乾每一個腳趾，忽然疼惜自己起來。他看著自己的皮肉，不像是自己在看，而像是自己之外的一個愛人，深深悲傷著，覺得他白糟蹋了自己。

他趿了拖鞋出來，站在窗口往外看。雨已經小了不少，漸漸停了。街上成了河，水波裏倒映著一盞街燈，像一連串射出去就沒有了的白金箭鏃。車輛行過，「鋪拉鋪拉」拖著白爛的浪花，孔雀屏似地展開了，掩了街燈的影子。白孔雀屏裏漸漸冒出金星，孔雀尾巴漸長漸淡，車過去了，依舊剩下白金的箭鏃，在暗黃的河上射出去就沒有了，射出去就沒有了。

振保把手抵著玻璃窗，清楚地覺得自己的手，自己的呼吸，深深悲傷著。他想起碗櫥裏有一瓶白蘭地酒，取了來，倒了滿滿一玻璃杯，面向外立在窗口慢慢呷著。烟鸝走到他背後，說道：「是應當喝口白蘭地暖暖肚子，不然真要著涼了。」白蘭地的熱情直衝到他臉上，他變成火眼金睛。掉過頭來憎惡地看了她一眼。他討厭那樣的殷勤嚕囌，尤其討厭的是：她彷彿在背後窺伺著，看他知道多少。

以後的兩個禮拜內烟鸝一直窺伺著他，大約認為他並沒有什麼改常的地方，覺得他並沒有起疑，她也就放心下來，漸漸的忘了她自己有什麼可隱藏的，連振保也疑疑惑惑起來，彷彿她根本沒有任何秘密。像兩扇緊閉的白門，兩邊陰陰點著燈，在曠野的夜晚，拼命的拍門，斷定了門背後發生了謀殺案。然而把門打開了走進去，沒有謀殺案，連房屋都沒有，只看見稀星下的一片荒烟蔓草——那真是可怕的。

振保現在常常喝酒，在外面公開地玩女人，不像從前，還有許多顧忌。他醉醺醺回家，或是索性不回來，烟鸝總有她自己的解釋，說他新添上許多推不掉的應酬。她再也不肯承認這與她有關。她固執地向自己解釋，到後來，他的放浪漸漸顯著到瞞不了人的程度，她又向人解釋，微笑著，忠心地為他掩飾。因之振保雖然在外面鬧得不像樣，只差把妓女往家裏帶，大家看著他還是個頂天立地的好人。

一連下了一個月的雨。有一天，老媽子說他的紡綢衫洗縮了，要把貼邊放下來。振保坐在床上穿襪子，很隨便的樣子，說道：「讓裁縫拿去放一放罷。」余媽道：「裁縫好久不來了。不知下鄉去了沒有。」振保心裏想：「哦？這麼容易就斷掉了嗎？一點感情也沒有——真是齷齪的！」他又問：「怎麼？端午節沒有來收賬麼？」余媽道：「是小徒弟來的。」這余媽在他家待了三年了，她把小袴疊了放在床沿上，輕輕拍了它一下，雖然沒朝他看，臉上那溫和蒼老的微笑卻帶著點安慰的意味。振保生起氣來了。

那天下午他帶著個女人出去玩，故意兜到家裏來拿錢。女人坐在三輪車上等他。新晴的天氣，街上水還沒退，黃色的河裏有洋梧桐團團的影子。對街一帶小紅房子，綠樹帶著青暈，烟囪裏冒出濕黃烟，低低飛著。振保拿了錢出來，把洋傘打在水面上，濺了女人一身水。女人尖叫起來，他跨到三輪車上，哈哈笑了，感到一種拖泥帶水的快樂。抬頭望望樓上的窗戶，大約是烟鸝立在窗口向外看，像是浴室的牆上貼了一塊有黃漬的舊白蕾絲茶托，又像一個淺淺的白碟子，心子上沾了一圈茶污。振保又把洋傘朝水上打——打碎它！打碎它！

砸不掉他自造的家，他的妻，他的女兒，至少他可以砸碎他自己，洋傘敲在水面上，腥冷的泥漿飛到他臉上來，他又感到那樣戀人似的疼惜，但同時，另有一個意志堅強的自己站在戀人的對面，和她拉著，扯著，掙扎著——非砸碎他不可，非砸碎他不可！

三輪車在波浪中行駛，水濺潮了身邊那女人的皮鞋皮夾子與衣服，她鬧著要他賠。振保笑了，一隻手摟著她，還是去潑水。

此後，連烟鸝也沒法替他辯護了。振保不拿錢回來養家，女兒上學沒有學費，每天的小菜錢都成問題。烟鸝這時候倒變成了一個勇敢的小婦人，快三十歲的人了，她突然長大了起來，話也說得流利動聽了，滔滔向人哭訴：「這樣下去怎麼得了呵！真是要了我的命——一家老小靠他一個人，他這樣下去廠裏的事情也要弄丟了……瘋了心似的，要不就不回來，一回來就打人砸東西。這些年了，他不是這樣的人呀！劉先生你替我想想，你替我想想，叫我這日子怎麼過？」

烟鸝現在一下子有了自尊心，有了社會地位，有了同情與友誼。振保有一天晚上回家來，她坐在客廳裏和篤保說話，當然是說的他，見了他就不開口了。她穿著一身黑，燈光下看得出憂傷的臉上略有皺紋，但仍然有一種沉著的美。振保並不衝檯拍凳，走進去和篤保點頭寒暄，燃上一支香烟，從容坐下談了一會時局與股票，然後說累了要早點睡，一個人先上樓去了。烟鸝簡直不懂這是怎麼一回事，彷彿她剛才說了謊，很難加以解釋。

篤保走了以後，振保聽見烟鸝進房來，才踏進房門，他便把小櫃上的檯燈熱水瓶一掃掃下地去，豁朗朗跌得粉碎。他彎腰揀起檯燈的鐵座子，連著電線向她擲過去，她疾忙翻身向外逃。振保覺得她完全被打敗了，得意之極，立在那裏無聲地笑著，靜靜的笑從他眼裏流出來，像眼淚似的流了一臉。

老媽子拿著笤帚與簸箕立在門口張了張，振保把燈關了。她便不敢進來。振保在床上睡下，直到半夜裏，被蚊子咬醒了，起來開燈。地板正中躺著烟鸝的一雙綉花鞋，微帶八字式，一隻前些，一隻後些，像有一個不敢現形的鬼怯怯向他走過來，央求著。振保坐在床沿上，看了許久。再躺下的時候，他嘆了口氣，覺得他舊日的善良的空氣一點一點偷著走近，包圍了他。無數的煩憂與責任與蚊子一同嗡嗡飛繞，叮他，吮吸他。

第二天起床，振保改過自新，又變了個好人。

——一九四四年六月

•初載於一九四四年五～七月上海《雜誌》第十三卷第二～四期。

玫瑰

孟烟鸝

烟鸝的鞋

佟振保、王嬌蕊、艾許太太與艾許小姐

紅玫瑰王嬌蕊

散戲

閉幕後的舞台突然小了一圈。在硬黃的燈光裏，只有一面可以看看的桌椅櫥櫃顯得異常簡陋。演員都忙著卸裝去了，南宮嫱手扶著紙糊的門，單只地在台上逗留了一會。

剛才她真不錯，她自己有數。門開著，射進落日的紅光。她伸手在太陽裏，細瘦的小紅手，手指頭燃燒起來像迷離的火苗。在那一剎那她是女先知，指出了路。她身上的長衣是謹嚴的灰色，可是大襟上有個鈕扣沒扣上，翻過來，露出大紅裏子，裏面看不見的地方也像在那裏炎騰騰燒著。她說：「我們這就出去——立刻！」

此外還說了許多別的，說的是些什麼，全然沒有關係。普通在一齣戲裏，男女二人歷盡千辛萬苦，終於會面了的時候，劇作者想讓他們講兩句適當的話，總感到非常困難，結果還是說到一隻小白船，扯上了帆，飄到天邊的美麗的島上去，再不就說起受傷的金絲雀，較聰明的還可以說：「看哪！月亮出來了。」於是兩人便靜靜的看月亮，讓伴奏的音樂來說明一切。

南宮嫱的好處就在這裏——她能夠說上許多毫無意義的話而等於沒開口。她的聲音裏有一種奇異的沉寂；她的手勢裏有一種從容的韻節，因之，不論她演的是什麼戲，都成了古裝啞劇。

出了戲院，夜深的街上，人還未散盡。她僱到一輛黃包車，討價四十元，她翻翻皮夾子，從家裏出來得太匆忙，娘姨攔住她要錢，台燈的撲落壞了，得換一隻。因此皮夾裏只剩下了三十元，她便還價，給他三十。

她真是個天才藝人，而且，雖說年紀大了幾歲，在台上還可以看看的。娘姨知道家裏的太太是怎樣的一個人麼？娘姨只知道她家比一般人家要亂了一點，時常有些不三不四的朋友來，坐著不走，吃零嘴，作踐房間，瘋到深更半夜。主人主母的隨便與不懂事，大約算是學生派。其他也沒有什麼與人不同之處。

有時候南宮嫿也覺得娘姨所看到的就是她的私生活的全部。其他也沒有什麼了。

黃包車一路拉過去，長街上的天像無底的深溝，陰陽交界的一條溝，隔開了家和戲院。頭上高高掛著路燈，深口的鐵罩子，燈罩裏照得一片雪白，三節白的，白得耀眼。黃包車上的人無聲地滑過去，頭上有路燈，一盞接一盞，無底的陰溝裏浮起了陰間的月亮，一個又一個。

是怎麼一來變得什麼都沒有了呢？南宮嫿和她丈夫是戀愛結婚的，而且——是怎樣的戀愛呀！兩人都是獻身劇運的熱情的青年，為了愛，也自殺過，也恐嚇過，說要走到遼遠的，遼遠的地方，一輩子不回來了。是怎樣的炮烙似的話呀！是怎樣的傷人的小動作；辛酸的，永恆的手勢！至今還沒有一個劇作者寫過這樣好的戲。報紙上也紛紛議論他們的事，那是助威的鑼鼓，中國的戲劇傳統裏，鑼鼓向來是打得太響，往往淹沒了主角的大段唱詞，但到底不失為熱鬧。

現在結了婚上十年了，兒女都不小了，大家似乎忘了從前有過這樣的事，尤其是她丈夫。偶爾提醒他一下，自己也覺得難為情，彷彿近於無賴。總之，她在台下是沒有戲給人看了。

黃包車夫說：「海格路到了。」南宮嫿道：「講好的，靜安寺路海格路。」車夫道：「呵，靜安寺路海格路！靜安寺路海格路！加兩鈿罷！」南宮嫿不耐煩，叫他停下來，把錢給了他，就自己走回家去。

街上的店舖全都黑沉沉地，惟有一家新開的木器店，雖然拉上了鐵柵欄，櫥窗裏還是燈火輝煌，兩個夥計立在一張鏡面髹漆大床的兩邊，拉開了鵝黃錦緞綉花床單，整頓裏面的兩只並排的枕頭。難得讓人看見的——專門擺樣的一張床，原來也有舖床疊被的時候。

南宮嫿在玻璃窗外立了一會，然後繼續往前走，很有點掉眼淚的意思，可是已經到家了。

・初載於一九四四年九月上海《小天地》第二期。

殷寶灩送花樓會

門鈴響，我去開門。門口立著極美的，美得落套的女人，大眼睛小嘴，貓臉圓中帶尖，青灰細呢旗袍，鬆鬆籠在身上，手裏抱著大束的蒼蘭、百合、珍珠蘭，有一點見老了，但是那疲乏彷彿與她無關，只是光線不好，或是我剛剛看完了一篇六號排印的文章。

「是愛玲罷？」她說，「不認得我了罷？」

殷寶灩，在學校裏比我高兩班，所以雖然從未交談過，我也記得很清楚。看上去她比從前矮小了，大約因為我自己長高了許多。在她面前我突然覺得我的高是一種放肆，慌張地請她進來，謝謝她的花。「為什麼還要帶花來呢？這麼客氣！」我想著，女人與女人之間，而且又不是來探病。

「我相信送花。」她虔誠地說，解去縛花的草繩，把花插在瓶中。我讓她在沙發上坐下，她身體向前傾，兩手交握，把她自己握得緊緊地，然而還是很激動。「愛玲，像你這樣可是好呀，我看到你所寫的，我一直就這樣說：我要去看看愛玲！我要去看看愛玲！我要有你這樣就好了！」不知道為什麼，她眼睛裏充滿了眼淚，飽滿的眼，分得很開，亮晶晶地在臉的兩邊像金剛石耳環。她偏過頭去，在大鏡子裏躲過蒼蘭的紅影子，察看察看自己含淚的眼睛，舉起手帕，在腮的下部，離眼睛很遠的地方，細心地擦了兩擦。

寶灧在我們學校裏只待過半年。才來就被教務長特別注意，因為她在別處是有名的校花，就連在這教會學校裏，成年不見天日，也有許多情書寫了來，給了她和教務處的檢查許多麻煩。每次開遊藝會都有她搽紅了胭脂唱歌或是演戲，顫聲叫：「天哪！我的孩子！」

我們的浴室是用污暗的紅漆木板隔開來的一間一間，板壁上釘著紅漆櫈，上面洒了水與皮膚的碎屑。自來水龍頭底下安著深綠荷花缸，暗洞洞地也看見缸中膩一圈白髒。灰色水門汀地，一地的水，沒處可以放鞋。活絡的半截門上險凜凜搭著衣服，門下就是水溝，更多的水。風很大，一陣陣吹來鄰近的廁所的寒冷的臭氣，可是大家搶著霸佔了浴間，排山倒海啪啦啦放水的時候，還是很歡喜的。朋友們隔著幾間小房在水聲之上大聲呼喊。

我聽見個人叫「寶灧！」問她，不知有些什麼人借了夏令配克的地址要演「少奶奶的扇子」。

「找你客串是不是？」

「沒有的事！」

「把你的照片都登出來了！」

「現在我一概不理了。那班人……太缺乏知識。我要好好去學唱歌了。」

那邊把腳跨到冷水裏，「哇！」大叫起來，把水往身上潑，一路哇哇叫。寶灩喚道：「喂！這樣要把嗓子喊壞了！」然而她自己踏進去的時候一樣也銳叫，又笑起來，在水中唱歌，義大利的〈哦嗦勒彌哦！〉（〈哦，我的太陽！〉）細喉嚨白鴿似的飛起來，飛過女學生少奶奶的輕車熟路，女人低陷的平原，向上向上，飛到明亮的藝術的永生裏。

貞亮的喉嚨，「哦噢噢噢噢噢！哈啊啊啊啊！」細頸大肚的長明燈，玻璃罩裏火光小小的顫動是歌聲裏一震一震的拍子。

「呵，愛玲，我真羨慕你！還是像你這樣好——心靜。你不大出去的罷？告訴你，那些熱鬧我都經過來著——不值得！歸根究底還是，還是藝術的安慰！我相信藝術。我也有許多東西一直想寫出來，我實在忙不過來，而且身體太不行了，你看我這手膀子，你看——教我唱歌的俄國人勸我休息幾年，可是他不知道我是怎樣休息的——有了空我就去念法文、義大利文，幫著羅先生翻譯音樂史。中國到現在還沒有一本像樣的音樂史。羅先生他真是鼓勵了我的——你不知道我的事罷？」她紅了臉，聲音低了下去。她舉起手帕來，這一次真的擦了眼睛，而且有新的淚水不停地生出來，生出來，但是不往下掉，晶亮地突出，像小孩喝汽水，捨不得一口嚥下去，含在嘴裏，左腮凸到右腮，唇邊吹出大泡泡。「羅先生他總是說：『寶灩，像你這樣的聰明，真是可惜了的！』你知道，從前我在學校裏是最不用功的，可是後來我真用了幾年功，他教我真熱心，使得我不好意思不用功了。他是美國留學的，歐洲也去過，法文義大利文都有點研究。他恨不得把什麼都教給我。」

我房的窗子正對著春天的西晒。暗綠漆布的遮陽拉起了一半，風把它吹得高高地，搖晃著繩端的小木墜子。敗了色的淡赭紅的窗簾，緊緊吸在金色的鐵柵欄上，橫的一棱一棱，像蚌殼又像帆，朱紅在日影裏，赤紫在陰影裏。唿！又飄了開來，露出淡淡的藍天白雲。可以是法國或是義大利。太美麗的日子，可以覺得它在窗外澌澌流過，河流似的，輕吻著窗台，吻著船舷。太陽暗下去，船過了橋洞，又亮了起來。

「可是我說，我說他害了我，我從前那些朋友我簡直跟他們合不來了！愛玲！社會上像我們這樣的不多呵！想必你已經發現了。——哦，愛玲，你不知道我的事：現在我跟他很少見面了，所以我一直說，我要去找找愛玲，我要去找找愛玲，看了你所說的，我知道我們一定是談得來的。」

「怎麼不大見面了呢？」我問。

她瀟洒地笑了一聲。「不行嘜，他一天天瘦下去，他太太也一天天瘦下去，我呢，你看這手膀子……現在至少，三個人裏他太太胖起來了！」

她願意要我把她的故事寫出來。我告訴她我寫的一定沒有她說的好——我告訴她的。

她和羅潛之初次見面，是有一趟，她的一個女朋友，在大學裏讀書的，約了她到學校裏聚頭，一同出去玩。寶灩來得太早了，他們正在上課。麗貞從玻璃窗裏瞥見她，招招手叫她進來，老師剛到不久，咬緊了嘴唇陰暗地翻書。麗貞拉她在旁邊坐下，小聲說：「新來的。很發噱。」

羅教授戴著黑框眼鏡，中等身量，方正齊楚，把兩手按在桌子上，憂愁地說：「莎士比亞是偉大的。一切人都應當愛莎士比亞。」他用陰鬱的，不信任的眼色把全堂學生看了一遍，確定他們不會愛莎士比亞，然而仍舊固執地說：「莎士比亞是偉大的，」挑戰地抬起了下巴，「偉大的，」把臉略略低了一低，不可抵抗地平視著聽眾，「偉大的，」肯定地低下頭，一塊石頭落地，一個下巴擠成了兩個更為肯定的。「如果我們今天要來找一個字描寫莎士比亞，如果古今中外一切文藝的愛好者要來找一個字描寫莎士比亞——」他激烈地做手勢像樂隊領班，一來一往，一來一往，整個的空氣痛苦震盪為了那不可能的字。他用讀古文的悠揚的調子流利快樂地說英文，漸漸為自己美酒似的聲音所陶醉，突然露出一嘴雪白齊整的牙齒，向大家笑了。他還有一種輕倩的手勢，不是轉螺絲釘，而是蜻蜓點水一般地在空中的一個人的身上殷勤愛護地摘掉一點毛線頭，兩手一齊來，一摘一摘，過分靈巧地。「茱麗葉十四歲，為什麼十四歲？」他狂喜地質問。「啊！因為莎士比亞知道十四歲的天真純潔的女孩子的好處！啊！十四歲的女孩子！什麼我不肯犧牲，如果你給我一個十四歲的女孩子？」他嘖嘖有聲，做出貪嘴的樣子，學生們哄堂大笑，說：「戲劇化，不壞——是有點幽默的。」

寶灩吃吃笑著一直停不了，被他注意到，就嚴厲起來：「你們每人念一段，最後一排第一個人開頭。」

麗貞說：「她是旁聽的。」教授沒聽見。挨了一會，教授諷刺地問：「英文會說嗎？」為了賭氣，寶灩讀起來了。

「唔，」教授說：「你演過戲嗎？」
麗貞代她回答：「她常常演的。」
「唔……戲劇這樣東西，如果認真研究的話，是應當認真研究的。」彷彿前途未可樂觀。
麗貞不大明白，可是覺得有爭回面子的必要，防禦地說：「她正在學唱歌。」
「唱歌。」教授嘆了口氣。「唱歌很難哪！你研究過音樂史沒有？」
寶灔憂慮起來，因為她沒有。下課之後，她挽著麗貞的手臂擠到講台前面，問教授，音樂史有什麼書可看。
教授對於莎士比亞的女人雖然是熱烈、放肆，甚至於佻達的，對於實際上的女人卻是非常酸楚，懷疑。他把手指夾在莎士比亞裏，冷淡地看了她一眼，然後合上書，合上眼睛，安靜地接受了事實：像她那樣的女人是決不會認真喜歡音樂史的。所以天下的事情就是這樣可哀：唱歌的女人永遠不會懂得音樂史。然而因為盡責，他嘆口氣，睜開眼來，拔出鋼筆，待要寫出一連串的書的名字，全然不顧到面前有紙沒有。寶灔慌亂地在麗貞手裏奪過筆記簿，攤在他跟前。被這眼睜睜的志誠所感動，他忽然想，就算是年青人五分鐘的熱度罷，到底是難得的。他說：「我那兒有幾本書可以借給你參考參考。」便在筆記簿上寫下他的地址。
寶灔到他家去，是陰雨的冬天，半截的後門上撐出一隻黃紅油紙傘，是放在那裏晾乾的。進去是廚房，她問：「羅先生在家嗎？」自來水龍頭前的老媽子回過頭來向裏邊喊叫：「找羅先生的。」抱著孩子的少婦走了出來，披著寬大的毛線圍巾，更顯得肩膀下削，有女性的感覺。扁薄美麗的臉，那是他太太。她把寶灩引了進去，樓下有兩間房是他們的，並不很大，但是因為空，覺得大而陰森。羅潛之的書桌書架佔據了客室的一端。他蕭瑟地坐在書桌前，很冷，穿著極硬的西裝大衣。他不替寶灩介紹他太太，自顧自請她坐下，把書找出來給她。寶灩胆怯地帶笑翻了一翻，忸怩地問他可有淺一點的。他告訴她沒有。他發現她連淺些的也看不懂，他發現她的聰明是太可惜了的，於是他自動地要為她補習。寶灩也考慮過要不要給他錢，斷定他決不肯收下，而且會認為是侮辱。她很高興，因為雖然是高尚的學問上的事情，揀著點小便宜到底是好的。

羅潛之一直想動手編譯一部完美的音樂史。「回國以後老沒有這個興致。在這樣低氣壓的空氣裏，什麼都得揀省事的做，所以空下來也就只給人補補書。可是看見你這樣熱心……多少年來我沒有像現在這麼熱心過。」寶灩非常感奮。每天晚飯後她來，他們一同工作，羅太太總在房間那邊另一盞燈下走來走去忙碌著，如果羅太太不在，總有一兩個小孩在那兒玩。潛之有時候嫌吵，羅太太就說：「叫他們出去玩，就打架闖禍。剛才三層樓上太太還來鬧過呢！」寶灩心裏發笑，暗暗說：「你監視些什麼！你丈夫固然是可尊敬的，可是我再沒有男朋友也不會看上他罷？」

寶灩常常應時按景給他們帶點什麼來，火腿，西瓜，代乳粉，小孩的絨線衫，她自己家裏包用的裁縫，然而她從來不使他們感覺到被救濟。她給他們帶來的只有甜蜜，溫暖，激勵，一個美女子的好心。然而潛之夫婦兩個時常吵架，潛之脾氣暴躁，甚至要打人。

寶灩說：「愛玲，你得承認，凡是藝術家，都有點瘋狂的。」她用這樣的憐惜的眼光看著我，使我很惶恐，微弱地笑著，什麼都承認了。

這樣有三年之久。潛之的太太漸漸知道寶灩並沒有勾引她丈夫的意思。寶灩的清白威脅著她，使她覺得自己下賤，小氣。現在她不大和他們在一起，把小孩也喚到裏面房裏去。有時候她又故意坐在他們視線內，心裏說：「怎麼樣？到底是我的家！」潛之的書桌上點著綠玻璃罩的檯燈，鮮粉紅的吸墨水紙，擱在上面的寶灩的手，映得青黃耀眼。寶灩看看那邊的羅太太，懷裏坐著最小的三歲的孩子，她和孩子每人咀嚼著極長極粗的一根芝蔴麥芽糖，她的溫柔的頭髮聖母似地垂在臉上，不知道她在想什麼，她俯身看看小孩，看他是在好好吃著，便放了心似地又去吃她的了。小孩也探過身來看看母親手裏的報紙包，見裏面還有兩塊糖，便滿意地又去吃他的了，再想一想，還是不能安心，又撲過身來要拿，手臂只差一點點，抓不到，屢屢用勁，他母親也不幫助，也不阻止，只是平靜地、聖母似地想著她的心思，時而拍拍她衣兜裏的芝蔴屑，也把孩子身上一撣一撣。

寶灩不由得回過眼來看了潛之一下，很明顯地是一個問句：「怎麼會的呢？這樣的一個人……」

潛之覺得了，笑了一聲，笑聲從他腦後發出。他說：「因為她比我還要可憐……」他除下眼鏡來，他的眼睛是單眼皮，不知怎麼的，眼白眼黑在眼皮的後面，很後很後，看著並不覺得深沉，只有一種異樣的退縮，是一個被虐待的丫嬛的眼睛。他說了許多關於他自己的事。在外國他是個苦學生，回了國也沒有苦盡甘來。他失望而且孤獨，娶了這苦命的窮親戚，還是一樣孤獨。

對於寶灩的世界他妒忌，幾乎像報復似地，他用一本一本大而厚的書來壓倒她，他給她太多的功課。寶灩並不抗議，不過輕描淡寫回報他一句：「忘了！」嬌俏地溜他一眼，伸一伸舌頭，然後又認真地抱怨：「嗯嗯嗯！明明念過的嘛，讓你一問又都忘了！」逼急了她就歇兩天不來，潛之終於著慌起來，想盡方法籠絡她，先用中文的小說啟發她的興趣。

不知道從什麼時候起他開始寫信給她，天天見面，仍然寫極長的信，對自己是悲傷，對她是期望。她也被鼓勵著寫日記與日記性質的信，起頭是「我最敬愛的潛之先生」。

有一天他當面遞給她這樣的信：「……在思想上你是我最珍貴的女兒，我的女兒，我的王后，我墳墓上的紫羅蘭，我的安慰，我童年回憶裏的母親。我對你的愛是亂倫的愛，是罪惡的，也是絕望的，而絕望是聖潔的。我的灩——允許我這樣稱呼你，即使僅僅在紙上！……」

寶灩伏在椅背上讀完了它。沒有人這樣地愛過她。沒有愛及得上這樣的愛。她背著燈，無力地垂下她的手，信箋在手裏半天，方才輕輕向那邊一送，意思要還給他。他不接信而接住了她的手。信紙發出輕微的脆響，聽著像在很遠很遠的地方，她也覺得是夢中，又像是自己，又像是別人，又像是驟然醒來，燈光紅紅地照在臉上，還在疑心是自己是別人，然而更遠了。他恍惚地說：「你愛我！」她說：「是的，但是不行的。」他的手在她的袖子裏向上移，一切忽然變成真的了。她說：「告訴你的：不行的！」站起來就走了，臨走還開了臥室的門探頭進去看看他太太和小孩，很大方地說：「睡了嗎？明天見呀！」有一種新的自由，跋扈的快樂。

他卻從此怨苦起來，說：「我是沒有希望的，然而你給了我希望，」要她負責的樣子。他對他太太更沒耐性了。每次吵翻了，他家的女傭便打電話把寶灩找來。

寶灩向我說：「他就只聽我的話！不管他拍桌拍凳跳得三丈高，只要我來charm他一下——我說：Darling……」

春天的窗戶裏太陽斜了。遠近的禮拜堂裏敲著昏昏的鐘。太美麗的星期日，可以覺得它在窗外澌澌流了去。

這樣又過了三年。

有一天她給他們帶了螃蟹來，親自下廚房幫著他太太做了。晚飯的時候他喝了酒，吃了螃蟹之後又喝了薑湯。單她跟他一起，他突然湊近前來，發出桂花糖的氣味。她雖沒喝酒，也有點醉了，變得很小，很服從。她在他的兩隻手裏縮得沒有了，雙肩並在一起。他抓住她的肩的兩隻手彷彿也合攏在一起了。他吻了她——只一下子工夫。冰涼的眼鏡片壓在她臉上，她心裏非常清楚，這清楚使她感到羞恥。耳朵裏只聽見「轟！轟！轟！轟！」酒醉的大聲，同時又是靜悄悄，整個的房屋，隔壁房間裏一點聲音也沒有，她準備著如果有人推門，立刻把他掙脫，然而沒有。

回家的時候她不要潛之送她下樓，心頭惱悶，她一直以為他的愛是聽話的愛……走過廚房，把電燈一開，僕人們搭了鋪板睡覺，各有各的鼾聲，在燈光下張著嘴。竹竿上晾的藍布圍裙，沒絞乾，緩緩往下滴水，「嗒——嗒——嗒——」寂靜裏，明天要煨湯的一隻雞在洋鐵垃圾桶裏窸窸窣窣動彈著，微微地咯咯叫著。寶灩自己開了門出去，覺得一切都是褻瀆。

以後決不能讓它再發生了——只這一次。

然而他現在只看見她的嘴，彷彿他一切的苦楚的問題都有了答案，在長年的黑暗裏瞎了眼的人忽然看見一縷光，他的思想是簡單的，寶灩害怕起來。當著許多人，他看著她，顯然一切都變得模糊了，只剩下她的嘴唇。她怕他在人前失禮，不大肯來了，於是他約她出去。

她在電話上推說今天有事，答應一有空就給他打電話。

「要早一點打來，」他叮囑。

「明天早上五點鐘打來——夠早麼？」還是鎮靜地開著玩笑，藏過了她的傷心。

常常一同出去，他吻夠了她，又有別的指望，於是她想，還是到他家來的好。他和她考慮到離婚的問題，這樣想，那樣想，只是痛苦著。現在他天天同太太鬧，孩子們也遭殃。寶灩加倍地撫慰他們，帶來了餛飩皮和她家特製的薺菜拌肉餡子，去廚房裏忙出忙進。羅太太疑心她，而又被她的一種小姐的尊貴所懾服。後來想必是下了結論，並沒有錯疑，因為寶灩覺得她的態度漸漸強硬起來，也不大哭了。

有一天黃昏時候，僕人風急火急把寶灩請了去。潛之將一隻墨水瓶砸到牆上，藍水淋漓一大塊漬子，他太太也跟著跌到牆上去。老媽子上前去攙，口中數落道：「我們先生也真是！太太有了三個月的肚子了——三個月了哩！」

寶灩呆了一呆，狠命抓住了潛之把他往一邊推，沙著喉嚨責問：「你怎麼能夠——你怎麼能夠——」眼淚繼續流下來。她吸住了氣，推開了潛之，又來勸羅太太，扶她坐下了，一手圈住她，叫她道：「理他呢，簡直瘋了，越鬧越不像樣了，你知道他的脾氣的，不同他計較！三個月了！」她慌裏慌張，各種無味的假話從她嘴裏滔滔流出來：「也該預備起來了，我給她打一套絨線的小衣裳。喂，寶寶，要做哥哥了，以後不作興哭了，聽媽媽的話，聽爸爸的話，知道了嗎？」

她走了出來，已經是晚上了，下著銀絲細雨，天老是暗不下來，一切都是淡淡的，淡灰的夜裏現出一家一家淡黃灰的房屋，淡黑的鏡面似的街道。都還沒點燈，望過去只有遠遠的一盞燈，才看到，它眨一眨，就熄滅了。這些話她不便說給我聽，因為大家都是沒結過婚的。她就說：「我許久沒去了。希望他們快樂。聽說他太太胖了起來了。」

「他呢？」

「他還是瘦，更瘦了，瘦得像竹竿，真正一點點！」她把手合攏來比著。

「哎喲！」

「他有肺病，看樣子不久要死了。」她淒清地微笑著，原諒了他。「呵，愛玲，到現在，他吃飯的時候還要把我的一副碗筷擺在桌上，只當我在那裏，而且總歸要燒兩樣我喜歡吃的菜。愛玲，你替我想想，我應當怎樣呢？」

「我的話你一定聽不進去的。但是，為什麼不試著看看，可有什麼別的人，也許有你喜歡的呢？」

她帶笑嘆息了。「愛玲，現在的上海……是個人物，也不會在上海了！」

「那為什麼不到內地去試試看呢？我想像羅先生那樣的人，內地大概有的。」

她微笑著，眼睛裏卻荒涼起來。

我又說：「他為什麼不能夠離婚呢？」

她扯著袖口，低頭看著青綢裏子。「他有三個小孩，孩子是無辜的，我不能讓他們犧牲了一生的幸福罷？」太陽光裏，珍珠蘭的影子，細細的一枝一葉，小朵的花，映在她袖子的青灰上。可痛惜的美麗的日子使我發急起來。「可是寶灩，我自己就是離婚的人的小孩子，我可以告訴你，我小時候並不比別的孩子特別地不快樂。而且你即使樣樣都顧慮到小孩的快樂，他長大的時候或許也有許多別的緣故使他不快樂的。無論如何，現在你痛苦，他痛苦，這倒是真的。」

她想了半天。「不過你不知道，他就是離了婚，他那樣有神經病的人，怎麼能同他結婚呢？」

我也覺得這是無可挽回的悲劇了。

尾聲

我到老山東那裏去燙頭髮。是我一個表姐告訴我這地方，比理髮館便宜，老山東又特別仔細。舊式衖堂房子，門口沒掛招牌，想必是逃稅。進門一個小天井，時而有八九歲以下的男孩出沒，總有五六個，但是都很安靜，一瞥即逝。

石庫門房子，堂屋空空的沒什麼家具，靠門擱著隻小煤球爐子。老山東的工作室在廂房，只設一隻理髮椅；四壁堆著些雜物。連隻坐候的椅子都沒有，想必同時不會有兩個顧客。老山東五十幾歲了，身材高大，微黑的長長的同字臉，看得出從前很漂亮。他太太至少比他小二十歲，也很有幾分姿色，不過有點像隻鳥，圓溜溜的黑眼睛，鳥喙似的小高鼻子，圓滾滾的胸脯，脂粉不施，一身黑，一隻白頰黑鳥，光溜溜的鳥類的扁腦勺子，雖然近水樓台，連頭髮都沒燙，是老夫少妻必要的自明心跡？她在堂屋忙出忙進，難得有時候到廂房門口張一張，估計還有多久，配合煮飯的時間。

老山東是真仔細，連介紹我來的表姐都說：「老山東現在更慢了，看他拿兩撮子頭髮比來比去，急死人！」放下兩小綹，又另選兩小綹拎起來比長短，滿頭這樣比對下來，再有耐心也憋得人要想銳叫。忍著不到門口來張望的妻子，終於出現的時候，眼神裏也彷彿知道他是因為生意清，閒著也是閒著，索性慢工出細活。

怪不得這次來，他招呼的微笑似乎特別短暫。顧客這方面的嗅覺最敏感的，越是冷冷清清，越沒人上門，互為因果。

咕咚！咕咚！忽然遠遠的在鬧市裏什麼地方搥了兩下。打在十丈軟紅塵上，使不出勁來。

老山東側耳聽了聽。「轟炸，」他喃喃地說。

我們都微笑，我側過臉去看窗外，窗外只有一堵小灰磚高牆擋著，牆上是淡藍的天。

咕咚！這次沉重些，巨大的鐵器跌落的聲音，但還是墜入厚厚的灰沙裏，立即咽沒了，但是重得使人心裏一沉。

美國飛機又來轟炸了。好容易快天亮了，卻是開刀的前夕，病人難免担心會不會活不過這一關。就不炸死，斷了水電，勢必往內陸逃難，被當地的人刨黃瓜，把錢都逼光了，丟在家裏的東西也被趁火打劫的亂民搶光了。像老山東這點器械設備都是帶不走的，拖著這麼些孩子跑到哪去？但是同時上海人又都有一種有恃無恐的安全感。投鼠忌器，怎麼捨得炸爛上海的心臟區？——日本人炸過。那是日本人。

窗外淡藍的天彷彿有點反光，像罩著個玻璃罩子，未來的城市上空倒扣著的，調節氣候，風雨不透的半球形透明屋頂。

咚！咚咚！這兩下近得多。

老山東臉上如果有任何反應的話，只是更堅決地埋頭工作。我苦於沒事做，像坐在牙醫生椅子裏的人，急於逃避，要想點什麼別的。

也許由飛機轟炸聯想到飛行員，我忽然想起前些時聽見說殷寶灩到內地去了，嫁了個空軍，幾乎馬上又離婚了。

講這新聞的老同學只微笑著提了這麼一聲，我也只笑著說「哦？」心裏想她倒真聽了我的話走了，不禁有點得意。

我不知道她離開了上海。〈送花樓會〉那篇小說刊出後她就沒來過，當然是生氣了。是她要我寫的，不過寫得那樣，傷害了她。本來我不管這些。我總覺得寫小說的人太是個紳士淑女，不會好的。但是這篇一寫完就知道寫得壞，壞到什麼地步，等到印出來才看出來，懊悔已經來不及了。見她從此不來了，倒也如釋重負。

聽到她去內地的消息，我竟沒想到是羅潛之看了這篇小說，她對他交代不過去，只好走了。她對他的態度本來十分矛盾，那沒關係，但是去告訴了第三者，而且被歪曲了（他當然認為是），那實在使人無法忍受。

其實他們的事，也就是因為他教她看不入眼。是有這種女孩子，追求的人太多了，養成太強的抵抗力。而且女人向來以退為進，「防衛成功就是勝利。」抗拒是本能的反應，也是最聰明的。只有絕對沒可能性的男子她才不防備。她儘管可以崇拜他，一面笑他一面寵慣他，照應他，一個母性的女弟子。於是愛情乘虛而入——他錯會了意，而她因為一直沒遇見使她傾心的人，久鬱的情懷也把持不住起來。相反地，怕羞的女孩子也會這樣，碰見年貌相當的就窘得態度不自然，拒人於千里之外；年紀太大的或是有婦之夫，就不必避嫌疑。結果對方誤會了，自己也終於捲入。這大概是一種婦科病症，男孩似乎沒有。

她的婚事來得太突然，像是反激作用，為結婚而結婚。甚至於是賭氣，因為我說她老了。——是因為長期痛苦而憔悴。——在大後方，空軍是天之驕子，許多女孩子的夢裏情人。他對她不會像羅潛之那樣。性有重於泰山，有輕於鴻毛。如果給了潛之——當然即使拖到老，拖到死，大概也不會的，但是可以想像。有了個比較，結婚就像是把自己白扔掉了。

我為了寫那麼篇東西，破壞了兩個人一輩子惟一的愛情——連她可能也是，經過了又一次的打擊。

他們不是本來已經不來往了？即使還是斷不了，他們不是不懂事的青少年，有權利折磨自己，那種痛苦至少是自願的，不像這樣。

轟炸聲遠去了。靜悄悄的，老山東的太太也沒再出現過。做飯炒菜聲息毫無，想必孩子們鬧餓了都給鎮壓下去了。

我怕上理髮店，並不喜歡理髮館綺麗的鏡台，酒吧似的鏡子前面一排光艷名貴的玻璃瓶，成疊的新畫報雜誌，吹風轟轟中的嗡嗡笑語。但是此地的家庭風味又太淒涼了點，目之所及，不是空空落落，就是破破爛爛，還有老山東與他太太控制得很好的面色，都是不便多看，目光略一停留在上面就是不禮貌。在這思想感覺的窮冬裏，百無聊賴中才被迫正視〈殷寶灩送花樓會〉的後果。「是我錯」，像那齣流行的申曲劇名。

我沒再到老山東那裏去過。

——一九八三年補寫一九四四年舊作

・初載於一九四四年十一月上海《雜誌》第十四卷第二期。

桂花蒸　阿小悲秋

「秋是一個歌，但是『桂花蒸』的夜，像在廚裏吹的簫調，白天像小孩子唱的歌，又熱又熟又清又濕。」——炎櫻

丁阿小手牽著兒子百順，一層一層樓爬上來。高樓的後洋台上望出去，城市成了曠野，蒼蒼的無數的紅的灰的屋脊，都是些後院子、後窗、後衖堂，連天也背過臉去了，無面目的陰陰的一片，過了八月節了還這麼熱，也不知它是什麼心思。下面浮起許多聲音，各樣的車，拍拍打地毯，學校噹噹搖鈴，工匠搥著鋸著，馬達嗡嗡響，但都恍惚得很，似乎都不在上帝心上，只是耳旁風。

公寓中對門鄰居的阿媽帶著孩子們在後洋台上吃粥，天太熱，粥太燙，撮尖了嘴唇咈嗤咈嗤吹著，眉心緊皺，也不知是心疼自己的嘴唇還是心疼那雪白的粥。對門的阿媽是個黃臉婆，半大腳，頭髮卻是剪了的。她忙著張羅孩子們吃了早飯上學去，她耳邊掛下細細一綹子短髮，濕膩膩如同墨畫在臉上的還沒乾。她和阿小招呼：「早呀，妹妹！」孩子們紛紛叫：「阿姨，

早！」阿小叫還一聲「阿姐！」百順也叫：「阿姨！阿哥！」

阿小說：「今天來晚了——斷命電車軋得要死，走過頭了才得下來，外國人一定撳過鈴了！」對門阿媽道：「這天可是發癡，熱得這樣！」阿小也道：「真發癡！都快到九月了呀！」剛才在三等電車上，她被擠得站立不牢，臉貼著一個高個子人的深藍布長衫，那深藍布因為骯髒到極點，有一點奇異的柔軟，簡直沒有布的勁道；從那藍布的深處一蓬一蓬發出它內在的熱氣。這天氣的氣味也就像那袍子——而且絕對不是自己的衣服，自己的髒又還髒得好些。

阿小急急用鑰匙開門進去，先到電鈴盒子前面一看，果然，二號的牌子掉了下來了。主人昨天沒在家吃晚飯，讓她早兩個鐘頭回去，她猜著他今天要特別的疙瘩，作為補償。她揭開水缸的蓋，用鐵匙子舀水，灌滿一壺，放在煤氣爐上先燒上了。戰時自來水限制，家家有這樣一個缸，醬黃大水缸上面描出淡黃龍。女人在那水裏照見自己的影子，總像是古美人，可是阿小是個都市女性，她寧可在門邊綠粉牆上黏貼著的一隻缺了角的小粉鏡（本來是個皮包的附屬品）裏面照了一照，看看頭髮，還不很毛。她梳著辮子頭，腦後的頭髮一小股一小股恨恨地扭在一起，扭絞得它完全看不見了為止，方才覺得清爽相了。額前照時新的樣式做得高高的；做得緊，可以三四天梳一梳。她在門背後取下白圍裙來繫上，端過凳子，踩在上面，在架子上拿咖啡，因為她生得矮小。

「百順！——又往哪裏跑？這點子工夫還惦記著玩！還不快觸祭了上學去！」她叱喝。她那秀麗的刮骨臉兇起來像晚娘。百順臉團團地，細眉細眼，陪著小心，把一張板凳搬到門外，又把一隻餅乾筒抱了出來，坐在筒上，凳上放了杯盤，靜靜等著。阿小從冰箱上的瓦罐子裏拿出吃剩的半隻大麵包，說：「哪！拿去！有本事一個人把它全吃了！——也想著留點給別人。沒看見的，這點大的小孩，吃得比大人還多！」

窗台上有一隻藍玻璃杯，她把裏面插著的牙刷拿掉了，熱水瓶裏倒出一杯水，遞與百順，又罵：「樣樣要人服侍！你一個月給我多少工錢，我服侍你？前世不知欠了你什麼債！還不吃了快走！」

百順嘴裏還在咀嚼，就去拿書包，突然，他對於他穿了一夏天的泛了灰的藍布工人裝感到十分疲倦，因此說：「姆媽，明天我好穿絨線衫了。」阿小道：「發什麼昏！這麼熱的天，絨線衫！」

百順走了，她嘆了口氣，想著孩子的學校真是難伺候。學費加得不得了，此外這樣那樣許多花頭，單只做手工，紅綠紙金紙買起來就嚇人。窗台上，醬油瓶底下壓著他做的一個小國旗，細竹籤上挑出了青天白日滿地紅。阿小側著頭看了一眼，心中只是淒淒慘慘不舒服。

才把咖啡煮了，大銀盤子端整好了，電話鈴響起來。阿小拿起聽筒，撇著洋腔銳聲道：「哈囉？……是的密西，請等一等。」她從來沒聽見過這女人的聲音，又是個新的。她去敲敲門：「主人，電話！」

主人已經梳洗過，穿上衣服了，那樣子是很不高興她。主人臉上的肉像是沒燒熟，紅拉拉的帶著血絲子。新留著兩撇小髫鬚，那臉蛋便像一種特別滋補的半孵出來的雞蛋，已經生了一點點小黃翅。但是哥兒達先生還是不失為一個美男子。非常慧黠的灰色眼睛，而且體態風流，他走出來接電話，先咳嗽一聲，可是喉嚨還有些混濁。他問道：「哈囉？」然後，突然地聲音變得極其微弱：「哈囉哦！」又驚又喜，銷魂地，等於說：「是你麼？難道真的是你麼？」他是一大早起來也能夠魂飛魄散為情顛倒的。

然而阿小，因為這一聲迷人的「哈囉哦！」聽過無數遍了，她自管自走到廚房裏去。昨天「黃頭髮女人」請客，後來想必跟了他一起回來的。因為廚房裏有兩隻用過的酒杯，有一隻上面膩著口紅。女人不知什麼時候走的？他那些女人倒是從來不過夜的。女人去了之後他一個人到廚房裏吃了個生雞蛋，阿小注意到洋鐵垃圾桶裏有個完整的雞蛋殼，他只在上面鑿一個小針眼，一吸——阿小搖搖頭，簡直是野人呀！冰箱現在沒有電，不應當關上的，然而他拿了雞蛋順手就關了。她一開，裏面衝出一陣甜鬱的惡氣。她取出乳酪、鵝肝香腸、一隻雞蛋。哥兒達除了一頓早飯在家裏吃，其餘兩頓總是被請出去的時候多。冰箱裏面還有半碗「雜碎」炒飯，他吃剩的，已經有一個多禮拜了。她曉得他並不是忘記了，因為他常常開冰箱打探情形的，他不說一聲「不要了，你把它吃掉罷，」她也決不去問他「還要不要了？」她曉得他的脾氣。

主人掛上電話，檢視備忘錄上阿媽寫下的，他不在家的時候人家打了來，留下的號碼；照樣打了去，卻打不通。他伸頭到廚房裏，漫聲叫：「阿媽，難為情呀！數目字老是弄不清楚！」豎起一隻手指警戒地搖晃著。阿小兩手包在圍裙裏，臉上露出乾紅的笑容。

他向她孩子吃剩的麵包瞟了一眼，阿小知道他起了疑心。其實這是隔壁東家娘有多餘的麵包票給了她一張，她去買了來的。主人還沒有作聲，她先把臉飛紅了。蘇州娘姨最是要強，受不了人家一點點眉高眼低的，休說責備的話了。尤其是阿小生成這一副模樣，臉一紅便像是挨了個嘴巴子，薄薄的面頰上一條條紅指印，腫將起來。她整個的臉型像是被凌虐的，秀眼如同剪開的兩長條，眼中露出一個幽幽的世界，裏面「沉魚落雁，閉月羞花」。

主人心中想道：「再要她這樣的一個人到底也難找，用著她一天，總得把她哄得好好的。」因此並不查問，只說：「阿媽，今天晚上預備兩個人的飯。買一磅牛肉。」阿小說：「先煨湯、再把它炸一炸？」主人點點頭。阿小說：「還要點什麼呢？」主人沉吟著，一手支在門框上，一手撐腰；他那雙灰色眼睛，不做媚眼的時候便翻著白眼，大而瞪，瞪著那塊吃剩的麵包，使阿小不安。他說：「珍珠米，也許？」她點頭，說：「珍珠米。」每次都是同樣的菜，好在請的是不同的女人，她想。他說：「還要一樣甜菜，攤兩個煎餅好了。」阿小道：「沒有麵粉。」他說：「就用雞蛋，不用麵粉也行。」甜雞蛋阿小從來沒聽見過這樣東西，但她還是熟溜地回答：「是的，主人。」

她把早飯送到房裏去，看見小櫥上黃頭髮女人的照片給收拾起來了。今天請的想必就是那新的女人，平常李小姐她們來他連照片也不高興拿開，李小姐人最厚道，每次來總給阿小一百塊錢。阿小猜她是個大人家的姨太太，不過也說不準，似乎太自由了些，而且不夠好看——當然姨太太也不一定都好看。

阿小又接了個電話：「哈囉？……是的密西，請等一等。」她敲門進去，說：「主人，電話。」主人問是誰。她說：「李小姐。」主人不要聽，她便替他回掉了：「哥兒達先生她在浴間裏！」阿小只有一句「哈囉」說得最漂亮，再往下說就有點亂，而且男性女性的「他」分不大清楚。「對不起密西，也許你過一會再打來？」那邊說「謝謝，」她答道：「不要提。再會密西。」

哥兒達先生吃了早飯出去辦公，臨走的時候照例在房門口柔媚地叫喚一聲：「再會呀，阿媽！」只要是個女人，他都要使她們死心塌地歡喜他。阿媽也趕出來帶笑答應：「再會主人！」她進去收拾房間，走到浴室裏一看，不由得咬牙切齒恨了一聲。哥兒達先生把被單枕套襯衫袴大小手巾一齊泡在洗澡缸裏，不然不放心，怕她不當天統統洗掉它。今天又沒有太陽，洗了怎麼得乾？她還要出去買菜，公寓裏每天只有一個鐘頭有自來水，浴缸被佔據，就誤了放水的時間，而他每天要洗澡的。

李小姐又打電話來。阿小說：「哥兒達先生她去辦公室！」李小姐改用中文追問他辦公室的電話號碼，阿小也改口說中文：「李小姐是吧？」笑著，滿面緋紅，代表一切正經女人替這個女人難為情。「我不曉得他辦公室的電話什麼號頭。……他昨天沒有出去。……是的，在家裏吃晚飯的。……一個人吃的。今天不知道，沒聽見他說……」

黃頭髮的女人打電話來，要把她昨天大請客問哥兒達借的杯盤刀叉差人送還給他。阿小說：「哥兒達先生她去辦公室！……是的密西。我是阿媽。……我很好，謝謝你密西。」「黃頭髮女人」聲音甜得像扭股糖，到處放交情，阿小便也和她虛情假意的，含羞帶笑，彷彿高攀不上似的。阿小又問：「什麼時候你派來阿媽？現在我去菜場，九點半回來也許。……謝謝你密西。……不要提，再會密西。」她迫尖了嗓子，發出一連串火熾的聒噪，外國話的世界永遠是歡暢、富裕、架空的。

她出去買了小菜回來。「黃頭髮女人」的阿媽秀琴，也是她自家的小姐妹，是她託哥兒達薦了去的，在後面拍門，叫：「阿姐！阿姐！」秀琴年紀不過二十一二，壯大身材，披著長長的鬈髮，也不怕熱，藍布衫上還罩著件玉綠兔子呢短大衣。能夠打扮得像個大學女生，顯然是稀有的幸運。就連她那粉嘟嘟的大圓臉上，一雙小眼睛有點紅紅的睜不大開（不知是不是砂眼的緣故），好像她自己也覺得有一種鮮華，像蒙古婦女從臉上蓋著的沉甸甸的五彩纓絡縫裏向外界窺視。

阿小接過她手裏報紙包的一大疊盤子，含笑問了一聲：「昨天幾點鐘散的？」秀琴道：「鬧到兩三點鐘。」阿小道：「東家娘後來到我們這裏來了又回去，總天亮以後了。」秀琴道：「哦，後來還到這裏來的？」阿小道：「好像來過的。」她們說到這些事情，臉上特別帶著一種天真的微笑，好像不在說人的事情。她們那些男東家是風，到處亂跑，造成許多灰塵，女東家則是紅木上的彫花，專門收集灰塵，使她們一天到晚揩拭個不了。她們所抱怨的，卻不在這上頭。

秀琴兩手合抱在胸前，看阿小歸折碗盞，嘟囔道：「我們東家娘同這裏的東家倒是天生一對，花錢來得個會花，要用的東西一樣也不捨得買。那天請客，差幾把椅子，還是問對門借的。麵包不夠了，臨時又問人家借了一碗飯。」阿小道：「那她比我們這一位還大方些。我們這裏從來沒說什麼大請客過，請起來就請一個女人，吃些什麼我說給你聽：一塊湯牛肉，燒了湯撈起來再煎一煎算另外一樣。難末，珍珠米。客人要是第一次來的，還有一樣甜菜，第二次就沒有了。……他有個李小姐，實在吃不慣，菜館裏叫了菜給他送來。李小姐對他真是天地良心！他現在又搭上新的了。我看他一個不及一個，越來越不在乎了。今天這一個，連哥兒達的名字都說不連牽。」秀琴道：「中國人麼？」阿小點頭，道：「中國人也有個幾等幾樣……妹妹你到房裏來看看李小姐送他的生日禮，一副銀碗筷，曉得他喜歡中國東西，銀樓裏現打的，玻璃盒子裝著，玻璃上貼著紅壽字。」秀琴看著，嘖嘖嘆道：「總要好幾千？」阿小道：「不止！不止！」

這時候出來一點太陽，照在房裏，像紙烟的烟迷迷的藍，榻床上有散亂的彩綢墊子，床頭有無線電，畫報雜誌，床前有拖鞋，北京紅藍小地毯，宮燈式的字紙簍。大小紅木彫花几，一個套著一個。牆角掛一隻京戲的鬼臉子。桌上一對錫蠟台。房間裏充塞著小趣味，有點像個上等白俄妓女的妝閣。把中國一些枝枝葉葉啣了來築成她的一個安樂窩。最考究的是小櫥上的烟紫玻璃酒杯，各式各樣，吃各種不同的酒；齊齊整整一列酒瓶，瓶口加上了紅漆藍漆綠漆的蛋形大木塞。還有浴室裏整套的淡黃灰玻璃梳子，逐漸的由粗齒到細齒，七八隻一排平放著。看了使人心癢癢的難過，因為主人的頭髮已經開始脫落了，越是當心，越覺得那珍貴的頭髮像眼睫毛似的，梳一梳就要掉的。

牆上用窄銀框子鑲著洋酒的廣告，暗影裏橫著個紅頭髮白身子，長大得可驚的裸體美人。題著「一城裏最好的。」和這牌子的威士忌同樣是第一流。這美女一手撐在看不見的家具上，姿勢不大舒服，硬硬地支柱著一身骨骼，那是冰棒似的，上面凝凍著冰肌。她斜著身子，顯出尖翹翹的圓大乳房，誇張的細腰，股部窄窄的：赤著腳，但竭力踮著腳尖彷彿踏在高跟鞋上。短而方的「孩兒面」，一雙棕色大眼睛楞楞的望著畫外的人，不樂也不淫，好像小孩穿了新衣拍照，甚至於也沒有自傲的意思；她把精緻的乳房大腿蓬頭髮全副披掛齊整，如同時裝模特兒把店裏的衣服穿給顧客看。

她是哥兒達先生的理想，至今還未給他碰到過。碰到了，他也不過想佔她一點便宜就算了。如果太麻煩，那也就犯不著；他一來是美人遲暮，越發需要經濟時間與金錢，而且也看開了，所有的女人都差不多。他向來主張結交良家婦女，或者給半賣淫的女人一點業餘的羅曼斯，也不想她們劫富濟貧，只要兩不來去好了。他深知「久賭必輸，久戀必苦」的道理，他在賭檯上總是看看風色，趁勢撈了一點就帶了走，非常知足。

牆上掛著這照片式的畫，也並不穢褻，等於展覽流線型的汽車，不買看看也好。阿小與秀琴都避免朝它看，不願顯得她們是鄉下上來的，大驚小怪。

阿小道：「趁著有水，我有一大盆東西要洗呢，妹妹你坐一歇。——天下就有這樣癡心的女人！」她邊在那裏記掛李小姐，彎倒腰，一壁搓洗，一壁氣喘吁吁的說：「會得喜歡他！他一個男人，比十個女人還要小奸小壞，隔家東家娘多下一張麵包票，我領了一隻麵包來，他還當是他的，一雙眼睛瞄法瞄法，偷東西也偷不到他頭上！他呀，一個禮拜前吃剩下來一點飯還留到現在，他不說不要了，我也不動他的。『上海這地方壞呀！中國人連傭人都會欺負外國人！』他要是不在上海，外國的外國人都要打仗去的，早打死了！——上次也是這樣，一大盆衣裳泡在水裏，怕我不洗似的，泡得襯衫顏色落得一塌糊塗，他這也不說什麼了——看他現在越來越爛污，像今天這個女人，——怎麼能不生病？前兩個月就弄得滿頭滿臉癤子似的東西，現在算好了，也不知塌的什麼藥，被單上稀髒。」

秀琴半天沒搭話，阿小回頭看看，她倚在門上咬著指頭想心思。阿小這就記起來，秀琴的婆家那邊要討了，她母親要領她下鄉去，她不肯。便問：「你姆媽還在上海麼？」秀琴親親熱熱叫了一聲「阿姐，」說道：「我煩死了在這裏！」她要哭，水汪汪的溫厚紅潤的眼睛完全像嘴唇了。

阿小道：「我看你，去是要去的。不然人家說你，這麼大的姑娘，一定是在上海出了花頭。」秀琴道：「姆媽也這樣說呀！去是要去的，去一去我就來，鄉下的日子我過不慣！姆媽這兩天起勁得很在那裏買這樣買那樣，鬧死了說貴，我說你嘰咕些什麼，棉被枕頭是你自己要撐場面，那些綉花衣裳將來我在上海穿不出去的。我別的都不管，他們打的首飾裏頭我要一隻金戒指。這點禮數要還給我們的。你看喏，他們拿隻包金的來，你看我定規朝地下一摜！你看我做得出哦？」

她的尊貴驕矜使阿小略略感到不快，阿小同她的丈夫不是「花燭」，這些年來總覺得當初不該就那麼住在一起，沒經過那一番熱情。她說：「其實你將就些也罷了，不比往年——你叫他們哪兒弄金子去？」想說兩句冷話也不行，傴僂在澡盆邊，熱得恍恍惚惚，口鼻之間一陣陣刺痛冒汗，頭上的汗往下直流，抬手一抹，明知天熱，還是詫異著。她蹲得低低的，秀琴聞得見她的黑膠綢衫上的汗味陣陣上升，像西瓜剖開來清新的腥氣。

秀琴又嘆息：「不去是不行的了！他們的房子本來是泥地，單單把新房裏裝了地板……我心裏煩得要死！聽說那個人好賭呀——阿姐你看我怎麼好？」

阿小把衣服絞乾了，拿到前面洋台上去晒。百順放學回來，不敢揿鈴，在後門口大喊：「姆媽！姆媽！」拍著木柵欄久久叫喚，高樓外，正午的太陽下，蒼淡的大城市更其像曠野了。一直等阿小晾完了衣裳，到廚房裏來做飯，方才聽見了，開門放他進來，嗔道：「嘰哩哇啦叫點什麼？等不及似的！」

她留秀琴吃飯，又來了兩個客，一個同鄉的老媽媽，常喜歡來同阿小談談天，別的時候又走不開，又不願總是叨擾人家，自己帶了一籃子冷飯，誠誠心心爬了十一層樓上來。還有個揹米兼做短工的「阿姐」，是阿小把她介紹了給樓下一家洗衣服。她看見百順，問道：「這就是你自己的一個？」阿小對小孩叱道：「喊『阿姨！』」慢迴嬌眼，卻又臉紅紅的向朋友道歉似的說：「像個瘪三哦？」

現在這時候，很少看得見阿小這樣的熱心留人吃飯的人，她愛面子，很高興她今天剛巧吃的是白米飯。她忙著炒菜，老媽媽問起秀琴辦嫁妝的細節。秀琴卻又微笑著，難得開口，低著粉紅的臉像個新嫁娘，阿小一一代她回答了，老媽媽也有許多意見。

做短工的阿姐問道：「你們樓上新搬來的一家也是新做親的？」阿小道：「嗳。一百五十萬頂的房子，男家有錢，女家也有錢——那才闊呢！房子、傢生、幾十床被窩，還有十担米，十担煤，這裏的公寓房子那是放也放不下！四個傭人陪嫁，一男一女，一個廚子，一個三輪車夫。」那四個傭人，像喪事裏紙紮的童男童女，一個一個直挺挺站在那裏，一切都齊全，眼睛黑白分明。有錢人做事是漂亮！阿小愉快起來——這樣一說，把秀琴完全倒壓了，連她的憂愁苦惱也是不足道的。

阿姐又問：「結了親幾天了？」阿小道：「總有三天了罷？」老媽媽問：「新法還是老法？」阿小道：「當然新法。不過嫁妝也有，我看見他們一抬盒一抬盒往上搬。」秀琴也問：「新娘子好看麼？」阿小道：「新娘子倒沒看見。他們也不出來，上頭總是靜得很，一點聲音都沒有。」阿姐道：「從前還是他們看房子的時候我看見的，好像滿胖，戴眼鏡。」阿小彷彿護短似的，不悅道：「也許那不是新娘子。」

老媽媽捧了一碗飯靠在門框上，嘆道：「還是幫外國人家，清清爽爽！」阿小道：「啊呀！現在這個時世，倒是寧可工錢少些，中國人家，有吃有住；像我這樣，叫名三千塊一個月，光是吃也不夠！——說是不給吃，也看主人。像對過他們洋山芋一炒總有半臉盆，大家就這樣吃了。」百順道：「姆媽，對過他們今天吃乾菜燒肉。」阿小把筷子頭橫過去敲了他一下，叱道：「對過吃得好，你到對過吃去！為什麼不去？啊？為什麼不去？」百順映了映眼，沒哭出來，被大家勸住了。阿姐道：「我家兩個癟三，比他大，還沒他機靈哩！」湊過去親暱地叫一聲：「癟三！」故意兇他：「怎麼不看見你扒飯？菜倒吃了不少，飯還是這麼一碗！」阿小卻又心疼起來，說：「讓他去罷！不儘著他吃，一會兒又鬧著要吃點心了。」又向百順催促：「要吃趁現在，待會兒隨你怎麼鬧也沒有了。」

老媽媽問百順：「吃了飯不上學堂麼？」阿小道：「今天禮拜六。」回過頭來一把抓住百順：「禮拜六，一鑽就看不見你的人了？你好好坐在這裏讀兩個鐘頭書再去玩。」百順坐在餅乾筒上，書攤在凳上，搖擺著身體，唱道：「我要身體好，身體好！爸爸媽媽叫我好寶寶，好寶寶！」讀不了兩句便問：「姆媽，讀兩個鐘頭我好去玩了，姆媽，現在幾點啊？」

阿小只是不理，秀琴笑道：「百順一條喉嚨真好聽，阿姐你不送他去學說書，賺大錢？」阿小怔了一怔，紅了臉，淡淡笑了一聲道：「他不行罷？小學畢業還早呢，雖然他不學好，我總想他讀書上進呀！」秀琴道：「幾年級了？」阿小道：「才三年級。留班呀！難為情哦！」她看看百順，心頭湧起寡婦的悲哀。她雖然有男人，也賽過沒有；全靠自己的。百順被她睃那一眼，卻害怕起來，加緊速度搖擺唱念：「我要身體好；身體好……」

老媽媽道：「這天真奇怪，就不是閏月，平常九月裏也該漸漸冷了。」百順忽然想起，抬頭笑道：「姆媽，天冷的時候我要買個嘴套子，先生說嘴套子好，不會傷風！」阿小突然一陣氣往上衝，罵道：「虧你還有臉先生先生的！留了班還高高興興！你高興！你高興！」在他身上拍打了兩下，百順哭起來，老媽媽連忙拉勸道：「算了算了，這下子工夫打了他兩回了。」

阿小替百順擤擤鼻涕，喝道：「好了，不許哭了，快點讀！」百順抽抽噎噎小聲念書，忽然歡叫起來：「姆媽，阿爸來了！」阿爸來了姆媽總是高興的，連他也沾光。客人們也知道，阿小的男人做裁縫，宿在店裏，夫妻難得見面，極恩愛的，大家打個招呼，寒暄幾句，各個告辭了。阿小送到後門口，說：「來白相！」百順也跟在後面說：「阿姨來白相呵！」

阿小的男人抱著白布大包袱，穿一身高領舊綢長衫，阿小給他端了把椅子坐著，太陽漸漸晒上身來，他依舊蹺著腿抱著膝蓋坐定在那裏。下午的大太陽貼在光亮的，閃著鋼鍋鐵灶白磁磚的廚房裏像一塊滾燙的烙餅。廚房又小，沒地方可躲。阿小支起架子來熨衣裳，更是熱烘烘。她給男人斟了一杯茶；她從來不偷茶的，男人來的時候是例外。男人雙手捧著茶慢慢呷著，帶一點微笑聽她一面熨衣裳一面告訴他許多話。他臉色黃黃的，額髮眉眼都生得緊黑機智，臉的下半部不知為什麼坍了下來；刨牙，像一隻手似的往下伸著，把嘴也墜下去了。

她細細告訴他關於秀琴的婚事，沒有金戒指不嫁，許多排場。他時而答應一聲「唔，」狡猾的黑眼睛望著茶，那微笑是很明白，很同情的，使她傷心；那同情又使她生氣，彷彿全是她的事——結婚不結婚本來對於男人是沒什麼影響的。同時她又覺得無味，孩子都這麼大了，還去想那些。男人不養活她，就是明媒正娶一樣也可以不養活她。誰叫她生了勞碌命，他掙的錢只夠自己用，有時候還問她要錢去入會。

男人旋過身去課子，指著教科書上的字考問百順。阿小想起來，說：「我姆媽有封信來，有兩句文話我不大懂。」「吳縣縣政府」的信封，「丁阿小女士玉展」，左角還寫著「呈祥」字樣。男人看信，解釋給她聽：

「阿小胞女。莊次。今日來字非別。因為。前日。來信通知。母在鄉。一切智悉。近想女在滬。貴體康安。諸事迪吉。目下。女說。到十月。要下來。千吉。交女帶點三日頭藥。下來。望你。收信。千定不可失悞。者。鄉下。近日。十分安樂。望女。不必遠念。者再吾母。交女。一件。絨線衫。千定帶下。不要望紀。倘有。不下來。速寄。有便之人。不可失約。餘言不情。特此面談可也。

九月十四日　母王玉珍寄」

鄉下來的信從來沒有提到過她的男人，阿小時常叫百順代她寫信回去，那邊信上也從來不記掛百順。念完了信，阿小和她的男人都有點寂寥之感。男人默然坐著，忽然為他自己辯護似地，說起他的事業：「除了做衣裳，我現在也做點皮貨生意。目前的時世，不活絡一點不行的。」他打開包袱，抖開兩件皮大衣給她過目，又把個皮統子兜底掏出來，說：「所以海獺這樣東西……」敘述海獺的生活習慣，原是說給百順聽。百順撒嬌撒癡，不知什麼時候已離開書本，偎在阿小身邊，一隻手伸到她衣服裏找尋口袋，哼哼唧唧，糾纏不休。阿小非常注意地聽她丈夫說話，聽得出神：「唔……唔……哦哦……噢……噯……」男人下了結論：「所以海裏的東西真是奇怪。」阿小一時沒有適當的對答，想了一想，道：「現在小菜場上烏賊很多了。」男人道：「唔。烏賊魚這東西也非常奇怪，你沒看見過大的烏賊，比人還大，一身都是腳爪，就像蜘蛛……」阿小皺起面皮，道：「真的麼！嚇死人了。」向百順道：「嗚哩嗚哩吵點什……說什麼！聽不見！……發癡了！哪裏來五塊錢給你！」然而她隨即摸出錢來給了他。

熨完了衣裳，阿小調了麵粉攤煎餅，她和百順名下的戶口粉，戶口糖。男人也有點覺得無功受祿，背著手在她四面轉來轉去，沒話找話說。父子兩個趁熱先吃了，她還繼續攤著。太陽黃烘烘照在三人臉上，後洋台的破竹簾子上飛來一隻蟬，不知牠怎麼夏天過了還活著，趁熱大叫：「抓！抓！抓！抓！」響亮快樂地。

主人回來了，經過廚房門口，探頭進來柔聲喚：「哈囉，阿媽！」她男人早躲到洋台上去了，負手看風景。主人花三千塊錢僱了個人，恨不得他一回來她就馴鴿似地在他頭上亂飛亂啄，因此接二連三不斷地揿鈴，忙得她團團轉。她在冰箱裏取冰，她男人立在她身後，低聲說：「今天晚上我來。」阿小嫌煩似地說：「熱死了！」她和百順住的那個亭子間實在像個蒸籠。——但她忽然又覺得他站在她背後，很伶仃似的；他是不慣求人的——至少對她他從來沒有求告過。……她面對著冰箱銀灰色的脅骨，冰箱的構造她不懂，等於人體內臟的一張愛克斯光照片，可是這冰箱的心是在突突跳著；而裏面噴出的一陣陣寒浪薰得她鼻子裏發酸，要出眼淚了。她並不回頭，只補上一句：「百順還是讓他在對過過夜好了。他們阿媽同小孩子都住在這裏的。」男人說：「唔。」

她送冰進房出來，男人已經去了。她下樓去提了兩桶水上來，打發主人洗了澡。門鈴響，那新的女人如約來了。阿小猜是個舞女。她問道：「外國人在家麼？」一路扭進房去。腦後一大圈鬈髮撅出來多遠，電燙得枯黃虬結，與其他部份的黑髮顏色也不同，像個皮圍脖子，死獸的毛皮，也說不上這東西是死獸的是活的，一顫一顫，走一步它在後面跳一跳。

阿小把雞尾酒和餅乾送進去。李小姐又來了電話。阿小回說主人不在家，李小姐這次忍不住有嗔怪的意思，質問道：「我早上打電話來你有沒有告訴他？」阿小也生氣了。——從來還沒有誰對於她的職業道德發生疑問，她淡淡的笑道：「我告訴他的呀！不曉得他可是忘記了呢！怎麼，他後來沒有打得來麼？」李小姐頓了一頓，道：「沒有呀，」聲音非常輕微。阿小心想：誰叫你找上來的，給個傭人刻薄兩句！但是她體念到李小姐每次給的一百塊錢，就又婉媚地替哥兒達解釋，隨李小姐相信不相信，總之不使她太下不來台：「今天他本來起晚了，來不及的趕了出去，後來在行裏間，恐怕又是忙，又是人多，打電話也不方便……」李小姐「唔，唔，」地答應著，卻彷彿在那邊哭泣著了。阿小道：「那麼，等他回來了我告訴他一聲。」李小姐彷彿離得很遠很遠地，隱隱地道：「你也不要同他說了……」可是隨又轉了口：「過天我有空再打來罷。」她彷彿連這阿媽都捨不得撒手似的，竟和她攀談起來。她上次留心到，哥兒達的床套子略有點破了，他一個獨身漢，諸事沒人照管，她意思要替他製一床新的。阿小這時候也有點嫌這李小姐婆婆媽媽討厭，又要替主人爭面子，便道：「他早說了要做新的，因為這張床是頂房子時候頂來的，也不大合意，一直要重買一隻大些的；如果就這隻床上做了套子，尺寸又不對了。現在我替他連連，也看不出來了。」她對哥兒達突然有一種母性的衛護，堅決而厲害。

正說著，哥兒達伸頭出來探問，阿小忙向李小姐道：「聽電梯響不曉得是不是他回來了呢！」一面按住聽筒輕聲告訴哥兒達。哥兒達皺了皺眉，走出來了，卻向裏指指，叫阿小進去把酒杯點收出來。他接過聽筒，且不坐下來，只望牆上一靠，扠著腰，戒備地問道：「哈囉？……是的，這兩天忙。……不要發癡！哪有的事。」那邊並沒有炸起來，連抽搭抽搭的哭聲也一口氣吸了進去聽不見了。他便消閒下來，重又低聲笑道：「不要發癡了……你好麼？」正好呢喃耳語著，萬一房裏那一個在那裏注意聽。「你那股票我已經托他買了。看你的運氣！這一向頭痛毛病沒有發麼？睡得還好麼？……」他向電話裏「噓！噓！」吹口氣，使那邊耳朵裏一陣奇癢，也許他從前常在她耳根下吹口氣作耍的，兩人都像是舊夢重溫，格格的笑起來。他又道：「那麼，幾時可以看見你呢？」說到幽會，是言歸正傳，他馬上聲音硬化起來，丁是丁，卯是卯的。「星期五怎麼樣？……這樣好不好，先到我這裏來再決定。」如果先到他這裏來，一定就是決定不出去了，在家吃晚飯。他一隻手整理著拳曲的電話線，一壁俯身去看桌上一本備忘錄上阿媽寫下來的，記錯了的電話號碼——她總是把9字寫反過來。是誰打了來的呢？不會是……但這阿媽真是惱人！他粗聲回答電話裏：「……不，今天我要出去。我現在不過回來換件衣服就要走的。……」然而他又軟了下來，電話上談到後來應當是餘音裊裊的。他道：「所以……那麼，一直要到星期五！」微喟著。叮嚀著：「當心你自己。拜拜，甜的！」

末了一句彷彿輕輕的一吻。

阿小進去收拾洋台上一張籐桌上的杯盞，女人便倚著鐵闌干。對於這年青的舞女，這一切都是新鮮浪漫的罷？傍晚的城中起了一層白霧，霧裏的黃包車紫陰陰地遠遠來了，特別地慢，慢慢過去一輛；車燈，腳踏車的鈴聲，都收斂著，異常輕微，彷彿上海也是個紫禁城。

樓下的洋台伸出一角來像輪船頭上。樓下的一個少爺坐在外面乘涼，一隻腳蹬著闌干，椅子向後斜，一晃一晃，而不跌倒，手裏捏一份小報，雖然早已看不見了。天黑了下來，地下吃了一地的柿子菱角。阿小恨不得替他掃掃掉——上上下下都是清森的夜晚，如同深海底。黑暗的洋台便是載著微明的百寶箱的沉船。阿小心裏很靜也很快樂。

她去燒菜，油鍋拍辣辣爆炸，她忙得像隻受驚的鳥，撲來撲去。先把一張可以摺疊的舊式大菜檯搬進房去，鋪上檯布，湯與肉先送進去，再做甜菜。甜雞蛋到底不像話，她一心軟，給他添上點戶口麵粉，她自己的，做了雞蛋餅。

她和百順吃的是菜湯麵疙瘩，一鍋淡綠的黏糊，嘟嘟煮著，面上起一點肥胖的顫抖，百順先吃完了，走到後洋台上，一個人自言自語：「月亮小來！星少來！」

阿小詫異道：「瞎說點什麼？」笑起來了，「什麼『月亮小來，星少來』？發癡滴搭！」

她進去收拾碗盞，主人告訴她：「待會兒我們要出去。你等我們走了，替我鋪了床再走。」阿小答應著，不禁罕異起來——這女人倒還有兩手，他彷彿打算在她身上多花幾個錢似的！

她想等臨走的時候再把百順交給對過的阿媽，太早了怕他們嫌煩。燒開了兩壺水，為百順擦臉洗腳，洗脖頸，電話鈴響，她去接：「哈囉？」那邊半天沒有聲音。她猜是個中國人打錯了的，越發仿著個西洋悍婦的口吻，火高三丈銳叫一聲「哈囉？」那邊怯怯的說：「喂？阿媽還在嗎？」原來是她男人，已經等了她半天了。「十點鐘了，」他說。

阿小聽聽主人房裏還是鴉雀無聲。百順坐在餅乾筒上盹著了，下起雨來了，竹簾子上淅瀝淅瀝，彷彿是竹竿夢見了它們自己從前的葉子。她想：「這樣子倒好，有了個藉口。」她喊醒了百順，領他走到隔壁去，向對過阿媽解釋：「下雨，不帶他回去了，小人怕他滑跌跤，又喜歡傷風，跟著阿姨睡一晚罷！」回到這邊來，主人還是沒有動靜，她火冒起來，敲門沒人理，把門輕輕推開一線，屋裏漆黑的，不知什麼時候已經雙雙出去了。阿小忍著氣，替他鋪了床。她自己收拾回家，拿了鑰匙網袋雨傘，短大衣捨不得淋濕，反摺著挽在手裏，開後門下樓去。

雨越下越大。天忽然回過臉來，漆黑的大臉，塵世上的一切都驚惶遁逃，黑暗裏拼鈴碰隆，雷電急走。痛楚的青、白、紫、一亮一亮，照進小廚裏。玻璃窗被迫得往裏凹進去。

阿小橫了心走過兩條馬路，還是不得不退回來，一步拖一步走上樓來，摸到門上的鎖，開了門，用網袋包著手開了電燈，頭上身上黑水淋漓。她把鞋襪都脫了，白緞鞋上綉的紅花落了色，紅了一鞋幫。她擠掉了水，把那雙鞋掛在窗戶鈕上晾著。光著腳踏在磚地上，她覺得她是把手按在心上，而她的心冰冷得像石板。廚房內外沒有一個人，哭出聲來也不要緊，她為她自己突如其來的癲狂的自由所驚嚇，心裏模糊地覺得不行，不行！不能一個人在這裏，快把百順領回來罷。她走到隔壁去。幸喜後門口還沒上閂；廚房裏還點著燈。她一直走進去，拍拍玻璃窗，啞著喉嚨叫：「阿姐，開開門！」對過阿媽道：「咦？你還沒回去？」阿小帶笑道：「不好走呀！雨太大，現在這斷命路又沒有燈，馬路上全是些坑，坑裏全是水——真要命！想想還是在這裏過夜罷。我那癟三睡了沒有？還是讓他跟我睡去罷。」對過阿媽道：「你有被頭在這裏麼？」阿小道：「有的有的。」

她把棉被鋪在大菜檯上，下面墊了報紙，熄了燈，與百順將就睡下。廚房裏緊小的團圓暖熱裏生出兩隻蒼蠅來，在頭上嗡嗡飛著。雨還是嘩嘩大下，忽地一個閃電，碧亮的電光裏又出了一個蜘蛛，爬在白洋磁盆上。

樓上的新夫婦吵起嘴來了，訇訇響，也不知是蹬腳，還是被人推撞著跌到櫥櫃或是玻璃窗上。女人帶著哭聲喇喇囉囉講話，彷彿是揚州話的「你打我！……你打我！……你打死我啊！……」阿小在枕上傾聽，心裏想：「一百五十萬頂了房子來打架！才結婚了三天，沒有打架的道理呀！……除非是女人不規矩……」她朦朧中聯想到秀琴的婆家已經給新房裏特別裝上了地板，秀琴勢不能不嫁了。

樓上鬧鬧停停，又鬧起來。這一次的轟轟之聲，一定是女人在那裏開玻璃窗門，像是要跳樓，被男人拖住了。女人也不數落了，只是放聲號哭。哭聲漸低，戶外的風雨卻潮水似地高起來，嗚嗚叫囂；然後又是死寂中的一陣哭鬧，再接著一陣風聲雨聲，各不相犯，像舞台上太顯明地加上去的音響效果。

阿小拖過絨線衫來替百順蓋好，想起從前同百順同男人一起去看電影，電影裏一個女人，不知怎麼把窗戶一推，就跨了出去；是大風雨的街頭，她歪歪斜斜在雨裏奔波，無論她跑到哪裏，頭上總有一盆水對準了她澆下來。阿小苦惱地翻了個身，在枕頭那邊，雨還是嘩嘩下，一盆水對準了她澆下來。她在雨中睡著了。

將近午夜的時候，哥兒達帶了女人回來，到廚房裏來取冰水。電燈一開，正照在大菜檯上，百順睡夢裏唔唔呻吟，阿小醒了，只做沒醒，她只穿了件汗衫背心，條紋布短袴，側身向裏，瘦小得像青蛙的手與腿壓在百順身上。頭上的兩隻蒼蠅，叮叮的朝電燈泡上撞。哥兒達朝她看了一眼。這阿媽白天非常俏麗有風韻的，卸了裝卻不行。他心中很覺安慰，因為他本來絕對沒有沾惹她的意思；同個底下人兜搭，使她不守本分，是最不智的事。何況現在特殊情形，好的傭人真難得，而女人要多少有多少。

哥兒達捧了一玻璃盆的冰進去。女人在房裏合合笑著，她喝下的許多酒在人裏面晃蕩晃蕩，她透明透亮的成了個酒瓶，香水瓶，躺在一盒子的淡綠碎鬈紙條裏的貴重的禮物。門一關，笑聲聽不見了，強烈的酒氣與香水卻久久不散。廚下的燈滅了，蒼蠅又沒頭沒腦撲上臉來。

雨彷彿已經停了好一會。街下有人慢悠悠叫賣食物，四個字一句，不知道賣點什麼，只聽得出極長極長的憂傷。一羣酒醉的男女唱著外國歌，一路滑跌，嘻嘻哈哈走過去了；沉沉的夜的重壓下，他們的歌是一種頂撞，輕薄，薄弱的，一下子就沒有了。小販的歌，卻唱徹了一條街，一世界的煩憂都挑在他担子上。

第二天，阿小問開電梯的打聽樓上新娘子為什麼半夜三更尋死覓活大鬧。開電梯的詫異道：「哦？有這事麼？今天他們請客，請女家的人，還找了我去幫忙哩。」還是照樣地請了客。

阿小到洋台上晾衣服，看見樓下少爺昨晚乘涼的一把椅子還放在外面。天氣驟冷，灰色的天，街道兩旁，陰翠的樹，靜靜的一棵一棵，電線杆一樣，沒有一點胡思亂想。每一株樹下團團圍著一小攤綠色的落葉，乍一看如同倒影。

乘涼彷彿是隔年的事了。那把棕漆椅子，沒放平，吱格吱格在風中搖，就像有個標準中國人坐在上頭。地下一地的菱角花生殼，柿子核與皮。一張小報，風捲到陰溝邊，在水門汀闌干上吸得牢牢地。阿小向樓下只一瞥，漠然想道：天下就有這麼些人會作髒！好在不是在她的範圍內。

——一九四四年九月

・初載於一九四四年十二月南京《苦竹》第二期。

等

推拿醫生龐松齡的診所裏坐了許多等候的人。白漆格子裏面，聽得見一個男子的呼喊：「噯唷哇！噯唷哇！龐先生——等一息，下趟，龐先生——龐先生，下趟再——」龐先生笑了，背了一串歌訣，那七字唱在龐先生嘴裏成為有重量，如同琥珀念珠，有老太太屋子裏的氣味，古老平安託福。而龐先生在這之外加上了脊骨、神經、科學化的解釋。而牆壁上又張掛著半西式的人體透視圖，又是一張衛生局頒發的中醫執照，配著玻璃框子，上面貼著龐先生三十多年前的一張二寸照。男子漸漸不叫痛了，冷不防還漏了一句「噯唷哇！」

外頭的太太們聽著，也都笑了。一個抱著孩子的女傭拍拍孩子，怕他哭：「不要哭，不要哭，等一下我們買蟹粉饅頭去！」孩子並沒有哭的意思，坐在她懷裏像一塊病態的豬油，碎花開襠袴與灰紅條子毛線襪之間露出一段凍膩的小白腿。過了半天，他忽然回過頭來，看住了女僕，發話了——簡直使人不能相信這話是從個五六歲的小孩嘴裏說出來的：「不要買饅頭。饅頭沒有什麼好吃的。」富有經驗似地，彷彿上過許多次的當：「買蟹粉饅頭，啊？」然而女僕黃著臉，斜著眼睛，很不端正地又去想她的心事了。

龐先生和他推拿著的高先生說到外面的情形：「現在真壞！三輪車過橋，警察一概都要收十塊錢，不給啊？不給他請你到行裏去一趟。你曉得三輪車夫的車子只租給他半天工夫，這半天之內他掙來的錢要養家活口的呢，要他到行裏去一等等上兩三個鐘頭，就是後來問明白了，沒有事，放他出來了，他也吃虧不起的，所以十塊就十塊，你不給，後來給的還要多。」龐松齡對於淪陷區的情形講起來有徹底的了解，慨嘆之中夾著諷刺，同時卻又夾著自誇，隨時將他與大官們的交情輕輕點一筆，道：「不過他們也有數，『公館』裏的車他們看都不看就放過去的。朱公館的車我每天坐的，他們從來不敢怎樣——」

「招子亮噯！」龐太太在外間接口說。龐太太自己的眼睛也非常亮，黑眼眶，大眼睛，兩盞燈似地照亮了黑瘦的小臉，她瘦得厲害，駝著背編結絨線衫，身上也穿了一件緊縮的棕色絨線衫。她整天坐在診所裏，向來來去去的病人露出刨牙微笑點頭，或是冷冷地，僅只露出刨牙。她這丈夫是需要一點看守的，尤其近來他特別得法，一等大人物都把他往家裏叫。

女兒阿芳坐在掛號的小桌子跟前數錢。阿芳是個大個子，也有點刨牙，面如鍋底，卻生著一雙笑眼，又黑又亮。逐日穿著件過於寬鬆的紅黑小方格充呢袍子，自製的灰布鞋。家裏兄弟姐妹多，要想做兩件好衣裳總得等有了對象，沒有好衣裳又不會有對象。這樣循環地等下去，她總是杏眼含嗔的時候多。再是能幹的大姑娘也闖不出這身衣服去。

龐太太看看那破爛的小書桌上的一隻淺碗，愛惜地叫道：「松齡呀！你的湯糰要冷了。」沒有回答。過了一會她又叫：「松齡呀！推完這一個好來吃了。要冷了。」

龐先生答應了一聲「唔，」繼續和高先生說正經的：「朱先生說：『有飯大家吃。』噯——我提出這個問題，他當時就這麼回報我：『有飯大家吃。』……朱先生這個人我就佩服他有兩點。哪兩點呢？」龐松齡生著闊大的黃獅子臉，粗頸項，頭與頸項扎實地打成一片，不論是前面是後面，看著都像個胖人的膝蓋。龐松齡究竟是戰前便有身分地位的人，做官的儘管人來人往，他是永遠在此的，所以讚美起朱先生來也表示慎重，兩眼望著地下，斷言道：「哪兩點呢？啊？他不論怎樣忙，每天晚上，八點鐘，板定要睡覺！而且一上床就睡著。白天一個人疲倦了，身體裏毀滅的細胞，都可以在睡眠的時間裏重新恢復過來的。這些醫學上的道理朱先生他都懂得。所以他能夠這樣忙，啊——而照樣的精神飽滿！」龐先生幾乎是認真咬文嚼字，咂嘴咂舌，口角生香。彷彿一粒口香糖黏到牙仁上去了，很費勁地要舐它下來，因此沉默了好一會。他重新又把朱先生的優點加以慎重考慮，不得不承認道：「他還有一點：每天啊，吃過中飯以後，立下規矩，總要讀兩個鐘頭的書。第一個鐘頭研究的是國文——古文囉，四書五經——中國書。第二個鐘頭，啊，研究的是現代的學問，物理啊、地理啊、翻譯的外國文啊……請的一個先生，那真是學問好的，連這先生的一個太太也同他一樣地有學問——你說難得不難得？」龐松齡不住手地推著，卻把話頭停了一停，問外面：「阿芳啊，底下是哪個啊？」

阿芳查了查簿子，答道：「王太太。」

高先生穿著短打，絨線背心，他姨太太趕在他前面走出來，在鋼鈎子上取下他的長衫，幫他穿上，給他一個個地扣鈕子。然後她將衣鈎上吊著的他的手杖拿了下來，再用手杖一勾，將上面掛著的他的一頂呢帽勾了下來——不然她太矮了拿不到——手法嫻熟非凡。是個老法的姨太太，年紀總有三十多了，瘦小身材，過了時的鏤空條子黑紗夾長衫拖到腳面上，方臉，顴骨上淡淡抹了胭脂，單眼皮的眼睛下賤地仰望著，雙手為他戴上呢帽。然後她匆忙地拿起桌上的一杯茶，自己先嘗了一口，再遞給他。他喝茶，她便伸手到他的長衫裏去，把皮夾子摸出來，數鈔票，放一搭子在桌上。

龐太太抬頭問了一聲：「走啦，高先生？」

高先生和她點頭，他姨太太十分周到，一路說：「龐先生，再會呵！明天會，龐太太！明天會，龐小姐，包太太奚太太，明天會！」女人們都不大睬她。

龐松齡出來洗手，臉盆架子就在門口，他身穿青熟羅衫袴，一隻腳踏在女兒阿芳的椅子上，端起碗來吃湯糰，先把嘴裏的香烟交給龐太太。龐太太接過來呼著，龐松齡吃完了，香烟又還給他。夫妻倆並沒有一句話。

王太太把大衣脫了掛在鋼鈎上，領口的鈕子也解開了，坐在裏間的紅木方凳上，等著推。龐太太道：「王太太你這件大衣是去年做的罷？去年看著這個呢粗得很，現在看看還算好的了。現在的東西實在推扳不過。」

王太太微笑答應著，不知道怎樣謙虛才是。外面的太太們，雖然有多時不曾添製過衣服了，覺得說壞說貴總沒錯，都紛紛附和。

粉荷色小雞蛋臉的奚太太，輕描淡寫的眼眉，輕輕的皺紋，輕輕一排前劉海，剪了頭髮可是沒燙，她因為身上的一件淡綠短大衣是充呢的，所以，更其堅決地說：「現在就是這樣呀，裝滿了一皮包的錢上街去還買不到稱心的東西——價錢還在其次！」她把一隻手伸到藍白網袋裏去，握住裏面的皮包，帶笑顛一顛。

「稍微看得上眼的，就要幾萬，」龐太太說：「看不上眼的呢——也要幾千！」

阿芳把小書桌的抽屜上了鎖，走過這邊來，一路把鑰匙扣在脅下的鈕絆上，坐到奚太太身邊，笑道：「奚太太，聽說你們先生在裏頭闊得不得了呀！」

奚太太驟然被注意，臉上紅起來。「是的呵，他混得還好，升了分行的行長了。不過沒有法子，不好寄錢來，我末在這裏苦得要死！」

阿芳笑著黑眼眶的笑，一隻手按著脅下叮噹的鑰匙，湊過身來，低低地說：「恐怕你們先生那邊有了人哩！」

奚太太在藍白網袋眼裏伸出手指，手拍膝蓋，嘆道：「我不是不知道呀，龐小姐！我早猜著他一定是討了小。本來男人離開了六個月就靠不住——不是我說！」

「那時候要跟著一道去就好了！」阿芳體己地把頭點了點，笑著秘密的黑眼眶的笑。

「本來是一道去的呀，在香港，忽然一個電報來他到內地去，因為是坐飛機，讓他先去了我慢慢的再來，想不到後來就不好走了。本來男人的事情就靠不住，而且現在你不知道，」她從網袋裏伸出手指，抓住一張新聞報，激烈地沙沙打著沙發，小聲道：「上面下了命令，叫他們討呀？——叫他們討呀！因為戰爭的緣故，中國的人口損失太多，要獎勵生育，格咾下了命令，太太不在身邊兩年，就可以重新討，現在也不叫姨太太了，叫二夫人！都為了公務人員身邊沒有人照應，怕他們辦事不專心——要他們討啊！」

阿芳問：「你公婆倒不說什麼？」

「公婆也不管他那些事，對我他們是這樣說：反正家裏總是你大。我也看開了，我是過了四十歲的人了——」

阿芳笑了，說：「哪裏，沒有罷？看著頂多三十多一點。」

奚太太嘆道：「老了呀！」她忽然之間懷疑起來：「這兩年是不是老了呵？」

阿芳向她端詳了一會，笑道：「因為你不打扮了，從前打扮的。」

奚太太往前湊一湊，低聲道：「不是，我這頭髮脫得不成樣子的緣故。也不知怎麼脫得這樣厲害。」一房間人都聽著她說話，奚太太覺得也是應當的，怨苦中也有三分得意，網袋抓一把攢在拳頭裏打手勢：「……裏邊的情形你不知道，地位一高了自有人送上來的呀！真有人送上來！」

王太太被推拿，敞著衣領，頭部前伸，五十來歲的人，圓白臉還帶著點孩子氣，嘴上有定定的微笑，小弄堂的和平。龐先生向來相信他和哪一等人都談得來，一走就走進人家的空氣裏。他問：「你還在那條弄堂裏麼？」

王太太吃了一驚，說是的。

龐先生又問：「你們弄堂門口可是新開了一家藥房？」

王太太的弄堂口突然模糊起來，她只記得過街樓下水濕的陰影裏有個皮匠攤子，皮匠戴著鋼絲邊眼鏡，年紀還輕著，藥房卻沒看見。她含笑把眼睛一眨一眨，答不上來。

龐先生又道：「那天我走過，看見新開了一家藥房，好像是你們弄堂口。」他聲音冷淡起來，由於本能的同行相妒。

王太太這時候很惶恐，彷彿都要怪她。她極力想了些話來岔開去：「上趟我們那裏有賊來偷過。」然而她自己也覺得很遠很遠，極細小的事了。

龐太太駁詰道：「弄堂裏有巡捕啦？」

王太太道：「有巡捕的。」

龐先生不再問下去了。隨著他的手勢，王太太的頭向前一探一探，她臉上又恢復了那定定的小小的笑，小弄堂的陰暗的和平。

外面又來了個五六十歲略帶鄉氣的太太，薄薄的黑髮梳了個髻，年青時候想必是端麗的圓臉，現在胖了，顯得膿包，全仗腦後的「一點紅」紅寶簪子，兩耳菉豆大的翡翠耳墜，與嘴裏的兩顆金牙，把她的一個人四面支柱起來，有了著落。她抱著個小女孩，逕自走到裏間，和龐先生打招呼。龐太太連忙叫：「童太太外邊坐，外邊坐！」拍著她旁邊的椅子。

然而童太太一生正直為人，走到哪裏都預期她份該有的特別優待，她依舊站在白格子旁邊，說道：「龐太太，可不可以我先推一推，我這個孫囝我還要帶她看牙齒去，出牙齒，昨天痛了一晚上。」

龐太太疏懶地笑道：「我也是才來，我也不接頭——阿芳，底下還有幾個啊？」

阿芳道：「還有不多幾個了——童太太你請坐一會。」

童太太問道：「現在幾點了？牙醫生那裏一點半就不看了。」

阿芳道：「來得及的，來得及的。」

沙發上雖然坐了人，童太太善良而有資格地躬腰說兩聲「對不起」，便使他們自動地騰出一塊地方來，讓她把小孫女安頓下了。小孩平躺在頓陷的破呢沙發上，大紅絨線衫與絨線袴的袴腰交疊著，肚子凸得高高地，上頭再頂著絨毛鈕子蓬鬆的圓球，睡著了像個紅焰焰的小山。童太太笑道：「這下子工夫已經睡著了！」她預備脫下旗袍蓋在小孩身上，正在解大襟上的鈕子，包太太和她是認識的，就說：「把我的雨衣斗篷給她蓋上罷！」童太太道謝，自己很當心地在一張安樂椅上坐下，與包太太攀談。包太太長得醜，冬瓜臉，卡通畫裏的環眼，下墜的肉鼻子；因為從來就沒有好看過，從年青的時候到現在一直是處於女伴的地位，不得不一心一意同情著旁人。有她同情著，童太太隨即悲傷起來。

「所以我現在就等龐先生把我的身體收作收作好，等時局一平定，」童太太說：「等我三個大小姐都有了人家，我就上山去了。我這病都是氣出來的呀，氣得我兩條腿立都立不住。每天燒小菜，我燒了菜去洗手，」她虛虛捋掉手上的金戒指，「我這邊洗手，他們一家門，從老頭子起，小老姆、姑太太、七七八八坐滿一桌子，他們中意的小菜先吃得精光。」

「老頭子闖了禍，抓到縣衙門裏去了，把我急得個要命，還是我想法子把他弄了出來，找我的一個乾女兒，走她的腳路，花了七千塊錢。可憐啊——黑夜裏乘了部黃包車白楞登白楞登一路顛得去，你知道蘇州的石子路，又狹又難找，墨黑，可憐我不跌死是該應！好容易他放了出來了，這你想我是不是要問問他，裏面是什麼情形，難末他也要問問我，是怎麼樣把他救出來的。哦——踏進門就往小老姆房裏一鑽！」

大家哄然笑了。包太太皺著眉毛也笑，童太太紅著眼圈也跟著笑，拍著手，噴出唾沫星子，「難我氣啊，氣啊，氣了一晚上，一晚上沒睡，第二天看見他，我就說了：我說人家為了你這事担驚受怕，你也不告訴告訴我你在裏邊是什麼情形，你也不問問我是怎麼樣把你救出來的。他倒說得好：『誰叫你救我出來？拿錢不當錢，花了這麼些，我在裏面滿好的。』啊喲我說：你在裏面滿寫意——要不是我託了乾女兒，這邊一個電話打得去，也不會把你放在賬房間裏——格咾你滿寫意呀！真要坐在班房裏，你有這麼寫意啊？包太太你看我氣不氣？——不然我也不會忍到如今，都為了我三個大小姐。」

包太太勸道：「反正你小孩子們都大了，只要兒女知道孝順，往後總是好的。」

童太太道：「我的幾個小孩倒都是好的，兩個媳婦也好，都是我自己揀的，老法人家的小姐。包太太，我現在說著要離要離，也難哪！族裏不是沒有族長，族長的輩分比我們小，也不好出來說話。」

包太太笑起來：「這麼大年紀了，其實也不必離了，也有這些年了。」

童太太又嘆口氣：「所以我那三個小姐，我總是勸她們，一輩子也不要嫁男人。——可有什麼好處，用銅鈿，急起來總是我著急，他從來不操心的。」

奚太太也搭上來，笑道：「童太太你是女丈夫。」

童太太手搥手掌，又把兩手都往前一送，恨道：「來到他家這三十年，他家哪一樁事不是我？那時候才做新娘娘，每天天不亮起來，公婆的洗臉水，煨雞蛋，樣式樣給它端整好。難後來添了小孩子，一個一個實在多不過，公婆前頭我總還是……公婆倒是一直說我好的。」她突然寂寞起來，不開口了。給了她許多磨難，終於被她克服了的公婆長輩早已都過世了，而她仍舊每天黑早起身，在黯紅漆桶似的房裏摸索摸索，窸窸窣窣，手觸到的是熟悉的物件，所不同的只是手指骨上一節節奇瘦的凍疼。

奚太太勸道：「童太太你也不要生氣。不曉得你可曾試過——到耶穌堂裏聽他們牧師講講，倒也不一定要相信。我認得有幾個太太，也是氣得很的，常常聽牧師解釋解釋，現在都不氣了，都胖起來了。」

包太太進去推拿，一時大家都寂靜無聲。童太太交手坐著，是一大塊穩妥的悲哀。她紅著眼睛，嘴裏只是吸溜溜吸溜溜發出年老寒冷的聲音，腳下的地板變了廚房裏的黑白方磚地，整個的世界像是潮抹布擦過的。裏間壁上的掛鐘滴答滴答，一分一秒，心細如髮，將文明人的時間劃成小方格；遠遠卻又聽到正午的雞啼，微微的一兩聲，彷彿有幾千里地沒有人烟。

包太太把雨衣帶走了，童太太又去解她那灰呢大衫的鈕扣，要給孫囡蓋在身上。奚太太道：「脫了不冷麼？」童太太道：「不冷不冷。」奚太太道：「還是我這件短大衣給她蓋上罷。」便脫下她的淡綠大衣，童太太道謝不迭，兩人又說起話來。

奚太太道：「你也不要生氣，跟他們住開了，圖個眼不見。童太太你不知道現在的時勢壞不過，裏邊因為打仗，中國人民死得太多的緣故呢，下了一條命令，討了小也不叫姨太太叫二夫人——叫他們討呀！」

童太太茫然聽著，端麗的胖臉一霎時變得疤疤癩癩，微紅微麻，說：「哦？哦？……現在壞真壞，哦？從前有個算命的老早說了，說我是地藏王菩薩投胎，他呢是天狗星投胎，生冤家死對頭，沒有好結果的。說這話的也不止這個算命的。」

奚太太道：「童太太你有空的時候到耶穌堂去一趟試試看，聽他們講講就不氣了。隨便哪一個耶穌堂都行。這裏出去就有一個。」

童太太點頭，問道：「蘇州金光寺有個悟圓老和尚，不知你可曉得？」

奚太太搖搖頭。她忽然想到另一件事，迫切地伸過腰去，輕輕問：「童太太你可知道有什麼治脫頭髮的方子？我這頭髮，你看，前頭褪得這樣！」

童太太熟練地答道：「用生薑片在頭皮上擦擦，靈得很的。」

奚太太有訓練過的科學化的頭腦，當下又問：「隔多少時擦一擦呢？」

童太太詫異地笑了。「隔多少時？想起來的時候末擦擦它好了。我說給你聽金光寺那和尚，靈真靈。他問我：『你同你男人是不是火來火去的？』我說是的呀。他就說：『快快不要這樣。前世的冤孽，今世裏你再同他過不去，來生你們原舊還而做夫妻，那時候你更苦了，那時候他不會這樣輕易放過你，一個錢也沒有得給你！』難末我嚇死了！老和尚他說：『太太你信我這一句話！』我雙手合十，我說謝謝你師父，我雙手把你這句話捧回去！從此我當真，大氣也不呵他一口。從前我要管他的呀，他怕得我血滴子相似。難後來不怕了，堂子裏走走，女人一個一個弄回家來。難現在越加惡了——放鬆得太早的緣故呀！」她嘆息。

奚太太聽得不耐煩起來，間或答應著「唔……唔……」偶爾點個頭，漸漸頭也懶得點了，單點一點眼睫毛，小嘴突出來像鳥喙，有許多意見在那裏含苞欲放，想想又覺得沒得說頭，斷定了童太太是個老糊塗。

輪到女僕領的小孩被推拿，小孩呱呱哭鬧，龐先生厲聲喝道：「不要哭，先生喜歡你！」女僕也諂媚地跟著醫生叫他：「先生喜歡你！呵，呵，呵，先生喜歡你！明天你娶少奶奶，請先生吃喜酒！」

龐先生也笑了：「對了，將來時局平定，你結婚的時候，不請我吃酒我要動氣的呵！」

童太太打聽幾點鐘了，著急起來，還是多付了兩百塊錢，拔號先看，看過了，把睡熟的小孫女兒抱了起來，身上蓋的短大衣還了奚太太，又道謝，並不覺得對方的冷淡。

童太太站在當地，只穿著襯裏的黑華絲葛薄棉對襟襖袴，矮腳大肚子，粉面桃腮，像百子圖裏古中國的男孩。她伸手摘下衣鈎子上的灰呢襯絨袍，慢悠悠穿上，一陣風，把整個的屋子都包在裏面了。袍褂拂到奚太太肩上臉上，奚太太厭惡地躲過了。童太太扣上鈕子，胳肢窩以上的鈕子卻留著不扣，自己覺得彷彿需要一點解釋，抱著孩子臨走的時候又回頭向奚太太一笑，說：「到外頭要把小囝遮一遮，才睡醒要凍著的。」然後道了再會。

現在被推拿的是新來的一個拔號的。奚太太立在門口看了一看，無聊地又回到原來的座位上。

這拔號的是個少爺模樣，穿件麂皮外套，和龐先生談到俄國俱樂部放映的實地拍攝的戰爭影片：「真怕人，眼看著砲彈片子飛過來，一個兵往後一仰，臉一皺，非常痛苦的樣子，把手去抓胸脯，真死了。死的人真多啊！」

龐先生睜眼點頭道：「殘忍真殘忍！打仗這樣東西，真要人的命的呢，不像我這推拿，也把人痛得嘰哩哇啦叫，我這是為你好的呀！」他又笑又嘆息。

青年道：「死的人真多，堆得像山。」

龐先生有點惋惜地嘆道：「本來同他們那邊比起來，我們這裏的戰爭不算一回事了！殘忍真殘忍。你說你在哪裏看的？」

青年道：「俄國俱樂部。」

龐先生道：「真有這樣的電影看麼？多少錢一個人？」

青年道：「龐先生你要看我替你買票去。」

龐先生不作聲，隔了一會，問道：「幾點鐘演？每天都有麼？」

青年道：「八點鐘，你要買幾張？」

龐先生又過了一會方才笑道：「要打得好一點的。」

龐太太在外間接口道：「要它人死得多一點的——」嗨嗨嗨嗨笑起來了。龐先生也陪她笑了兩聲。

診所的窗戶是關著的，而且十字交叉封著防空的，舊黃報紙的碎條，撕剩下的。外面是白淨的陰天，那天色就像是玻璃窗上糊了層玻璃紙。

龐太太一路笑著，走來開窗，無緣無故朝外看一看，嗅一嗅，將一隻用過的牙籤丟出去。然後把小書桌上半杯殘茶拿起來漱口，吐到白洋磁扁痰盂的黑嘴裏去。痰盂便在奚太太腳下。奚太太也笑，但是龐太太只當沒看見她，龐太太兩盞光明嬉笑的大眼睛像人家樓上的燈，與路人完全不相干。奚太太有點感觸地望到別處去，牆上的金邊大鏡裏又看見龐太太在漱嘴，黑瘦的臉上，嘴撮得小小地，小嘴一擺一擺一擺。奚太太連忙又望到窗外去，彷彿被欺侮了似地，溫柔地想起她丈夫。

「將來，只要看見了他……他自己也知道他對不起我，只要我好好地同他講……」

她這樣安慰了自己，拿起報紙來，嘴尖尖地像啄食的鳥，微向一邊歪著，表示有保留，很不贊成地看起報來了。總有一天她丈夫要回來。不要太晚了——不要太晚了呵！但也不要太早了，她脫了的頭髮還沒長出來。

白色的天，水陰陰地，洋梧桐巴掌大的秋葉，黃翠透明，就在玻璃窗外。對街一排舊紅磚的衖堂房子，雖然是陰天，挨挨擠擠仍舊晾滿了一洋台的衣裳。一隻烏雲蓋雪的貓在屋頂上走過，只看見牠黑色的背，連著尾巴像一條蛇，徐徐波動著。不一會，牠又出現在洋台外面，沿著闌干慢慢走過來，不朝左看，也不朝右看；牠歸牠慢慢走過去了。

生命自顧自走過去了。

——一九四四年十一月

‧初載於一九四四年十二月上海《雜誌》第十四卷第三期。

留情

他們家十一月裏就生了火。小小的一個火盆，雪白的灰裏窩著紅炭。炭起初是樹木，後來死了，現在，身子裏通過紅隱隱的火，又活過來，然而，活著，就快成灰了。它第一個生命是青綠色的，第二個是暗紅的。火盆有炭氣，丟了一隻紅棗到裏面，紅棗燃燒起來，發出臘八粥的甜香。炭的輕微的爆炸，淅瀝淅瀝，如同冰屑。

結婚證書是有的，配了框子掛在牆上，上角凸出了玫瑰翅膀的小天使，牽著泥金飄帶，下面一灣淡青的水，浮著兩隻五彩的鴨，中間端楷寫著：

米晶堯　安徽省無為縣人　現年五十九歲　光緒十一年乙酉正月十一日亥時生

淳于敦鳳　江蘇省無錫縣人　現年三十六歲　光緒三十四年戊申三月九日申時生

敦鳳站在框子底下，一隻腿跪在沙發上，就著光，數絨線的針子。米晶堯搭訕著走去拿外套，說：「我出去一會兒。」敦鳳低著頭只顧數，輕輕動著嘴唇。米晶堯大衣穿了一半，去看著她，無可奈何地微笑著。半晌，敦鳳抬起頭來，說：「唔？」又去看她的絨線，是灰色的，牽牽絆絆許多小白疙瘩。

米先生道：「我去一會兒就來。」話真是難說，如果說：「到那邊去」，這邊那邊的！說：「到小沙渡路去」，就等於說小沙渡路有個公館。這裏又有個公館。從前他提起他那個太太總是說「她」，後來敦鳳跟他說明了：「哪作興這樣說的？」於是他難得提起來的時候，只得用個禿頭的句子。現在他說：「病得不輕呢，我得看看去。」敦鳳短短應了一聲：「你去呀。」聽她那口音，米先生倒又不便走了，手扶著窗台往外看去，自言自語道：「不知下雨不下？」敦鳳像是有點不耐煩，把絨線捲捲，向花布袋裏一塞，要走出去的樣子。才開了門，米先生卻又攔著她，解釋道：「不是的——這些年了……病得很厲害的，又沒人管事，好像我總不能不——」敦鳳急了，道：「跟我說這些個！讓人聽見了算什麼呢？」張媽在半開門的浴室裏洗衣裳，張媽是他家的舊人，知道底細的，待會兒還當她拉著他不許他回去看太太的病，豈不是笑話！

敦鳳立在門口，叫了一聲「張媽！」吩咐道：「今晚上都不在家吃飯，兩樣素菜不用留了，豆腐你把它放在洋台上凍著，火盆上頭蓋點灰給它窩著，啊！」她和傭人說話，有一種特殊的沉澱的聲調，很蒼老，脾氣很壞似的，卻又有點膩搭搭，像個權威的鴇母。她那沒有下頦的下頦仰得高高地，滴粉搓酥的圓胖臉飽飽地往下墜著，搭拉著眼皮，希臘型的正直端麗的鼻子往上一抬，更顯得那細小的鼻孔的高貴。敦鳳出身極有根底，上海數一數二有歷史的大商家，十六歲出嫁，二十三歲上死了丈夫，守了十多年的寡方才嫁了米先生。現在很快樂，但也不過份，因為總是經過了那一番的了。她摸摸頭髮，頭髮前面塞了棉花團，墊得高高地，腦後做成一個一個整潔的小橫捲子，和她腦子裏的思想一樣地有條有理。她拿皮包，拿網袋，披上大衣。包在一層層的衣服裏的她的白胖的身體實朵朵地像個清水粽子。旗袍做得很大方，並不太小，不知為什麼，裏面總是鼓繃繃，襯裏穿了鋼條小緊身似的。

米先生跟過來問道：「你也要出去麼？」敦鳳道：「我到舅母家去，反正你的飯也不見得回來吃了，省得家裏還要弄飯。今天本也沒有我吃的菜，一個砂鍋，一個魚凍子，都是特為給你做的。」米先生回到客室裏，立在書桌前面，高高一疊子紫檀面的碑帖，他把它齊了一齊，青玉印色盒子冰紋筆筒、水盂、銅匙子，碰上去都是冷的；陰天，更顯得家裏的窗明几淨。

敦鳳再出來，他還在那裏挪挪這個，摸摸那個，腰只能略略彎著，因為穿了僵硬的大衣，而且年紀大了，肚子在中間礙事。敦鳳淡淡問道：「咦？你還沒走？」他笑了一笑，也不回答。她挽了皮包網袋出門，他也跟了出來。她只當不看見，快步走到對街去，又怕他在後面氣喘吁吁追趕，她雖然和他生著氣，也不願使他露出老態，因此有意地揀有汽車經過的時候才過街，耽擱了一會。

走了好一截子路，才知道天在下雨。一點點小雨，就像是天氣的寒絲絲，全然不覺得是雨。敦鳳怕她的皮領子給潮了，待要把大衣脫下來，手裏又有太多的累贅。米先生把她的皮包網袋，裝絨線的鑲花麻布袋一一接了過來，問道：「怎麼？要脫大衣？」又道：「別凍著了，叫部三輪車罷。」等他叫了部雙人的車，敦鳳方才說道：「你同我又不順路！」米先生道：「我跟你一塊兒去。」敦鳳在她那鬆肥的黑皮領子裏回過頭來，似笑非笑瞪了他一眼。她從小跟著她父親的老姨太太長大，結了婚又生活在夫家的姨太太羣中，不知不覺養成了老法長三堂子那一路的嬌媚。

兩人坐在一部車，平平駛入住宅區的一條馬路。路邊缺進去一塊空地，烏黑的沙礫，雜著棕綠的草皮，一座棕黑的小洋房，泛了色的淡藍漆的百葉窗，悄悄的，在雨中，不知為什麼有一種極顯著的外國的感覺。米先生不由得想起從前他留學的時候。他再回過頭去，沙礫地上蹲著一隻黑狗，捲著小小的耳朵，潤濕的黑毛微微鬈曲，身子向前探著，非常注意地，也不知牠是聽著什麼還是看著什麼。米先生想老式留聲機的狗商標，開了話匣子跳舞，西洋女人圓領口裏騰起的體溫與氣味。又想起他第一個小孩的玩具中的一隻寸許高的綠玻璃小狗，也是這樣蹲著，眼裏嵌著兩粒紅圈小水鑽。想起那半透明暗綠玻璃的小狗，牙齒就發酸，也許他逗著孩子玩，啃過它，也許他阻止孩子放到嘴裏去啃，自己嘴裏，由於同情，也發冷發酸——記不清了。他第一個孩子是在外國生的，他太太是個女同學，廣東人。從前那時候，外國的中國女學生是非常難得的，遇見了很快地就發生感情，結婚了。太太脾氣一直是神經質的，後來更暴躁，自己的兒女一個個都同她吵翻了，幸而他們都到內地讀書去了，少了些衝突。這些年來他很少同她在一起，就連過去要好的時候，日子也過得倉卒糊塗，只記得一趟趟的吵架，沒什麼值得紀念的快樂的回憶，然而還是那些年青痛苦，倉皇的歲月，真正觸到了他的心，使他現在想起來，飛灰似的霏微的雨與冬天都走到他眼睛裏面去，眼睛鼻子裏有涕淚的酸楚。

米先生定一定神，把金邊眼鏡往上托一托，人身子也在襯衫裏略略轉側一下，外面冷，更覺裏面的溫暖清潔。微雨的天氣像隻棕黑的大狗，毛茸茸，濕溚溚，冰冷的黑鼻尖湊到人臉上來嗅個不了。敦鳳停下車子來買了一包糖炒栗子，打開皮包付錢，暫時把栗子交給米先生拿著。滾燙的紙口袋，在他手裏熱得恍恍惚惚。隔著一層層衣服，他能夠覺到她的肩膀；隔著他大衣上的肩墊，她大衣上的肩墊，那是他現在的女人，溫柔、上等的，早兩年也是個美人。這一次他並沒有冒冒失失衝到婚姻裏去，卻是預先打聽好、計畫好的，晚年可以享一點清福艷福，抵補以往的不順心。可是……他微笑著把一袋栗子遞給她，她倒出兩顆剝來吃；映著黑油油的馬路，棕色的樹，她的臉是紅紅、板板的，眉眼都是浮面的，不打扮也像是描眉畫眼。米先生微笑望著她。他對從前的女人，是對打對罵，對她，卻是有時候要說「對不起」，有時候要說「謝謝你」，也只是「謝謝你，對不起」而已。

敦鳳丟掉了栗子殼，拍拍手，重新戴上手套。和自己的男人挨著肩膀，覺得很平安。街上有人撩起袍子對著牆撒尿——也不怕冷的！三輪車馳過郵政局，郵政局對過有一家人家，灰色的老式洋房，洋台上掛一隻大鸚哥，淒厲地呱呱叫著，每次經過，總使她想起那一個婆家。本來她想指給米先生看的，剛趕著今天跟他小小地鬧彆扭，就沒叫他看。她抬頭望，年老的灰白色的鸚哥在架子上蹣跚來去，這次卻沒有叫喊；洋台闌干上擱著兩盆紅癟的菊花，有個老媽子傴僂著在那裏關玻璃門。

從婆家到米先生這裏，中間是有無數的波折。敦鳳是個有情有義，有情有節的女人，做一件衣服也會讓沒良心的裁縫給當掉，經過許多悲歡離合，何況是她的結婚？她把一袋栗子收到網袋裏去。紙口袋是報紙糊的。她想起前天不知從哪裏包了東西來的一張華北的報紙，上面有個電影廣告，影片名叫「一代婚潮」，她看了立刻想到她自己。她的結婚經過她告訴這人是這樣，告訴那人是那樣，現在她自己回想起來立時三刻也有點絞不清楚，只微笑嘆息，說：「說起來話長，噯。」就連後來事情已經定規了，她一個做了癟三的小叔子還來敲詐，要去告訴米先生，她丈夫是害梅毒死的。當然是瞎說。不過仔細查考起來，他家的少爺們，哪一個沒打過六零六。後來還是她舅母出面調停，花錢買了個安靜。她親戚極多，現在除了舅舅家，都很少來往了。娘家兄弟們哪是老姨太太生的，米先生同他們一直也沒有會過親，因為他前頭的太太還在，不大好稱呼。敦鳳呢，在他們面前擺闊罷，怕他們借錢；有什麼不如意的地方呢，又不願對他們訴苦，怕他們見笑。當初替她做媒很出力的幾個親戚，時刻在她面前居功，尤其是她表嫂楊太太，瘋瘋傻傻的，更使她不能忍耐。楊太太的婆婆便是敦鳳的舅母，這些人裏，就只這舅母這表兄還可以談談。敦鳳也是悶得沒有奈何，不然也不會常到楊家去。

楊家住的是中上等的弄堂房子。楊太太坐在飯廳裏打麻將，天黑得早，下午三點鐘已經開了電燈。一張包鋼邊的皮面方桌，還是多年前的東西。楊家一直是新派，在楊太太的公公手裏就作興念英文、進學堂。楊太太的丈夫剛從外國回來的時候，那更是激烈。太太剛生了孩子，他逼著她吃水菓，開窗戶睡覺，為這個還得罪了丈母娘。楊太太被鼓勵成了活潑的主婦，她的客室很有點沙龍的意味，也像法國太太似的有人送花送糖，捧得她嬌滴滴地。也有許多老爺，得空便告訴她，他們的太太怎樣的不講理，米先生從前也是其中的一個，他在自己家裏得不到一點安慰，因此特別地喜歡同女太太們周旋，說說笑笑也是好的。就因為這個，楊太太總認為米先生是她讓給敦鳳的。

燈光下的楊太太，一張長臉，兩塊長胭脂從眼皮子一直抹到下頦，春風滿面的，紅紅白白，笑得發花，瞇細著媚眼，略有兩根前劉海飄到眼睛裏去；在家也披著一件假紫羔舊大衣，聳聳肩膀，一手當胸扯住大衣，防它滑下去，一手抓住敦鳳的手，笑道：「噯，表妹——噯，米先生——好久不見了，好哇？」招呼米先生，雙眼待看不看的，避著嫌疑；拉著敦鳳，卻又親親熱熱，把聲音低了一低，再重複了一句「好麼？」癡癡地用戀慕的眼光從頭看到腳，就像敦鳳這個人整個是她一手做成的。敦鳳就恨她這一點。

敦鳳問道：「表哥在家麼？」楊太太細細嘆了口氣道：「他有這樣早回來麼？表妹你不知道，現在我們這個家還像個家呀？」敦鳳笑道：「也只有你們，這些年了，還像小兩口子似的，淨吵嘴。」敦鳳與米先生第一次相見，就在楊家，男主人女主人那天也吵嘴來著，非常洋派地，如同一對愛人。米先生在旁邊，吃了隔壁醋，有意地找著敦鳳說話，引著楊太太吃醋，末了又用他的汽車送了敦鳳回家，就是這樣開頭的……果真是為了這樣細小的事開頭的，那敦鳳也不能承認——太傷害了她的自尊心。要說與楊太太完全無關罷，那也不對，敦鳳的妒忌向來不是沒有根據的，她相信。

她還記得那晚上，圍著這包鋼邊的皮面方桌打麻將，她是輸不起的，可是裝得很泰然。現在她闊了，儘管可以嗇刻些；做窮親戚，可得有一種小心翼翼的大方。現在她闊了；楊家，像這艱難的時候，多數的家庭卻是一天不如一天了。楊太太牌還是要打的，打牌的人卻換了一批，不三不四的小伙子居多，敦鳳簡直看不入眼。其中有一個黑西裝裏連件背心都沒有，坐在楊太太背後，說：「楊伯母我去打電話，買肥皂要不要帶你一個？」問了一遍，楊太太沒理會，她大衣從肩上溜下來了，他便伸出食指在她背上輕輕一劃。她似乎不怕癢，覺也不覺得。他扭過身去吐痰，她卻捏著一張牌，在他背上一路劃下去，說道：「哪，劃一道線——男女有別，啊！」大家都笑了。楊太太一向伶牙俐齒，可是敦鳳認為，從前在老爺太太叢中，因為大家都是正派人，只覺得她俏皮大胆；一樣的話，如今說給這班人聽，就顯著下流。

隔壁房間裏有人吹笛子。敦鳳搭訕著走到門口張了一張，楊太太的女兒月娥，桌上攤了唱本，兩手揿著，低著頭小聲唱戲，旁邊有人伴奏。敦鳳問楊太太：「月娥學的是崑曲嗎？」米先生也道：「聽著幽雅得很！」楊太太笑道：「不久我們兩個人要登台了，演『販馬記』，她去生，我去旦。」米先生笑道：「楊太太的興致還是一樣的好！」楊太太道：「我不過夾在裏面起鬨罷了，他們崑曲研究會裏一班小孩子們倒是很熱心的。裏頭有王叔廷的小姐，還有顧寶生兩個少爺——人太雜的話，我也不會讓我們月娥參加的。」

牌桌上有人問：「楊伯母，你幾個少爺小姐的名字都叫什麼華什麼華，怎麼大小姐一個人叫月娥？」楊太太笑道：「因為她是中秋節生的。」親戚們的生日敦鳳記得最清楚，因為這些年來，越是沒有錢，越怕在人前應酬得不周到，給人議論。當下便道：「咦！月娥的生日是四月底呀！」楊太太格吱一笑，把大衣兜上肩來，脖子往裏一縮。然後湊到敦鳳跟前，濛濛地看住她，推心置腹地低聲道：「下地是四月裏，可是最起頭有她那個人的影兒，是八月十五晚上。」眾人都聽見了，鬨笑起來，搶著說：「楊伯母——」「楊伯母——」敦鳳覺得羞慚，為了她娘家的體面，不願讓米先生再往下聽，忙道：「我上去看看老太太去，」點了個頭就走。楊太太也點頭道：「你們先上去，我一會兒也就來了。」

在樓梯上，敦鳳走在前面，回過頭來盯了米先生一眼，含笑把嘴一撇，想說：「虧你從前拿她當個活寶似的！」米先生始終帶著矜持的微笑。楊太太幾個孩子出現在樓梯口，齊聲叫「表姑，」就混過去了。

楊老太太愛乾淨，孩子們不大敢進房來，因此都沒有跟進去。房間裏有灰綠色的金屬品寫字檯、金屬品圈椅、金屬品文件高櫃、冰箱、電話；因為楊家過去的開通的歷史，連老太太也喜歡各色新穎的外國東西，可是在那陰陰的，不開窗的空氣裏，依然覺得是個老太太的房間。老太太的鴉片烟雖然戒掉了，還搭著個烟舖。老太太躺在小花褥單上看報，棉袍衩裏露出肉紫色的絨線袴子，在腳踝上用帶子一縛，成了紮腳袴。她坐起來陪他們說話，自己把絨線袴腳扯一扯，先帶笑道歉道：「你看我弄成個什麼樣子！今年冷得早，想做條絲棉袴罷，一條袴子跟一件旗袍一個價錢！只好對付著再說。」米先生道：「我們那兒生一個炭盆子，到真冷的時候也還是不行。」敦鳳道：「他勸我做件皮袍子。我那兒倒有兩件男人的舊皮袍子，想拿出來改改。」楊老太太道：「那再好也沒有了。從前的料子只有比現在的結實考究。」敦鳳道：「就怕不夠。」楊老太太道：「男人的袍子大，還不夠你改的麼？」敦鳳道：「我那兒的兩件，腰身特別地小。」楊老太太笑道：「是你自己的麼？我還記得你從前扮了男裝，戴一頂鴨舌頭帽子，拖一條大辮子，像個唱戲的。」敦鳳道：「不，不是我自己的衣裳。」她腆著粉白的鼓蓬蓬的臉，夷然微笑著，理直氣壯地有許多過去。

她的亡夫是瘦小的年青人，楊老太太知道她說的是他的衣裳，米先生自然也知道，很覺得不愉快，立起來，背剪著手，看牆上的對聯。門口一個小女孩探頭探腦，他便走過去，蹲下身來逗她頑。老太太問小孩：「怎麼不知道叫人哪？不認識嗎？這是誰？」女孩只是忸怩著。米先生心裏想，除了叫他「米先生」之外也沒有旁的稱呼。老太太只管追問，連敦鳳也跟著說：「叫人，我給你吃栗子！」米先生聽著發煩，打斷她道：「栗子呢？」敦鳳從網袋裏取出幾顆栗子來，老太太在旁說道：「夠了，夠了，」米先生說：「老太太不吃麼？」敦鳳忙說：「舅母是零食一概不吃的，我記得。」米先生還要讓，楊老太太倒不好意思起來，說道：「別客氣了。我是真的不吃。」烟炕旁邊一張茶几上正有一包栗子殼，老太太順手便把一張報紙覆在上面遮沒了。敦鳳嘆道：「現在的栗子花生都是論顆買的了！」楊老太太道：「貴了還又不好；叫名糖炒栗子，大約炒的時候也沒有糖，所以今年的栗子特別地不甜。」敦鳳也沒聽出話中的漏洞。

米先生問道：「你這兒戶口糖拿過沒有？」老太太道：「沒有呀！今天報上也沒看見。訂一份報，也就是為著看看戶口米戶口糖。我們家這些事呀，我不管，真就沒有人管！咳，沒想到活到現在，來過這種日子！我要去算算流年了。」敦鳳笑道：「我正要告訴舅母呢，前天我們一塊兒出去，在馬路上算了個命。」老太太道：「靈不靈呢？」敦鳳笑道：「我們也是鬧著玩，看他才五十塊錢。」楊老太太道：「那真便宜了。他怎麼說呢？」敦鳳笑道：「說啊……」她望了望米先生，接下去道：「說我同他以後什麼都順心，說他還有十二年的陽壽。」她欣欣然，彷彿是意外之喜，這十二年聽在米先生耳裏卻有點異樣，使他身上一陣寒冷。楊老太太也是上了年紀的人，也有同樣的感覺，深怪敦鳳說話太不檢點了，連忙打岔道：「從前你常常去找的那個張鐵口，現在聽說紅得很哪？」敦鳳搖手道：「現在不能找他了，特別掛號還擠不上去。」楊老太太道：「現在也難得聽見你說起算命了。有道是『窮算命，富燒香！』」說著，笑了起來。

這話敦鳳不愛聽，也不甚理會，只顧去注意米先生。米先生回到他座位上，走過爐台的時候看了看鐘。半舊式的鐘，長方紅皮匣子，暗金面，極細的長短針，嗞嗞唆唆走著，也看不清楚是幾點幾分。敦鳳知道他又在惦記著他生病的妻。

楊老太太問米先生：「外國可也有算命的？」米先生道：「有的。也有根據時辰八字的，也有的用玻璃球，用紙牌。」敦鳳又搖手道：「外國算命的我也找過，不靈！很出名的一個女的。還是那時候，死掉的那個天天同我吵。這一點倒給她看了出來：說我同我丈夫合不來。我說：『那怎麼樣呢？』她說：『你把他帶來，我勸勸他就好了。』這豈不是笑話？家裏多少人勸著不中用，她給一說就好了？我說：『不行噯，我不能把他帶來。他不同我好，怎麼肯聽我的話呢？』她說：『那麼把他的朋友帶一個來。』可不是越說越離了譜子了？帶他一個朋友來有什麼用？明明的是拉生意。後來我就沒有再去。」

楊老太太聽她一提起前夫又沒個完，米先生顯然是很難堪，兩腳交叉坐在那裏，兩手扣在肚子上，抿緊了嘴，很勉強地微笑著。楊老太太便又打岔說：「你們說要換廚子，本來我們這裏老王說有一個要薦給你們，現在老王自己也走了，跑單幫去了。」米先生說道：「現在用人真難。」敦鳳說：「那舅母這兒人不夠用了罷？」楊老太太看了看門外無人，低聲道：「你不知道，我情願少用個把人，不然，淨夠在牌桌旁邊站著，伺候你表嫂拿東西的了！現在劈柴這些粗事我都交給看弄堂的，寧可多貼他幾個錢。今天不知怎麼讓你表嫂知道了我們貼他的錢，馬上就像個主人似的，支使他出去買香烟去了——你看這是不是……？」敦鳳不由得笑了，問道：「表嫂現在請客打牌，還吃飯吃點心嗎？」楊老太太道：「哪兒供給得起，到吃飯的時候還不都回家去了！所以她現在這班人都是同弄堂的，就圖他們這一點：好打發。」

楊老太太找出幾件要賣的古董給米先生看，請他估價。又有一幅中堂，老太太扯著畫卷的上端，米先生扯著下角，兩人站著觀看。敦鳳坐在烟炕前的一張小凳上，抱著膝蓋，胖胖的胳膊，胖胖的膝蓋，自己覺得又變成個小孩子了，在大人之下，非常安樂。這世界在變，舅母賣東西過日子，表嫂將將就就的還在那裏調情打牌，做她的闊少奶奶，可是也就慘了。只有敦鳳她，經過了婚姻的冒險，又回到了可靠的人的手中，彷彿從來就沒有離開過。

米先生看畫，說：「這一張何詩孫的，倒是靠得住，不過現在外頭何詩孫的東西也很多……」老太太望著他，想道：「股票公司裏這樣有地位的人，又這樣有學問，新的舊的都來得，又知禮，體貼——真讓敦鳳嫁著了！敦鳳這孩子，年紀也不小了，一點心眼兒都沒有，說話之間淨傷他的心！虧他，也就受著！現在不同了，男人就伏這個！要是從前，那哪行？可是敦鳳，從前也不是沒有吃過男人的苦的，還這麼得福不知！米先生今年六十了罷？跟我同年。我就這麼苦，拖著這一大家子人，媳婦不守婦道，把兒子嘔的也不大來家了，什麼都著落在我身上，怎麼能夠像敦鳳這樣清清靜靜兩口子住一幢小洋房就好了！我這麼大年紀了，難道還什麼別的想頭，不過圖它個逍遙自在……」

她捲起畫幅，口中說道：「約了個書畫商明天來，先讓米先生過目一下，這我就放心了。」雖然是很隨便的兩句話，話音裏有一種溫柔託賴，卻是很動人的。米先生一生，從婦女那裏沒有得到多少慈悲，一點點好意他就覺得了，他笑道：「幾時請老太太到我們那兒吃飯去，我那兒有幾件小玩意兒，還值得一看。」老太太笑道：「天一冷，我就怕出門。」敦鳳道：「坐三輪車，反正快得很，等我們僱定了廚子，我來接舅母。」老太太口中答應著，心裏又想，替我出三輪車錢，也是應該的；要是我自己來，總得有個人陪了來，多一個吃的，算起來也差不多。敦鳳又道：「三輪車這樣東西，還就只兩個女人一塊兒坐，還等樣些。兩個大男人並排坐著，不知怎麼總顯得傻頭傻腦的。一男一女坐著，總有點難為情。」老太太也笑了，說：「要是個不相干的人一塊兒坐著，的確有些不犯著，像你同米光生，那有什麼難為情？」敦鳳道：「我總有點弄不慣。」她想著她自己如花似玉，坐在米先生旁邊，米先生除了戴眼鏡這一項，整個地像個嬰孩，小鼻子小眼睛的，彷彿不大能決定它是不是應當要哭。身上穿了西裝，倒是腰板筆直，就像打了包的嬰孩，也是直挺挺的。敦鳳向米先生很快地盯了一眼，旋過頭去。他連頭帶臉光光的，很整齊，像個三號配給麵粉製的高樁饅頭，鄭重托在襯衫領上。她第一個丈夫縱有千般不是，至少在人前不使她羞，承認那是她丈夫。他死的時候才二十五，窄窄的一張臉，眉清目秀的，笑起來一雙眼睛不知有多壞！

米先生探身拿報紙，老太太遞了過來，因搭訕道：「你們近來看了什麼戲沒有？有個『浮生六記』，我孫女兒她們看了都說好，說裏頭有老法結婚，有趣得很。」敦鳳搖頭道：「我看過了，一點也不像！我們從前結婚哪裏有這樣的？」老太太道：「各處風俗不同。」敦鳳道：「總也不能相差得太多！」老太太偷眼看米先生，米先生像是很無聊，拿著張報紙，上下一撩，又一摺，摺過來的時候，就在報紙頭上看了看鐘。敦鳳冷冷地道：「不早了吧？你要走你先走。」米先生笑道：「我不忙，等你一塊兒走。」敦鳳不言語了。然而他仍舊不時地看鐘，她瞟瞟他，他又瞟瞟她。老太太心中納罕，看他們神情有異，自己忖量著，若是個知趣的，就該借故走出房去，讓他們把話說定了再回來，可是實在懶怠動，而且他們也活該，兩口子成天在一起，什麼背人的話不好說，卻到人家家裏眉來眼去的？

說起看戲，米先生就談到外國的歌劇話劇，巴里島上的跳舞。楊老太太道：「米先生到過的地方真多！」米先生又談到坎博地亞王國著名的神殿，地下鋪著二寸厚的銀磚，一座大佛，周身鍍金，飄帶上遍鑲紅藍寶石。然而敦鳳只是冷冷地朝他看，恨著他，因為他心心念念記罣著他太太，因為他與她同坐一輛三輪車是不夠漂亮的。

米先生道：「那是從前，現在要旅行是不可能的了。」楊老太太道：「只要等仗打完了，你們去起來還不是容易？」米先生笑道：「敦鳳老早說定了，再去要帶她一塊兒去呢。」楊老太太道：「那她真高興了！」敦鳳嘆了口冷氣，道：「唉！將來的事情哪兒說得定？還得兩個人都活著——」她也模糊地覺得，這句話是出口傷人，很有份量的，自己也有點發慌，又加了一句：「我意思說，也不知是你死還是我死……」她又想掩飾她自己，無味地笑了兩聲。

僵了一會，米先生站起來拿帽子，笑著說要走了。老太太留他再坐一會，敦鳳道：「他還要到別處去彎一彎，讓他先走一步罷。」

米先生去了之後，老太太問敦鳳：「他現在上哪兒？」敦鳳移到烟炕上來，緊挨著老太太坐下，低聲道：「老太婆病了，他去看看。」老太太道：「哦！什麼病呢？」敦鳳道：「醫生還沒有斷定是不是氣管炎。這兩天他每天總要去一趟。」說到這裏，她不由得鼓起臉來，兩手擱在膝蓋上，一手捏著拳頭輕輕地搥，一手放平了前後推動，推著搥著，滿腔幽怨的樣子。老太太笑道：「那你還不隨他去了？反正知道他是真心待你的。」敦鳳忙道：「我當然隨他去。第一我不是吃醋的人，而且對於他，根本也沒有什麼感情。」老太太笑道：「你這是一時的氣罷了？」敦鳳楞起了一雙眼睛，她那粉馥馥肉嫺嫺的臉上，只有一雙眼睛是硬的，空心的，幾乎是翻著白眼，然而她還是笑著的：「我的事，舅母還有不知道的？我是，全為了生活。」老太太笑道：「那現在，到底是夫妻——」敦鳳著急道：「我同舅母是什麼話都說得的，要是為了要男人，也不會嫁給米先生了。」她把臉一紅，再坐近些，微笑小聲道：「其實我們真是難得的，隔幾個月不知可有一次。」話說完了，她還兩眼睜睜看定了對方，帶著微笑。老太太一時也想不出適當的對答，只是微笑著。敦鳳會出老太太的意思，又搶先說道：「當然夫妻的感情也不在乎那些，不過米先生這個人，實在是很難跟他發生感情的。」老太太道：「他待你，是不錯了，我看你待他也不錯。」敦鳳道：「是呀，我為了自己，也得當心他呀，衣裳穿、脫，吃東西……總想把他餵得好好的，多活兩年就好了。」自己說了笑話，自己笑了起來。老太太道：「好在米先生身體結實，看看哪像六十歲的人？」敦鳳又道：「我先告訴舅母那個馬路上的算命的，當著他，我只說了一半。說他是商界的名人，說他命中不止一個太太。又說他今年要喪妻。」老太太道：「哦？……那這個病，是好不了的了。」敦鳳道：「唔，當時我就問：可是要死了？算命的說：不是你。你以後只有好。」老太太道：「其實那個女人真是死了也罷。」敦鳳低頭搥著搓著膝蓋，幽幽地笑道：「誰說不是呢？」

老媽子進來回說：老虎灶上送了洗澡水來。老太太道：「早上叫的水，到現在才送來！正趕著人家有客在這裏。」敦鳳忙道：「舅母還拿我當客麼？舅母儘管洗澡，我一個人坐一會兒。」老虎灶上一個蒼老的苦力挑了一担水，潑潑洒洒穿過這間房。老太太跟到浴室裏去，指揮他把水倒到浴缸裏，又招呼他當心，別把扁担倚在大毛巾上碰髒了。

敦鳳獨自坐在房裏，驀地靜了下來。隔壁人家的電話鈴遠遠地在響，寂靜中，就像在耳邊：「葛兒鈴……鈴……葛兒鈴……鈴！」一遍又一遍，不知怎麼老是沒人接。就像有千言萬語要說說不出，焦急、求懇、迫切的戲劇。敦鳳無緣無故地為它所震動，想起米先生這兩天神魂不定的情形。他的憂慮，她不懂得，也不要懂得。她站起身，兩手交握著，自衛地瞪眼望著牆壁。「葛兒鈴……鈴！葛兒鈴……鈴！」電話還在響，漸漸淒涼起來。連這邊的房屋也顯得像個空房子了。

楊老太太押著挑水的一同出來，敦鳳轉過身來說：「隔壁的電話鈴這邊聽得清清楚楚的。」老太太道：「這房子本來做得馬虎，牆薄。」

楊老太太付水錢，預備好的一疊鈔票放在爐台上，她把一張十元的添給他作為酒錢，挑水的抹抹鬍鬚上的鼻涕珠，謝了一聲走了。老太太嘆道：「現在這時候，十塊錢的酒錢，誰還謝呀？到底這人年高德劭。」敦鳳也附和著笑了起來。

楊老太太進浴室去，關上門不久，楊太太上樓來了，踏進房便問：「老太太在那兒洗澡麼？」敦鳳點頭說是。楊太太道：「我有一件玫瑰紅絨線衫掛在門背後，我想把它拿出來的，裏頭熱氣薰著，怕把顏色薰壞了。」她試著推門，敦鳳道：「恐怕上了閂了。」楊太太在烟鋪上坐下了，把假紫羔大衣向上聳了一聳，裹得緊些；旁邊沒有男人，她把她那些活潑全部收了起來。敦鳳問道：「打了幾圈？怎麼散得這樣早？」楊太太道：「有兩個人有事先走了。」敦鳳望著她笑道：「只有你，真看得開，會消遣。」楊太太道：「誰都看不得我呢。其實我打這個牌，能有多少輸贏？像你表哥，現在他下了班不回來，不管在哪兒罷，乾坐著也得要錢哪！說起來都是我害他在家裏待不住。說起來這家裏事無大小全虧了老太太。」她把身子向前探著，壓低了聲音道：「現在的事，就靠老太太一天到晚嘀咕嘀咕省兩個錢，成嗎？別瞧我就知道打牌，這弄堂裏很有幾個做小生意發大財的人，買什麼，帶我們一個小股子，就值多了！」敦鳳笑道：「那你這一向一定財氣很好。」楊太太一仰身，兩手撐在背後，冷笑道：「入股子也得要錢呀，錢又不歸我管。我要是管事，有得跟她鬧呢！不管又說我不管了！」她突然跳起來，指著金屬品的書桌圈椅、文件高櫃，恨道：「你看這個、這個，什麼都霸在她房裏！你看連電話、冰箱……我是不計較這些，不然哪——」

敦鳳知道他們這裏牆壁不厚，惟恐浴室裏聽得見，不敢順著她說，得空便打岔道：「剛才樓底下，給月娥吹笛子的，是個什麼人？」楊太太道：「也是他們崑曲研究會裏的。月娥這孩子就是『獨』得厲害，她那些同學，倒還是同我說得來些。我也敷衍著他們，幾個小的功課趕不上，有他們給補補書，也省得請先生了。有許多事幫著跑跑腿，家裏傭人本來忙不過來——樂得的。可是有時候就多出些意想不到的麻煩。」她坐在床沿上，傴僂著身子，兩肘撐著膝蓋，臉縮在大衣領子裏，把鼻子重重地嗅了一嗅，瀟洒地笑道：「我自己說著笑話，桃花運還沒走完呢！」

她靜等敦鳳發問，等了片刻，瞟了敦鳳一眼。敦鳳曾經有過一個時期對楊太太這些事很感到興趣，現在她本身的情形與前不同了，已是安然地結了婚，對於婚姻外的關係不由得換了一副嚴厲的眼光。楊太太空自有許多愛人，一不能結婚，二不能贍養，因此敦鳳把臉色正了一正，表示只有月娥的終身才有討論的價值，問道：「月娥可有了朋友了？」楊太太道：「我是不問她的事。我一有什麼主張，她奶奶她爸爸準就要反對。」敦鳳道：「剛才那個人，我看不大好。」楊太太道：「你說那個吹笛子的？那人是不相干的。」然而敦鳳是有「結婚錯綜」的女人，對於她，每一個男人都是有可能性的，直到她證實了他沒有可能性，她還執著地說：「我看那人不大好。你覺得呢？」楊太太不耐煩，手捧著下巴，腳在地上拍了一下道：「那是個不相干的人。」敦鳳道：「當然我看見他不過那麼一下子工夫……好像有點油頭滑腦的。」楊太太笑道：「我知道你喜歡什麼樣的男人。相貌倒在其次，第一要靠得住，再要溫存體貼，像米先生那樣的。」敦鳳一下子不作聲了，臉卻慢慢地紅了起來。

楊太太伸出一隻雪白的，冷香的手握住敦鳳的手，笑道：「你這一向氣色真好！……像你現在這樣，真可以說是合於理想了！」敦鳳在楊太太面前，承認了自己的幸福，就是承認了楊太太的恩典，所以格外地要訴苦，便道：「你哪裏知道我那些揪心的事！」楊太太道：「怎麼了？」敦鳳低下頭去，一隻手捏了拳頭在膝蓋上輕輕搥，一隻放平了在膝蓋上慢慢推，專心一志推開搥著，孩子氣地鼓著嘴，說道：「老太婆病了。算命的說他今年要喪妻。你沒看見他那失魂落魄的樣子！」楊太太半個臉埋在大衣裏，單只露出一雙瞇瞜的眼睛來，冷眼看看敦鳳，心目中想道：「做了個姨太太，就是個姨太太樣子！口口聲聲『老太婆』，就只差叫米先生『老頭子』了！」

楊太太笑道：「她死了不好嗎？」她那輕薄的聲口，敦鳳聽著又不願意，回道：「哪個要她死？她又不礙著我什麼！」楊太太道：「也是的。要我是你，我不跟他們爭那些名分，錢抓在手裏是真的。」敦鳳嘆道：「人家還當我拿了他多少錢哪！當然我知道，米先生將來遺囑上不會虧待我的，可是他不提，這些事我也不好提的——」楊太太張大了眼睛，代她發急道：「你可以問他呀！」敦鳳道：「那你想，他怎麼會不多心呢？」楊太太怔了一會，又道：「你傻呀！錢從你手裏過，你還不隨時的積點下來？」敦鳳道：「也要積得下來呀！現在這時候不比往年，男人們一天到晚也談的是米的價錢，煤的價錢，大家都有數的。米先生現在在公司裏不過掛個名，等於告退了。家裏開銷，單只幾個小孩子在內地，就可觀了，說起來省著點也是應該的。可是家裏用的都是老人，什麼都還是老樣。張媽下鄉去一趟，花頭就多了，說：『太太，太太，問你要幾個錢，買兩疋布帶回去送人。』回來的時候又給我們帶了雞來，雞蛋囉、蕎麥麵、黏糰子。不能白拿她的——簡直應酬不起！一來就抗著個臉，往人跟前一站，『太太，太太』的。米先生也是的——一來就說：『你去問太太去！』他也是好意，要把好人給我做……」

楊太太覷眼望著敦鳳，微笑聽她重複著人家嘴裏的「太太，太太，」心裏想：「活脫是個姨太太！」

楊老太太洗了澡開門出來，喚老媽子進去擦澡盆，同時又問：「怎麼聞見一股熱呼呼的氣味？不是在那兒熨衣裳罷？」不等老媽子回答，她便匆匆的走到穿堂裏察看，果然樓梯口搭了個熨衣服的架子。老太太罵道：「誰叫熨的？用過了頭，剪了電，都是我一個人的事！難道我喜歡這樣嘀嘀咕咕，嘀嘀咕咕——時世不同了啊！」

正在嚷鬧，米先生來了。敦鳳在房裏，從大開的房門裏看見米先生走上樓梯，心裏一陣歡喜，假裝著詫異的樣子，道：「咦？你怎麼又來了？」米先生微笑道：「我也是路過，想著來接你。」楊太太正從浴室裏拿了絨線衫出來，手插在那絨線衫玫瑰紅的袖子裏，一甩一甩的，抽了敦鳳兩下，笑道：「你瞧，你瞧，米先生有多好！多周到呀！雨淋淋的，還來接！」米先生拍了一拍他身上的大衣，笑道：「現在雨倒是不下了。」楊太太道：「再坐一會兒罷，難得來的。」米先生脫了大衣坐下，楊太太斜眼瞅著他，慢吞吞笑道：「好嗎？米先生？」米先生很謹慎地笑道：「我還好，你好啊？」楊太太嘆息一聲，答了個「好」字，只有出的氣沒有入的氣。

敦鳳在旁邊聽著，心裏嫌她裝腔作勢，又嫌米先生那過份小心的口吻，就像怕自己又多了心似的。她想道：「老實同你說：她再什麼些，也看不上你這老頭子！她真的同你有意思嗎？」然而她對於楊太太，一直到現在，背後提起來還是牙癢癢的，一半也是因為沒有新的妒忌的對象——對於「老太婆」，倒不那麼恨——現在，她和楊太太和米先生三個人坐在一間漸漸黑下去的房間裏，她又翻尸倒骨把她那一點不成形的三角戀愛的回憶重溫了一遍。她是勝利的。雖然算不得什麼勝利，終究是勝利。她裝得若無其事，端起了茶碗。在寒冷的親戚人家，捧了冷的茶。她看見杯沿的胭脂漬，把茶杯轉了一轉，又有一個新月形的紅跡子，她皺起了眉毛，她的高價的嘴唇膏是保證不落色的，一定是楊家的茶杯洗得不乾淨，也不知是誰喝過的。她再轉過去，轉到一塊乾淨的地方，可是她始終並沒有吃茶的意思。

楊老太太看見米先生來了，也防著楊太太要和他搭訕，發落了熨衣服的老媽子，連忙就趕進房來。楊太太也覺得了，露出不屑的笑容，把鼻子嗅了一嗅，隨隨便便地站起來笑道：「我去讓他們弄點心，」便往外走，大衣披著當斗篷，斗篷底下顯得很玲瓏的兩隻小腿，一絞一絞，花搖柳顫地出去了。老太太怕她又借著這因頭買上許多點心，也跟了出去，叫道：「買點烘山芋，這兩天山芋上市。」敦鳳忙道：「舅母真的不要費事了，我們不餓。」老太太也不理會。

婆媳兩個立在樓梯口，打發了傭人出去買山芋，卻又暗暗抱怨起來。老太太道：「敦鳳這些地方向來是很留心的，吃人家兩頓總像是不過意，還有時候帶點點心來。現在她是不在乎這些了，以為我們也不在乎——」楊太太笑道：「闊人就是這個派頭！不小氣，也就闊不了了。」

敦鳳與米先生單獨在房間裏，不知為什麼兩人都有點窘。敦鳳雖是沉著臉，覺得自己一雙眼睛彎彎地在臉上笑。米先生笑道：「怎麼樣？什麼時候回去？」敦鳳道：「回去還沒有飯吃呢——關照了阿媽，不在家吃飯。」說著，忍不住嘴邊也露出了笑容，又道：「你怎麼這麼快，趕去又趕來了？」

米先生沒來得及回答，楊老太太婆媳已經回到房中，大家說著話，吃著烘山芋。剩下兩個，楊老太太吩咐傭人把最小的一個女孩叫了來，給她趁熱吃。小女孩一進來便說道：「奶奶快看，天上有個虹。」楊老太太把玻璃門開了一扇，眾人立在洋台上去看。敦鳳兩手筒在袖子裏，一陣哆嗦，道：「天晴了，更要冷了。現在不知有幾度？」她走到爐台前面，爐台上的寒暑表，她做姑娘時候便熟悉的一件小擺設，是個綠玻璃的小塔，太陽光照在上面，反映到沙發套子上綠瑩瑩的一塊光。真的出了太陽了。

敦鳳伸手拿起寒暑表，忽然聽見隔壁房子裏的電話鈴又響了起來：「葛兒鈴……鈴！葛兒鈴……鈴！」她關心地聽著。居然有人來接了——她心裏倒是一寬。粗聲大氣的老媽子的喉嚨，不耐煩的一聲「喂？」切斷了那邊一次一次難以出口的求懇。然後一陣子哇啦哇啦，聽不清楚了。敦鳳站在那裏，呆住了。回眼看到洋台上，看到米先生的背影，半禿的後腦勺與胖大的頸項連成一片，隔著個米先生，淡藍的天上出現一段殘虹，短而直，紅、黃、紫、橙紅。太陽照著洋台；水泥闌干上的日色，遲重的金色，又是一剎那，又是遲遲的。

米先生仰臉看著虹，想起他的妻快死了，他一生的大部份也跟著死了。他和她共同生活裏的悲傷氣惱，都不算了，不算了。米先生看著虹，對於這世界的愛不是愛而是痛惜。

敦鳳自己穿上大衣，把米先生的一條圍巾也給他送了出來，道：「圍上罷，冷了。」一面說，一面抱歉地向她舅母她表嫂帶笑看了一看，彷彿是說：「我還不都是為了錢？我照應他，也是為我自己打算——反正我們大家心裏明白。」

米先生圍上圍巾，笑道：「我們也應該走了罷，吃也吃了，喝也喝了。」

他們告辭出來，走到弄堂裏，過街樓底下，乾地上不知誰放在那裏一只小風爐，噗嘟噗嘟冒白烟，像個活的東西，在那空蕩蕩的弄堂裏，猛一看，幾乎要當它是隻狗，或是個小孩。

出了弄堂，街上行人稀少，如同大清早上。這一帶都是淡黃的粉牆，因為潮濕的緣故，發了黑，沿街種著的小洋梧桐，一樹的黃葉子，就像迎春花，正開得爛漫，一棵棵小黃樹映著墨灰的牆，格外的鮮艷。葉子在樹梢，眼看它招呀招的，一飛一個大弧線，搶在人前頭，落地還飄得多遠。

生在這世上，沒有一樣感情不是千瘡百孔的，然而敦鳳與米先生在回家的路上還是相愛著。踏著落花樣的落葉一路行來，敦鳳想著，經過郵局對面，不要忘了告訴他關於那鸚哥。

——一九四五年一月

・初載於一九四五年二月上海《雜誌》第十四卷第五期。

祖父不肯出來做官，就肯也未見得有得做。大小十來口子人，全靠祖母拿出錢來維持著，祖母萬分不情願，然而已是維持了這些年了。……瀠珠家裏的窮，是有背景，有根底的，提起來話長，就像是「奴有一段情呀，唱撥拉諸公聽。」可是瀠珠走在路上，她身上只是一點解釋也沒有的寒酸。

只是寒酸。她兩手插在塌肩膀小袖子的黑大衣的口袋裏，低頭看著藍布罩袍底下，太深的肉色線袴，尖口布鞋，左腳右腳，一探一探。從自己身上看到街上，冷得很。三輪車夫披著方格子絨毯，縮著頸子唏溜溜唏溜溜在行人道上亂轉，像是忍著一泡尿。紅棕色的洋梧桐，有兩棵還有葉子，清晰異常的焦紅小點，一點一點，整個的樹顯得玲瓏輕巧起來。冬天的馬路，乾淨之極的樣子，淡黃灰的地，淡得發白，頭上的天卻是白中發黑，黑沉沉的，雖然不過下午兩三點鐘時分。一輛電車駛過，裏面搭客擠得歪歪斜斜，三等車窗裏卻戳出來一大捆白楊花——花販叫做白楊花的，一種銀白的小絨嘀嘟，遠望著，像枯枝上的殘雪。

今年雨雪特別地少。自從瀠珠買了一件雨衣，就從來沒有下過雨。瀠珠是因為一直雨天沒有雨衣，積年的深刻的苦惱的緣故，把雨衣雨帽列作第一樣必需品，所以拿到工錢就買了一件，想著冬天有時候還可以當做大衣穿。她在一家藥房裏做事，一個同學介紹的。她姐妹幾個都是在學校裏讀到初中就沒往下念了，在家裏閒著。姑媽答應替她找個事，因為程度太差，嚷嚷了好些時了，也沒找著。現在她有了這個事，姑媽心裏還有點不大快活。祖母是，就是姑媽給她介紹的事，也還不願意，說她那樣的人，能做什麼事？外頭人又壞，小姐理路又不清楚——少現世了！祖母當然是不贊成——根本潆珠活在世上她就不贊成。兒孫太多了。祖父也不一定贊成，可是倒夾在裏面護著孫女兒，不為別的，就為了和祖母鬧彆扭，表示她雖然養活了他一輩子，他還是有他的獨立的意見。

每天潆珠上工，總是溜出來的。明知祖母沒有不知道的，不過是裝聾作啞，因為沒說穿，還是不能不鬼鬼祟祟。潆珠對於這個家庭的煊赫的過去，身分地位，種種禁忌，本來只有討厭，可是真的從家裏出來，走到路上的時候，覺得自己非常渺小，只是一個簡單的窮女孩子，那時候卻又另有一種難堪。她也知道顧體面，對親戚朋友總是這樣說：「我做事那個地方是外國人開的，我幫他們翻譯，練習練習英文也好，老待在家裏，我那點英文全要忘了！他們還有個打字機，讓我學著打字，我想著倒也還值得。」

來到集美藥房，門口拉上了鐵門，裏面的玻璃門上貼著紙條：「營業時間：上午九時至十一時，下午三時至六時。」主人是猶太人，夫婦兩個，一頓午飯要從十一點吃到三點，也是因為現在做生意不靠門市。潆珠從玻璃鐵條裏望進去，藥房裏面的掛鐘，正指著三點，主人還沒來。她立在門口看鐘，彷彿覺得背後有個人，跳下了腳踏車，把車子格喇喇推上人行道來，她當是店主，待要回頭看，然而立刻覺得這人正在看她，而且已經看了她許久了。彷彿是個子很高的。是的，剛才好像有這樣的一個人騎著自行車和她一路走著的，她走得相當快，因為冷，而且心裏發煩，可是再快也快不過自行車，當然他是有心，騎得特別地慢。剛才可惜沒注意。她向橫裏走了兩步，立在玻璃窗跟前。櫥窗的玻璃，有點反光，看不見她的模樣，也看不見她自己。人家看中了什麼呢？她簡直穿得不像樣。她是長長的身子，胸脯窄窄地在中間墳起，鵝蛋臉，額角上油油的，黃黃的，腮上現出淡紅的大半個圓圈，圓圈的心，卻是雪白的。氣色太好了，簡直鄉氣。

她兩手插在袋裏，分明覺得背後有個人扶著自行車站在那裏。實在冷，兩人都是噓氣成雲。如果是龍，也是兩張畫上的，縱然兩幅畫捲在一起，也還是兩張畫上的，各歸各。

她一動也不動，向櫥窗裏望去，半晌，忽然發現，櫥窗裏彩紙絡住的一張廣告，是花柳聖藥的廣告，剪出一個女人，笑嘻嘻穿著游泳衣。冬天，不大洗澡，和自己的身體有點隔膜了，看到那淡紅的大腿小腿，更覺得突兀。潆珠臉紅起來，又往橫裏走了兩步，立到藥房門口，心裏恨藥房老闆到現在還不來，害她站在冷風裏，就像有心跟人兜搭似的，又沒法子說明。她頭髮裏發出熱氣，微微出汗，彷彿一根根頭髮都可以數得清。

主人騎了腳踏車來了，他太太坐了部黃包車。潆珠讓在一邊，他們開了鎖，一同進去。這才向櫥窗外面睃了一眼，那人已經不在了。老闆彎腰鎖腳踏車，老闆娘給了她一個中國店家的電話號碼，叫她打過去。藥房裏暗昏昏的，一樣冷得搓手搓腳，卻有一種清新可愛。方磚地，三個環著玻璃櫥，瓶瓶罐罐，閃著微光，琥珀，湖綠。櫃頂一色堆著藥水棉花的白字深藍紙盒。正中另有個小櫥，放著化妝品，豎起小小的廣告卡片，左一個右一個畫了水滴滴的紅嘴唇，藍眼皮，翻飛的睫毛。玻璃櫥前面立著個白漆長桿磅秤。是個童話的世界，而且是通過了科學的新式童話，〈小雨點的故事〉一類的。高高在上的掛鐘，黑框子鑲著大白臉，舊雖舊了，也不覺得老，「剔搭剔搭」，它記錄的是清清白白乾乾淨淨的表面上的人生，沒有一點人事上的糾紛。

瀠珠撥著電話，四面看看，心裏很快樂。和家裏是太兩樣了！待她好一點的，還是這些不相干的人。還有剛才那個人——真的，看中了她哪一點呢？冬天的衣服穿得這樣鼓鼓揣揣，累裏累堆！

電話打不通。一個顧客進來了，買了兩管牙膏。因為是個中國太太，老闆娘並不上前招待。瀠珠包紮了貨物，又收錢，機器括喇一響，自己覺得真俐落。冷……她整個地凍得綳脆的，可是非常新鮮。

顧客立在磅秤上，磅了一磅，走出去了，迎面正有一個人進來。磅秤的計數尺還在那裏「噶奪噶奪」上下搖動，瀠珠的心也重重地跳著——就是這個人罷？高個子，穿著西裝，可是說不上來什麼地方有點不上等。圓臉，厚嘴唇，略有兩粒麻子，戴著鋼絲邊的眼鏡，暗赤的臉上，鋼絲映成了灰白色。瀠珠很失望，然而她確實知道，就是他。門口停著一輛腳踏車。剛才她是那樣地感激他的呀！到現在才知道，有多麼感激。

他看看剃刀片，又看看老闆娘，怔了一會，忽然叫了出來道：「啊咦？認得的呀！你記得我嗎？」再望望老闆，又說：「是的是的。」他大聲說英文，雖然口音很壞，說得快，也就充過去了。老闆娘也道：「是的是的，是毛先生。看房子，我們碰見的——」他道：「——你們剛到上海來的時候。是格林白格太太罷？好嗎？」老闆娘道：「好的。」她是矮胖身材，短臉，乾燥的黃紅胭脂裏，短鼻子高高突起，她的一字式的小嘴是沒有嘴唇，笑起來本就很勉強，而且她現在不大願意提起逃難到上海的情形，因為夫妻兩個弄到了葡萄牙的護照，不算猶太人了。那毛先生偏偏問道：「你們現在找到了房子在哪裏？用不著住到虹口去？」格林白格太太又笑了一笑，含糊答道：「是的是的。」一面露出不安的神色，拿眼看她丈夫。格林白格先生是個不聲不響黑眉烏眼的小男子，滿臉青鬍子碴，像美國電影裏的惡棍。他卻是滿不在乎的樣子，拿了一份報紙，坐在磅秤前面的一張籐椅子上去。磅秤的計數尺還在那兒一上一下輕輕震盪，格林白格先生順手就把它扳平了。

格林白格太太搭訕著拿了一盒剃刀片出來給毛先生看，毛耀球買了一盒，又問拜耳健身素現在是什麼價錢，道：「我有個朋友，賣了兩瓶給我，還有幾瓶要出鬆，叫我打聽打聽市價。」格林白格太太轉問格林白格先生，毛耀球又道：「你們是新搬到的麼？這地方，很好的地方。」格林白格太太道：「是的，地段還好。」毛耀球道：「我每天都要經過這裏的。」他四下裏看看，眼光帶到瀠珠身上，這還是第一次。他笑道：「真清靜，你們這裏。明天我來替你們工作。」格林白格太太也笑了起來道：「有這樣的事麼？你自己開著很大的舖子。——不是麼？你們那兒賣的是各種的燈同燈泡，唵？生意非常好，唵？」毛耀球笑道：「馬馬虎虎。現在這時候，靠著一爿店是不行的了。我還虧得一個人還活動，時常外面跑跑。最近我也有好久沒出來了，生了一場病。醫生叫我每天磅一磅。」

他走到磅秤前面，幹練地說一聲「對不起，」格林白格先生只得挪開他的籐椅。毛耀球立在磅秤上，高而直的背影，顯得像個無依無靠的孩子，腦後的一撮頭髮微微翹起。一隻手放在秤桿上，戴著極大的皮手套，手套很新，光潔的黃色，熊掌似的，使人想起童話裏的大獸。他說：「怎麼的？你們這種老式的磅秤……」他又看了潆珠一眼，格林白格太太便向潆珠道：「你去幫他磅一磅。」潆珠擺著滿臉的不願意，走了過來，把滑鈕給他移到均衡的地方，毛耀球道：「謝謝！」很快地踏到地上，拿了一包剃刀就要走了。潆珠疑心他根本就沒看清楚是幾磅。格林白格太太敷衍地問道：「多少？」他道：「一百三十五。」他走了之後，又過了些時候，潆珠乘人不留心，再去看了一看，果真是一百三十五磅。她又有點失望。

然而以後他天天來了，總是走過就進來磅一磅。看著他這樣虎頭虎腦的男子漢，這樣地關心自己的健康，潆珠忍不住要笑。每次都要她幫著他磅，她帶著笑，有點嫌煩地教他怎樣磅法，說：「喏！這樣。」他答應著：「唔，唔，」只看著她的臉，始終沒學會。

有一天他問了：「貴姓？」潆珠道：「我姓匡。」毛耀球道：「匡小姐，真是不過意，一次一次麻煩你。」潆珠搖搖頭笑道：「這有什麼呢？」耀球道：「不，真的——你這樣忙！」

灔珠道：「也還好。」耀球道：「你們是幾點打烊？」灔珠道：「六點。」耀球道：「太晚了。禮拜天我請你看電影好麼？」灔珠淡漠地搖搖頭，笑了一笑。他站在她跟前，就像他這個人是透明的，她筆直地看通了他，一望無際，幾千里地沒有人烟——她眼睛裏有這樣的一種荒漠的神氣。

老闆娘從配藥的小房間裏出來了，看見他們兩個人隔著一個玻璃櫃，都是抱著胳膊，肘彎壓著玻璃，低頭細看裏面的擺設，灔珠冷得踢踢踢跳腳。毛耀球道：「有好一點的化妝品麼？」老闆娘道：「這邊這邊。」耀球挑了一盒子胭脂，一盒粉。老闆娘笑道：「送你的女朋友？」耀球正色道：「不是的。每天我給匡小姐許多麻煩，實在對不起得很，我想送她一點東西，真正一點小意思。」灔珠忙道：「不，不，真的不要。」格林白格太太笑著說他太客氣了，卻狠狠地算了他三倍的價錢。灔珠用的是一種劣質的口紅，油膩的深紅色——她現在每天都把嘴唇搽得很紅了——他只注意到她不缺少口紅這一點，因此給她另外買了別的。灔珠再三推卻，追到門口去，一定要還給他，在大門外面，西北風裏站著，她和他大聲理論，道：「沒有這樣的道理的！你不拿回去我要生氣了！這樣客氣算什麼呢？」耀球也是能言善辯的，他說：「匡小姐，你這樣我真難為情了！送這麼一點點東西，在我，已經是很難為情的了，你叫我怎麼好意思收回來？而且我帶回去又沒有什麼用處，買已經買了，難道退給格林白格太太？」灔珠只是翻來覆去說：「真的我要生氣了！」耀球聽著，這句話的口氣已經是近於撒嬌，他倒高興起來，末了他還是順從了她拿了回去了。

有一趟，他到他們藥房裏來，瀠珠在大衣袋裏尋找一張舊的發票，把市民證也掏了出來，立刻被耀球搶了去，拿在手中觀看。瀠珠連忙去奪，他只來得及看到一張派司照，還有「年齡：十九歲」。瀠珠道：「像個鬼，這張照片！」耀球笑笑，道：「是拍得不大好。」他倚在櫃台上，閒閒地道：「匡小姐，幾時我同幾個朋友到公園裏去拍照，你可高興去？」瀠珠道：「這麼冷的天，誰到公園裏去？」耀球道：「是的，不然家裏也可以拍，我房間裏光線倒是很好的，不過同匡小姐不大熟，第一次請客就請在家裏，好像太隨便。我對匡小姐，實在是非常尊重的。現在外面像匡小姐這樣的人，實在很少……」瀠珠低著頭，手執著市民證，玻璃紙殼子裏本來塞著幾張錢票子，她很小心地把手伸進去，把稀縐的鈔票攤平了，移到上角，蓋沒她那張派司照。耀球望了她半晌，道：「你這個姿勢真好——真的，幾時同你拍照去！」瀠珠卻也不願意他想她拍不起好一點的照片。她笑道：「我是不上照的。過一天我帶來給你看，我家裏有一張照，一排站著幾個人，就我拍得頂壞！」他還沒看見她打扮過呢！打扮得好看的時候，她的確很好看的。這個人，她總覺得她的終身不見得與他有關，可是她要他知道，失去她，是多大的損失。

耀球道：「好的，一定要給我看的呵！一定要記得帶來的呵！」她卻又多方留難，笑道：「貼在照相簿上呢！揹著多大的照相簿出來，家裏人看著，滑稽哦？」耀球道：「偷偷的撕下來好了。」他再三叮囑，對這張照片表示最大的興趣，彷彿眼前這個人倒還是次要。瀠珠也感到一種小孩的興奮，第二天，當真把照片偷了出來。他拿在手裏，鄭重地看著，照裏的她，定晴含笑，簪著絹花，頂著緞結。他向袋裏一揣，笑道：「送給我了！」瀠珠又急了，道：「怎麼可以？又不是我一個人的照片！真的不行呀！真的你還我！」

爭執著，不肯放鬆，又追他追到大門外。門前過去一輛包車，靠背上插了一把紅綠雞毛帚，冷風裏飄搖著，過去了。隆冬的下午，因為這世界太黯淡了，一點點顏色就顯得赤裸裸的，分外鮮艷。來來往往的男女老少，有許多都穿了藍布罩袍，明亮耀眼的，寒磣磣粉撲撲的藍色。樓頭的水管子上，滴水成冰，掛下來像釘耙。一個鄉下人挑了担子，光著頭，一手搭在扁担上，一手縮在棉襖袖裏，兩袖彎彎的，兩個長筒，使人想到石揮演的「雷雨」裏的魯貴——瀠珠她因為有個老同學在戲院裏做事，所以有機會看到很多的話劇——那鄉下人小步小步跑著，東張西望，滿面笑容，自己覺得非常機警似的，穿過了馬路。給他看著，上海城變得新奇可笑起來，接連幾輛腳踏車，騎車的都呵著腰，縮著頸子，憋著口氣在風中鑽過，冷天的人都有點滑稽。道上走著的，一個個也彎腰曲背，上身伸出老遠，只有瀠珠，她覺得她自己是屹然站著，有一種凜凜的美。她靠在電線杆上，風吹著她長長的鬈髮，吹得它更長，更長，她臉上有一層粉紅的絨光。愛是熱，被愛是光。

耀球說：「匡小姐，你也太這個了！朋友之間送個照片算什麼呢？——我希望你是拿我當個朋友看待的——朋友之間，送個照片做紀念，也是很普通的事。」瀠珠笑道：「做紀念——又不是從此不見面了！」耀球忙道：「是的，我們不過是才開頭，可是對於我，每一個階段都是值得紀念的。」瀠珠掉過頭去，笑道：「你真會說，我也不跟你辯，你好好的把照片還

球便道：「匡小姐，我這人說話就是直，希望你不見怪。我對於匡小姐實在是非常羨慕。我很知道我是配不上你的：我家裏哥哥弟弟都讀到大學畢業，只有我沒這個耐心，中學讀了一半就出來做事，全靠著一點聰明，東闖西闖。我父親做的是水電材料的生意，我是喜歡獨立的，我現在的一爿店，全是我自己經營的。匡小姐，你同我認識久了，會知道我這人，別的沒什麼，還靠得住。女朋友我有很多，什麼樣人都有，就沒有見過匡小姐你這樣的人。我知道你一定要說，我們現在還談不到這個。我不過要你考慮考慮。你要我等多少時候我也等著，當然我希望能夠快一點。你怎麼不說話？」潆珠望望他，微微一笑。耀球便去挽她的手臂，湊下頭去，低低地笑道：「都讓我一個人說盡了？」潆珠躲過一邊道：「我在這兒担心，這路上常常碰到熟人。」耀球道：「不會的，」又去挽她。潆珠道：「真的，讓我家裏人知道了不得了的。你不能想像我家裏的情形有多複雜……」耀球略略沉默了一會，道：「當然，現在這世界，交朋友的確是應當小心一點，可是如果知道是可靠的人，那做做朋友也沒有什麼關係的，是不是？」

天已經黑了，街燈還沒點上，不知為什麼，馬路上有一種奇異的黃沙似的明淨，行人的面目見得非常清晰。雖然怕人看見，潆珠還是讓他勾了她的手臂並肩走。迎著風，呼不過氣來，她把她空著的那隻手伸到近他那邊的大衣袋裏去掏手帕擤鼻子，他看見她的棕色手套，破洞裏露出指頭尖，櫻桃似的一顆紅的，便道：「冷嗎？這樣好不好，你把你的手放在我的大衣袋裏。我的口袋比你的大。」她把手放在他的大衣袋裏，果然很暖和，也很妥貼。他平常拿錢，她看他總是從裏面的袋裏掏的，可是他大衣袋裏也有點零碎錢鈔，想必是單票子和五元票，稀軟的，骯髒的，但這使她感到一種家常的親熱，對他反而覺得安心了。

從那天之後，姐妹們在家閒談，她就有時候提起，有這樣的一個人。「真討厭，」她攢眉說，「天天到店裏來。老闆是不說話——不過他向來不說什麼的，鬼鬼祟祟，陰死了！老闆娘現在總是一臉的壞笑，背後提起來總說『你那個男朋友』——想得起來的！本來是他們自己的來頭，不然怎麼會讓他沾上了！」二妹瀠芬好奇地問：「看上去有多大呢？」瀠珠道：「他自己說是二十六。……好像是。——誰記得他那些？」第三個妹子瀠華便道：「下回我們接你去，他不是天天送你回來麼？倒要看看他什麼樣子。」瀠芬笑道：「這人倒有趣得很！」瀠華道：「簡直發癡！」瀠珠道：「真是的，哪個要他送？說來說去，嘴都說破了，就是回不掉他。路上走著，認得的人看見了，還讓人說死了！為他受氣，才犯不著呢！——知道他靠得住靠不住？不見得我跑去調查！什麼他父親的生意做得多大，他自己怎麼能幹，除了他那爿店，還有別的東西經手，前天給人家介紹頂一幢房子，就賺了十五萬。」瀠芬不由得取笑道：「真的喏，我們家就少這樣一個能幹人！」瀠珠頓時板起臉來，旋過身去，道：「不同你們說了！你們也一樣的發癡！」瀠芬忙道：「不了，不了！」瀠珠道：「你們可不許對人說，就連媽，知道了也不好辦，回頭說：都是做事做出來的！再讓他把我這份事給弄丟了，可就太冤枉！……這人據他自己說，連中學也沒畢業呢，只怕還不如我。當然現在這時候，多少大學畢業生都還沒有飯吃呢，要找不到事還是找不到事，全看自己能耐，頂要緊的是有衝頭——可是到底，好像……」

自從瀠珠有了職業，手邊有一點錢，隔一向總要買些花生米之類請請弟妹們，現在她們之間有了這秘密，她又喜歡對她們訴說，又怕她們洩漏出去，更要常常的買了吃的回來。這一天，她又帶了一尊蛋糕回來，脫下大衣來裹住了紙匣子，悄悄地搬到三樓，和妹妹們說：「你看真要命，叫他少到店裏來，他今天索性送了個蛋糕來，大請客。格林白格太太吃了倒是說好，原來他費了一番心，打聽他們總是哪家買點心的，特為去定的。後來又捧了個同樣的蛋糕在門口等著我，叫我拿回來請家裏的弟弟妹妹，說：『不然就欠周到了。』我想想，要是一定不要，在街上拉呀扯的，太不像樣，那人的脾氣又是這樣的，簡直不讓人說不，把蛋糕都要跌壞了！」切開了蛋糕，大家分了，瀠華嘴裏吃著人家的東西，眼看著姐姐煩惱的面容，還是忍不住要說：「其實你下回就給他個下不來台，省得他老是黏纏個不完！」瀠珠道：「我不是沒有試過呀！你真跟他發脾氣，他到底沒有什麼不規則的地方，反而顯得你小氣，不開通。你跟他心平氣和的解釋罷，左說右說，他的話來得個多，哪裏說得過他？」

蛋糕裏夾著一層層紅的果醬，冷而甜。她背過身去面向窗外拿著一塊慢慢吃著，心裏靜了下來，又有一種悲哀。幾時和他決裂這問題，她何嘗不是時時刻刻想到的。現在馬上一刀兩斷，還可以說是不關痛癢，可就是心裏久久存著很大的惆悵。沒有名目的。等等罷。這才開頭的，索性等它長大了，那時候殺了它也是英雄的事，就算為家庭犧牲罷，也有個名目。現在麼，委屈也是白委屈了。

舊曆年，他又送禮。送女朋友東西，彷彿是耶誕節或是陽曆年比較適當，可是他們認識的時候已經在陽曆年之後了。瀠珠把那一盒細麻紗手絹，一盒絲襪，一盒糖，全都退了回去。她向格林白格太太打聽了毛耀球的住址，親自送去的。他就住在耀球商行後面的一個衖堂裏。她猜著他午飯後不會在家的，特地揀那個時候送去。在樓底下問毛先生，樓底下說他住在二樓，他大約是三房客。她上樓去，一個老媽子告訴她毛先生出去了，請她進去坐，她說不必了，可是也想看看他的生活情形，就進去了。似乎是全宅最講究的一間房，雖然相當大，還是顯得擠，整套的深咖啡木器，大床大櫃梳妝台，男性化的只是那隨便，棕綠毛絨沙發椅上也沒罩椅套，滿是泥痕水漬。瀠珠也沒好意思多看，把帶來的禮物放在正中的圓檯上，注意到檯面的玻璃碎了個大裂子，底下壓了幾張明星照片。她問老媽子：「毛先生現在不在前面店裏罷？」老媽子道：「不會在店裏的，店一直要關到年初五呢。」瀠珠考慮著，新年裏到人家家裏來，雖然小姐們用不著丟錢，近來上海的風氣也改了，小姐家也有給賞錢的了，可是這老媽子倒不甚計較的樣子，一路送她下去，還說：「小姐有空來玩，毛先生家裏人不住在一起，他喜歡一個人住在外面，虧得朋友多，不然也冷靜得很。」瀠珠走到馬路上；看看那爿店，上著黃漆的排門，二層樓一溜白漆玻璃窗，看著像乳青，大紅方格子的窗櫺，在冬天午後微弱的太陽裏，新得可愛。她心裏又踏實了許多。

耀球第二天又把禮物帶了來，逼著她收下，她又給他送了回去。末了還是拿了他的。現在她在她母親前也吐露了心事。她父親排行第十，他們家鄉的規矩，「十少爺」嫌不好聽，照例稱作「全少爺」，少奶奶就是「全少奶奶」。全少奶奶年紀還不到四十，因為憂愁勞苦，看上去像個淡白眼睛的小母雞。聽了她的話，十分担憂，又愁這人來路不正，又愁門第相差太遠，老太爺老太太跟前通不過去，又愁這樣的機會錯過了將來要懊悔，沒奈何，只得逐日查三問四，眼睜睜望著瀠珠。妹妹們也幫著向同學羣中打聽，發現有個朋友的哥哥從前在大滬中學和毛耀球同過學，知道他父親的確是開著個水電材料店，有幾家分店，他自己也很能幹。有了這身分證，大家都放了心。瀠珠見她母親竟是千肯萬肯的樣子，反而暗暗地驚嚇起來，彷彿她自己鑽進了自己的圈套，賴不掉了。

她和毛耀球一同出去了一次，星期日，看了一場電影之後，她不肯在外面吃晚飯，恐怕回來晚了祖母要問起。他等不及下個禮拜天，又約她明天下了班在附近喝咖啡。明天是祖母的生日。她告訴他：「家裏有事，」磨纏了半天，但還是答應了他。對別人，她總是把一切都推在毛耀球驚人的意志力與口才上：「你不知道他的話有那麼多！對他說『不』簡直是白說嗎！逼得我沒法子！」

講好了他到藥房裏來接她，可是那天下午，藥房裏來了個女人，向格林白格太太說：「對不起，有個毛耀球，請問你，他可是常常到這兒來？我到處尋他呀！我說我要把他的事到處講，噯——要他的朋友們評評這個理！」格林白格太太瞪眼望著她，轉問瀠珠：「什麼？她要什麼？」瀠珠站在格林白格太太身後，小聲道：「不曉得是個什麼人。」那女人明知格林白格太太不懂話，只管滔滔不絕說下去道：「你這位太太，你同他認識的，我要你們知道知道毛家裏他這個人！不是我今天神經病似的憑空衝得來講人家壞話，實在是，事到如今——」她從線呢手籠裏抽出手帕，匆匆抖了一抖。倉卒間卻把手籠湊到鼻尖揩了一揩，背著亮，也看不清她可是哭了。她道：「我跟他也是舞場裏認識的，要正式結婚，他父親是不答應的，那麼說好了先租了房子同居，家裏有他母親代他瞞著。就住在他那個店的後面，已經有兩年了。慢慢的就變了心，不拿錢回家來，天天同我吵，後來逼得我沒法子說：『走開就走開！』我一賭氣搬了出來，可是，只要有點辦法，我還是不情願回到舞場裏去的呀！拖了兩個月，實在弄不落了，看樣子不能不出來了，難我忽然發現肚裏有小囝了。同他有了孩子，這事體又兩樣。所以我還是要找他——找他又見不到他——」她那粗啞的喉嚨，很容易失去了控制，顯得像個下等人，越說越高聲，突然一下子哽住了，她拾起手籠擋著臉，把頭左右搖著，面頰挨在手背上擦擦乾。一張凹臉，鬅髮梳得高高的，小扇子似的展開在臉的四周，更顯得臉大。她背亮站著，瀠珠只看見她矮小的黑影，穿著大衣，抗著肩膀，兩鬢的鬅髮裏稀稀漏出一絲絲的天光。瀠珠的第一個感覺是惶恐，只想把身子去遮住她，不讓人看見，護住她，護住毛耀球。人家現在更有得說了！母親第一個要罵出來：「這樣的一個人怎麼行？」徵求大家的意見，再熱心的旁邊人也要說：「我看不大好！」

這時候，格林白格先生也放下報紙走過來了，夫妻兩個皺眉交換了幾句德國話，格林白格太太很嚴重地問瀠珠：「她找誰？怎麼找到這兒來了？」瀠珠囁嚅道：「她找那個毛先生。」那女人突然轉過來向著瀠珠，大聲道：「這位小姐，你代我講給外國人聽。幾時看見他，替我帶個話——不是我現在還稀罕他，實在是，我同他已經到了這個地步了，也叫沒有辦法了，不然的話，這種人我理也不要理他，沒良心的！真也不懂為什麼，有的女人還會上他的當！已經有一次了，我搬出來沒兩天，他弄了個女朋友在房間裏，我就去捉姦。就算是沒資格跟他打官司，鬧總有資格鬧的！不過現在我也不要跟他鬧了，為了肚裏的孩子，我不能再跟他鬧了——女人就是這點苦呀！」

格林白格太太道：「這可不行，到人家這兒來哭哭啼啼的算什麼？你叫她走！」瀠珠只得說道：「你現在還是走罷，外國人不答應了！」那女人道：「我是本來要走了——大家講起來都是認識的，客客氣氣的好……話一定要給我帶到的，不然我還要來。」她還在擦眼淚，格林白格太太把手放在她肩膀上一陣推，一半用強，一半勸導著，說：「好了，好了，現在你去，噢，你去罷，噢！」格林白格先生為那女人開了門，讓她出去。

格林白格太太問瀠珠道：「她是毛先生的妻麼？」瀠珠道：「不。」他們夫妻倆又說了幾句德國話，格林白格太太便沉下臉來向瀠珠道：「這太過分了，弄個人來哭哭啼啼的！我也不知道你們是怎麼一回事！」瀠珠要辯白也插不進嘴去，她嗶栗剝落說下去道：「——跟一個顧客隨便說話是可以的，讓他買點東西送給你也是可以的，偶爾跟他出去一兩趟，在我們看來也是很平常，不過我不知道你們，也許你們當樁事，尤其你家裏是很舊式的，講起來這毛先生是從我們這兒認識的，我們不能負這個責任！」瀠珠紅著臉道：「我也沒跟他出去過——」格林白格太太道：「那很好。今天晚上他要送你回去麼？」瀠珠道：「他總在外面等著的……」格林白格太太道：「你打個電話給他，就告訴他這回事，告訴他你認為是很大的侮辱，不願意再看見他。」

瀠珠這時候徹底地覺得，一切的錯都在自己這一邊，一切的理都在人家那邊。她非常服從地拿起電話。沒有表軌聲。她撳了撳，聽聽還是沒有一點聲音。抬頭看到裏面的一個配藥的小房間，太陽光射進來，陽光裏飛著淡藍的灰塵，如同塵夢，便在當時，已是恍惚得很。朱漆櫥上的藥瓶，玻璃盅，玫瑰漏斗，小天平秤，看在眼裏都像有一層霧。……電話筒裏還是沉寂。

不知為什麼，和他來往，時時刻刻都像是離別。總覺得不長久，就要分手了。她小時候有一張留聲機片子，時常接連聽個七八遍的，是古琴獨奏的「陽關三疊」綳呀綳的，小小的一個調子，再三重複，卻是牽腸掛肚。……藥房裏的一把籐椅子，拖過一邊，倚著肥皀箱，籐椅的扶手，太陽把它的影子照到木箱上，彎彎的籐條的影子，像三個穹門，重重疊疊望進去，倒像是過關。旁邊另有些枝枝直豎的影子，像柵欄，雖然看不見楊柳，在那淡淡的日光裏，也可以想像，邊城的風景，有兩棵枯了半邊的大柳樹，再過去連這點青蒼也沒有了。走兩步又回來，一步一回頭，世上能有幾個親人呢？而這是中國人的離別，肝腸寸斷的時候也還敬酒餞行，作揖萬福，尊一聲「大哥」，「大姐」，像是淡淡的……瀠珠那張「陽關三疊」的唱片，被她撥弄留聲機，磕壞了，她小時候非常頑劣，可是為了這件事倒是一直很難受。唱片唱到一個地方，調子之外就有格蹬格蹬的嗄聲，直叩到人心上的一種痛楚。後來在古裝電影的配音裏常常聽到「陽關三疊」，沒有那格蹬格蹬，反而覺得少了一些什麼。瀠珠原不是多愁善感的人，只因她是第一個孩子，一出世的時候很嬌貴，底下的幾個又都是妹妹，沒一個能奪寵的，所以她到七八歲為止，是被慣壞了的。人們尊重她的感情與脾氣，她也就有感情，有脾氣。一等到有了弟弟，家裏誰都不拿她當個東西了，由她自生自滅，她也就沒那麼許多花頭了，呆呆地長大，長到這麼大了，高個子，腮上紅噴噴，簡直有點蠢。

家裏對她，是沒有恩情可言的，外面的男子的一點恩情，又叫人承受不起。不能承受。斷了的好。可是，世上能有幾個親人呢？

她把電話放回原處，隔了一會，再拿起來，剛才手握的地方與嘴裏呼吸噴到的地方已經凝著氣汗水，天還是這樣冷。耳機裏面還是死寂。

格林白格太太問道：「打不通？」她點點頭，微笑道：「現在的電話就是這樣！」格林白格太太道：「這樣罷，本來有兩瓶東西我要你送到一個地方去的，你晚一點五點鐘去，就不必回來了。等他來接你，我會同他說話的。」瀠珠送貨，地方雖不甚遠，她是走去走來的，到家已經六點多了。從後門進去，經過廚房，她母親在那裏燒菜，忙得披頭散髮的。瀠珠道：「怎麼沒個人幫忙？」全少奶奶舉起她那蒼白筆直的小喉嚨，她那喉嚨，再提高些也是嘰嘰喳喳，鬼鬼祟祟。她道：「新來的拿喬，走了！你這兩天不大在家，你不知道——聽了衖堂裏人的話，說人家過年拿了多少萬的賞錢頭錢，這就財迷心竅，嫌我們這兒太苦囉，又說一天到晚掃不完的貓屎——那倒也是的，本來老太爺那些貓，也是的！可是單揀今天走，知道老太太過壽，有意的訛人！今天的菜還是我去買的，赤手空拳要我一個人做出一桌酒席來，又要好看，又要吃得，又還要夠吃……你給我背後圍裙繫一繫，散了下來半天了，我也騰不出手來。」瀠珠替她母親繫圍裙，廚房裏烏黑的，只有白泥灶裏紅紅的火光，黑黑的一隻水壺，燒著水，咕嚕咕嚕像貓念經。

瀠珠上樓，樓上起坐間的門半開著，聽見裏面叫王媽把蛋糕拿來，月亭少奶奶要走了，吃了蛋糕再走。隨即看見王媽捧了蛋糕進去。瀠珠走到樓梯口，躊躇了一會。剛趕著這個時候進去，顯得沒眼色，不見得有吃的分到她頭上。想想還是先到三層樓上去，把藍布罩衫脫了再進去拜壽。

她沒進去，一隻白貓卻悄悄進去了。昏暗的大房裏，隱隱走動著雪白的獅子貓，坐著身穿織錦緞的客人，彷彿還有點富家的氣象。然而匡老太太今年這個生日，實在過得勉強得很。本來預備把這筆款子省下來，請請自己，出去吃頓點心，也還值得些，這一輩子還能過幾個生日呢？然而老太爺的生日，也在正月底，比她早不了幾天。他和她又是一樣想法。他就是不做生日，省下的錢他也是看不見的，因為根本，家裏全是用老太太的錢——匡家本來就沒有多少錢，所有的一點又在老太爺手裏敗光了。老太太是有名的戚文靖公的女兒，帶來豐厚的妝奩，一直賠貼到現在，也差不多了——老太爺過生日，招待了客人，老太太過生日，也不好意思不招待，可是老太太心裏怨著，面上神色也不對。她以為她這是敷衍人，一班小輩買了禮物來磕頭，卻也是敷衍她，不然誰稀罕吃他們家那點麵與蛋糕，十五六個人一桌的酒席？見她還是滿面不樂，都覺得捧場捧得太冤了，坐不住，陸續辭去。剩下的只有姪孫月亭和月亭少奶奶，還有自己家裏姑奶奶，姑奶奶的兩個孩子，還有個寡婦沈太太，遠房親戚，做看護的，現在又被姑奶奶收入她的麾下，在姑奶奶家幫閒看孩子。匡老太太許多兒女之中，在上海的惟有這姑奶奶和最小的兒子全少爺。

老太太切開蛋糕，分與眾人，另外放開一份子，說：「這個留給姑奶奶。」姑奶奶到浴室裏去了。老太太又叫：「老王，茶要對了。」老媽子在門外狠聲惡氣杵頭杵腦答道：「水還沒開呢！」老太太彷彿覺得有人咳嗽直咳到她臉上來似的，皺一皺眉，偏過臉去向著窗外。

老太太是細長身材，穿黑，臉上起了老人的棕色壽斑，眉睫烏濃，苦惱地微笑著的時候，眉毛睫毛一絲絲很長地彷彿垂到眼睛裏去。從前她是個美女，但是她的美沒有給她闖禍，也沒給她造福，空自美了許多年。現在，就像齎志以歿，陰魂不散，留下來的還有一種靈異。平常的婦人到了這年紀，除了匡老太太之外總沒有別的名字了，匡老太太卻有個名字叫紫微。她輩份大，一直從前，有資格叫她名字的人就很少，現在當然一個個都去世了，可是她的名字是紫微。

月亭少奶奶臨走丟下的紅封，紫微拿過來檢點了一下，隨即向抽屜裏一塞。匡老太爺匡霆谷問了聲：「多少？」紫微道：「五百。」霆谷道：「還是月亭少奶奶手筆頂大。」紫微向沈太太皺眉笑道：「今年過年，人家普通都給二百，她也是給的五百。她儘管闊氣不要緊，我們全少奶奶去回拜，少了也拿不出手囉！照規矩，長一輩的還要加倍囉！」沈太太輕輕地笑道：「其實您這樣好了：您把五百塊錢收起一半，家裏傭人也不曉得的；就把這個錢貼在裏頭給他們家的傭人，不是一樣的？」一語未完，他家的老媽子兇神似地走了進來，手執一把黑殼大水用碱水泡。」霆谷問道：「煮得還好麼？」沈太太道：「姑奶奶說太爛了。」霆谷道：「越爛越好，最要緊的就是把糖的味道給煮進去。……我今年這個蓮子茶就沒吃好！」他伸出一隻手虬曲作勢，向沈太太道：「豈但蓮子茶呀，說起來你都不相信——今年我們等到兩點鐘才吃到中飯，還是溫吞的！到現在還沒個熱手巾把子！這家裏簡直不能登了！……還有晚上沒電燈這個彆扭！」紫微道：「勸你早點睡，就是不肯！點著這麼貴的油燈，蠟燭，又還不亮，有什麼要緊事，非要熬到深更半夜的？」霆谷道：「有什麼要緊事，一大早要起來？」

紫微不接口了，自言自語道：「今天這頓晚飯還得早早的吃，十點鐘就沒有電了。還得催催全少奶奶。」沈太太道：「這一向還是全嫂做菜麼？」紫微又把燒飯的新近走了那回事告訴了她。沈太太道：「還虧得有全嫂。」紫微道：「所以呀，現在就她是我們這兒的一等大能人噯！——真有那麼能幹倒又好了！我有時候說說她，你沒看見那臉上有多難看！」沈太太連忙岔開道：「您這兒平常開飯，一天要多少錢？」紫微道：「六百塊一天。」霆谷道：「簡直什麼菜都沒有。」沈太太道：「那也是！人有這麼多呢。」紫微道：「現在這東西簡直貴得……」她蹙緊眉頭微笑著，無可奈何地望著人，眼角朝下拖著，對於這一切非常願意相信而不能夠相信。沈太太道：「可不是！」紫微道：「這樣下去怎麼得了呵！就這樣子苦過，也不知道能夠維持到幾時！」仰彝駝著背坐著，深深縮在長袍裏，道：「我倒不怕。真散伙了，我到城隍廟去擺個測字攤，我一個人總好辦。」他這話說了不止一回了，紫微聽了發煩，責備道：「你法子多得很呢！現在倒不想兩個出來！」仰彝冷冷地笑道：「本來這是沒辦法中的辦法呀。真要到那個時候，我兩個大點的女兒，叫她們去做舞女，那還不容易！」紫微道：「說笑話也沒個分寸的！」

門一開，又來了客，年老的姪孫湘亭，湘亭大奶奶，帶著女兒小毛小姐。湘亭夫婦都是近六十的人了，一路從家裏走了來，又接著上樓梯，已經見得疲乏，爬下磕頭，與老太太拜壽，老太爺道喜，紫微霆谷對於這一節又是非常認真的，夫妻倆斷不肯站在一起，省掉人家一個頭，一定要人家磕足兩個。這彷彿是他們對於這世界的一種報復。行過禮，大家重新入座，紫微見湘亭喘息微微，便問：「你們是走來的麼？外頭可冷？」湘亭笑道：「走著還好，坐在黃包車上還要冷呢。」湘亭大奶奶也笑道：「還好，路不很遠。小毛每天去教書，給人家補課，要走許多路呢，幾家子跑下來，一天的工夫都去了。現在又沒有無軌電車了。坐黃包車罷，那真是……只夠坐車子了！」紫微道：「真是的，現在做事也難噯！我們家那些，在內地做事的，能夠顧他們自己已經算好的了！三房裏一個大的成親，不還是我拿出錢來的麼？……不夠噯！在外頭做事是難！」沈太太道：「女人尤其難。一來就要給人吃豆腐。」

霆谷照例要問湘亭一句：「有什麼新聞嗎？」隨後又告訴他：「聽說已經在××打了？我看是快了！」在家裏他雖然火氣很大，論到世界大局，他卻是事理通達，心地和平的。

仰彝見他父親背過臉去和湘亭說話，便向沈太太輕輕嘲戲道：「哦？沈太太你這樣厲害的人，他們還敢嗎？」沈太太剪得短短鬈鬈的頭髮，滿臉的嚴父慈母，一切女護士的榜樣。臉上卻也隱約地紅了一紅，把頭一點一點，笑道：「外頭人心有多壞，你們關起門來做少爺的大概不知道。不是我說，女人賺兩個錢不容易，除非做有錢人的太太。最好還是做有錢人的女兒，頂不費力。」湘亭大奶奶笑道：「我就喜歡聽你說話這個爽快透徹！」沈太太笑道：「我就是個爽快。所以姑奶奶同我還合得來呢！」紫微心裏過了一過，想著她自己當初也是有錢人的女兒，於她並沒有什麼好處似的。

老媽子推門進來說：「有個人來看皮子。」紫微皺眉道：「前兩天叫他不來，偏趕著今天來。」向老媽子道：「你去告訴全少奶奶，到三層樓上去開箱子。」一面嘟囔著，慢慢地立起身來，到裏面臥室裏去拿鑰匙。霆谷跟在她後面，踱了出去。

屋裏眾人，因為賣東西不是什麼光鮮的事，都裝作不甚注意，繼續談下去。仰彝道：「女人出去做事就是這樣：長得好的免不了要給人追求。所以我那個大女兒，先說要找事的時候我就說了：將來有得麻煩呢！」沈太太聽他口氣裏很得意似的，便問：「是呀，聽說你們大小姐有了朋友了？」仰彝不答她的話，只笑了一聲道：「總之麻煩！」沈太太道：「你們大小姐的確是好相貌，眼看著這兩年越長越好了。」仰彝道：「那倒不要說，像她們這樣人走出去，是同他們外頭平常看見的做事的人有點兩樣！有點兩樣的！」

姑奶奶從浴室裏走了出來，問道：「老太太呢？」仰彝道：「上樓去有點事。你快來代表陪客罷！」姑奶奶見到湘亭夫婦，便道：「咦！你們剛來？我倒是要同湘亭談談！明志一直對我說的：『你們家那些親戚，還就只湘亭，還有點老輩的規模。』他常常同我說起的，對你真是很器重。」姑奶奶生平最崇拜她的丈夫。她出名的是「一人之下，萬人之上」。她姑爺在金融界是個發皇的人物，已經算得半官派了，姑奶奶也有相當資格可以模仿宋美齡，旗袍的袖口窄窄地齊肘彎，梳著個溜光的髻，稀稀幾根前劉海，薄施脂粉。蛋形的小臉，兩撇濃眉，長長的像青龍偃月刀，漆黑的眼珠子，眼神極足，個子不高，腰板筆直，身材驃壯。她坐了下來，笑道：「噯，我倒是正要找湘亭談談！」

湘亭只是陪笑，聽她談下去。她道：「——一直沒有空。我向來是，不管有什麼應酬，我一定要照我的課程表上，到時候睡覺的。八點鐘起來，一早上就是歸折東西，家裏七七八八，我還要臨帖，請了先生學畫竹子，有時候一個心簡直靜不下來。下午更是人來得不斷，親戚人家這些少奶奶，一來就打牌，還算是陪著我的。我向來是不顧情面的，她們托我介紹事，或是對明志商量什麼，我就老實說：明志他是辦大事的，我尊重他的立場。總替他回掉了。可是她們還是來，在我那兒說說話吃頓飯都是好的！這就滴滴答答，把些秘密告訴我，又是哪個外頭有了人，不養家了，要我出面講話；又是哪個的孩子要我幫助學費——你不曉得，幫了他的學費還有嘔氣的事在後頭呢，你想都想不到的，才叫氣人呢！等會我仔細講給你聽，我倒願意聽聽你的意見——所以我氣起來說：從此我不管這些閒事了！明志的朋友們總是對他說：『你太太真是個人才，可惜了兒的，應當做出點事業來。』說我『應當做出點事業來』。」仰彝笑道：「我真佩服你，興致真好！」湘亭大奶奶道：「本來一個人做人是應當這樣的。」沈太太道：「都像我們姑太太這樣就好了。」

正說著，瀠珠掩了進來，和湘亭夫婦招呼過了，問：「奶奶不在麼？」仰彝道：「在你們樓上開箱子呢。」姑奶奶見了瀠珠，忽然注意起來，扭過身去，覷著眼從頭看到腳，帶著微笑。瀠珠著慌起來，連忙去了。姑奶奶問了仰彝一聲：「她還沒磕過頭？」湘亭大奶奶和湘亭商量說：「我們可要走了？」仰彝道：「就要開飯了，吃了飯走。」姑奶奶也道：「再坐會兒，再坐會兒。」湘亭笑道：「真要走了，晚上路上不方便。」仰彝便立起身來道：「我上去看看，老太太怎麼還不下來。」

三層樓的箱子間裏，電燈沒裝燈泡，全少奶奶掌著蠟燭，一手扶著箱子蓋。紫微翻了些皮子出來，那商人看了道：「灰鼠不時新了，賣不出價。老太太要有灰背的拿出來，那倒可以賣幾個錢了！」又道：「銀鼠人家不大要。」霆谷在旁邊伸手捏了捏，插上來便道：「這件有點發黃了，皮板子又脆。」看到一件貂皮袍子，商人又嫌「舊了，沒有槍毛。」霆谷便附和道：「而且大毛貂現在也不時髦。」商人道：「就是呀。還有這件貂不能夠反穿——開縫的，只能穿在裏頭，能反穿就值錢了。」他只肯出一萬五，紫微嫌太少，他道：「這價錢出得不錯了，拿家去還要刷油，還要好好收拾一下呢。不賺老太太多少錢！」霆谷道：「那是！他們拿回去還要隔些日子才能夠賣掉呢！現在這個錢，嗨嗨，擱些日子是推扳不起的。」紫微賭氣把貂皮收過了，拿出一件猞猁女襖。商人道：「這件皮子倒是好，可惜尺寸太小，賣不上價。」霆谷道：「那他這話倒也是不錯！這樣小的衣裳你叫他拿去賣給誰？」商人把它顛來倒去細看，道：「皮子真是很好的，就是什麼都不夠做，配又不好配。」霆谷便埋怨起來：「從前時新小的，拼命要做得小，全給裁縫賺去了！我記得這件的皮統子本來是很大的！」

紫微恨道：「你這不是豈有此理！我賣我的東西，要你說上這許多！人家壓我的價錢，你還要幫腔！」霆谷道：「咦？咦？沒看見你這麼小氣——也值得這麼急扯白咧的！也不怕人見笑！真是的，我什麼東西沒見過！有好的也不會留到現在了！」紫微越發生氣，全少奶奶也不便說什麼，還是那商人兩面說好話，再三勸住了，講定了價錢成交。霆谷送了那商人下去，還一路說著：「就圖你這個爽氣！本來我們這兒也不是那些生意人家，只認得錢的。——真是，誰賣過東西！我不過是見得多了，有一句說一句……」商人連聲答應道：「老太爺說的是。」

紫微接過蠟燭，看著全少奶奶整理箱籠，一一鎖好。燭光裏，忽然搖搖晃晃有個高大的黑影落在朱漆描金箱子上，是仰彝。紫微不耐煩道：「別擋著人家的亮呀——你幾時上來的？」仰彝籠著手笑道：「我們老太爺真是越過越『撥聾』了！」他看紫微面色鐵青，便沒有往下說。紫微取回鑰匙，扣在脅下的鈕絆上。仰彝連忙接過蠟台，一路照著母親下樓。紫微忍不住又把剛才老夫妻的爭吵說給他聽，仰彝十分同情，跟到母親臥房裏，紫微開櫃子收錢，他乘機問她要了五千塊錢零花。他踅了出去，紫微正在那裏鎖櫃子，姑奶奶伸頭進來笑道：「我過年時候給媽送過來的糖，可要拿點出來給湘亭他們嚐嚐。」又撥過頭去，向外房的客人們笑道：「蘇州帶來的。我們老太太別的嗜好沒有，悶來的時候就喜歡吃個零嘴。」紫微搬過床頭前的一個洋鐵罐子，裝了些糖在一只茶碟子裏，多抓了些「膠切片」，她不喜歡吃「膠切片」，只喜歡松子核桃糖。女兒和她相處三十多年，這一點就再也記不得！然而，想起她的時候給她帶點糖來，她還是感激的，只是於感激之餘稍稍有點悲哀。姑奶奶端了碟子出去，又指著几上的了。一個燒飯的她知道我們今天有客，有心拿喬，走了，所以是全少奶奶做飯。她一個人，也忙不出多少樣數來。」小毛小姐道：「我們來的時候看見全表嬸在廚房裏。」紫微笑道：「我們少奶奶呀，但凡有一點點事，就忙得頭不梳，臉不洗的，弄得不像樣子。」仰彝笑道：「現在是不行了，從前我總說她是我所見過的最標準的一個美人。」大家都笑了起來，仰彝又道：「現在是不行了！看她在那兒洗碗，臉就跟牆一個顏色，手裏塊抹布也是那個顏色。從前不是這樣的。我第一次看見她是在舅舅家。媽，你還記得？」他的毛毛的大喉嚨忽然變成小小的，戀戀的，他傴僂著，筒著手，袍褂裏的身體也縮小了像個小孩，坐在那裏，兩腳從太高的椅子上掛下來。紫微道：「我哪還一個個的記得你們那些？」仰彝道：「那時候他們替我說的是他家的姪小姐，一捉堆幾個女孩子在那裏，叫我自己留心著。我說那個大扁臉的我不要！後來又說媒，這回就說的是她。我說：哦，就是那個小的；矮得很的嘛，拖著辮子多長的……」

紫微笑道：「那時候倒是，很有幾個人家要想把女兒給你呢！」她別過頭來向沈太太道：「小時候很聰明的噯！先生一直誇他，說他作文章口氣大，兄弟裏就他像外公。都說他聰明，相貌好。不知道怎麼的……變得這樣了嘛！」仰彝只是微笑，茶晶眼鏡沒有表情，臉上其他部份惟有淒涼的謙虛。紫微道：「大起來反而倒……一點也不怎麼了嘛！一個個都變得……」她望著他，不認得他了。她依舊蹙著眉頭無可奈何地微笑著，一雙眼睛卻漸漸生冷起來。

湘亭夫婦要走，辭別了紫微，又到書房去向霆谷告辭。霆谷的火爐還沒生起來。一肚子沒好氣，搓著手說：「這會子更冷了！你們還要走回去啊？……這一向也沒什麼新聞！」

姑奶奶把兩個孩子叫沈太太送了回去，她自己打過電話，問知家裏沒什麼要緊事，她預備吃了晚飯回家。開出飯來，圓檯面上鋪了紅桌布，挨挨擠擠一桌人，瀠珠臉色灰白，也坐在下首，夾在弟妹中間。她很快就吃完了，她臨走把她的凳子拖開了，讓別人坐得舒服些，大家把椅子稍微挪了一挪，就又沒有一點空隙。家族之中彷彿就沒有過她這樣的一個人。

姑奶奶吃了飯便走了，怕遲了要關電燈。全少奶奶正在收拾碗盞，仰彝還坐在那裏，幫著她們把剩菜撥撥好，撥撥又吃一口，又用筷子掏掏。只他夫婦兩個在起坐間裏，紫微卻走了進來，向全少奶奶道：「姑奶奶看見我們廚房裏的煤球，多雖不多，還是搬到樓上來的好，說現在值錢得很哩！讓人拿掉點也沒有數。我看就堆在你們房裏好了。今天就搬。」全少奶奶答應著，紫微在圓桌面旁邊站了一會，兩手扶著椅背，又道：「我聽姑奶奶說，瀠珠有了朋友了，在一個店裏認識的。」她看她兒媳兩個都吃了一驚似的，便道：「你不要當我喜歡管你們的事——我真怕管！你們匡家的事，管得我傷傷夠夠了！能夠裝不知道我就裝不知道了，這姑奶奶偏要來告訴我！告訴了我，我再不問，回頭出了什麼亂子，人家說起來還是怪到我身上，不該像你們一樣的糊塗。」全少奶奶定了定神，道：「是本來就要告訴媽的，先沒打聽仔細，現在知道了，原來大家都是認得的，瀠芬有個同學的哥哥，跟那人同過學。是還靠得住的！那人家裏倒是很好，父親做生意做得很大的，人是沒有什麼好看，本來也不是圖他好看——瀠珠這一點倒是很有主見的。」她急於洗刷一切，急得眼睛都直了。她一張小方臉，是蒼白的，突出的大眼睛，還要白，彷彿只看見眼白。紫微道：「唔。本來你們也想得很周到的，還要問我做什麼？——仰彝自然也贊成的了。」仰彝笑道：「我？我不管。現在世界文明了，我們做老子的還管得了呀？……這種人也真奇怪，看見了就會做朋友的！」全少奶奶嫌他天上一句地下一句，怕老太太生氣，忙道：「這個人倒是說了許多回了，要到我們這兒來拜望，見見上人。因為還沒同媽說過，我說等等罷——」仰彝笑道：「還是不要人家上門來的好，把人都嚇壞了！」紫微道：「本來也不必了，又不圖人家的人才，已經打聽明白了嘛，人家有錢。闊女婿也是你們的，上了當也是你們的女兒——我隨你們去噢！」

紫微進房去了，全少奶奶慢慢地把紅桌布掀了過來，捲作一卷，低聲道：「說明白了也好……」仰彝把桌上的潮手巾把子拿起來擦嘴又擤鼻子，笑道：「我家這個大女兒小時候算命倒是說她比哪個都強，就是胆子大，別看她不聲不響的，胆子潑得很！現在這文明世界，倒許好！」

全少奶奶自己又發了會楞，把東西都丟在桌上，逕自上三層樓來。女孩子的房裏，瀠華坐在床上，泡腳上的凍瘡，腳盆裏一盆溫熱的紫色藥水，發出淡淡的腥氣，她低著頭看書，膝上攤著本小說，燈不甚亮，她把臉棲在書上。瀠芬坐在靠窗的方桌前，瀠珠站著，挨著對過的一張床，把一隻腿跪在床上，拿著件大衣，在下襬上摸摸捏捏，把手伸到破了的裏子裏。她母親便問：「做什麼？」瀠珠微笑道：「裏頭有個銅板。」瀠芬笑道：「一個銅板現在好值許多錢呢！」瀠華頭也不抬，道：「這天真冷，剛剛還滾燙的，一下子就冷了！」瀠芬道：「外頭還要冷呢，你看窗子上的氣汗水！」她在玻璃窗上輕輕一抹，又把身子往下一伏，向外張看，道：

「可是有月亮？好像看見金黃的，一晃。」全少奶奶在床沿坐下，望著瀠珠，瀠珠被她母親一看，越發地心不在焉，尋找銅板，手指從大衣袋的破洞裏鑽了出來。全少奶奶道：「儘掏它做什麼？你看，給你越掙越破了！……奶奶知道你的事了，姑媽去告訴的。後來問到我，我就說：大家都是認得的；確實知道是很好的人家，瀠珠她倒是很明白的，也不是挑他好看的。——說穿了就沒有事了。奶奶是那個脾氣，過過就好了。」瀠珠把大衣向床上一丟，她順勢撲倒在床，哭了起來。雖然極力地把臉壓在大衣上，壓在那骯髒的，薄薄的白色小床上，她大聲的嗚咽還是震動了這間房，使人聽了很受刺戟，寒冷赤裸，像一塊揭了皮的紅鮮鮮的肌肉。妹妹們一時寂靜無聲，全少奶奶道：「你瘋了？哭什麼？你這孩子的脾氣越來越大了，奶奶今天說了你兩句，自己的奶奶，有什麼難為情的？今天她是同爺爺吵了嘴，氣出在你身上，算你倒楣。快不要哭了，哭出病來了！你這樣難過，是你自己吃虧噢！」瀠珠還是大哭，全少奶奶漸漸的也沒有話了，只坐在床邊，坐在那裏彷彿便是安慰。

忽然之間電燈滅了。瀠華在黑暗裏彷彿睡醒似地，聲音從遠處來，惺忪煩惱地叫道：「真難過！我一本書正看完！」瀠芬道：「看完了倒不好？你情願看了一半？」瀠華道：「不是噯，你不知道，書裏兩個人，一個女的死了，男的也離開北京，火車出了西直門，又在那兒下著雨。……書一完，電燈又黑了，就好像這世界也完了……真難過！」

房間裏靜默了一會，瀠珠的抽噎也停了。全少奶奶自言自語道：「還要把煤球搬上來。」她高聲叫老媽子。老媽子擎著個小油燈上樓來，全少奶奶便和她一同下去，來到廚房裏。全少奶奶監督著老媽子把桌肚底下堆著的煤球一一挪到蒲包裏，油燈低低地放在凳上，燈光倒著照上來，桌上的瓶瓶罐罐都成了下巴滾圓的，顯得肥胖可愛。一隻新的砂鍋，還沒用過的，燈光照著，玉也似的淡黃白色，全少奶奶不由得用一隻手指輕輕摸了一摸，冰涼之中也有一種溫和，鬆鬆的質地。地下醬黃的大水缸蓋著木頭蓋；兩隻洋鐵筒疊在一起做成個小風爐。泥灶裏的火早已熄去，灶頭還薰著一壺水，半開的水，發出極細微的唏嘘，像一個傷風的人的睡眠。餘外都是黑暗。全少奶奶在這裏怨天怨地做了許多年了。這些年來，就這廚房是真的，污穢，受氣是真的，此外都是些空話，她公公的誇大，她丈夫的風趣幽默，不好笑的笑話，她不懂得，也不信任。然而現在，她女兒終身有靠了，靜安寺路上一爿店，這是真的。全少奶奶看著這廚房也心安了。

玻璃窗上映出油燈的一撮小黃火，遠遠地另有一點光，她還當是外面哪家獨獨有電燈，然而仔細一看，還是這小火苗的複影。除了這廚房就是廚房，更沒有別的世界。

樓上瀠珠在黑暗中告訴兩個妹妹，今天店裏怎麼樣來了個女人，怎樣哭，怎樣鬧，說她是同毛耀球同居的。瀠珠道：「我還沒同媽說呢，媽一定要生氣，要大反對了。好在我也決定了——這不行，弄了這樣一個女人在裏頭，怎麼可以！」瀠芬瀠華都是極其興奮，同聲問道：「這女人什麼樣子？好看麼？」瀠珠放出客觀，洒脫的神氣，微笑答道：「還好……」想了一想，又補上一句道：「嗳，相當漂亮的呵！」她真心衛護那女人，她對於整個的戀愛事件是自衛的態度。

她又說道：「今天我本來打電話給他的，預備跟他明說，叫他以後不要來找我了。電話沒打通。後來咖啡館裏我也沒去。不過以後要是再看見了他——哼！你放心，他不會沒有話說的！我都知道他要講些什麼！還不是說：他同這女人的事，還是從前，他還沒碰見我的時候。現在當然都兩樣囉！從前他不過是可憐她，那時候他太年青了，一時糊塗。現在斷雖斷了，還是纏繞不清，都是因為沒有正式結婚的緣故，離起來反而難。……哼，他那張嘴還不會說麼？」就這樣說著，她已經一半原諒了他。同時她相信，他可以說得更婉轉，更叫人相信。

果然。

現在他們不能在藥房裏會面了，可是她還是讓他每天送她回去。關於從前那個女人，家裏她母親她妹妹都代她瞞著。於是他們繼續做朋友，雖然又是從頭來過——瀠珠對他冷淡了許多。

禮拜天，他又約她看電影。因為那天剛巧下雨，瀠珠很高興她有機會穿她的雨衣，便答應了。米色的斗篷，紅藍格子嵌線，連著風兜，遮蓋了裏面的深藍布罩袍，泛了花白的；還有她的鬈髮，太長太直了，梢上太乾，根上又太濕。風帽的陰影深深護著她的臉，她覺得她是西洋電影裏的人，有著悲劇的眼睛，喜劇的嘴，幽幽地微笑著，不大說話。

天還是冷，可是這冷也變成纏綿的了，已經是春寒。不是整大塊的冷，卻是點點滴滴，絲絲縷縷的。從電影院出來，他們在咖啡館裏坐了一會，瀠珠喝了一杯可可，沒吃什麼東西，誇那兒的音樂真好。毛耀球說他家裏有很好的留聲機片子，邀她去坐一會。她本來說改天去聽，出了咖啡館，卻又不願回家，說不去不去，還是去了。

到了他房間裏，老媽子送上茶來，耀球幫著她卸下雨衣，拿自己的大手絹子擦了擦上面的水。瀠珠也用手帕來揩揩她的臉。她的鬢腳原是很長，潮手絹子一抹，絲絲的兩縷鬢髮粘貼在雙腮，彎彎的一直到底，越發勾出了一個肉嘟嘟的鵝蛋臉。她靠著小圓檯坐著，一手支著頭，留聲機就放在桌上，非常響亮地唱起了〈藍色的多瑙河〉。耀球問她「可嫌吵？」瀠珠笑著搖頭，道：「我聽無線電也是這樣，喜歡坐得越近越好，人家總笑我，說我恨不得坐到無線電裏頭去！」坐得近，就彷彿身入其中。華爾滋的調子，搖擺著出來了，震震的大聲，驚心動魄，幾乎不能忍受的，感情上的蹂躪。尤其是現在，黃昏的房間，漸漸暗了下來，唱片的華美裏有一點凄涼，像是酒闌人散了。瀠珠在電影裏看見過的，宴會之後，滿地絆的彩紙條與砸碎的玻璃杯，然而到後來，也想不起這些了。嘹亮無比的音樂只是迴旋，迴旋如意，有一種黑暗的熱鬧，簡直不像人間。瀠珠怕了起來，她釘眼望著耀球的臉，使她自己放心，在灰色的餘光裏，已經看不大清楚了。耀球也看著她，微笑著，有他自己的心思。瀠珠喜歡他這時候的臉，灰蒼蒼的，又是非常熟悉的。

她向他說：「幾點鐘了？不早了罷？」他聽不見，湊過來問：「唔？」隨即把一隻手掌擱在她大腿上。她一怔，她極力要做得大方，矯枉過正了，半天也沒有表示，假裝不覺得。後來他慢慢地摩著她的腿，雖然隔了棉衣，她也緊張起來。她站起來，還是很自然的，說了一句：「聽完了這張要走了，」攏攏頭髮，向穿衣鏡裏窺探了一下，耀球也立起來，替她開燈。燈光照到鏡子裏，照見她的臉。因為早先吃喝過，嘴上紅膩的胭脂蝕掉一塊，只剩下一個圈圈，像給人吮過的，別有一種誘惑性。

耀球道：「反面的很好呢，聽了那個再走。」音樂完了，他扳了扳，止住了唱片。忽然他走過來，抱住了她，吻她了。瀠珠一隻手抵住他肩膀，本能地抗拒著，雖然她並沒有抗拒的意思。他摟得更緊些，他彷彿上上下下有許多手，瀠珠覺得有點不對，這回她真的掙扎了，抽脫手來，打了他一個嘴巴子。她自己也像挨了個嘴巴似地，熱辣辣地，發了昏，開門往下跑，一直跑出去。

在夜晚的街上急急走著，心裏漸漸明白過來，還是大義凜然地，渾身熾熱，走了好一段路，方才感到點點滴滴絲絲縷縷的寒冷。雨還在下。她把雨衣丟在他那兒了。

姑奶奶有一天到匡家來——差不多一個月之後了——和老太太說了許多話，老太太聽了正生氣呢，仰彝推門進來，紫微見他穿著馬袴呢中裝大衣，便問：「你這個時候到哪兒去？」仰彝道：「我去看電影去。」姑奶奶道：「這個天去看電影？剛剛我來的時候是雨夾雪。」仰彝道：「不下了，地下都乾了。」他向紫微攤出一隻手，笑著咕噥了一句道：「媽給我四百塊錢。」紫微嘴裏蝎蝎螫螫發出輕細的詫異之聲，道：「怎麼倒又……怎麼上回才……」然而他多高多高站在她跟前，伸出了手，這麼大的一個兒子了，實在難為情，只得從身邊把錢摸了出來。仰彝這姐姐向來是看不起他的，他偏不肯在姐姐面前替母親爭口氣！紫微就恨他這一點，此刻她連帶地也恨起女兒來。姑奶奶可是完全不覺得，粉光脂艷坐在那裏，笑嘻嘻和仰彝說道：「噯，我問你！可是有這個話，你們大小姐跟她那男朋友還在那兒來往，據說有一次到他家去，這人不規矩起來，她嚇得跑了出來，把雨衣丟在人家家裏，後來又打發了弟弟妹妹一趟兩趟去拿回來——可是有這樣的事？」仰彝道：「你聽哪個說的？」姑奶奶道：「還不是他們小孩子們講出來的。——真是的，你也不管管！」仰彝道：「我家這些女兒們，我說話她還聽？反而生疏了！其實還是她們娘說——娘說也不行，她們自己主意大著呢！在我們這家裏，反正弄不好的了！」

就在那天傍晚，瀠珠叫瀠芬陪了她去找毛耀球，討回她的衣裳。明知這一去，是會破壞了最後那一幕的空氣。她與他認識以來，還是末了那一趟她的舉止最為漂亮，久後思想起來，值得驕傲與悲哀。

到了那裏，問毛先生可在家，娘姨說她上去看看。然後把她們請上樓去。毛耀球迎出房來，笑道：「哦，匡小姐！好嗎？怎麼樣，這一向好嗎？常常出去玩嗎？」他滿臉浮光，笑聲很不愉快，瀠珠知道他對她倒是沒有什麼企圖了，大約人家也沒有看得那麼嚴重。瀠珠在樓梯口立住了腳，板著臉道：「毛先生，我有一件雨衣忘了在你們這兒了。」他道：「我還當你不來了呢！當然，現在一件雨衣是很值幾個錢的——不過當然，你也不在乎此……」瀠珠道：「請你給我拿了走。」耀球道：「是了，是了。前兩趟你叫人來取，我又沒見過你家裏的人，我知道他是誰？以後你要是自己再來，叫我拿什麼給你呢？所以還是要你自己來一趟。怎麼，不坐一會兒麼？」瀠珠接過雨衣便走，妹妹跟在後面，走到馬路上，經過耀球商行，櫥窗裏上下通明點滿了燈，各式各樣，紅黃紗罩垂著排鬚，宮款描花八角油紙罩，乳黃瓜楞玻璃球，靜悄悄的只見燈不見人，像是富貴人家的大除夕，人都到外面祭天地去了。這樣的世界真好，可是瀠珠的命裏沒有它，現在她看了也不怎麼難過了。她和妹妹一路走著，兩人都不說，腳下踩著滑塌塌灰黑的冰渣子，早上的雨雪結了冰，現在又微微的下起來了。快到家，遇見個挑担子的唱著「臭……乾！」賣臭乾總是黃昏時分，聽到了總覺得是個親熱的老蒼頭的聲音。瀠珠想起來，妹妹幫著跑腿，應當請請她了，便買了臭豆腐乾，篾繩子穿著一半，兩人一路走一路吃，又回到小女孩子的時代，全然沒有一點少女的風度。油滴滴的，又滴著辣椒醬，吃下去，也把心口暖和暖和，可是瀠珠滾燙地吃下去，她的心不知道在哪裏。

全少奶奶見瀠珠手上搭著雨衣，忙問：「拿到了？」瀠珠點頭。全少奶奶望望她，轉過來問瀠芬：「沒說什麼？」瀠芬道：「沒說什麼。」全少奶奶向瀠珠道：「奶奶問起你呢，我就說：剛才叫買麵包，我讓她去買了，你快拿了送上去罷。」把一隻羅宋麵包遞到她手裏。瀠珠上樓，走到樓梯口，用手帕子揩了揩嘴，又是油，又是胭脂，她要洗一洗，看浴室裏沒有人，她進去把燈開了。臉盆裏泡著髒手絹子，不便使用，浴缸的邊沿卻擱著個小洋磁面盆，裏面淺淺的有些冷水。她把麵包小心安放在壁鏡前面的玻璃板上。鏡上密密佈滿了雪白的小圓點子，那是她祖父刷牙，濺上去的。她祖父雖不洋化，因為他們是最先講求洋務的世家，有些地方他還是很道地，這些年來都用的是李士德寧牌子的牙膏，雖然一齊都刷到鏡子上去了。這間浴室，瀠珠很少進來，但還是從小熟悉的。燈光下，一切都發出清冷的腥氣。抽水馬桶座上的棕漆片片剝落，漏出木底。瀠珠彎腰湊到小盆邊，掬水擦洗嘴唇，用了肥皂，又當心地把肥皂上的紅痕洗去。在冷風裏吃了油汪汪的東西，一彎腰胸頭難過起來，就像小時候吃壞了要生病的感覺，反倒有一種平安。馬桶箱上擱著個把鏡，面朝上映著燈，牆上照出一片淡白的圓光。

忽然她聽見隔壁她母親與祖母在那兒說話——也不知母親是幾時進來的。母親道：「今天她自己去拿了來了。叫瀠芬陪了去的。拿了來了。沒怎麼樣。她一本正經的，人家也不敢怎麼樣嗳！」祖母道：「都是她自己跟你說的，你知道她到底是怎麼樣！」母親辯道：「不然我也不信她的，瀠珠這些事還算明白的。——先不曉得嗳！不都是認識的嗎？以為那人是有來頭的。不過總算還好，沒上他的當。」祖母道：「不是嗎，我說的——我早講的嗎！」母親道：「不是嗳，先沒看出來！」祖母道：「都糊塗到一窠子裏去了！仰彝也是的，看他那樣子，還希奇不了呢，這樣的糊塗老子，生出的小孩還有明白的？我又要說了：都是他們匡家的壞種！」靜了一會，她母親再開口，依然是那淡淡的，筆直的小喉嚨，小洋鐵管子似的，說：「還虧她自己有數嗳，不然也跟著壞了！……這人也還是存著心，所以弟弟妹妹去拿就拿不來。她有數嗳，所以叫妹妹一塊兒去。」因又感慨起來，道：「這人看上去很好的嘛！怎麼知道呢？」

她一味的護短，祖母這回真的氣上來了，半晌不作聲，忽然的說道：「——你看這小孩子糊塗不糊塗：她在外頭還講我都是同意的！今天姑奶奶問，我說哪有的事。我哪還敢多說一句話，我曉得這般人的脾氣嗳，弄得不好就往你身上推。都是一樣的脾氣——是他們匡家的壞種噯！我真是——怕了！而且『一代管一代』，本來也是你們自己的事。」全少奶奶早聽出來了，老太太嘴裏說瀠珠，說仰彝，其實連媳婦也怪在內。老太太常時在人前提到仰彝，總是說：「小時候也還不是這樣的，後來一成了家就沒長進了。有個明白點的人勸勸他，也還不至於這樣。」諸如此類的話，吹進全少奶奶耳朵裏，初時她也氣過，也哭過，現在她也學的，不去理會了。平常她像個焦憂的小母雞，東瞧西看，這裏啄啄，那裏啄啄，顧不周全；現在不能想像一隻小母雞也會變成諷刺含蓄的，兩眼空空站在那裏，至多賣個耳朵聽聽，等婆婆的口氣稍微有個停頓，她馬上走了出去。像今天，婆婆才住口，她立刻接上去就說：「哦，麵包買了來了，我去拿進來。」說的完全是不相干的，特意地表示她心不在焉。

正待往外走，瀠珠卻從那一邊的浴室裏推門進來了。老太太房裏單點了隻檯燈，瀠珠手裏拿了只麵包走過來，覺得路很長，也很暗，檯燈的電線，悠悠拖過地板的正中，她小心地跨過了。她把麵包放到老太太身邊的茶几上，茶几上檯燈的光忽地照亮了瀠珠的臉，瀠珠的唇膏沒洗乾淨，抹了開來，整個的臉的下半部，從鼻子底下起，都是紅的，看了使人大大驚惶。老太太怔了一怔，厲聲道：「看你弄得這個樣子！還不快去把臉洗洗！」瀠珠不懂這話，她站在那裏站了一會，忽然她兜頭夾臉針扎似地，火了起來，滿眼掉淚，潑潑洒洒。這樣也不對，那樣也不對；書也不給她念完，閒在家裏又是她的不是，出去做事又要說，有了朋友又要說，朋友不正當，她正當，凜然地和他絕交，還要怎麼樣呢？她叫了起來：「你要我怎麼樣呢？你要我怎麼樣呢？」一面說，一面蹬腳。她祖母她母親一時都楞住了，反倒呵叱不出。全少奶奶道：

「奶奶又沒說你什麼！真的這丫頭發了瘋了！」慌忙把她往外推，推了出去。

紫微一個人坐著，無緣無故地卻是很震動。她孫女兒的樣子久久在眼前——下半個臉通紅的，滿是胭脂，鼻子，嘴，蔓延到下巴，令人駭笑，又覺得可憐的一副臉相。就是這樣地，這一代的女孩子使用了她們的美麗——過一日，算一日。

紫微年青時候的照片，放大，掛在床頭的，雖然天黑了，因為實在熟悉的緣故，還看得很清楚。長方的黑框，紙托，照片的四角陰陰的，漸漸淡入，蛋形的開朗裏現出個鵝蛋臉，元寶領，多寶串。提到了過去的裝扮，紫微總是謙虛得很，微笑著，用抱歉的口吻說：「從前都興的些老古董噯！」——從前時新的不是些老古董又是什麼呢？這一點她沒想到。對於現在的時裝，紫微絕對不像一般老太太的深惡痛絕。她永遠是虛心接受的，雖然和自己無關了，在一邊看著，總覺得一切都很應當。本來她自己青春年少時節的那些穿戴，與她也就是不相干的。她美她的。這些披披掛掛儘管來來去去，她並沒有一點留戀之情。然而其實，她的美不過是從前的華麗的時代的反映，琤亮的紅木家具裏照出來的一個臉龐，有一種秘密的，紫黝黝的艷光。紅木家具一旦搬開了，臉還是這個臉，方圓的額角，鼻子長長的，筆直下墜，烏濃的長眉毛，半月形的呆呆的大眼睛，雙眼皮，文細的紅嘴，下巴縮著點——還是這個臉，可是裏面彷彿一無所有了。

當然她不知道這些。在一切都沒有了之後，早已沒有了，她還自己傷嗟著，覺得今年不如去年了，覺得頭髮染與不染有很大的分別，覺得早上起來梳妝前後有很大的分別。明知這分別絕對沒有哪個會注意到，自己已經老了還注意到這些，也很難為情的，因此只能暗暗地傷嗟著。孫女們背地裏都說：「你不知道我們奶奶，要漂亮得很呢！」因為在一個錢緊的人家，稍微到理髮店去兩趟（為染頭髮），大家就很覺得。兒孫滿堂，吃她的用她的，比較還是爺爺得人心。爺爺一樣的被贍養，還可以發脾氣，就不是為大家出氣，也是痛快的。紫微聽見隔壁房裏報紙一張張不耐煩的窸窣。霆谷在那裏看報。幾種報都是摳送的，要退報販不准退，再嘰咕也沒有用。每天都是一樣的新聞登在兩樣的報上——也真是個寂寞的世界呀！

窗外的雪像是又在下。仰彝去看電影了。想起了仰彝就皺起了眉……又下雪了。黃昏的窗裏望出去，對街的屋頂上積起了淡黃的雪。紫微想起她小時候，無憂無慮的。無憂無慮就是快樂罷？一直她住在天津衙門裏，到十六歲為止沒出過大門一步。漸漸長高，只覺得巍巍的門檻台階桌子椅子都矮了下去。八歲的時候，姐姐回娘家，姐夫留著兩撇鬍子，遠遠望上去，很害怕的。她連姐姐也不認識了，彷彿更高大，也更遠了。而且房間裏有那麼許多人。紫微把團扇遮著臉，別過頭去，旁邊人都笑了起來：「喲！見了姐夫，都知道怕醜囉！」越這麼說，越不好意思把扇子拿開。姐夫給她取了個典雅的號，現在她卡片的下端還印著在。

從前的事很少記得細節了，都是整大塊大塊，灰鼠鼠的。說起來，就是這樣的——還不就是這樣的麼？八歲進書房，交了十二歲就不上學了，然而每天還是有很多的功課，寫小楷，描花樣，諸般細活。一天到晚不給你空下來，防著你胡思亂想。出了嫁的姐姐算是有文才的，紫微提起來總需要微笑著為自己辯護：「她喜歡寫呀畫的，我不喜歡弄那些，我喜歡做針線。」

其實她到底喜歡什麼，也說不上來，就記得常常溜到花園裏一座洋樓上，洋樓是個二層樓，重陽節，闔家上去登高，平時也可以賞玩風景，可以看到衙門外的操場，在那兒操兵。大太陽底下，微微聽見他們的吆喝，兵丁當胸的大圓「勇」字，紅纓白涼帽，軍官穿馬褂，戴圓眼鏡，這些她倒不甚清楚，總之，是在那兒操兵。很奇異的許多男子，生在世上就為了操兵。

八國聯軍那年，她十六歲，父親和兄長們都出差在外，父親的老姨太太帶了她逃往南方。一路上看見的，還是一個灰灰的世界，和那操場一樣，不過拉長了，成為顛簸的窄長條，在轎子騾車前面展開，一路看見許多人逃難的逃難，開客店的開客店，都是一心一意的。她們投奔了常熟的一個親戚。一直等到了常熟，老姨太太方才告訴她，父親早先丟下話來，遇有亂事，避難的路上如果碰到了兵匪，近邊總有河，或是井，第一先把小姐推下水去，然後可以自盡。無論如何先把小姐結果了，「不能讓她活著丟我的人！」父親這麼說了。怕她年紀小小不懂事，自己不去尋死，可是遇到該死的時候她也會死的。唉唉，幾十年來的天下大事，真是哪一樣她沒經過呀！拳匪之亂，相府的繁華，清朝的亡，軍閥起了倒了，一直到現在，錢不值錢了，家家戶戶難過日子，空前的苦厄……她記錄時間像個時辰鐘，人走的路它也一樣走過，可是到底與人不同，它是個鐘。滴答滴答，該打的時候它也噹噹打起來，應當幾下是幾下。

義和團的事情過了，三哥把她們從常熟接了回來，這以後，父親雖然沒有告老，也不大出去問事了，長駐在天津衙門裏。戚寶彝一生做人，極其認真。他惟一的一個姨太太，丫頭收房的，還特意揀了個醜的，表示他不好色。紫微的母親是續絃，死了之後他就沒有再娶。親近些的女人，美麗的，使他動感情的，就只有兩個女兒罷？晚年只有紫微一個在身邊，每天要她陪著吃午飯，晚上心閒，教她讀《詩經》，圈點《綱鑑》。他吃晚飯，總要喝酒的，女兒一邊陪著，也要喝個半杯。大紅細金花的「燙杯」，高高的，圓筒式，裏面嵌著小酒盞。老爹爹講書，在堂屋裏，屋頂高深，總覺得天寒如水，紫微臉上暖烘烘的，坐在清冷的大屋子中間，就像坐在水裏，稍微動一動就怕有很大的響聲。桌上鋪著軟漆布，耀眼的綠的藍的圖案。每人面前一碗茶，白銅托子，白茶盅上描著輕淡的藕荷蝴蝶。旁邊的茶几上有一盆梅花正在開，香得雲霧沌沌，因為開得爛漫，紅得從心裏發了白。老爹爹坐在那裏像一座山，品藍摹本緞袍上面，反穿海虎皮馬褂，闊大臃腫，肩膀都圓了。他把自己鋪排在太師椅上，腳踏棉靴，八字式擱著。疏疏垂著白鬍鬚，因為年老的緣故，臉架子顯得迷糊了，反倒柔軟起來，有女子的溫柔。剃得光光的，沒有一點毫髮的紅油臉上，應當可以聞得見薰薰的油氣。他吐痰，咳嗽，把人呼來叱去慣了，嘴裏不停地哼兒哈兒的。說話之間「什娘的！」不離口，可是同女兒沒什麼可說的，和她只有講書。

她也用心聽著，可是因為她是個女兒的緣故，她知道她就跟不上也沒關係。他偶然也朝她看這麼一眼，眼看他最小的一個女兒也長大了，一枝花似的，心裏很高興。他的一生是擁擠的，如同鄉下人的年畫，綉像人物搬演故事，有一點空的地方都給填上了花，一朵一朵臨空的金圈紅梅。他是個多事的人，他喜歡在他身上感到生命的重壓，可是到底有七十多歲了，太疲倦的時候，就連接受感情也是吃力的。所以他對紫微也沒有期望——她是不能愛，只能夠被愛的，而且只能被愛到一個程度。然而他也很滿足。是應當有這樣一個如花的女兒點綴晚景，有在那裏就是了。

老爹爹在家幾年，邊疆上一旦有了變故，朝廷又要他出山，風急火急把他叫了去。紫微那時候二十二歲。那年秋天，父親打電報回來，家裏的電報向來是由她翻譯的，上房只有小姐一個知書識字。這次的電文開頭很突兀：「匡令有子年十六……」紫微曉得有個匡知縣是父親的得意門生，這神氣像是要給誰提親，不會是給她，年紀相差得太遠了。然而再譯下去，是一個「紫」字。她連忙把電報一擱，說：「這個我不會翻。」走到自己房裏去，關了門，相府千金是不作興有那些小家氣的嬌羞的，因此她只是很落寞，不聞不問。其實也用不著裝，天生的她越是有一點激動，越是一片白茫茫，從太陽穴，從鼻梁以上——簡直是頂著一塊空白走來走去。

電報拿到外頭賬房裏，師爺們譯了，方知究竟。這匡知縣，老爹爹一直誇他為人厚道難得，又可惜他一生不得意，聽說他有個獨養兒子在家鄉讀書，也並沒有見過一面，就想起來要結這門親。紫微再也不能懂得，老爹爹這樣的鍾愛她，到臨了怎麼這樣草草的把她許了人——她一輩子也想不通。但是她這世界裏的事向來是自管自發生的，她一直到老也沒有表示意見的習慣。追敘起來，不過拿她姐姐也嫁得不好這件事來安慰自己。姐妹兩個容貌雖好，外面人都知道他們家出名的疙瘩，戚寶彝名高望重，做了親戚，枉教人說高攀，子弟將來出道，反倒要避嫌疑，耽誤了前程。萬一說親不成，那倒又不好了。因此上門做媒的並不甚多。姐姐出嫁也已經二十幾了，從前那算是非常晚的了。嫁了做填房，雖然夫妻間很好，男人年紀大她許多，而且又是宦途潦倒的，所以紫微常常拿自己和她相比，覺得自己不見得不如她。

戚寶彝在馬關議和，刺客一鎗打過來，傷了面頰。有這等樣事，對方也著了慌，看在他份上，和倒是議成了。老爹爹回朝，把血污的小褂子進呈御覽，無非是想他們誇一聲好，慰問兩句，不料老太后只淡淡的笑了一笑，說：「倒虧你，還給留著呢！」這些都是家裏的二爺們在外頭聽人說，輾轉傳進來的，不見得是實情。紫微只曉得老爹爹回家不久就得了病，發燒發得人糊塗了的時候，還連連的伏在枕上叩頭，嘴裏喃喃奏道：「臣……臣……」他日掛肚腸夜掛心的，都是些大事；像他自己的女兒，再疼些，真到了要緊關頭，還是不算什麼的。然而他為他們扒心扒肝盡忠的那些人，他們對不起他。紫微站在許多哭泣的人中間，忍不住也心酸落淚，一陣陣的氣往上堵。他們對不起他，連她自己，本來在婚事上是受了屈的，也像是對不住他——真的，真的，從心裏起的對不住他呀！

穿了父親一年的孝，她嫁到鎮江去——公公在鎮江做官。公公對她父親是感恩知己的，以此特別的尊重她，把她只當師妹看待。恩師的女兒，又是這樣美的，這樣的美色照耀了他們的家，像神仙下降了。紫微也想著，父親生前與公公的交情不比尋常，自己一過去就立志要做賢人做出名聲來。公公面前她格外盡心。公公是節儉慣了的，老年人總有點饞，他卻捨不得吃。紫微便拿出私房錢來給老太爺添菜，雞鴨時鮮，變著花樣。閒常陪著他說起文靖公的舊事，文靖公也是最克己的，就喜歡吃一樣香椿炒蛋，偶爾聽到新上市的香椿的價錢，還嚇了一跳，叫以後不要買了。後來還是管家的想辦法哄他是自己園裏種的，方才肯吃。飯後他總要「走趟子」，在長廊上來回幾十遍，活血。很會保養的喲。最後得了病，總是因為高年的人，受傷之後又受了點氣。怎樣調治的，她和兄弟們怎樣的輪流服侍，這樣說著，說著，紫微也覺得父親是個最偉大的人，她自己在他的一生也佔著重要的位置，好像她也活過了，想起來像夢。和公公談到父親，就有這種如夢的惆悵，漸漸瞌睡上來了。可是常常這夢就做不成，因為她和她丈夫的關係，一開頭就那麼急人，彷彿是白夏布帳子裏點著蠟燭拍蚊子，煩惱得恍恍惚惚，如果有哭泣，也是呵欠一個接一個迸出來的眼淚。

結婚第二天，新娘送茶的時候，公公就說了：「他比你小，凡事要開導他。」紫微在他家，並沒有人們意想中的相府千金的架子，她是相信「大做小，萬事了」的——其實她做大也不會，做小也不會。可是她的確很辛苦地做小伏低過。還沒滿月有一天，她到一個姨娘的院子裏，特意去敷衍著說了會子話，沒曉得霆谷和她是鬧過意見的。回到新房裏，霆谷就發脾氣，把陪嫁的金水烟筒銀水烟筒一頓都拆了，踏踏扁，摜到院子裏去。告到他父親面前去，至多不過一頓打，平常依舊是天高皇帝遠，他只是坐沒有坐相，吃沒有吃相，在身邊又嘔氣，不在身邊又担心。有一次他爬到屋頂上去，搖搖擺擺行走，怎麼叫他也不下來。紫微氣得好像天也矮了下來了，納不下一口悶氣，這回真的去告訴，公公罰他跪下了。紫微正待迴避，公公又吩咐「你不要走」，叫霆谷向她賠禮。拗了半天，他作了個揖，紫微立在一邊，把頭別了過去，自己覺得很難堪，過了一會，趁不留心還是溜了。他跪了大半天，以後有兩個月沒同她說話。

連她陪嫁的丫頭婆子們也不給她個安靜。一直跟著她，都覺得這小姐是最好伺候的，她兼有《紅樓夢》裏迎春的懦弱與惜春的冷淡。到了婆家，情形比較複雜了，不免要代她生氣，賭氣，出主意，又多出許多事來。這樣亂糟糟地，她生了一男一女兩個孩子。有一年回娘家，兩個孩子都帶著，僱了民船清早動身，坐大廳前上轎。行李照例是看都看不見，從一個偏門搬運出去的，從家裏帶了去送人的餚肉巧果糖食，都是老媽子們妥為包紮，蓋了油紙，少奶奶並不過目的。奶娘抱了孩子在身後跟著，一個老媽子略微擎起了胳膊，紫微把一隻手輕輕搭在她手背上，借她一點力，款款走出來。公公送她，一直送出大廳，霆谷與家下眾人少不得也簇擁著一同出來了。院子裏分兩邊種著兩棵大榆樹，初春，新生了葉子，天色寒冷潔白，像磁，不吃墨的。小翠葉子點上去，凝聚著老是不乾。公公交了春略有點咳嗽，因此還穿了皮馬褂。他逗著孫子，臨上轎還要抱一抱，孩子卻哭了起來。他笑道：「一定是我這袖子捲著，毛茸茸的，嚇了他了！」把袖口放了下來，孩子還是大哭，不肯給他抱。他懷裏掏出一隻金殼「問錶」，那是用不著開開來看，只消一撳，就會叮叮報起時刻的。放在小孩耳邊給他聽，小孩只是哭個不停。清晨的大院子裏，哭聲顯得很小，鐘錶的叮叮也是極小的。沒敲完，婆子們就催她上轎走了，因為小孩哭得老太爺不得下台了。

小孩子坐在她懷裏，她沒有把臉去搵他稀濕的臉，因為她臉上白氣氤氳搽了粉。早上就著醬瓜油酥豆吃的粥，小口小口吃的，筷子趕著粥面的溫吞的膜，嘴裏還留著粥味。孩子漸漸不哭了，她這才想起來，怕不是好兆頭，這些事小孩子最靈的。果然，回娘家不到半個月，接到電報說老太爺病重。馬上叫船回來，男孩子在船上又哭了一夜，一夜沒給她們睡好。到鎮江，老太爺頭天晚上已經過去了。

這下子不好了——她知道是不好了。霆谷還在七裏就往外跑，學著嫖賭。亡人交在她手裏的世界，一盆水似的潑翻在地，擄掇不起來。同娘家的哥哥們商量著，京裏給他弄了個小官做，指望他換了個地方到北方，北京又有些親戚在那裏照管彈壓著他，然而也不中用，他更是名正言順地日夜在外應酬聯絡了。紫微給他還了幾次債，結果還是逼他辭了官，搬到上海來。霆谷對她，也未嘗不怕。雖然嫌她年紀大，像個老姐姐似的，都說她是個美人，他也沒法嫌她。因為有點怕，他倒是一直沒有討姨太太。這一點倒是……

她當家，經手賣田賣房子，買賣股票外匯，過日子情形同親戚人家比起來，總也不至於太差。從前的照片裏都拍著有：花園草地上，小孩蹣跚走著，戴著虎頭錦帽；落日的光，迷了眼睛；後面看得見鞦韆架的一角，老媽子高高的一邊站著，被切去半邊臉。紫微呢，她也打牌應酬，酒席吃到後來，傳遞著蛋形的大銀粉盒，女人一個個挨次的往臉上拍粉，紅粉撲子微帶潮濕……

這也就是人生一世呵！她對著燈，半個臉陰著。面前的一隻玻璃瓶裏插著過年時候留下來的幾枝洋紅果子，大顆的，燈光照著，一半紅，一半陰黑。……從前有一個時期，春柳社的文明戲正走紅，她倒是個戲迷呢，珠光寶氣，粉裝玉琢的，天天坐在包廂裏；招得親戚裏許多人都在背後說她了。說她，當然她也生氣的。那時候的奶奶太太的確有同戲子偷情的，茶房傳書遞簡，番茶館會面，借小房子，倒貼，可是這種事她是沒有的。因為家裏一直嘔氣，她那時候還生了肺病，相當厲害的，可是為了心裏不快樂而生了肺癆死了，這樣的事也是沒有的。拖下去，拖下去，她的病也不大發了，活到很大的年紀了，現在。

她喜歡看戲，戲裏淨是些悲歡離合，大哭了，自殺了，為父報仇，又是愛上了，一定要娶，一定要嫁……她看著很希奇，就像人家看那些希奇的背胸相連的孿生子，「人面蟹」，「空中飛人」，「美女箱遁」，吃火，吞刀的表演。

現在的話劇她也看，可是好的少。文明戲沒有了之後，張恨水的小說每一本她都看了。小說裏有戀愛，哭泣，真的人生裏是沒有的。現在這般女孩子，像她家裏這幾個，就只會一年年長大，歪歪斜斜地長大。懷春，禍害，禍害，給她添出許多事來。像書裏的戀愛，悲傷，是只有書裏有的呀！

樓下的一架舊的小風琴，不知哪個用一隻手指彈著。〈陽關三疊〉的調子，一個字一個字試著，不大像。古琴的曲子搬到嘶嘶的小風琴上，本來就有點茫然。——不知是哪個小孩子在那兒彈。

她想找本書看看，站起來，向書架走去，纏過的一雙腳，腳套裏絮著棉花，慢慢邁著八字步，不然就像是沒有腳了，只是遠遠地底下有點不如意。腳套這樣東西，從前是她的一個外甥媳婦做得最好，現在已經死了。輩份太大，親戚裏頭要想交個朋友都難，輕易找上門去，不但自己降了身分，而且明知人家需要特別招待的——也要體念人家，不能給人太多的麻煩。看兩本小說都沒處借。這裏一部《美人恩》，一部《落霞孤鶩》，不全了的，還有頭本的《春明外史》，有的是買的，有的還是孫女們從老同學那裏借了來的。雖然匡家的三代之間有點隔閡，這些書大概是給拖到浴室裏，輾轉地給老太太撿了來了。她翻了翻，都是看過了多少遍的。她又往那邊的一堆裏去找，那都是仰彝小時的教科書，裏面有一本《天方夜譚》，買了來和西文的對比著讀的。她撲了撲灰，拿在手中觀看。幾個兒子裏，當時她對他抱著最大的希望，因為正是那時候，她對丈夫完全地絕望了。仰彝倒是，一直很安頓地在她身邊，沒有錢，也沒法作亂，現在燕子窠也不去了，賭檯也許久不去了。仰彝其實還算好的，再有個明白點的媳婦勸勸她，又還要好些。偏又是這樣的一個糊塗蟲——養下的孩子還有個明白的？都糊塗到一家去了！

樓下的風琴忽然又彈起來了，〈陽關三疊〉，還是那一句。是哪個小孩子——一直坐在那裏麼？一直靜靜的坐在那裏？寂靜中，聽見隔壁房裏霆谷筒上了鋼筆套，把毛筆放到筆架上。霆谷是最不喜歡讀書寫字的人，現在也被逼著加入遺老羣中，研究起碑帖來了。

老媽子進來叫吃晚飯。上房的一桌飯向來是老太爺老太太帶著全少爺先吃，吃過了，全少奶奶和小孩子們再坐上來吃。今天因為仰彝去看電影還沒回來，只有老夫婦兩個。葷菜就有一樣湯，霆谷還在裏面撈了魚丸子出來餵貓。紫微也不朝他看，免得煩氣。過到現在這樣的日子，好不容易苦度光陰，得保身家性命，單是活著就是樁大事，幾乎是個壯舉，可是紫微這裏就只一些疙裏疙瘩的小嚕囌。

吃完飯，她到浴室裏去了一趟，回到房中，把畫架上那本《天方夜譚》順手拿了。再走過去，腳底下一絆，檯燈的撲落褪了出來。她是養成了習慣，決不會蹲下身來自己插上撲落的，寧可特為出去一趟把傭人喊進來。走到外邊房裏，外面正在吃飯，坐了一桌子的人。仰彝大約才回來，一手扶著筷子，一手擎著說明書在看，只管把飯碗放在桌上，卻把頭極力地低下去，嘴湊著碗邊連湯帶飯往裏划，吃了一臉。墨晶眼鏡閃著小雨點，馬袴呢大衣的肩上也有斑斑的雨雪，可見外面還在那兒下個不停。全少奶奶餵著孩子，幾個大的兒女坐得筆直的，板著臉扒飯，黑沉沉罩著年青人特有的一種嚴肅。瀠珠臉上，胭脂的痕跡洗去了，可是用肥皂擦得太厲害，口鼻的四周還是隱隱的一大圈紅。燈光下看著，恍惚得很，紫微簡直不認識他們。都是她肚裏出來的呀！

老媽子進房點上了檯燈，又送了杯茶進來。紫微坐下來了，把書掀開。發黃的紙上，密排的大號鉛字，句句加圈，文言的童話，沒有多大意思，一翻翻到中間，說到一個漁人，海裏撈到一隻瓶，打開了塞子，裏面冒出一股烟，越來越多，越來越多，出不完的烟，整個的天都黑了，他害怕起來了。紫微對書坐著，大概有很久罷，她伸手去拿茶，有蓋的玻璃杯裏的茶已經是冰冷的。

——一九四四年未完稿

・初載於一九四五年三～六月上海《雜誌》第十四卷第六期第十五卷第一～三期。

雷峯塔

看，人也一樣，
今天美麗，明天就老了。
人生就像這樣。

滿布蒼涼與傷痕的兒時記憶，
張愛玲自傳小說三部曲！

張愛玲
100TH ANNIVERSARY EDITION
百歲誕辰
紀念版

《雷峯塔》是張愛玲對成長歲月最初也最驚心動魄的書寫，爬梳秘而不宣的記憶，張愛玲眼中的「家」不是孕育寵愛的「烏托邦」，而是殘酷醜惡的「雷峯塔」。繚繞的鴉片菸、幽深的迴廊、壓抑算計的人性……即便早已遠離衰敗的貴族之家，她仍用文字刻下心底最沉痛的控訴。她終其一生被囚禁著，卻也眷戀著，而那座巨塔的崩塌與命定敗落的遭遇，不僅是一個時代的殉葬，也是生長於斯的張愛玲心中永誌不忘的「幻痛」。

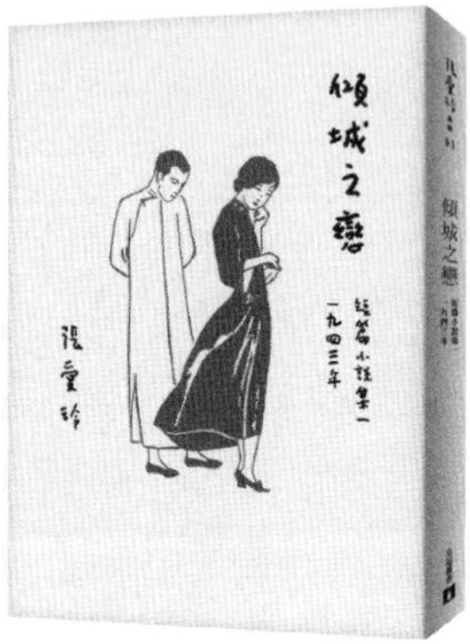

傾城之戀

短篇小說集一・一九四三年

一個城的陷落成全了她，
傳奇裏的傾國傾城的人大抵如此。

愛欲心鎖，通透人情，
張愛玲最膾炙人口的代表作！

張愛玲
100TH ANNIVERSARY EDITION
百歲誕辰
紀念版

《傾城之戀》集結張愛玲橫空出世、震撼文壇的八篇短篇小說代表作，有著她對人性尖銳的剖析，折射出世間男女的愛嗔欲求、苦恨毒辣。她寶愛街巷裡流麗的熱鬧，流連城市中的聲光氣味，念舊又貪新；卻每每在華美處，以剔透之心體察出蒼涼悲意。舉重若輕的情節流轉，曖昧繁複的心理周折，寫盡人們生於浮世危城的瘋癡和抑鬱、徒勞和惘然。一爐沉香，一壺香片，一輪冷月，她用文字挽住了一個時代，也帶我們走進那沒有光的所在。

秧歌

活著，不過是在
時代的輪齒縫裡偷生罷了。

蔡康永：
我看《秧歌》看到最後是會落淚的，因為
發現張愛玲到最後原來還是相信愛情這件事。

張愛玲
100TH ANNIVERSARY EDITION
百歲誕辰
紀念版

《秧歌》是張愛玲用寫實的筆調和敏銳的感性譜寫的農村哀歌。她由個人的溫飽出發，寫人們如何踉踉蹌蹌地追趕新時代前進的步伐，在新的政治體制下學說新話。然而，面對貧窮和飢餓的窘境，他們終於忍無可忍地暴動起來，引發恐怖的悲劇。全書在平淡中有張力，在慘澹中有滑稽，寓怪誕於真實，亦寄深情於日常。當肩負沉重擔子的人們再度扭起秧歌，既展現出張愛玲對複雜人性最深沉的凝視，也標誌著張愛玲小說風格的重大轉變。

海上花開　張愛玲百歲誕辰紀念版

張愛玲：《海上花》是最好的寫實的作品。
我常常替它不平，總覺得它應當是世界名著！

《海上花列傳》原本是清代才子韓子雲以蘇州吳語寫成的章回小說，內容描寫歡場男女的各種面貌，並深深影響了日後張愛玲的創作，她便曾說自己的小說正是承繼自《紅樓夢》和《海上花列傳》的傳統。而也正因為這樣的情有獨鍾，張愛玲耗費了無數時間、心力，將《海上花列傳》重新譯寫成英語版以及國語版的《海上花開》、《海上花落》，並針對晚清的服飾、制度、文化加上詳盡的註解，讓我們今日也得以欣賞這部真正的經典傑作！

赤地之戀　張愛玲百歲誕辰紀念版

在那滿目荒蕪的赤地中，
她不惜以全部的愛情與幸福，換得他的生命……

在離亂的時代悲歌中，看見孤注一擲的愛情！赤地或許依然有真愛，有情男女的心中也依然熱烈地渴盼著，但在那個隨時要習慣死亡相隨的時代，靈魂似乎都被鮮血浸染得錯亂了，幸福的戀曲更是渺茫！繼《秧歌》之後，張愛玲再度以中國農村為寫作背景，在她飽含特殊美感的筆墨下，我們嗅到一段血淋淋的生活氣息，真實得逼使我們省悟人性的愚昧與瘋狂，是一部充滿歷史傷痕與文學價值的傑作！

半生緣 張愛玲百歲誕辰紀念版

張愛玲不朽的文學世界，從《半生緣》開始！
一句「我們都回不去了」，揪盡千萬讀者的心！

所有關於愛情的千迴百轉、關於生命的千瘡百孔，瞬間都化為惘然。而世鈞也才終於發覺，原來愛不是熱情、不是懷念，愛不過是歲月，年深月久就成了生活的一部分……《半生緣》是張愛玲初露鋒芒的首部長篇小說，一推出旋即震撼文壇，更屢次被改編為電影、電視劇、舞台劇，廣受眾人喜愛。她以極其細膩的生花妙筆刻劃「愛情」與「時間」，直截了當地透視時代環境下世態炎涼、聚散無常的本質。故事中交錯複雜又無疾而終的愛戀令人不勝唏噓，卻又讓人長掛心頭，如此懸念！

小團圓 張愛玲百歲誕辰紀念版

無數讀者千呼萬喚，
張愛玲最後、也最神秘的小說遺作終於揭開面紗！

讀中國近代文學，不能不知道張愛玲；讀張愛玲，不能錯過《小團圓》。《小團圓》是張愛玲濃縮畢生心血的顛峰之作，以一貫嘲諷的細膩工筆，刻畫出她最深知的人生素材，餘韻不盡的情感鋪陳已臻爐火純青之境，讀來時時有被針扎人心的滋味，因為故事中男男女女的矛盾掙扎和顛倒迷亂，正映現了我們心底深處諸般複雜的情結。墜入張愛玲的文字世界，就像她所寫的如「混身火燒火辣燙傷了一樣」，難以自拔！

國家圖書館出版品預行編目資料

紅玫瑰與白玫瑰：短篇小說集二 一九四四～四五年 / 張愛玲 著.
-- 二版. -- 臺北市：皇冠, 2020.1
面；公分. --（皇冠叢書；第4818種）
（張愛玲典藏；2）

ISBN 978-957-33-3506-1（平裝）

857.63　　108021323

皇冠叢書第4818種
張愛玲典藏 2
紅玫瑰與白玫瑰
短篇小說集二 一九四四～四五年
【張愛玲百歲誕辰紀念版】

作　　者—張愛玲
發 行 人—平　雲
出版發行—皇冠文化出版有限公司
台北市敦化北路120巷50號
電話◎02-2716-8888
郵撥帳號◎15261516號
皇冠出版社(香港)有限公司
香港銅鑼灣道180號百樂商業中心
19字樓1903室
電話◎2529-1778　傳真◎2527-0904
總 編 輯—許婷婷
責任編輯—張懿祥
美術設計—王瓊瑤
著作完成日期—1945年
張愛玲典藏二版一刷日期—2020年1月
張愛玲典藏二版十刷日期—2024年5月
法律顧問—王惠光律師

讀者服務傳真專線◎02-27150507
電腦編號◎001202
ISBN◎978-957-33-3506-1
Printed in Taiwan
本書定價◎新台幣350元　港幣117元